U0114596

萬萍　著

開明書店

卷首題記

　　期待，讓時間變得漫長；而回顧，則頓感時光飛逝。我在期待中前行，再前行，驀然回首，年已耄耋。唏噓感慨之餘，回望治學之路，只是一灘雜亂的腳印，有如那茫茫曠野中的鴻爪雪泥。

　　鬆軟的雪泥地上，一串飛鳥的足跡，或風雨沖刷，或陽光炙烤，或再有飛雪覆蓋，很快就了無痕跡。但是，它畢竟是我生命的印跡，所以還是稍作遴選，將它作一展示，為的是在當下（只是在當下），給自己，也給親人，給朋友一個交代。

卷首題記

細瞻紅樓

遠眺乾隆

讀詩談史

目

錄

整理叢書

追蹤霞客

卷末感言

細瞻紅樓

○

妙玉冷笑道：「你這個人，竟是大俗人，連水也嚐不出來！」一向孤傲清高並頗具文化素養的林黛玉，對於妙玉的冷笑竟無言以對。喝着沏好的茶，就應該知道是用什麼水烹煎的，這才是品茶高手。

　「文化大革命」中期，學校開始招收工農兵學員，我下放農村三年多後回到學校，由原先研習唐宋文學轉成講授元明清文學。當時，因為毛澤東主席的提倡，全國掀起了一個全民讀《紅樓夢》的熱潮，因在我專業範圍之內，便受命在省市各界作了關於《紅樓夢》的講座三十多次。1980 年開始，又出席了第一至第六次全國《紅樓夢》研討會和第二次國際《紅樓夢》研討會，與會要提交論文，寫了幾篇。電視連續劇《紅樓夢》熱播時，為某文化期刊開設《紅樓答疑》專欄一年；又應邀寫了一本《紅樓趣談》的小書。後來還將一百多萬字的《紅樓夢》縮寫成四十多萬字，供中學生閱讀。

　這些文章，大多是三十年前寫的，最早一篇，寫於 1978 年，發表於 1979 年，已四十多年。原本計劃寫十八篇人物論，還有幾篇藝術論，有的還寫出了初稿，但計劃沒有完成。想來有點惋惜，而現在卻沒有精力和心境了。

　一部偉大的作品，不同的時代會有不同的

評價，同一時代的人也往往看法迥異；而同一個人，在不同
的年齡讀它，也會有不同的感悟。《紅樓夢》正是這樣的偉大
作品。三十多年前寫的這些文章，字裏行間多有深深的時代
烙印，而因為年齡和閱歷的關係，對《紅樓夢》整體感悟，
現在又深感未得其真。如果今天我再去作一次講座，或寫一
篇文章，我會說：《紅樓夢》是青春的贊歌和輓歌，是愛情的
贊歌和輓歌，是人生的贊歌和輓歌。贊歌嘛，因為它「好」；
輓歌嘛，因為已「了」。如此看來，這不就是那一道一僧唱的
《好了歌》嗎？

其實，對《好了歌》不必一味否定。「古今將相在何方？
荒塚一堆草沒了！」「終朝只恨聚無多，及到多時眼閉了！」
說得多麼精妙！多麼精闢！多麼精警！還有智通寺門前的那
付對聯：「身後有餘忘縮手，眼前無路想回頭。」這對那些為
官位而鑽營，見金錢就貪攫的人來說，不啻為大聲棒喝！

又從另一角度看，大荒山無稽崖青埂峰下的那塊頑石，
雖然到昌明隆盛之邦、富貴溫柔之鄉走了一回，而最後仍然只
能再回到大荒山無稽崖青埂峰下，啊，竟是一個歷史的輪迴！
喔，喔，我猶豫了，彷徨了，迷茫了……不由想起俞平伯先生
當年的話：《紅樓夢》真的是個「夢魘」，越研究就越糊塗。

試談傻大姐

一

　　賈府的僕人，每人都有一本血淚帳：茜雪無故被攆，五兒平白被囚；金釧和鴛鴦，一個被王夫人逼得跳井自殺，一個不甘被賈赦玩弄自縊身亡；「周全妥貼」如平兒，也免不了挨王熙鳳和賈璉的打，「溫柔和順」如襲人，也要挨賈寶玉的「窩心腳」；還有更多的奴僕被「打板子」、「跪磁瓦片」、「滿嘴塞馬糞」等一系列刑罰所折磨。而傻大姐，似乎還有更特別之處。曹雪芹是這樣簡潔地介紹她：

　　　　原來這傻大姐年方十四歲，是新挑上來給賈母這
　　邊專做粗活的。因他生的體肥面闊，兩隻大腳，做
　　粗活爽利簡捷，且心性愚頑，一無知識。出言可以
　　發笑。賈母喜歡，便起名為「傻大姐」。若有錯失，
　　也不苛責他，便入園內來玩耍。

　　她名為「大姐」，其實只有十四歲。現在十四歲的女孩子，大多還在父母前面撒嬌吧！而她，卻早已進入了吃人的賈府。魯迅的小說《祝福》中，魯四老爺之所以留下祥林嫂，是因為她「手腳壯大，又只是順着眼，不開一句

口……她整天的做，似乎閒着就無聊，又有力，簡直抵得過一個男子」。同樣的原因，傻大姐得以在賈府呆下來，以她「爽利簡捷」的動作，供賈府的統治者役使。作為賈府「老祖宗」的賈母，是頗會享受的。她飽食終日，無所事事，在行酒令、說故事、打牌、看戲中打發她那自己也認為不多了的日子。有一次，賈府來了一位「積古」、健談的劉姥姥，賈母知道後，立即把她抓住，請她「赴宴」，領她遊園，作弄她，嘲笑她，賈母自己則頹然樂乎其中。在賈母眼中，家庭行樂中增加一位村俗的農村老太婆，倒別是一番風味。就「出言可以發笑」來說，傻大姐和劉姥姥有相同之處。因此，傻大姐被「挑」選到了賈母的房中。她兼祥林嫂和劉姥姥之長，既可以終日幹活，又可以作為賈母茶餘飯後的一件「消遣品」。賈母給她取名「傻大姐」，這與其說是喜歡，還不如說是打趣；要說喜歡的話，那也是另外的意義。傻大姐為什麼會傻？也許是先天不足吧，也許是疾病所至吧，其中可能有一段血淚的經歷，我們不好揣猜。即使她的「傻」沒有任何的社會原因，但這樣一個女孩子，如果生活在健康合理的社會中，是應該受到憐惜和照顧的。然而，她在賈府的遭遇卻是：由人役使，供人取笑。

據「脂評」說，曹雪芹在《紅樓夢》最後一回的未定稿中，有一「情榜」：所謂「金陵十二釵」，除「正冊」、「副冊」、「又副冊」外，還有「三副冊」和「四副冊」，一共列有六十個女子的名字，還有「判詞」。傻大姐是否在內？因為這些未定稿早已「迷失」，我們不得而知了。但是，從曹雪芹的

簡單交代來看，傻大姐也應該是「薄命司」中的人物。和小說中的其他悲劇一樣，傻大姐的悲慘遭遇，對罪惡的賈府，對黑暗的封建社會，是一個有力的控訴，是為《紅樓夢》的深刻政治思想主題服務的。

在廣闊的社會背景下，塑造了一大批活生生的典型形象，是《紅樓夢》的巨大藝術成就之一。在曹雪芹的筆下，朝臣邑宰、士農工商、三教九流，五光十色地出現在我們眼前。當然，他主要描述的是一個封建家庭，寫了各式各樣的主子，寫了各式各樣的奴隸。年長的人士會知道，像傻大姐這樣的既被役使、又被取笑的奴僕，在封建大家庭中是並不鮮見的，更何況是在赫赫揚揚、奴僕成群的賈府。曹雪芹寥寥數筆，稍加勾勒，就給我們提供了這樣一個栩栩如生的典型。可以說，這對我國文學寶庫又是一個創造性的貢獻。而在現實生活中，傻大姐這樣傻乎乎的人物更是屢見不鮮。直到現在，「傻大姐」這個名字不是還活在人們的口頭嗎？當然，這種「典型共名」只是取其一點，不及其餘，和《紅樓夢》中的傻大姐已經不盡相同了。

二

以上云云，大概有人會覺得求之過細了。這種看法是有道理的。在《紅樓夢》的眾多人物中，傻大姐只是一位匆匆過客，曹雪芹無意於寫她的性格發展史，只是簡單幾筆勾勒出她生活瞬間的橫斷面。這一形象，在《紅樓夢》的巨大藝

術結構中的作用，比形象本身的意義更為重要。

據曹雪芹的介紹，傻大姐的一言一行本來可以使賈府統治者發笑。但是，在小說的具體描寫中，傻大姐的出現，並沒有給賈府主子帶來樂趣。一天，傻大姐在大觀園裏掏蟋蟀，無意中拾得一個五彩繡春囊。真是「滿園春色不關情，一味懵騰獨有卿」，傻大姐以為上面的圖案是「兩個妖精在打架」，正笑嘻嘻地要拿去給賈母看，迎頭卻碰上了邢夫人。「邢夫人接來一看，嚇得連忙死緊攥住」；邢夫人把它送給王夫人，弄得王夫人「氣了個死」，「淚如雨下」，「又哭又歎」；王夫人去找鳳姐，鳳姐「也着了慌」，「又急又愧」，「雙膝跪下」，「含淚訴說」。於是，掀起了抄檢大觀園的軒然大波。

眾所公認，抄檢大觀園是《紅樓夢》中的重大事件，它相當集中地反映了賈府這個封建大家庭的三組主要矛盾和三組矛盾之間的錯綜複雜的關係。

繡春囊是潘又安送給司棋的。作為奴隸的潘又安和司棋，被剝奪了接受教育的權利，不懂得吟風弄月，其愛情的表達方式，有如阿Q之於吳媽，確實不免低俗，但他們愛情的思想意義和阿Q向吳媽求愛是不相同的。在控制嚴密的賈府，他們敢於大膽相愛，以至被查出時司棋毫無懼色、心境坦然，和後來二人鍾情不二、殉之以死，還有抄檢時侍書的冷嘲熱諷，晴雯的任性抗爭，等等，這都是奴隸們對封建主子的大膽蔑視和嚴正抗議。

在這一事件中，邢夫人抓住繡春囊，驚魂稍定之後，派

得力心腹王善保家的把它封好送給王夫人，實際是問王夫人管家不嚴之罪。王夫人「氣了個死」，匆匆忙忙找王熙鳳商量對策，這正是賈府派系鬥爭的表現。在無法推諉、處境被動的情況下，王氏姑姪正面文章側面做，興師動眾掃蕩了大觀園，對奴隸們進行了一次血腥鎮壓，妄圖把賈寶玉這個「浪子」拉回頭去。經抄檢，查出繡春囊是司棋丟失的，司棋是王善保家的外孫女，事情牽涉到邢夫人集團。於是，王熙鳳幸災樂禍，繡春囊這張王牌又反打了過去。

當然，最後遭殃的還是奴隸：四兒、入畫和所有唱戲的女孩子被攆走了，其中芳官、藕官和蕊官被迫出家為尼；潘又安、司棋和晴雯三人慘遭迫害而死。晴雯之死是寫得動人心魄的。晴雯，她不但眉眼兒像林黛玉，思想也和黛玉多有相似之處，長期被讀者認為是黛玉之副。晴雯死後，賈寶玉寫了《芙蓉女兒誄》哀悼她。大家知道，在《壽怡紅群芳開夜宴》中，各人掣得的花籤正象徵着自己的身世和命運。芙蓉，這不正是林黛玉所掣得的嗎？「人向廣寒奔」，「冷月葬花魂」，這位葬花人「花落人亡兩不知」的日子越來越近了。這樣，抄檢大觀園作為小說中心線索的寶黛愛情悲劇又緊密地關聯着。對於「遍被華林」的「悲涼之霧」，賈寶玉領會得更深了。與賈府統治者的願望相反，他在叛逆的道路上繼續走去，沒有回頭，無限傷感、滿腔憤激的《芙蓉誄》就是明證。

花團錦簇、鶯燕呢喃的大觀園，經過這次洗劫之後，迅速轉入悽清冷瑟。整個賈府的末日也快到了。

　　如此盤根錯節、關係重大的事件，才能平庸的作者是會棘手搔頭，無從下筆的。天才藝術家曹雪芹，出人意外地安排傻大姐誤拾繡春囊，引發了這一場驚心動魄的鬥爭，這是何等的筆力！由誤拾繡春囊發展到抄檢大觀園，這偶然嗎？的確偶然。如果不是「傻大姐」，而是別人，如鴛鴦或平兒，拾得繡春囊後，大概不會聲張；如果傻大姐不是碰上邢夫人，而是碰上別人，如尤氏，可能會息事寧人，至少也不至於弄得這樣緊張和複雜吧！必然嗎？又確實必然。矛盾總是要爆發的。一點火星導致大動干戈，正說明賈府面臨各種危機而又竭力掙扎。偶然和必然，是事物發展過程中的兩種不同情形，必然性處於支配地位，決定事物發展的前途和方向，偶然性只是對事物發展起加速或延緩的作用。但是，它們之間絕不是互不關聯，必然性總是通過偶然性表現出來。

　　文學家曹雪芹是懂得一些辯證法的。在抄檢大觀園之前，小說已通過日常生活瑣事和若干小事件的描述，反映了賈府的各種矛盾和這些矛盾一觸即發的趨勢。但是，那還只是一江春水，風送漣漪，前後推進。到繡春囊出現，就像晴天霹靂，暴風驟雨，夏水襄陵，頓時一片驚濤駭浪。

　　大家記得，在「寶玉捱打」中，賈政一聲斷喝，要拿繩拿棍，捆打賈寶玉，寶玉急於找人傳信到裏頭去，偏偏只碰上一個耳聾昏聵的老太婆，使本來已經十分緊張的氣氛又增加了幾分緊張。那位老太婆，身份是類似傻大姐的，一聾一傻，相映成趣，成為《紅樓夢》中的特殊人物。當然，傻大姐在事件中的作用，遠非聾老太婆所能相比。

如果從藝術構思的角度，要找一位類似傻大姐的人物的話，我們最容易想起《三國演義》中的蔣幹。

羅貫中以長達八回的篇幅，描寫了奠定三國鼎立局面的赤壁之戰。人們談起這一段故事，一定不會忘記那位自作聰明、其實誤事的蔣幹。作為曹操的幕賓，他兩次過江來到周瑜營中，本來是想作說客，探虛實，而結果反被周瑜玩於股掌之中。一次錯傳反間計，斷送了「深得水軍之妙」的水軍都督蔡瑁和張允；一次誤薦龐統，替周瑜成就了得以火燒曹營的連環計。試想，如果沒有這位「傻大哥」蔣幹，周瑜將何以為戰？智如孔明，也只有徒喚奈何吧？

一位傻角，在重大事件中起這樣關鍵的作用，蔣幹和傻大姐極其相似。這兩位人物，也許是作者精心設計的，也許只是順手拈來。羅貫中和曹雪芹，藝術匠心是相通的。在刀光劍影、金鼓殺伐之間，羅貫中安排「蔣幹中計」這樣一段插曲，橫生妙趣，讀者緊張的心情為之一鬆。林黛玉重建「桃花社」後，大家做詩詞，放風箏，大觀園中紅紫繽紛，生活還算是平靜。到傻大姐誤拾繡春囊，就頓起狂瀾，讀者感情的波濤也隨之洶湧。同工而異曲，傑出藝術家的筆下永遠不會雷同。

三

當傻大姐再次出現的時候，故事已進入第九十六回了。

賈寶玉和林黛玉這一對貴族青年，在叛逆和愛情的道路

上越走越遠，越戀越深。賈府統治者怎麼會允許這種叛逆性格和叛逆愛情呢？為了維護家族和階級的利益，由王熙鳳獻策，王夫人合謀，賈母和賈政點頭，商定了「掉包兒」金玉婚配之計。而這一切，寶黛二人都被蒙在鼓裏。正在這時，眼淚快要流乾的林黛玉，又一次來到了沁芳橋畔的山石背後。在這裏，她曾和賈寶玉一起，深情地拾起一瓣瓣落花，埋入芬芳的淨土；在這裏，她曾憂憤交織，吟詠《葬花辭》，抒發蒼涼的人生感歎。今天，她在這裏碰上了傻大姐。

在她三歲的時候，一位化緣的癩頭和尚說過，如果他一生不聽見哭聲，不看見外親，才能夠平安而過。自她進入賈府，見到賈寶玉後，眼淚和痛苦便接踵而來。而現在，她聽見了哭聲，聽見了傻大姐嗚嗚咽咽的哭聲。細心的讀者會知道，這是不祥之兆。傻大姐為什麼哭？生性多疑的林黛玉要問個究竟，生性愚頑的傻大姐就老老實實向她泄露了「寶二爺娶寶姑娘」的消息。傻大姐絮絮叨叨的述說，對於林黛玉是一聲劈頭打來的疾雷。頓時，林黛玉迷迷癡癡，恍恍蕩蕩，好像掉進了萬丈深淵。不過，林黛玉畢竟是林黛玉，在這巨大的打擊之下，在「薛寶釵出閣成大禮」的鼓樂聲中，她無限忠於愛情，無限珍惜愛情，焚詩稿，斷癡情，寂寞地倒在苦風悽竹的瀟湘館，結束了她年輕的生命。

寶黛愛情演成了悲劇，這給二百多年來的《紅樓夢》的讀者帶來了多少傷感！在傻大姐誤拾繡春囊而引起抄檢大觀園的時候，讀者或許能原諒她的無知；這一次，多情的讀者一定會把她責怪，是呀，傻大姐太傻了！本來就因為「混說」

已經挨了一個嘴巴，為什麼還要一再「混說」呢？為什麼還要把這個「奇謀」洩露給林黛玉呢？其實，讀者自己也知道錯怪了她。她「生性愚頑」，怎麼知道王熙鳳這個錦囊妙計事關重大而洩露不得呢？她怎麼理解寶黛之間的聖潔愛情和愛情一旦失去時帶來的巨大痛苦呢？

傻大姐洩露了賈府統治者安排的機關，而她自己又是作者藝術構思中安排的一個機關。

眾所周知，現在通行的一百二十回本《紅樓夢》，前八十回基本上是曹雪芹寫的，後四十回一般認為是高鶚續作的。據專家考證，在曹雪芹的原定計劃或未定稿中，林黛玉是在金玉成婚之後，「淚盡而逝」的，不存在王熙鳳的「移花接木」計和由此而引起的突然打擊。這樣，當然也就談不到傻大姐的「洩機關」了。

關於續書的功過和優劣，有過很多的評說。就續書完成了寶黛愛情悲劇來說，紅學界一致予以肯定。平心而論，黛玉之死這一節文字，確實寫得精彩。高鶚把金玉成婚和黛玉辭世安排在同一時辰，一邊是紅燭高照，鼓樂齊鳴，一邊是月影移牆，風動竹梢，一邊是笑聲盈耳，一邊是泣不成聲，悲劇氣氛濃厚。這有如《祝福》中，在魯四老爺香煙繚繞、爆竹畢剝的「祝福」聲中，祥林嫂倒斃在漫天風雪裏面，牽動過無數讀者的感情。既然高鶚要這樣來寫黛玉之死，要在林黛玉眼淚一天比一天少的過程中寫一個突然事變來逼她絕粒辭世，以突出這一悲劇的感人力量，那麼這個事變是以選擇金玉婚配為最好了。金玉成婚要成為一個突然事變，「設

奇謀」、「瞞消息」就很有必要了。而泄露這個機關，除傻大姐就沒有第二個人。因為傻大姐是賈母房中的丫頭，有條件知道這一消息；更重要的是，她傻，不知道這是一個機關，所以會「混說」，挨了打還「混說」，而且把它泄露給了林黛玉。於是，傻大姐便成了高鶚筆下不得不設的一個機關。完成了寶黛愛情悲劇，是續書的一大功績。這一功績，是頗得力於傻大姐的。

眾所公認，高鶚是在認真研究過《紅樓夢》前八十回之後才寫續書的。在高鶚看來，癩頭和尚說林黛玉不能聽見哭聲，後面應該有所照應，於是他便寫了傻大姐的哭。這說明他注意到了前八十回的伏筆。當然，曹雪芹不一定就是高鶚這樣寫。非常明顯，由傻大姐的哭，到泄露偷梁換柱金玉婚配的奇謀，導致林黛玉之死，是模仿傻大姐誤拾繡春囊而笑，引起邢夫人的注意，從而導致抄檢大觀園的。不論是思想還是才智，高鶚都遠不如曹雪芹，他續作的後四十回，有不少模仿的地方，大多是蹩腳的。而這一次的模仿，應該說是難能可貴了。

作為一位匆匆過客，傻大姐只出現過兩次，但她聯繫着《紅樓夢》的巨大藝術結構；她的傻笑和傻哭，聯繫着《紅樓夢》中主要人物的命運。完成作者賦予她的任務之後，她雖然匆匆地走了，傻乎乎地走了，但她還是長久地留在讀者的記憶裏。

焦大散論

在博大精深的《紅樓夢》中，焦大和他的醉罵，所佔篇
幅雖然極少，給人印象卻很深刻。但是，多少年來，這一引
人注目的形象和異乎尋常的事件，還沒有得到紅學界的充分
重視，筆者不揣謭陋，談點粗淺看法，希望得到專家和讀者
的指正。

一

小說第十七回，寧國府的孫媳婦秦可卿的弟弟秦鍾要回
家了，天黑路遠，總管賴二派老奴焦大去送；而焦大喝醉了
酒，不但不去，反而大罵起來：

那焦大又恃賈珍不在家，因趁着酒興，先罵大總
管賴二，說道：「不公道，欺軟怕硬！有好差使派了
別人；這樣黑更半夜送人，就派我，沒良心的忘八
羔子！瞎充管家。你也不想想，焦大太爺蹺起一隻
腿，比你的頭還高些。二十年頭裏的焦大太爺眼裏
有誰？別說你們這一把子雜種們！」正罵得興上，賈
蓉送鳳姐的車出來，眾人喝他不住，賈蓉忍不住便

罵了幾句，叫人「捆起來！等明日酒醒了，再問他尋死不尋死！」

那焦大那裏有賈蓉在眼裏，反大叫起來，趕着賈蓉叫：「蓉哥兒，你別在焦大跟前使主子性兒，就是你爹、你爺爺，也不敢和焦大挺腰子呢！不是焦大一個人，你們作官兒，享榮華，受富貴！你祖宗九死一生掙下這個家業，到如今不報我的恩，反和我充起主子來了。不和我說別的還可；再說別的，咱們紅刀子進去，白刀子出來！」鳳姐在車上和賈蓉說：「還不早些打發了沒王法的東西！留在家裏，豈不是害？親友知道，豈不笑話咱們這樣的人家，連個規矩都沒有？」賈蓉答應了「是」。

眾人見他太撒野，只得上來了幾個，揪翻捆倒，拖往馬圈裏去。焦大益發連賈珍都說出來。亂嚷亂叫，說：「要往祠堂裏哭太爺去，那裏承望如今生下這些畜生來！每日偷狗戲雞，爬灰的爬灰，養小叔子的養小叔子，我什麼不知道？咱們『胳膊折了往袖子裏藏』！」眾小廝見說出來的話有天沒日的，唬得魂飛魄喪，把他捆起來，用土和馬糞滿滿的填了他一嘴。

焦大確實喝醉了！曹雪芹用簡煉的一段文字就活現了一個醉漢形象，（包括把「白刀子進去，紅刀子出來」說成「紅刀子進去，白刀子出來」）。但是，人醉心不醉，焦大說的句句都是實話。所以，鳳姐和賈蓉只「都裝做沒聽見」；只有幼稚天

真的賈寶玉，纏着鳳姐問「爬灰」是什麼意思。

「詩禮簪纓」、「教子有方」的賈府，原來這般污穢！正如脂評所說：「一部《紅樓》淫邪之處，恰在焦大口中揭明。」所以，焦大這一強烈抗議和激憤揭發，經常被引入紅學論著之中，作為闡明《紅樓夢》深刻主題的重要材料。

曹雪芹在「宴寧府寶玉會秦鍾」之後，忽然奇峰崛起，寫下這段焦大醉罵。在氣氛上，風馳電掣、慷慨激昂的醉罵，與前面宴會上的彬彬有禮、嬉笑戲謔，正形成鮮明對照，體現了曹雪芹藝術風格的一個重要方面。但從故事發展來看，它與前後情節的關聯並不緊密，似乎可有可無。誠然，曹雪芹在這裏是有一些節外生枝，藉題發揮，用焦大的口，喊出自己的滿腔悲憤，譴責封建家庭的荒淫。這有些像第十六回秦鍾臨終時，鬼判索命，秦鍾求情，鬼判對秦鍾的叱咤：「我們陰司上下都是鐵面無私的，不比陽間瞻情顧意，有許多關礙處。」但是，「鬼判叱咤」，曹雪芹只是順手拈來，用以指斥陽世比陰司還更黑暗，而「焦大醉罵」則在構思上頗有講究。小說第二回「冷子興演說寧國府」，作者曾借冷眼旁觀的古董商之口，概括地指出賈府的衰敗趨勢，其中最大的一件事是：「養的兒孫，一代不如一代」。到故事正式開始的第六回，作者安排一個沒有見過世面的農村老太婆劉姥姥「一進榮國府」，從她眼花繚亂、頭暈耳鳴的感覺中，向讀者展示賈府日常物質生活與廣大人民的懸殊差異。第七回，焦大作為深明底細的知情人，揭露了賈府主子精神面目的醜惡。一方面，它與第六回所寫的賈府豪華物質生活相映

照；另一方面，它給第二回冷氏所說的「兒孫一代不如一代」作了一個註腳。後來，「秦可卿淫喪天香樓」、「賈二舍偷娶尤二姨」、「鳳姐潑醋」、「鴛鴦抗婚」等等，則是對賈府主子糜爛生活的更具體、更形象的描繪。如果把《紅樓夢》比成一座規模宏偉、結構複雜的建築，「焦大醉罵」就好像一個樞紐性的「暗托」，雖然不是龐然大物，但絕不能缺少，因為許多重要的支架都靠它來互相支撐；又宛如一道長梯，憑藉它攀登高閣，「詩禮之家」中被色彩斑斕的簾幕、窗紗所遮掩的一系列事情的真象便歷歷在目。

在「最嚴主僕名分」的賈府，在燈火輝煌、奴僕侍立的肅穆大廳之中，一個奴才敢於衝着主子破口大罵，這樣一個異乎尋常的事件，對於小說主人公賈寶玉會產生什麼影響呢？

歷史上有不少思想家和藝術家，曾回憶過幼年時期家庭僕人對自己的影響。俄羅斯的傑出詩人普希金，多次談到他的保姆阿琳娜‧羅季昂芙娜。這位農奴出身的保姆，激起了幼年普希金對民間詩歌的熱愛，在普希金的一生中有相當重要的地位。魯迅先生在他的自傳性散文《阿長和山海經》中，記敍了他童年的保姆長媽媽。這位純樸善良的農村婦女，曾為幼年的魯迅送來朝思暮想的《繪圖山海經》，幾十年之後，魯迅想到這件事，還激動不已。

在曹雪芹筆下，賈寶玉和焦大的接觸就這麼一次。但從焦大過去的地位和賈府的教養習慣來看，賈寶玉一定早就聽說過這位老僕人的事跡，他會和王熙鳳一樣，「何嘗不知這焦大」！賈寶玉認識出身貧寒的秦鍾後，曾發出無限的

感喟，表示極大的憤激：「可恨我為什麼生在這侯門公府之家？要也生在寒儒薄宦的家裏，早得和他交接，也不枉生了一世。我雖比他尊貴，但綾錦紗羅，也不過裹了我這枯株朽木；羊羔美酒，也不過填了我這糞窟泥溝：『富貴』二字，真真把人荼毒了！」這裏，主要是不滿豪華的物質生活對自己思想和交往的束縛。而現在，焦大這頓淋漓痛快的大罵，指斥了賈府主子的衣冠禽獸行為，披露了他們的醜惡精神面目。雖然因為生活閱歷的限制，賈寶玉不知道「爬灰」是什麼意思，問鳳姐，沒有得到回答，反而遭到訓斥，不敢再盤根問底了。但是，請不要忘記，賈寶玉是善於思考的，焦大這「醉漢嘴裏的胡唚」是什麼意思？為什麼不許多問？為什麼威重令行的鳳姐和年少得意的賈蓉最後卻裝聾作啞，充耳不聞？這一切，究竟是什麼原因？此時此刻，此情此景，在賈寶玉幼小的心田該會掀起怎樣的感情波濤，引起何等的思想震動！從心理學的觀點來看，孩提時代的異常事件，留下的記憶特別久遠，特別牢靠。更何況，賈寶玉是那樣的聰慧。

　　賈寶玉叛逆性格的形成和發展，有許多方面的原因。其中，從家庭成員的荒淫無恥，認識到本家族不會有好的下場，是重要的一個方面。我們說，農奴出身的保姆，是普希金的老師，純樸善良的長媽媽，是魯迅的老師，因為她們以優美的民間詩歌和童話故事，給這兩位作家以最初的文學薰陶。「賈府的焦大是不愛林妹妹的」，寶玉和焦大，思想當然不同。但是，我們仍然可以說，「焦大醉罵」是賈寶玉孩

提時代的重要一課。因為焦大的罵，如當頭棒喝，引起了
賈寶玉的強烈震驚和深沉思考。

後來，賈寶玉結識了風流而俠義的柳湘蓮。有一次，因
為尤三姐的婚事問題，柳湘蓮當着他的面，指斥賈府是「除
了兩個石頭獅子乾淨罷了」。寶玉聽後，臉紅耳赤，無言以
對。在賈寶玉感情急劇變化的剎那間，他又重溫了一遍焦大
的醉罵吧！直至最後，當賈寶玉「懸崖撒手」，遁身空門，
和家庭徹底決絕的時候，那青燈古佛旁，未嘗不浮現焦大的
身影，那晨鐘暮鼓中，未嘗不混和着焦大的罵聲！

二

焦大的痛罵，使讀者感到痛快，而焦大痛罵的時候，他
自己的心情卻十分痛苦。焦大並不是阿Q式的精神勝利主義
者，阿Q所誇耀的「老子先前比你闊多了！」那不過是是憑
空編造的，一則安慰自己，二則嚇唬別人的子虛烏有事件。
而「二十年頭裏的焦大太爺眼裏有誰？」卻是千真萬確的。
正如尤氏對王熙鳳所說，「你難道不知這焦大的？……因他
從小跟着太爺出過三四回兵，從死人堆裏把太爺背出來了，
才得了命；自己挨着餓，卻偷了東西給主子吃；兩日沒水，
得了半碗水，給主子喝，他自己喝馬溺：不過仗着這些功勞
情分，有祖宗時，都有另眼相待……」當年的焦大，作為
幫助賈府建功立業的元勛，享受着尊貴優厚的待遇，於是就
「天低吳楚，眼空無物」了。正因為有榮耀的過去，而現在

要黑更半夜送人，所以他感到憤懣不平。尤其是，他回顧當年幫助主子創業的艱辛，目睹現在賈府大廈正傾、燈油將盡的衰敗趨勢，所以不勝感慨，無限傷心。

關於賈府的淫亂，浪蕩公子賈蓉後來也嬉皮笑臉說過。第六十三回，賈蓉的父親賈敬為求長生誤吞金丹而死，賈蓉熱孝在身，卻溜回家無恥地調笑兩位年輕貌美的姨母，發狂地抱着丫頭親嘴，說什麼「從古至今，連漢朝和唐朝，人還說『髒唐臭漢』，何況咱們這宗人家！誰家沒風流事？別叫我說出來。連那邊大老爺這麼厲害，璉二叔還和那小姨娘不乾淨呢！鳳嫂子那樣剛強，瑞大叔還想她的帳！」

還有第四十四回，當王熙鳳發現賈璉和鮑二家的私通而潑醋大鬧的時候，賈母也有一番類似的理論：「什麼要緊事！小孩子們年輕，饞嘴貓兒似的，那裏保得住呢？從小人人都打這麼過。」

相同的事情，不同的人，會有不同的說法，得出不同的結論。賈蓉說得那麼輕飄隨便，又說得那麼振振有詞，是為自己的下流行為找根據，是地道的流氓理論。善於詼諧的賈母，把賈璉的淫行輕描淡寫為「饞嘴貓兒似的」，並推而廣之「從小人人都打這麼過」，透露了這位老祖宗的精神一斑，對賈璉等人起的是辯護，以至慫恿、教唆的作用。

賈府的主子們，把尋歡作樂視為理所妝然，殊不知從生活糜爛到思想糜爛，走的是一條腐朽沒落的道路。他們都希望自己的家族能永遠「功名奕世，富貴流傳」下去，但又都以自己的行為加速着家族的衰敗。倒是焦大能夠「見微

知著」，他從賈府的眼前現實，看到了賈府的衰落前景。就這一點而論，似乎可以說，在偌大的賈府，眾人皆醉，焦大獨醒。賈府的家業，融匯了他的血汗，所以他不可能像演說榮國府的冷子興，是「說着別人家的閒話，正好下酒」，那樣閒適湊趣，更不會像賈蓉尋樣，嬉皮笑臉，厚顏無恥。

當然，焦大的清醒也非常有限，非常可憐，奴才的地位，使他不能像「探春理家」那樣，作一番改革的嘗試。他缺乏文化教養，不會引經據典，堂而皇之地說一番興衰榮枯的道理。他只能憑藉對賈府有功的資本，只好仗着酒興，聲嘶力竭地大罵一頓。他先罵大總管賴二，再罵少爺賈蓉，最後罵到了世襲三品爵威烈將軍的賈珍。他希望以自己的罵聲，引起主子的警覺，挽狂瀾於既倒。罵，是他忠於主子的一種特殊表現形式，罵之愈甚，忠之愈至。豈止是罵，還要拚呢！「紅刀子進去，白刀子出來」，大有當年揮戈馳騁的架式。

不過當年的焦大，其刀子是指向主子的對手，而現在他的刀子要對着主子了。當然，這並不矛盾。

焦大和晴雯，或鴛鴦相比，當然是迥然不同。火爆性急的晴雯，面對抄檢大觀園的洶湧氣勢，她毫不畏懼，怒不可遏地斥責了邢王二位夫人派來的王善保老婆。鴛鴦，平時不露鋒芒，而在賈赦要霸佔她，調動各路人馬進行脅迫的時候，她大智大勇，公開宣稱：「一刀子抹死了也不能從命！」這都和焦大的醉罵一樣，被賈府主子認為是「沒王法」的行為。然而，同樣是對主子不敬，晴雯和鴛鴦是維護自己的尊

嚴和純潔，可以說是賈府的民主派；而焦大則是效忠，是死心塌地的奴才。讀了晴雯和鴛鴦不屈抗爭的描寫，會油然而生敬意；而焦大的罵，固然使人痛快，讀者卻鄙夷他的奴性。

毫無疑問，焦大是賈府的正統奴僕，較之榮寧二府的總管賴大和賴二，資格也要老得多。但是，賴氏兄弟做了總管，並且敢於在焦大面前「充管家」，而焦大功高年邁卻仍被當作一般僕人役使。其原因，固然是由於焦大只有「匹夫之勇」，缺乏管家的心機，但也未嘗不和他的奴性有關。賴氏兄弟是頗有能耐的，爬上了高等奴才的地位，家裏同樣役使僕人，慘淡經營了自己的家業，還有一個管理得法，連「才自精明志自高」的賈探春都表示欣賞的小花園。後來，賴大的兒子賴尚榮還發跡做了知縣。這說明，賴氏兄弟已從奴隸陣營中分化出去。賴氏有這樣的「結果」，當然主要是依仗賈府的權勢。

次要的原因呢？請聽賴嬤嬤在賴尚榮走馬上任前對子孫的教訓：

> 你那裏知道「奴才」兩字是怎麼寫？只知道享福，也不知你爺爺和你老子受的那苦惱，熬了兩三輩子，好容易掙出你這個東西，從小兒三災八難，花的銀子照樣打出你這個銀人兒來了。到二十歲上，又蒙主子的恩典，許你捐了個前程在身上，你看那正根正苗，忍飢挨餓的，要多少？你一個奴才秧子，仔細折了福！如今樂了十年，不知怎麼弄神弄鬼，求了主子，又選出來了。

小說裏，賴嬤嬤這番話是在鳳姐等面前複述的，當然比原話有所增刪。增添的，是對賈府主子表示的感激；刪減的，是奴隸生活的辛酸，甚至還有對主子的抱怨。即使就按小說所寫，賴嬤嬤也沒有忘記「『奴才』兩字是怎麼寫」，也概括了從「奴才秧子」到為官作宦的艱辛。賴氏一家意識到了自己的奴隸地位，並「弄神弄鬼」，竭力向上爬，以至躋身官場，同樣作威作福。憑焦大過去在賈府的地位，他當然也會有妻室兒女，也有可能經營一個賴大氏的花園，也有可能為兒子捐個前程。然而，焦大的奴才性太重了，他安於自己的奴隸地位，充其量也只滿足於「蹺起一隻腿」，矜誇於其他奴僕之前。如果說賴氏兄弟可惡的話，焦大則十分可悲。一心想「爬上高枝兒」的丫頭小紅，受挫之後尚且發出這樣的感歎：「俗話說的：『千里搭長棚 —— 沒有個不散的筵席。』誰守一輩子呢？不過三年五載，各人幹各人的去了，那時誰還管誰呢？」焦大則不然，他出生入死，幫助賈府祖宗掙下了偌大家業，而自己並不想掙個什麼出頭。他是死心塌地要守一輩子的。他把自己，以及全家，都牢牢地和賈府拴在一起。

五代時，王定保的《唐摭言》，曾提到一位不願離開主子的僕人：

蕭穎士性異常嚴酷，有一僕事之十餘載，穎士每以笞楚百餘，不堪其苦，人或激之擇木。其僕曰：「我非不能他從，遲留者，乃愛其才耳！」

王定保的意思，主要在於說明蕭穎士的才華，他附帶勾勒的這位僕人，因為愛主人之才華而甘受笞撻，實在很特殊，很

怪癖。到了明代，這簡略的一段文字，還被敷演為一個故事，寫進了《醒世恆言》，作為《徐老僕義憤成家》的「入話」。蕭穎士的這位僕人，寧遭毒打也不願離開主人，焦大甘於做奴隸，卻破口大罵，兩相映照，很是有趣。不過前者愛才，應該是一種美德，所他本人也有可愛之處；焦大呢，試想他那滿嘴塞馬糞的狼狽相，給人留下的該是笑料吧！

俄羅斯作家屠格涅夫的小說《木木》，寫的是一個聾啞僕人加拉新憤然離開主人的故事。加拉新本來在農村種田，後來被他的女主人帶到了莫斯科，看門和幹雜務。他忠於自己的主人，熱心執行自己的職務。但生活太孤寂單調了，為了打發日子，他收養了一條小狗，取名「木木」。他和木木朝夕相處，幾乎到了相依為命的程度。因為木木驚嚇了主人，主人和管家逼他殺害木木。那天，他穿着節日的禮服，帶着痛苦和憤怒，拿兩塊磚頭用繩子把木木纏住，丟進了河裏，之後，他自己交織着絕望與快樂的決心，離開莫斯科，離開主人，大踏步地走回自己的村子去，走回自己的家鄉去。加拉新的出走，是覺醒，是抗議。所以，他覺得眼前是「閃着白光的路」，覺悟得自己「好像一頭雄獅」。而焦大這個奴才是永遠不會有這種感覺的。

中國文學史上，最著名的奴才典型，大概要算《法門寺》中的賈桂。這個大太監劉瑾手下的小太監，對上諂媚，滿口稱「是」，只要主子在場，他連坐下都不敢。「我站慣啦！」這句有名的台詞，就是他奴性十足的自我表白。而焦大則是另一種典型，他於賈府有莫大功勞，卻落得個「主子深惡」

的下場。他滿身奴性，但並非全是媚骨，他沒有阿諛逢迎去取悅主子，而是敢於衝着主子大罵，揭發他們的隱私。毫不誇張地說，在堪稱「奴僕外傳」的《紅樓夢》中，焦大是一個別具一格的奴才，是一個不朽的典型。但是，在現實生活中，在文學評論裏，人們談論奴才典型，往往只是說到《法門寺》中的賈桂，似乎忘記了奴才典型的多樣性，沒有充分注意焦大這個特殊的奴才，這大概和紅學論著很少從典型的角度來分析焦大有關吧。

三

從捆人到被捆，從躍馬疆場到拖進馬圈，從主動喝馬尿到被迫嚼馬糞，焦大的一生是滑稽的，可悲的。焦大的悲劇，根源在於他的奴性，也在於他所依附的賈府已處於風雨飄搖的末世。據說，「賈府風俗：年高伏侍過父母的家人，比年輕的主子還體面。」就焦大來看，二十年頭裏，他曾高高地蹺起一隻腿，享受過這種風俗的體面。但是，那已成為令他無限緬懷、一去不復返了的過去。如今的遭遇是：黑更半夜要當差送人；說了幾句實話，結果落得滿嘴填馬糞；「臉酸心硬」的王熙鳳，還要把他發落到荒遠的田莊去做苦力。賈府的主子既然「爬灰」、「養小叔子」那樣傷風敗俗的事都可能做出來，對有功的奴僕由尊重變為虐待，當然更無所顧忌。賈府「風俗」的改變，焦大悲劇的形成，不正從一個側面反映了賈府的衰敗嗎？

　　後來，焦大是否發落到田莊上去了，曹雪芹沒有明寫，從王熙鳳在賈府的地位來看，她的話是會要照辦吧？小說前八十回，焦大沒有再出現過。不過賈府還有人記得他，提起他，那就是三姑娘賈探春。第五十五回，理家的探春，在處理她自己的親舅舅而又是奴僕的趙國基死後的賞銀時，平兒趕來轉達王熙鳳的意見，要她破例增添一些，探春說：「又好好的添什麼？誰又是『二十四個月養的』？不然，也是出兵放馬、背着主子逃出命過來的不成了？」這位頗具政治風度的三姑娘，認為兩類人可以特殊照顧。第一類，懷胎二十四個月生的，當然不會有；第二類，顯然指的就是焦大。探春記得出生入死的焦大，主張論功行賞，顯然是對虐待焦大有所不滿。她還憂心忡忡、異常憤激地感歎她的親人們「恨不得你吃了我，我吃了你」的相互傾軋，認為這是「自殺自滅」。作為一個未出閣的姑娘，她當然不便說出「爬灰」之類的話，而她不滿親人的荒淫，「恨鐵不成鋼」的心情和焦大很是相通的。妄圖中興賈府的探春，如果再理家下去，她會把焦大捧為奴僕王國的聖人。

　　小說後四十回，焦大再次出場了，那是一百五回，賈府被抄時，焦大衝出寧府，到榮府來找賈政：

　　　　賈政在外，心驚肉跳，拈鬚搓手的等候旨意，聽見外面看守的軍人亂嚷道：「你到底是那一邊的？既碰在我們這裏，就記在這裏冊上，拴着他交給裏頭錦衣府的爺們。」賈政出外看時，見是焦大，便說：「怎麼跑到這裏來？」焦大見問，便號天跺地的

哭道：「我天天勸這些不長進的爺們，倒拿我當作冤家！爺還不知道焦大跟着太爺受的苦嗎？今天弄到這個地步，珍大爺蓉哥兒都叫什麽王爺拿了去了；裏頭女主兒們都被什麽府裏衙役搶的披頭散髮，圈在一處空房裏；那些不成材的狗男女都象豬狗似的攔起來了；所有的都抄出來擱着，木器釘的破爛，磁器打的粉碎。他們還要把我拴起來！我說我是西府裏的，就跑出來。那些人不依，押到這裏，不想這裏面也是這麽着。我如今也不要命了，和那些人拚了罷！」說着撞頭。

這一節文字，也許是曹雪芹未定稿中就有的，也許是出自續作者的手筆。賈府被抄，賈政只會「拈鬚搓手」，一籌莫展，偌大一個賈府，還有誰象焦大這樣提出「拚」呢？焦大前後性格是一致的。他對賈政這番「號天跺地」的哭訴，可以稱得上是一篇焦大式的《哀郢》！

漫長的中國封建社會，有它與之相適應的一套封建倫理道德觀念，由此而產生的忠臣、孝子、節女、義僕，充斥於浩繁的歷史文獻之中。封建社會的奴僕，其身份具有雙重性，一方面，他是國家的一個黎民百姓，應該屬於國家；另一方面，他是某個家庭的奴僕，依附於主人，屬於主人。在封建統治者看來，奴僕手則的第一條，應該是無條件地忠於主人，所以屬於主人比屬於國家更加重要。

《後漢書》中的一個有趣故事，很能說明問題：東漢初年，建忠侯彭寵自立為燕王，起兵反對漢光武劉秀，彭寵的

僕人子密，趁主人睡後，把主人殺了，劫取財物，帶着主人的頭去投奔劉秀，於是，劉秀封子密為「不義侯」。王夫之在《讀通鑑論》中，十分稱讚漢光武的治績。我們從劉秀封子密為不義侯，的確可以看出他鞏固統治的苦心。「不義侯」，褒乎？貶乎？乍一看，似乎二者兼有，其實是明褒實貶。子密對劉秀有功，封侯表示賞罰分明，有功必錄。但是，「侯」而冠之以「不義」，其鞭撻比表彰更厲害得多，這二字之貶，嚴於斧鉞，子密成了封建社會的名教罪人。漢光武的用心可謂深遠，因為明主僕之義，正有助於嚴君臣之分，都是為鞏固其統治服務的。

僕人應該對主人講「義」，這種道德觀念究竟何時形成，姑且不去考證。「義僕」，這一中國封建社會的特殊現象，是長期被統治者宣揚的。粗莽的焦大，不會知道什麼子密子疏，但他受這種封建倫理的毒害，卻是很深的。在他的心目中，主人就是一切，為了主人，他可以出生入死，為了主人，他可以破口大罵。焦大的悲劇，是封建倫理的產物，是封建統治者宣揚的主僕之義造成的。

今天看來，封建社會的「義」，是一個籠統的道德觀念，「義僕」不值得稱讚，甚至也不應該同情。但是，具體情況還應作具體分折。

清代著名戲劇家李玉的《一捧雪》中，莫懷古被嚴世蕃逼得走投無路，命在旦夕，最後是莫懷古的僕人莫成，利用自己的像貌和主人相似，毅然走上刑場，代替主人而死。朱素臣《未央天》中的馬義，為了替主人作證，冒死承受銅

鍘、釘板等殘酷刑法，拯救了主人。莫成和馬義，是中國戲劇舞台上著名的「義僕」典型。他們的主人並不值得稱道，但因為主人遭受的是惡勢力的迫害，所以，莫成和馬義「大義凜然」的行為，仍有它的可取之處，得到過舊中國普通老百姓的讚揚。焦大是另一種情況，他於賈府有功卻受到虐待，他對主子一片好心卻得不到好報，所以讀者雖然鄙夷他的奴性，但還是對他的遭遇給予一定的同情，不過，這種同情實際也是對賈府的批判。當然，這種同情是極有限的，因為焦大所效忠的賈府是腐朽、垂死的勢力，焦大只是「賈府的屈原」，並不是楚國的屈原。楚國的屈原，希望自己的祖國強大起來，反映了人民的要求，所以千百年來，龍舟舟渡，米粽飄香，人民深情地把他懷念；「路漫漫其修遠兮，吾將上下而求索」，這種對理想的執着、堅韌的追求精神，至今仍是寶貴的精神財富。焦大呢？他當然沒有屈原那樣的政治抱負，他只痛心賈府的衰落，竭力要延續腐朽勢力的命運。從這一點來說，焦大最不清醒，這也就決定了他悲劇的必然性。

「焦大醉罵」時，甲戌本有脂硯夾批：「忽接此焦大一段，真可驚人心目。一字化一淚，一淚化一血珠。」這「淚」，這「血珠」，是批者的，也是作者的，而且首先是作者的。前面說過，曹雪芹是借焦大之口，傾吐自己對本家族敗家子弟的憤激之情。可以說，焦大是作者「輓歌情緒」的產物。

如果再「細按」下去，還請注意焦大「要往祠堂裏哭太爺去」的鄭重聲明。焦大本人，當然是表白自己的忠心，但

在焦大聲明的背後，似乎還有曹雪芹不敢明言的隱衷。莊嚴肅穆的賈氏宗祠，有幾副顯赫的對聯，一曰「肝腦塗地，兆姓賴保育之恩；功名貫天，百姓仰蒸嘗之盛。」二曰「勛業有光昭日月，功名無間及子孫。」三曰「已後兒孫承福澤，至今黎庶念寧榮。」其中後兩副還是「先皇御筆」呢！眾所公認，曹雪芹筆下的賈府，是他自己家庭的藝術再現。據專家考證，在明末民族紛爭的大動盪中，曹雪芹的先人加入了滿洲旗籍，成了皇家的「包衣」奴才，後來「從龍入關」，由奴才晉升為皇室親信。曹雪芹的高祖父曹振彥，順治年間曾在山西、浙江等地任職；從他的曾祖父曹璽開始，以他的祖父曹寅為中心，直到他的父輩，三代四人，連任了六十多年負有特殊使命的江寧織造；曹璽的妻子孫氏是康熙帝的乳母，曹寅還做過康熙帝的「侍讀」。作為最高統治者的奴才，曹氏一家忠心耿耿，其勛業確實貫天耀地。康熙對曹家，除委以重任之外，還曾為曹雪芹曾祖母孫氏的居室親筆題名為「萱瑞堂」，這正是小說中賈府宗祠「先皇御筆」的事實依據。後來，因為錯綜複雜的政治鬥爭的牽連，雍正帝上台不久，曹氏被罷官抄家，跌到了社會的底層，曹雪芹本人過着「蓬牖茅椽，繩牀瓦灶」，以至「饔飧有時不繼」的生活。小說中，焦大醉罵雖然是在賈府未敗之時，而曹雪芹創作《紅樓夢》，寫下這段「焦大醉罵」，則是在家庭徹底敗落之後。如果聯繫曹雪芹家庭和他本人的滄桑巨變，跟隨焦大到祠堂去看看「先皇御筆」，昔時的榮耀和現在的敗落，是何等鮮明的對比！這種對比，對「先皇御筆」則是極

大的諷刺。其中，作者「傷時罵世」的心情不是很清楚嗎？如果再聯繫雍正初年「從龍入關」的王公貴族、八旗軍民因「接二連三，牽五掛四」的政治鬥爭而敗家的事實，更會感到曹雪芹藝術創作的高度概括意義。

正因為如此，所以和曹雪芹有着類似遭遇的康熙帝第十四子胤禵的孫子永忠，在讀了《紅樓夢》之後，會發出「不是情人不淚流」，「幾回掩卷哭曹侯」的無限感歎。

四

「赫赫揚揚，已將百載」，最後卻「樹倒猢猻散」的曹家，或者曹氏的親朋戚友家中，完全可能有焦大式的僕人，曹雪芹家敗之後的顛沛困頓生活，又使他的所見、所聞、所歷更為豐富，曹雪芹筆下的焦大，自有其現實的依據。《封神演義》中，商容、比干等人對紂王的諫罵，和焦大的醉罵，約略有相似之處，明清之際義僕戲的盛行，也會給曹雪芹塑造焦大以某種啟發。除此之外，我們還可以直接從文字上，追溯焦大其人、焦大其事的淵源痕跡。

眾所公認，無論是取材，構思，還是人物塑造，細節描寫，《紅樓夢》深受《金瓶梅》的影響。《金瓶梅》從二十二回開始，用了好幾回的篇幅，寫西門慶看中僕人來旺的老婆宋蕙蓮後，處心積慮地把來旺支使遠出，誘奸了這位有夫之婦，第二十五回，來旺歸來，孫雪娥向他泄露了這段奸情，來旺仗着酒興，在背後把西門慶大罵了一頓：

一日來旺兒吃醉了，和一般家人小廝，在前邊恨罵西門慶說：「怎的我不在家，耍了我老婆，使玉簪丫頭拿了一匹藍緞子，到屋裏啜他，把他吊在花園裏奸耍。後來怎的停眠整宿，潘金蓮怎做窩主。由他只休撞到我手裏，我教他白刀子進去，紅刀子出來，好不好把潘家那淫婦也殺了，我也只是個死。你看我說出來，做的出來。潘家那淫婦，想着他在家擺死了他頭漢子武大，他小叔子武松因來告狀，多虧了誰替他上東京打點，把武松墊發充軍去了。今日兩腳踏住平川路，落得他受用。還挑撥我的老婆養漢。我的仇恨，與他結的有天來大。常言道：一不做二不休，到跟前再說話，破着一命剮，便把皇帝打。

無須分析，讀者可以清楚地看出「焦大醉罵」和「來旺醉罵」的相似之處。不過，曹雪芹畢竟是曹雪芹，他筆下的「焦大醉罵」和《金瓶梅》中的「來旺醉罵」，着眼點和側重點並不相同，它們各自在小說中具有不同的作用。來旺是個受害者，也是個流氓，他的醉罵發洩了做忘八的憤慨，「白刀」「紅刀」云云，只是為了報復。小說後半部分確實寫了他流氓手段的報復行為。而焦大之於賈府，不存在來旺式的恥辱，自始至終都是一片癡忠。

如着眼於焦大其人，其經歷，其思想，其性格，似乎更受侯方域《郭老僕墓志銘》的影響：

老僕名尚，十八歲事余祖太常公。方司徒公之少而應秀才試，以及舉孝廉，登進士第，老僕皆身

從之。司徒公仕而西抵秦涼之塞，南按黔方，北盡黃花居庸邊鎮上，老僕又皆從。司徒公道經華山，攀崖懸河而涉其巔，老僕則手挽鐵索從焉。華山道士年八十矣，謂司徒公曰：「公貴人也，然生平豐於公業，嗇於福用，當腰圍玉而陪天子飯。此後一月難作，凡有五大難。過此，壽可耄耋。此僕當濟公於難者也。幸善視之。」然老僕殊不事事。司徒公嘗遣視南國之墅，久之，所司皆荒失。命人跡之，則老僕自攜琵琶，與一婦人飲於鹿邑之城門樓。司徒公怒，斥之。不使近。戊辰，赴官京師，老僕固請從，至則日酣飲於城隍市：司徒公朝所命，老僕暮歸，醉而盡忘之，司徒公怒而罵，老僕則倚壁而鼾，鼾聲與司徒公之罵聲更相間也。積二歲餘，以為常。司徒公為烏程相所構，下獄，顧謂諸僕曰：「爾輩皆衣食我，今誰當從乎？」老僕涕泣拜於堂下，司徒公熟視曰：「嘻，爾豈其人耶？」老僕前曰：「主人盛時，安所事老僕；老僕亦酣醉耳。今老僕且先犬馬死。主人又患難，豈尚不盡心力？主人不憶老道士言乎？」自此不飲酒，亦不與其家通，從司徒公於獄者七年。烏程相與韓城相相斷秉政，皆苛深，託諸緹校，訶察在事士大夫，親朋奴僕，往往避匿去。老僕嘗衣敝衣，星出月入，以事司徒公。初，燕女有姚氏者，數嫁不終，饒於財，每曰：「我當嫁官人耳！」老僕乃偽為官人娶之。日取其財易酒

食，交歡諸緹校者，故得始終不及於難。後姚氏察知其偽，大哭，罵老僕，以手提其耳，齧其面，面上痕常滿。及司徒公出視師，乃以老僕為軍官，冠將軍冠，服將軍服，以見姚氏。姚氏則大喜。老僕入謝，司徒公曰：「老僕嗜飲酒，今七年不飲酒，此後願日夜倍飲酒以償之。」久之飲酒積病，遂以死，年五十七。老僕有四子，其次嘗犯軍法，當死。諸大師卜從善等羅拜司徒公曰：「非願公絀法，乃軍中欲請之，以勸忠義也。」當是時，郭老僕之名播兩河云。

郭尚和焦大，忠主之心和嗜酒之性，創業之初出生入死，危難之際挺身而出，兩人是多麼相似。作為「復社」文人領袖，侯方域在明末清初曾名重一時，「雜學旁收」的曹雪芹是有可能讀到這篇《郭老僕墓志銘》的。是否可以說，焦大這一奴僕形象，是曹雪芹有感於自己家庭的敗落，把郭老僕的事跡改造而成的呢？

紫鵑論

　　紫鵑，差不多是與林黛玉同時出現在讀者面前的。小說第三回，林黛玉辭別父親，離開家鄉，來到京城外祖母家。「黛玉只帶了兩個人來：一個是自己的奶娘王嬤嬤。一個是十歲的小丫頭名叫雪雁。賈母見雪雁甚小，一團孩氣，王嬤嬤又極老，料黛玉皆不遂心，將自己身邊一個二等小丫頭名喚鸚哥的與了黛玉。」在「脂本」系統中，「鸚哥」這名字從第三回點出後，不再出現了。鸚哥到哪裏去了？這位由賈母特別派給黛玉的貼身丫頭會失蹤嗎？到第五十七回，丫頭紫鵑對賈寶玉說：「你知道，我並不是林家的人，我也和襲人鴛鴦是一夥的，偏把我給了林姑娘使。」原來，鸚哥就是後來的紫鵑。至於「程本」系統，前八十回也偶爾出現過「鸚哥」的字樣，如第二十九回，後四十回更是多次提到鸚哥，那是續作者和竄改者沒有細加審慎造成的混亂和錯訛。

　　不過，這位丫頭最初出現的時候，面目並不清晰，不像襲人一出場就有一段小傳式的介紹。究其原因，也許，曹雪芹開始僅僅只是為了說明外祖母對外孫女的愛憐，讓賈母把自己身邊的丫頭派給黛玉，而並不着意要把這位丫頭塑造成一個典型，所以沒有作過多的介紹；也許，曹雪芹是故意給

這位丫頭一段觀察、思考的時間，以便使她的性格基礎顯得更深厚，所以並不急於去展示她的內心世界；也許，曹雪芹開初是打算把這位丫頭寫成另一種典型，所以給她取名為學舌的「鸚哥」。到小說第八回，紫鵑的名字出現了，是否可以說，到這個時候，曹雪芹完全設計定型了這位丫頭的性格和命運。由「鸚哥」而「紫鵑」，名字是誰改的，小說未作任何交代，這可能是曹雪芹在五次增刪時造成的疏漏，或者是小說傳抄階段帶來的混亂。問題複雜，不敢妄論。但善於思考的讀者會領悟「紫鵑」二字的深意：紫鵑啼血，這位丫頭名字的本身就和她主人林黛玉一生的哀傷聯繫在一起。從最初住在賈母身旁的碧紗廚，到後來搬入鳳尾森森的瀟湘館，紫鵑和黛玉一直朝夕相伴。正是在與黛玉朝夕相伴的過程中，紫鵑的形象，一步一步像浮雕一樣凸現在讀者面前，以至於，人們一談起林黛玉，必然要想到紫鵑，並會對這位善良、勇敢、聰慧、高尚的姑娘由衷地發出讚歎，表示敬仰。

一

當林黛玉初到賈府的時候，賈母把她「摟入懷中，『心肝兒肉』叫着大哭起來」，並安排她住在自己身邊，「把那迎春、探春、惜春三個孫女兒倒且靠後了」連潑辣貨王熙鳳初見黛玉時，也臉色風雲變化，忙得不亦樂乎。然而，沒過多久，薛寶釵來到了賈府。她「品格端方，容貌美麗，人人都

說黛玉不及」，而且「行為豁達，隨分從時⋯⋯深得下人之心；就是丫頭們，亦多和寶釵親近」。請注意，就在這人人都說黛玉不如寶釵、丫頭們多和寶釵親近的情況下，紫鵑始終對林黛玉盡心服侍，照顧周詳。這位丫頭第一次以「紫鵑」的名字在書中出現，是派雪雁給林黛玉送手爐。那一天，大雪紛飛，林黛玉到梨香院來探望薛寶釵。黛玉沒走多久，紫鵑就牽腸掛肚，擔心林黛玉纖弱多病的身體抵擋不住風雪嚴寒，馬上打發雪雁給林黛玉送來了取暖的手爐。手爐雖小啊，其情可長。

後來，人們會讀到：當林黛玉佇立於花蔭之下，遠遠向怡紅院張望，看見賈母、王夫人等去探視臥傷的賈寶玉，而聯繫自己的身世，想到有父母的好處，淚流滿臉時，是紫鵑把林黛玉從傷感中喚醒過來：「姑娘吃藥去罷，開水又冷了」；當中秋之夜，林黛玉和史湘雲在寂靜的凹晶館聯詩琢句，爭強鬥勝，深夜未歸時，是紫鵑穿亭繞閣，滿園尋找，生怕黛玉有什麼意外。飲食、起居、盥洗、冷暖，紫鵑都認真照料，菜裏配上青筍紫菜，熬一碗江米粥，紫鵑也叮囑弄得乾乾淨淨，連放風箏也祈求替林妹妹放掉「晦氣」。林黛玉身體和情緒的細微變化，紫鵑更是一一看在眼裏。第六十七回，林黛玉收下了薛蟠從江南帶來的由薛寶釵分送給她的禮物，其中還特別點明有黛玉的家鄉蘇州的「自行人」。林黛玉由見物而思鄉，由思鄉而傷己，她「想起：父母雙亡，又無兄弟，寄居親戚家中，那裏有人也給我帶些土物來？想到這裏，不覺又傷起心來。」紫鵑呢？他「深知黛玉心腸，但

也不敢說破」這考慮得何等周到。接着說了一番勸慰、開導的話，處處從黛玉的身體着眼，既告訴她身體在逐漸好轉，又指出還不算十分大好，不能自己糟蹋。當時，林黛玉對薛寶釵已釋疑和好，來往頗密，於是紫鵑就特別提醒黛玉：這是薛寶釵送的東西，應該注意影響，以免產生誤會。紫鵑又說到賈母的珍愛，勸黛玉善自保重，不給賈母帶來煩惱。紫鵑的話語中，有批評，但說得十分得體；是寬慰，使人分外親切。每當晨光熹微，紫鵑就起身料理黛玉的生活。這時候，讀者會經常聽見紫鵑對黛玉說：「姑娘昨晚又咳嗽了一夜。」請不要忽視這簡單的一句話，它說明紫鵑關注着黛玉，她自己也同樣通宵未眠。

丫頭服侍小姐，這固然是封建家庭視為本分的事情，但如此盡心，如此周詳，實在令人驚歎。究其原因，如果單從紫鵑年齡比雪雁大而又聰明解事去分析，就未免皮相；至於後四十回所寫紫鵑是要報答林黛玉對她的「恩重如山」，那更是小說續作者對紫黛關係的歪曲。就黛玉而言，她不像賈探春那樣擺出一副貴族小姐的架式，把丫頭視為貓狗，也不像賈惜春那樣冷漠，任入畫受冤屈、被驅逐而不顧，而是對丫頭平等相待，推心相處。「親妹妹」，這是林黛玉對紫鵑的稱呼，僅此一點，也可見相互關係的和諧融洽。就紫鵑而言，作為丫頭要批評主子，偌大賈府的幾百奴婢中能有幾人？而紫鵑就經常說黛玉是「小性兒」，連連批評她的「不是」；作為丫頭，怎麼能干預主子的愛情生活？而紫鵑就主動向黛玉探詢，積極參謀，甚至還動員薛姨媽出力。據歷史

學家研究，明清時代，資本主義生產關係的萌芽，影響到了封建家庭的主奴關係，奴僕對於主人的人身依附正在鬆弛和減弱。具體到賈府，紫鵑的身份當然還是丫頭，還不可能走出大觀園，獲得人身解放，但在思想上，她不以奴婢身份自卑，具有獨立的人格。這正是時代反映在紫黛關係上的投影。紫黛二人在長期的共同生活中，建立起了超過主僕關係的親密友誼，她們既是主僕，也是知己，是朋友。這樣看，似乎更能抓住紫黛關係的實質，才能無損於《紅樓夢》的深刻意義。

正因為紫黛關係上出現了新的民主色彩，而不是一般意義的主僕，所以當林黛玉遭受封建勢力迫害的時候，紫鵑會不滿，會反抗，其矛頭恰恰是指向這位「家生子」的世世代代的主子。

林黛玉以寄人籬下的身份，來到表面花團錦簇、實則風刀霜劍的賈府，其孤高自許的性格和這個封建家庭極不協調，愛情問題上的折磨更使得她無限傷感，本來就多病的身體愈加垮了下去。當然，林黛玉自有她的堅韌、執着之處，然而，在強大的封建勢力面前，她畢竟是一個弱女子。隨着賈府對林黛玉的態度由熱情到疏遠、冷漠，以至摧殘，紫鵑則由對林黛玉的同情、照料，轉而發展到對賈府的憤慨、譴責。在傻大姐泄露「金玉婚配」機關，林黛玉焚稿絕粒之後，賈府主子無人過問。紫鵑焦急、痛苦，滿屋去找賈母等人，可一個也沒有找着。於是紫鵑認定：「這些人怎麼就這樣狠毒冷淡！」「狠毒冷淡」，這是紫鵑經過長期觀察之後，對

賈府主子的最終結論，是一個普通丫頭對封建統治者的正義裁決。

　　當林黛玉彌留之際，賈母和王熙鳳為了欺騙賈寶玉和薛寶釵拜堂成親，進一步愚弄賈寶玉的感情，竟打發林之孝家的來叫紫鵑去牽扶新娘。紫鵑和林黛玉相依為命，這時候要喚走紫鵑，無異於催黛玉之命。林之孝家的說過之後，李紈尚未答言，紫鵑馬上就接口：「林奶奶，你先請罷！等着人死了，我們自然是出去的。」由心下認定賈府主子「狠毒冷漠」，到發諸語言，抗拒命令，此時此刻，跳動在紫鵑胸膛的是一顆無比憤激的心！讀者至此，或許會發出感慨：紫黛二人長期相伴，是林黛玉的命運影響了紫鵑，還是紫鵑的勇氣促進了林黛玉反封建思想的形成？多少年來，「紫鵑抗命」好像還沒有引起紅學界的注意。其實，它和「鴛鴦抗婚」、「晴雯倒篋」鼎足而三，是大觀園中女奴反抗的光輝篇章，值得紅學論者去擊節品評。

二

　　雪雁受紫鵑派遣把手爐送給林黛玉來到薛寶釵住處的時候，正當賈寶玉聽從薛寶釵的勸告，不喝冷酒，叫人燙熱了再飲。當時，賈寶玉和林黛玉正處於初戀階段，而賈寶玉的感情又還徘徊在釵、黛二人之間。恩格斯說：「性愛按其本性來說就是排他的。」林黛玉出於這種本能，對賈寶玉聽從薛寶釵的勸告而滿含醋意。她問明了送手爐是紫鵑的主意，馬

上就說:「也虧了你倒聽他的話!我平日和你說的,全當耳旁風!怎麼他說了你就依,比聖旨還快呢?」這句話表面上是說雪雁,其實是借題奚落賈寶玉對薛寶釵的言聽計從。

「手爐事件」中,紫鵑的名字只是從雪雁的口中點明,她本人並不在場;送手爐的用意完全出於對黛玉身體的關心,與寶黛愛情毫不相涉。紫鵑萬萬沒有料到,一個小小的手爐,竟成了林黛玉對賈寶玉旁敲側擊的話題;當然更萬萬沒有料到,她雖然沒有出場,卻被林黛玉牽進了寶黛釵的愛情糾葛之中。然而,事情的發展是錯綜複雜的,在天才作家的筆下,更會寫得騰挪多姿。就是這位紫鵑,開初只是被動地由黛玉牽進三人的愛情糾葛,而後來卻是那麼主動地關心着寶黛的愛情,在某些時候、某種場合,甚至比當事人還更焦急。

紫鵑本人並沒有過愛情生活,但她對愛情的看法卻很精闢。

第五十七回中她對黛玉說的一番話,非常直率地表明了自己的觀點:「公子王孫雖多,那一個不是三房五妾,今兒朝東,明兒朝西;娶一個天仙來,也不過三夜五夜,也就撂在脖子後頭了。甚至於憐新棄舊,反目成仇的,多着呢!……所以說,拿主意要緊。姑娘是個明白人,沒聽見俗話說的『萬兩黃金容易得,知心一個也難求』!」「知心」,這是紫鵑考慮愛情和婚姻的着眼點和落腳點,和封建婚姻制度是截然對立的。(這裏應該指出,小說第一百十五回,和賈寶玉的相貌和身材都極為相像的甄寶玉來到賈府,紫鵑心下盤算:

「可惜林姑娘死了！若不死去，就將那甄寶玉配了他，只怕也是願意的。」這完全違背了紫鵑的觀點，是小說續作者對紫鵑的歪曲，對林黛玉的褻瀆。）這樣一種明確的認識，不要說在二百多年前的封建社會難能可貴，就是在今天看來，也為世俗平庸者所不及。今天的某些青年和某些家長，在處理個人或子女的愛情和婚姻問題時，不老是權衡「門第」和金錢嗎？豪爽的紫鵑不滿於林黛玉的悱惻纏綿，提醒她「拿主意要緊」，鼓勵她去明白表示，大膽追求。試想，如果紫鵑自己也被丘比特的金箭射中，一定是大膽熱烈的愛。那麼，我國絢麗多彩的文學畫廊中，將會增加一位勇敢追求自己愛情的女性，其氣質會有如撲墳化蝶的祝英台，有如水漫金山的白素貞。

不過，這並不應該惋惜，因為曹雪芹所要塑造的是另一類典型。據倪鴻的《桐陰清話》記載，倪氏在珠江畫船上看見一位少女，她手持湘妃竹淡金面摺扇一柄，上面蠅頭小楷寫着《紅樓夢》中的人名，每人配一句《西廂記》的曲詞，紫鵑所配曲詞是：「有情的都成了眷屬。」這位早年的《紅樓夢》讀者，對紫鵑的看法很有見地。紫鵑的形象具有多方面的意義，其中最突出最感人的是：希望寶黛愛情成功。

當賈寶玉把兩塊舊手帕作為愛情的信物，打發晴雯去送給林黛玉的時候，單純幼稚的晴雯百思不解，不明究竟。如果是感情細膩、聰慧解事的紫鵑，遇上林黛玉派她做類似事情，一定不會像晴雯這樣納悶。因為她對寶黛二人自幼「耳鬢廝磨」「早存一段心事」，了解得頗為清楚。尤其

是第二十六回「瀟湘館春困發幽情」，林黛玉一時忘情，哼出了《西廂記》第二本第一折中鶯鶯的唱詞：「每日家，情思睡昏昏！」賈寶玉隔窗聽見後，掀簾進來，對紫鵑唱起了張生的唱詞：「好丫頭，『若共你多情小姐同鴛帳，怎捨得叫你疊被鋪牀！』」賈寶玉當着紫鵑的面，明白地表示對林黛玉的愛。賈寶玉的心跡，紫鵑非常清楚。但究竟是「磐石卒千年」，還是「蒲葦一時韌」？是不是也像一般公子王孫，「今兒朝東，明兒朝西」？出於對愛情基礎的認識和對林黛玉命運的關注，紫鵑還是要測試和考驗賈寶玉。不過，她所採取的方式不像林黛玉那樣忽嗔忽喜、曲折纏綿，而是單刀直入，抓住問題的實質。於是，演出了那眾所矚目的「慧紫鵑情辭試莽玉」。

「無故尋愁覓恨，有時似傻如狂」的賈寶玉，是賈府的「鳳凰」和「混世魔王」。丫頭開門的動作稍慢些，他會一腳踢去，把人踢得口吐鮮血。「叔嫂逢五鬼」時，寶玉拿刀拿棍，鬧得天翻地覆，賈母在不明原因的情況下，尚且要趙姨娘的命，如果知道是趙姨娘買通馬道婆害的，那趙姨娘的下場更可想而知。這一切，紫鵑當然認真考慮過。但是，她不計較個人利害，掀起了一場軒然大波，寶玉急得休克過去。紫鵑敢於冒天下之大不韙，這實在需要勇氣。

如果說敢於「試玉」說明紫鵑勇敢的話，那麼如何「試玉」則表現出紫鵑的智慧。

紫鵑「試玉」之慧，一是試得及時。俗話說：「男大當婚，女大當嫁。」在此之前，史湘雲已經訂婚，薛蝌送薛寶

琴進京是為了聘嫁。這時，賈寶玉的婚姻問題，理所當然地
提到了賈府的議事日程。本來，薛寶琴在賈母心中有着特殊
地位，送鳧靨裘、問年庚八字，都是想把她配給寶玉，後來
聽說她已經許配給梅翰林的兒子，才只好作罷。而正是在考
慮賈寶玉婚姻大事的時候，薛寶釵在賈府的地位急劇上升，
並和探春、李紈一道管理起賈府的家政來了。偌大的賈府，
由一位親戚，而且是一位十幾歲的親戚小姐來協助管理家
事，實在是件怪事。尤其值得注意的是，這還是賈寶玉的母
親王夫人提名的。而且平素「一問搖頭三不知」的薛寶釵在
理家過程中又一反常態，積極出謀劃策，所謂「小惠全大
體」。這實在是個危險的信號！是否可以說，賈府主子選定
薛寶釵幫助理家，就是她作寶二奶奶的試用期？在這樣一個
關係到寶黛愛情的關鍵時刻，的確應該試探一下賈寶玉，試
探林黛玉在賈寶玉心中的份量。此時不試，更待何時？

　　紫鵑「試玉」之慧，二是試得逼真。紫鵑「試玉」的中
心話語是假的，但如果賈寶玉一聽就知道是假話，就達不到
試探的目的，所以必須把假話講真，假戲真做。

　　……紫鵑便說道：「從此咱們只可說話，別動手
　　動腳：一年大，二年小的，叫人看着尊重。打緊那起
　　混帳行子們背地裏說你，你總不留心，還自管和小
　　時一般行為，如何使得？姑娘常常吩咐我們，不叫
　　和你說笑。你近來瞧他，遠着你還恐遠不及呢！」說
　　着，便起身攜了針線進別的房裏去了

這話前半截是真的，這樣的意思，林黛玉多次親口對賈寶玉

說過；後半截呢？未必。這樣由真引出假，易於使人相信，尤其妙在話一說完，「便攜了針線進別的房裏去了」，煞有介事，使人不得不相信。後面的表演更加精彩。紫鵑聽雪雁講了賈寶玉發呆流淚的情態後，馬上放下針線，來找寶玉，並挨着寶玉坐下。須臾之間的表現完全不同，當然引起賈寶玉的疑問：「方才對面說話，你還走開，這會子怎麼又挨着我坐？」而紫鵑對寶玉的問話並不回答，倒轉而問起賈寶玉送燕窩的事情。寶玉說出原委。於是，紫鵑提出了「試玉」的正題：「在這裏吃慣了，明年家去，那裏有這個閒錢吃這個？」

寶玉聽了，吃了一驚，忙問：「誰家去？」紫鵑道：「妹妹回蘇州去。」寶玉笑道：「你又說白話，蘇州雖是原籍，因沒了姑母，無人照看，才接了來的；明年回去找誰？可見撒謊了。」紫鵑冷笑道：「你太看小人了。你們賈家獨是大族，人口眾多的；除了你家，別人只得一父一母，房族中真個再無人了不成？我們姑娘來時，原是老太太心疼他年小，雖有叔伯，不如親父母，故此接來住幾年。大了該出閣時，自然要送還林家的，終不成林家女兒在你賈家一世不成？林家雖貧到沒飯吃，也是世代書香人家，斷不肯將他家的人丟給親戚，落的恥笑：所以早則明年春，遲則秋天，這裏縱不送去，林家亦必有人來接的了。前日夜裏姑娘和我說了，叫我告訴你，將從前小時候玩的東西，有他送你的，叫你都打點出來還他；也將你送他的打點在那裏呢。」

賈寶玉不相信林黛玉會回蘇州，並有根據，紫鵑的謊話幾乎
要露餡了！然而紫鵑鎮靜自若，不慌不亂，一聲「冷笑」，
首先就在神情和口氣上鎮住了寶玉，接着針對賈寶玉的根
據，侃侃而談，有情況實擺，有推理分析，雖然是真裏面摻
假，但說得有情有理；最後提到「前天夜裏」林黛玉對她的
吩咐，說得那麼確鑿。「寶玉聽了便如頭頂上響了一個焦雷
一般」，一身發熱，滿臉紫脹，眼珠發呆，口角流津，指甲
掐在人中上也沒有知覺。如果不是紫鵑說得真做得真的話，
賈寶玉決不會如此急痛迷心。

　　紫鵑「試玉」之慧，三是試得深刻。「試玉」的正題是，
林黛玉要回蘇州。這似乎只是一句玩笑話，賈母和賈府眾人
也都認為是「玩話」。然而，這一句「玩話」對於賈寶玉來
說卻十分嚴峻。寶黛二人自幼朝夕相處，建立起了純真的友
誼，友誼發展成為愛情，發展成為建立在不滿封建社會的共
同思想基礎之上的愛情。在寶玉看來，林黛玉回蘇州就意味
着愛情的夭折。紫鵑說林黛玉要回蘇州，就是要試探林黛玉
在賈寶玉心中的地位，試探賈寶玉對林黛玉的愛情的深度和
堅度。後來在服侍寶玉的時候，紫鵑還直截了當地提出了賈
寶玉的婚事問題。

　　紫鵑說道：「年裏我就聽見老太太說要定了琴姑
娘呢；不然，那麼疼他？」寶玉笑道：「人人只說我
傻，你比我更傻！不過是句玩話，他已經許給梅翰
林家了。果然定下了他，我還是這個形景了？先是
我發誓賭咒，砸這勞什子，你都沒勸過嗎？我病的

剛剛的這幾日才好，你又來慪我！」一面說，一面咬
牙切齒的。又說道：「我只願這會子立刻我死了，把
心迸出來，你們瞧見了，然後連皮帶骨，一概都化
成一股灰，再化成一股煙，一陣大風，吹的四面八
方，都登時散了，這才好！」一面說，一面又滾下淚
來。紫鵑忙上去握他的嘴，替他擦眼淚；又忙笑解釋
道：「你不用着急。這原是我心裏急，才來試你。」
薛寶琴已經許配給梅翰林的兒子，精細的紫鵑當然知道。
但她仍然把這件事提出，這正是試玉的深入，最後亮出最
本質的問題。

「慧紫鵑情辭試莽玉」，試出了賈寶玉對林黛玉的生死不
渝的愛情。「試玉」的結果紫鵑是滿意的，所以她後來服侍
寶玉的時候，日夜辛苦而毫無怨意。豈止沒有怨意，讀者從
她操勞奔波中，仿佛可以看到她的由衷喜悅。她為林黛玉高
興，為賈寶玉對愛情如此堅貞而歡欣。

但是，紫鵑並不就此滿足，「試玉」之後，她又「心下暗
暗籌畫」。她鼓勵黛玉「拿主意要緊」，勸黛玉「趁早兒，老
太太還明白硬朗的時節，作定了大事要緊」。在紫鵑眼裏，
賈母既然想聘薛寶琴的事已經告吹，那麼林黛玉能取得賈母
支持的話，寶黛愛情還是能夠成功。殊不知血緣的關係畢竟
還是擋不住封建思想的刀劍，林黛玉在賈母心中的地位已經
大大下降。第五十四回，賈母那一番「破陳腐舊套」的說
教，表面上看是對評書《鳳求凰》而發，骨子裏未嘗不是衝
着寶黛愛情而來。所謂「只見了一個清俊男人，不管是親是

友，想起他的終身大事來，父母也忘了，書也忘了，鬼不成鬼，賊不成賊，那一點兒像個人？就是滿腹文章，做出這樣事來，也算不得是佳人了！比如一個男人家滿腹的文章，去做賊，難道那王法看他是個才子，就不入賊情一案不成？」對於青年男女的愛情，到了深惡痛絕的程度。不要說孤高自許、目光深邃的林黛玉不會去求助賈母，即使林黛玉採納紫鵑的意見，也是無濟於事，而且會帶來更明顯的壓力。紫鵑「試玉」之後，賈定玉「急痛迷心」，聰明的賈母未嘗不明白其中緣故，但她只是說：「我當有什麼要緊大事！原來是這句玩笑話。」輕輕一帶而過。這實際是對寶黛愛情的否定。紫鵑這位從賈母身邊來的丫頭，並沒有看清賈母的面目，更沒有認識寶黛愛情和封建勢力是那麼水火不能相容。紫鵑畢竟不如林黛玉成熟和深沉。

紫鵑「試玉」之後，薛姨媽來到瀟湘館，給釵黛二人講了一個「月下老人牽紅線」的故事。

薛姨媽道：「我的兒，你們女兒家那裏知道？自古道：『千里姻緣一線牽。』管姻緣的有一位月下老兒，預先注定，暗裏只用一根紅絲，把這兩個人的腳絆住，憑他兩家那怕隔着海呢，若有姻緣的，終久有機會作成夫婦。這一件事，都是出人意料之外。憑父母本人都願意了，或是年年在一處，已為是定了的親事，若是月下老人不用紅線拴的，再不能到一處。比如你姐妹兩個的姻緣，此刻也不知在眼前，也不知在山南海北呢！」

老謀深算的薛姨媽，不遲不早，恰恰在這個時候講這個故事，實在值得推敲。本來，她一到賈府，就製造「金玉良緣」的輿論；在賈寶玉「急痛迷心」時，又把賈寶玉的病因，說成寶黛二人有友誼，一個要離開，另一個當然傷心，冷心腸的人也會如此，不值得大驚小怪，竭力迴避賈寶玉「急痛迷心」的實質。她現在講這個故事，用心更為良苦。一心想做寶二奶奶的薛寶釵，看見賈寶玉聽說林黛玉要走就急痛迷心，一定另有一種滋味；月下老人拴紅線之說，對她當然是莫大的安慰。所謂「本人都願意了，或是年年在一起，已為是定了的事，若是月下老人不用紅線拴的，再不能到一處」，不都是針對林黛玉而說嗎？這必然增加林黛玉的精神壓力。當然，薛姨媽畢竟是聰明的，為了穩住林黛玉，她在說到賈母想把薛寶琴說給賈寶玉而不成的時候，提到了林黛玉的婚姻：「我想寶琴雖有了人家，我雖無人可給，難道一句話也沒說？我想你寶兄弟，老太太那樣疼他，他又生得那樣，若要外頭說去，老太太斷不中意，不如把你林妹妹給他，豈不四角齊全？」這就是所謂「愛語慰癡顰」。其實呢，什麼「我雖無人給」，不是有個寶貝女兒，而且早就散佈了「金玉良緣」的說法嗎？什麼「難道一句話也沒說」，似乎她已經提過寶黛的婚事了，其實根本沒有那樣的事，「愛語慰癡顰」是道道地地的「假語騙癡顰」。

薛姨媽和寶釵、黛玉談話的時候，紫鵑並不在現場，但她遠遠的聽得很真。薛姨媽說過後，「紫鵑跑來笑道：『姨太太既有這主意，為什麼不和老太太說去？』」這在客

觀上是將了薛姨媽一軍。薛姨媽仍然是聰明的，馬上頂了過去：「這孩子急什麼！想必是催着姑娘出了閣，你也要早些尋一個小女婿子去了？」她抓住少女在愛情婚姻上的害羞心理，弄得紫鵑「飛紅了臉」，只好轉身走開。其目的是要阻止紫鵑對寶黛婚配的努力。問題的嚴重性還不只在於紫鵑被薛姨媽弄得難堪而去，而在於：紫鵑求助於薛姨媽，說明她同樣被假語所騙；而且，誰能保險，如此一個薛姨媽不會把這作為進讒告密的口實？

如果說「試玉」表現了紫鵑勇敢和聰慧的話，那麼「籌畫」就說明這位少女的幼稚和單純。而這一切都是為了賈寶玉和林黛玉這一對有情人結成眷屬，出於她那像山泉、水晶一樣純潔透明的心。

三

據說，某月老祠有這樣一副對聯：「願天下有情人都成了眷屬；是前生注定事莫錯過姻緣。」從文字上看，上聯出於《西廂記》，下聯出於《琵琶記》；其實在思想上，上下二聯相互背悖，代表着幾千年來的兩種對立的婚姻觀。所謂「是前生注定事莫錯過姻緣」是借「天命」來推行封建婚姻，具有極大的強制力和欺騙性。它違背男女雙方的意願，千百年來，不知坑害了多少青年男女，釀成了多少婚姻悲劇。而「願天下有情人都成了眷屬」，則是對自由愛情和幸福婚姻的肯定、支持和嚮往。

　　愛情，這一人類社會與之俱來、同天不老的現象，是文學藝術的傳統題材。《詩經》中的大量情歌，是古代人民對愛情的謳歌，後來無數詠唱愛情的優秀篇章，至今仍有極大的感染力。但是，它們還侷限於對愛情本身的直接抒寫和歌頌，沒有塑造出熱情贊助青年男女愛情的感人藝術形象。到六百多年前的王實甫，第一次在《西廂記》中公開、明確地喊出了「願普天下有情的都成了眷屬」的響亮口號，成功地塑造了體現這一思想的紅娘。

　　眾所公認，曹雪芹塑造紫鵑時受了紅娘形象的影響，一「紅」一「紫」，命名上也可以看出二者之間的淵源關係。但是，《紅樓夢》自有其更廣闊、更深刻的社會意義，不是《西廂記》所能相比。紫鵑的思想也比紅娘更無私、更高尚。紅娘熱情地支持張生和鶯鶯的愛情，幫助他們克服自身思想弱點，大膽地促成他們自由結合，並機智、勇敢地向以老夫人為代表的封建勢力作鬥爭，保證了張生和鶯鶯婚姻的成功。幾百年來，這一光彩耀目的藝術形象活躍在舞台上，贏得了萬千觀眾的喝采；而且，「紅娘」這名字作為一個「典型共名」流傳在廣大民間。不過，瑜中有瑕，紅娘的腦子裏有一個「我」，老是問張生「怎麼謝我」，她不是要金帛錢財，而是考慮自己有歸宿。當崔鶯鶯焚香禱告，祝第三柱香，含羞遲疑的時候，紅娘馬上接口：「姐姐不祝這一柱香，我替姐姐告：願俺姐姐早尋一個姐夫，拖帶紅娘咱！」應該說，張生的到來，實際上也哄動了她的春心：「據相貌，憑才情，我從來心硬，一見也留情。」後來她還直截了當向張生提出

要求：「不圖你白璧黃金，則要你滿頭花，拖地錦。」這說明紅娘確實有做「如夫人」的想法。當然，作為一個少女和丫頭，考慮個人的歸宿，那無可非議，而且，這遠遠不是紅娘形象的主要方面。但是，在幫助別人的時候，附有個人的條件，其思想境界畢竟稍遜一籌。賈寶玉曾對紫鵑唱過：「若共你多情小姐同鴛帳，怎捨得叫你疊被鋪牀？」把她比成紅娘，有明顯「嬌妻美妾」思想。而紫鵑呢，通觀全書，她從來沒有考慮過自己的終身大事，毫不計較個人的利害得失。她任勞任怨，「一片真心」，完全為的是林黛玉，為的是寶黛愛情。到後來，「金玉婚配」已成定局，她仍然一如既往；「我只盡我的心，伏侍姑娘，什麼都不管。」這樣一種崇高的思想境界，反映了勞動人民的優秀品質，而又帶有某些俠義色彩。曹雪芹的晚年是在極端貧困之中度過的，這使得他更廣泛地接觸了下層人民。據專家考證，他自己曾有過幫助白媼和于叔度那樣的義舉。這一切，大概都和他塑造紫鵑有着思想上的聯繫。

分析紫鵑的思想，必然要涉及她的結局問題。因為曹雪芹只寫定《紅樓夢》前八十回，他準備怎樣寫紫鵑的結局，我們無法確切知道了。

也許，是黛玉辭世、金玉成婚之後，紫鵑「泣血」而逝吧，像她的名字所提示的那樣。她所盡心服侍，與之相依為命的黛玉，被「風刀霜劍」逼得「淚盡」而逝了；她竭忠殫思，努力促使寶黛愛情成功，最後卻成了泡影。熱情的紫鵑該是何等的悲痛！她時而嚎啕大哭，時而低聲抽泣，最後

「泣血」而死，一縷香魂去追趕她的林姑娘。這樣推論是否合理？如果是這樣的話，我國文學寶庫中將出現一段描寫「哭」的絕妙文字。曹雪芹出色地寫過笑，寫過同一人物在不同場合下的不同的笑，寫過在同一場合下不同人物的不同的笑。當然，曹雪芹也寫過哭泣，有假哭，有傻哭，有乾乾哭。不過，平心而論，在前八十回中，曹雪芹的寫哭泣的技巧（包括寫林黛玉的哭），遠不如寫笑那麼高超。是否曹雪芹有這樣的打算：他那無與倫比的寫哭泣的天才，要在全書最悽慘、最悲痛的場合才發揮出來。如果是這樣，黛玉辭世，再加上紫鵑「泣血」，將更加震撼讀者，贏得更多的眼淚。

或許，紫鵑去世於黛玉之前。這有寶黛二人修改《芙蓉女兒誄》為證。誄文原稿「豈道紅綃帳裏，公子情深；始信黃土隴中，女兒命薄！」這誄的是晴雯。黛玉聽後，認為上聯俗濫，建議改為「茜紗窗下，公子多情。」寶玉認為不妥，改為「茜紗窗下，小姐多情；黃土隴中，丫環薄命。」「黛玉笑道：『她又不是我的丫頭，何用此話？況且「小姐」「丫環」，亦不典雅，等得紫鵑死了，我再如此說，還不算遲呢？』」最後寶玉把它改為「茜紗窗下，我本無緣；黃土隴中，卿何薄命！」成了黛玉辭世的預兆。而「茜紗窗下，小姐多情，黃土隴中，丫環薄命」一聯，清清楚楚是說紫鵑死於黛玉之前。

紫鵑為什麼會早死呢？這得聯繫幾件事來看。寶玉捱打之後，襲人告密進讒被王夫人收買，王夫人進一步加強對賈寶玉的防範，後來來借抄檢大觀園，害死了晴雯。紫鵑「試

玉」，弄得寶玉急痛迷心，更是一件大事，聰明的賈母等人，真的會認為是玩話嗎？事件平息之後，一定要追究；再加上那個薛姨媽，添油加醋，如此這般一說，紫鵑的處境可想而知。

在曹雪芹的筆下，紫鵑究竟如何死去，無法起曹雪芹先生一問了。不過有一點似乎可以肯定，紫鵑之死和晴雯之死會有很大差別，天才的曹雪芹不會寫兩件雷同的事。誄文中「小姐多情」，當然是指林黛玉，但多情的還有一個賈寶玉。紫鵑照料寶玉後，曾留下菱花小鏡一面。紫鵑死後，寶玉睹物思人，倍加傷感，作家可以據此寫出一大段好文章。

以上云云，全是推斷。小說八十回以後的故事和人物如何發展，只要有一點端倪，任人天馬行空、虛無縹緲去想，永遠也不會有答案。還是回到現實的一百二十回吧！

在續作者的筆下，紫鵑出家了，跟隨四姑娘惜春出家了。為什麼出家？紫鵑自己說：「各人有各人的心，我服侍林姑娘一場，林姑娘待我，也是太太們知道的，實在恩重如山，無以可報了。他死了，我恨不得跟了他去，但他不是這裏的人，我受主子家的恩典，難以從死。如今四姑娘既要修行，我就求太太們將我派了跟着姑娘，伏侍姑娘一輩子，不知太太們准不准？若准了，就是我的造化了！」堂堂正正，說得無懈可擊。黛玉辭世時，她極大地憤激過；金玉成婚後，她原準備去問賈寶玉一個究竟，後來看見寶玉是那樣傷感，這位善良的少女，終不忍再去把他刺痛。可以說，這時候的紫鵑更成熟、更深沉了。殘酷的現實使她認識到這個家

族不會有好的下場。她自己怎麼辦？難道能像紅娘子那樣，高頭大馬，奔向農民起義的戰場？所以我倒認為，出家，是很恰當的處理。一個如此熱情的少女，進入空門，而且是陪伴冷漠的惜春，似乎更符合《紅樓夢》的整體構思。

王國維曾經這樣談起過紫鵑：「書中真正之解脫，僅寶玉、惜春、紫鵑三人耳……而解脫之中，又有二種之區別：一存於觀他人之苦痛，一存於覺自己之苦痛。然前者之解脫唯非常之人為能，其高百倍於後者，而其難亦百倍。」王氏用悲觀厭世的哲學觀點來解釋《紅樓夢》，當然不足取，但如剔除其「解脫」說，區別觀他人之苦痛與覺自己之苦痛，對於我們分析紫鵑，還是有借鑒意義的。正像紫鵑幫助別人不附任何條件一樣，她的出家並不是計較個人的得失，而是從他人之苦痛中，認識到現實的殘酷，從而決絕這個社會，的確是「難亦百倍」。

不管是那一種結局，紫鵑都是「薄命司」裏的人物，這是社會歷史決定的。是罪惡的封建社會，吞噬了這位少女。曾有論者指出，《紅樓夢》的主題是人的美、愛情的美，以及這種美的被毀滅。是的，現實主義的曹雪芹，「按跡尋蹤」，「不可稍加穿鑿」，展示了《紅樓夢》中一系列人物的悲慘命運，寫出了美的被毀滅。然而正是因為寫出了封建勢力對美的摧殘，所以讀者並不會因為美被毀滅而喪失對美的嚮往和追求，相反會得到力量和啟迪。從這一角度來看，我們與其說《紅樓夢》寫出了美的毀滅，毋寧說它寫出了美的永存。於紫鵑來看，這位心靈、情操無限美好的少女被封建社會吞

噬了，讀者從她的命運中可以認識封建社會的罪惡，讀者從她高尚的思想、情操中可以得到美的陶冶。

　　非常可惜，曹雪芹沒有正面描寫紫鵑的外貌，不過這不妨事，讀者自有再創造的能力。讀罷全書，大概每一個讀者的心目中，都有一位活生生的紫鵑，她，——平實而俏麗，端莊而輕盈……

關於香菱學詩

「香菱學詩」的義蘊何在？曹雪芹為什麼要安排這一情節？最近讀了一些文章，覺得對這一問題尚有探討的必要。

一

小說第四十八回，薛蟠因調情被柳湘蓮痛打之後，愧見親友，離家遠行了。於是，作為薛蟠侍妾的香菱，得以住進大觀園給薛寶釵作伴。她一來到蘅蕪院，便懇切地請求薛寶釵：「好姑娘！趁着這個工夫，你教給我做詩罷！」香菱為什麼要學詩呢？有論者說：這是對地主階級精神生活的嚮往。

誠然，在封建社會，勞動人民被剝奪了受教育的權利，吟詩作賦只是有閒階級的事情。具體到《紅樓夢》中，只有賈政和他的清客相公們才有這樣的閒暇和興致。連大觀園的少奶奶、小姐們雖然也結過詩社，吟詠過詩詞，但在薛寶釵看來，「原不是你我分內之事」。至於大觀園的眾多女奴們，就更是如此了。然而，《紅樓夢》中為什麼偏偏寫了香菱學詩，而且她是那樣茶飯不思，苦心琢磨，終於寫出了「新巧有意趣」的詩。這究竟是什麼原因呢？是不是如有些論者說

的那樣，香菱苦志學詩，是因為她「嚮往地主階級的精神生活」，為了改變自己的地位，以躋身封建貴族的行列？當然不會如此簡單。要對這一問題作出比較合理的回答，首先似應具體分析大觀園詩社活動的實際內容。

詩社，可以說是中國文學史上的特殊現象。它大概始於北宋，到明代特別盛行，後來還一直延續，以至在現代文學史上還有不少詩社團體。詩社之淵源，當出自古代的「以文會友」，詩人們結社賦詩，既切磋才藝，又聯絡感情，最初並沒有顯著的政治傾向。不過，後來的情況並不盡然。明代末年，詩社和文社一樣，指摘時弊，干預朝政，引起過社會的波瀾。到明朝滅亡之後，詩社的政治色彩仍然十分鮮明。據《南山草堂遺集》記載：

> 明社既屋，士之焦卒失志、高蹈能文者，相率
> 而為詩社，以抒其故國舊君之悲。大江已南，無地
> 無之。

故國之思，亡國之悲，形諸筆端，成為詩社唱和的突出內容。注重思想箝制的清朝統治者，對此當然不會不加聞問。據《東華錄》記載，順治九年二月，曾「刊臥碑於明倫堂之左，生員不許糾黨多人，立盟結社」；康熙十七年二月，給事中楊雍建曾鄭重上書朝廷，強調嚴禁結社；後來，康熙帝還親撰《訓飭士子文》，「招乎士類，結社之盟，如此之人，名教弗容，鄉黨弗齒」。在屢下禁社之令的情況下，曹雪芹將「海棠社」、「桃花社」等字樣赫然標入回目，熱情地描寫了大觀園的詩社活動，這件事情的本身就是對清朝政府的

極大蔑視，從一個側面顯露了曹雪芹創作《紅樓夢》的政治
鋒芒。

當然，大觀園內的詩社不全同於社會上那些政治色彩濃
厚的詩社，娛情逸性的成分更多一些。不過，儘管賈探春的
邀社小啟中把結社吟詠和名攻利奪對立起來，但大觀園詩社
內部的關係並不那麼和諧。香菱學詩之前，海棠社同人已經
寫過海棠詩、菊花詩和詠蟹詩，林黛玉還單獨寫過《秋窗風
雨夕》。眾所公認，薛寶釵的「珍重芳姿晝掩門」，是借詠海
棠來炫耀自己的出身門第，並宣揚婦德；林黛玉的「孤標傲
世偕誰隱」，是引傲霜的秋菊為知己，藐視那齷齪的世道。
本來，林黛玉詩思敏捷，才冠群芳，而李紈、探春等人卻往
往把她貶在薛寶釵之後，賈寶玉則老是為林黛玉懷抱不平。
這一切，明顯地反映出他們性情的差異和思想的對立。

香菱是在大觀園詩社活動的感召之下，提出學詩要求
的。既然曹雪芹熱情描寫詩社活動有其政治考慮，既然大觀
園詩社同人的吟詠不同於封建文人的無病呻吟，那麼，香菱
學詩的目的，怎麼能一言以蔽之，用「嚮往地主階級的精神
生活」去予以否定呢？

二

香菱於詩，最初是一竅不通的。經過林黛玉的啟蒙和認
真讀過王維、杜甫的詩集之後，她寫了第一首詠月七言律
詩；但是，「措辭不雅」，缺乏詩意。後來寫的第二首，又扣

題不緊,把詠月寫成詠月色了。最後寫了第三首:「精華欲掩料應難,影自娟娟魄自寒。一片砧敲千里白,半輪雞唱五更殘。綠蓑江上秋聞笛,紅袖樓頭夜倚欄。博得嫦娥應借問,緣何不使永團圓?」大家讀後,稱讚成它「不但好,而且新巧有意趣」。一個稍通文墨,最初不知詩為何物的女子,短時間內取得了如此長足的進步!於是,有人據此認為,「香菱學詩」的旨意是說明「天下無難事,只怕有心人」。

是的,香菱是學詩的「有心人」,她「茶飯不思,坐臥不定」,她「耳不旁聽,目不別視」,蘅蕪院昏黃的燈光陪伴她苦讀到夜闌人靜,芍藥圃的飄香小路留下了她漫步思索的腳印。苦學幫助她登上了詩歌藝術的殿堂,被邀請加入了海棠詩社。後來在蘆雪庭爭聯詠雪詩時,也能夠不假思索,即景成韻。《紅樓夢》的讀者盡可以從香菱苦志學詩的過程中悟出某種道理,但如果就這樣去歸納「香菱學詩」的旨意,就未免失之膚淺。而且,所謂「天下無難事,只怕有心人」,在小說中已經明白點出,似乎用不着再作闡發。曹雪芹「披閱十載,增刪五次」,用一生的心血創作《紅樓夢》,也未必是要以「香菱學詩」之類來作一些生活常理的說教。

另一種意見認為,曹雪芹是在「香菱學詩」中,借林黛玉對香菱的指點,表達自己關於詩歌創作的見解。

我們古老的祖國是一個詩的國度。從三百篇開始,歷漢魏六朝,到唐、到宋,以及後來的元明清,源遠而流長,有着豐富的古典詩歌遺產。考察漫長的詩歌發展史,眾所公認,唐詩是中國古典詩歌的黃金時代。正如魯迅先生在《致

楊霽雲》信中所說：「我以為一切好詩，到唐已被做完，此後倘非能翻出如來掌心的『齊天大聖』，大可不必動手。」雖然脂硯齋曾經說過：「余謂雪芹撰此書中，亦為傳詩之意」，雖然有人曾為曹雪芹沒有全力寫詩而感到惋惜，但是，如果曹雪芹真的只是致力於詩歌創作的話，那就沒有了今天如此博大精深的《紅樓夢》，而其詩歌成就大概也不可能超過唐詩大家，甚至還會不如二三流的詩人。如果那樣的話，該是文學史上，以至整個人類史上多大的損失，多大的遺憾啊！當然，作為故事情節的有機部分，作為塑造人物的有力手段，《紅樓夢》詩詞的成就是無與倫比的，不但前無古人，而且時至今日，似乎還不見堪稱後繼之人。但是，曹雪芹寫的是小說，而不是詩歌。魯迅先生的主要文學活動不是寫詩，而是寫小說和雜文，這固然服從革命鬥爭的需要，但也未嘗不和他精闢的文學史觀有關。在傳統文學樣式已經走向衰落的情況下，富於創造力的曹雪芹，選擇小說這樣一種文學樣式，「按跡循蹤」，寫出了一個封建貴族之家的「離合悲歡，光衰際遇」，喊出他的憤懣和抗議，表達他的理想和追求，這正是曹雪芹的思想高超之處和藝術高超之處。與燦爛的詩歌發展史相伴隨，我們國家的詩歌理論也非常豐富，這些理論包括詩歌評論和詩歌創作等諸多方面。在「香菱學詩」中，林黛玉對香菱的幾次談話，主要是講詩歌創作問題。林黛玉說，律詩「不過是起、承、轉、合，當中承、轉是兩副對子，平聲的對仄聲，虛的對實的，實的對虛的，若是果有了奇句，連平仄虛實不對都使得的。」這只是極普通的常

識。後來，林黛玉還教導香菱，一是要多讀名家的詩篇，「細心揣摩透熟」後，再動筆寫詩；二是寫詩的時候，「立意要緊」，「詞句究竟還是末事」，「不能以詞害意」；三是寫成之後，「要講究討論，方能長進」，等等。平心而論，這些詩歌創作的主張，一點也不新鮮。

當然，作為學詩「蒙童」的香菱，林黛玉對她講清這些問題是非常必要的。但如果認為曹雪芹是借林黛玉的口來表達自己的詩歌理論，那就大大低估了曹雪芹！

如果真要說曹雪芹的詩歌創作體會的話，我倒認為第七十八回中有精到之處。當時，賈政與眾清客談論林四娘死難的故事，賈政命賈寶玉和賈環、賈蘭三人各做一首挽詩。賈蘭做的是七言絕句，賈環做的是五言古詩。賈寶玉呢？

> 寶玉笑道：「這個題目似不稱近體，須得古體，或歌或行，長篇一首，方能愨切。」眾人聽了，都站起身來，點頭拍手道：「我說他立意不同！每一題到手，必先度其體宜與不宜。這便是老手妙法。這題目名曰《姽嫿詞》，且既有了序，此必是長篇歌行，方合格式。或擬溫八叉《擊甌歌》，或擬李長吉《會稽歌》，或擬白樂天《長恨歌》，或擬詠古詞，半敍半詠，流利飄逸，始能盡妙。」

這才是更為難得的主張。《紅樓夢》中的詩詞，或古體、或近體、或騷體，或詠物、或懷古、或即事，洋洋大觀，各盡其妙。大概正是這種主張的實踐吧！

「愛君詩筆有奇氣，直追昌谷破籬樊」，「知君詩膽昔如

鐵,堪與刀穎交寒光」,敦誠曾經這樣高度讚揚過曹雪芹的詩作。但是,除了「白傅詩靈應喜甚,定教蠻素鬼排場」這一題敦誠《琵琶行傳奇》的斷句外,我們不能看到《紅樓夢》之外的曹雪芹的任何詩篇了。是什麼原因呢?我懷疑曹雪芹有上引魯迅《致楊霽雲》信中類似的主張。他深刻地分析了中國文學發展的歷史及各類文體的流變史,也深感一切好詩到唐代已被做盡,並自愧不是「齊天大聖」,更不能跳出如來的掌心,於是,他將自己的詩作付之一炬了。曹雪芹的創作態度非常嚴肅,「披閱十載,增刪五次」就是明證。把自己不滿意的詩作獻諸祝融,並非沒有可能。或許,這正是曹雪芹詩歌創作主張中最突出的地方。

至於「香菱學詩」中林黛玉關於如何學習做詩的談話,只不過是香菱由不知詩為何物,到潛心研讀,到詩藝大進的必要過脈。

三

那麼,眾所矚目的「香菱學詩」,其義蘊究竟何在呢?

從「海棠社」到「桃花社」,這是紅樓兒女性格發展的一個重要階段。不論是史湘雲「容我入社,掃地焚香,我也情願」的表白,還是李紈關於詩作優劣的評論,或者是王熙鳳那「一夜北風緊」的詠雪起句,統統符合她們各自的身份,是其性格特點不應忽視的一筆;至於釵黛二人思想迥異的詠唱,那就更不用說了。文學是人學,情節是人物性格發

展的歷史。我們考察「香菱學詩」的義蘊，必須聯繫香菱其人的一生遭際。

香菱本名英蓮，是姑蘇城仁清巷望族甄士隱的獨生女，孩提時期就長得「粉妝玉琢，乖覺可喜」，被父親視為掌上明珠，嬌生慣養。不料在一年元宵佳節的社火花燈晚會上，她被拐子拐騙，輾轉他鄉，過着非人的生活。七八年後，拐子把她許賣給多情的馮淵，本來可望開始新的生活。但是，拐子同時又把她許賣給了「金陵一霸」的薛家。結果兩家相爭，「呆霸王」薛蟠喝令豪奴動手，將馮淵打死，把香菱「生拖活拽」搶到了手。於是，她跟隨薛家來到京城，住進了賈府，並由薛寶釵取名為「香菱」。不久，「吃着碗裏的瞧着鍋裏」的薛蟠就佔有了她，作為侍妾。

曹雪芹懷着極大的同情寫了這位薄命女「夢幻情緣」的破滅。不過，香菱的這一段悲慘遭遇，主要是由別人介紹的，她本人根本沒有正面提到。進入賈府之初，薛姨媽派她送宮花，在周瑞家的詢問她身世的時候，她淡漠的態度，引起過人們的歎息；後來，平兒把送利銀的來旺家的謊稱是香菱時，又引起了好色的賈璉的垂涎。但是，香菱本人的性格並沒有什麼發展。讀者感覺到她的存在，但並沒有對她產生新的印象。難道香菱就這樣默默無聞去走完她生命的旅途嗎？不。曹雪芹把香菱列為「金陵十二釵副冊」之首，並記有「判詞」，可見她在書中的地位。曹雪芹在把紅樓兒女安排進大觀園，並寫了他們的一系列活動之後，不失時機地讓薛蟠遠行，使作為薛蟠侍妾的香菱也能夠住進大觀園來。香

菱進園之後，馬上要求學詩。於是她由大觀園的一位匆匆過客而一度走到了舞台的中心。

曾有論者認為，從小的悲慘遭遇已經把香菱的感覺磨鈍了，所以當人們問到她的身世時，她只是淡淡地搖頭，沒有什麼悲傷的表現。果真如此吧？我們先看當年門子的一番介紹：

> 偏這拐子又租了我的房子居住，那日拐子不在家，我也曾問他，他說是打怕了的，萬不敢說，只說拐子是他的爹，因無錢才賣的。再四哄他，他又哭了，只說：「我原不記得小時的事！」……那日馮公子相見了，兌了銀子，因拐子醉了，英蓮自歎說：「我今日罪孽可滿了！」後又聽見三日後才過門，他又轉有憂愁之態。我又不忍，等拐子出去，又叫內人去解勸他：「這馮公子必待好日期來接，可知必不以丫環相看。況他是個絕風流人品，家裏頗過得，素性又最厭惡堂客，今竟破價買你，後事不言可知。只耐得三兩日，何必憂悶？」他聽如此說，方略解些；自謂從此得所。

香蕉菱過了七八年「打怕了」的日子，當生活可能會有轉機時，她歎息，她喜悅；在聽說三日後才過門時，便擔心事情會變化，「轉有憂愁之態」；經人勸慰，也只是「方略解些」。當時，香菱還才十二三歲，感情就是如此豐富，如此細膩！而且，後來事情的變故，證明她的憂慮是有預見的。苦命的香菱，平常是把痛苦深深地埋在心底。被薛

蟠佔有之後，香菱的生活如何呢？粗略看去，似乎好了一些，如果「細按」一番的話，就會得到其中的真實消息。那是在「情解石榴裙」一回。香菱和芳官、豆官等人在大觀園花草堆裏玩鬥草遊戲，一條剛上身的石榴紅綾裙被泥水污濕了。裙料是不久前薛寶琴帶來的，石榴紅綾又最不禁染。香菱擔心裙弄壞了辜負薛寶琴的好心，又怕薛姨媽罵她遭塌東西。正在為難的時候，賈寶玉動員襲人送給她一條同樣的裙子，解除了她的困境。之後，賈寶玉和香菱各自走開。

> 二人已走了數步，香菱復轉身回來，叫住寶玉。寶玉不知有何說話，絮煞着兩隻泥手，笑嘻嘻的轉回來，問：「作什麼？」香菱紅了臉，只管笑，嘴裏卻要說什麼，又說不出口。因那邊他的小丫頭臻兒走來說：「二姑娘等你說話呢。」香菱臉又一紅，方向寶玉道：「裙子的事。可別和你哥哥說，就完了。」說畢，即轉身走了。寶玉笑道：「可不是我瘋了？往虎口裏探頭兒去呢！」

按理，「裙子的事。可別和你哥哥說」，這話本來是不應該對賈寶玉說的。所以香菱猶豫了一番，「嘴裏卻要說什麼，又說不出口來」。但是，她又不能不說。為什麼不能不說呢？從表面來看，上引文字似乎透露出二人的某種情懷；其實呢，並不是那麼一回事。就賈寶玉來說，「香菱解裙」和「平兒理妝」是類似的事情，完全出於對女性的尊重和體貼；就香菱來說，她高潔而坦蕩，根本不是那種輕薄之人。香菱之

所以要鄭重囑咐賈寶玉不要告訴薛蟠，是因為內心中有着難言的苦衷。「弄性尚氣」的薛蟠，和賈璉一樣，也是「惟知以淫樂悅己，並不知作養脂粉」，對香菱毫無愛情可言。到薛家之前，香菱過的是「打怕了」的日子，到薛家之後，其內心的悽苦哪有些微的好轉！不過，隨着年齡的增長，尤其是經歷那場「夢幻情緣」的破滅，而又進入勢利的賈府之後，香菱更加冷靜，更加成熟了。她毫不希罕世俗人心的憐憫。可以說，在她淡淡搖頭的後面，正隱藏着遍體的累累鞭痕。善於體察女性的苦衷而又深知薛蟠為人的賈寶玉，清楚地知道香菱那鄭重囑咐的份量，所以馬上回答：「可不是我瘋了？往虎口裏探頭去呢！」

薛蟠外出後，香菱的精神和肉體都得到了暫時的解放。紅樓兒女的詩社活動，強烈地吸引着這位「根並荷花一莖香」的女性，大觀園的爛漫景色和自己的悲慘遭遇，從不同的方面孕育了她的詩情。賈探春在結社請柬中說過：「孰謂雄才蓮社，獨許鬚眉；不教雅會東山，讓余脂粉？」明顯地是要振興婦女的地位。香菱也是一個「異樣女子」，她善思索，有才情。教養有素的小姐能夠吟詩作賦，難道自己就學不成！而且，「詩可以興，可以觀。可以群，可以怨。」正足以抒發自己的感情。如果沿着這樣的思路去分析，香菱之所以要學詩，正是她自信本人的才智，不屈服於沉淪的命運。

香菱在林黛玉的指導之下，寫了三首詠月的七言律詩。月亮啊，你這圓圓的魔物，古往今來，曾經觸發了多少人的情思！此時此刻，你給香菱帶來了什麼呢？請聽：「詩人助興

常思玩，野客添愁不忍看」、「夢醒西樓人跡絕，餘容猶可隔簾看」、「綠蓑江上秋聞笛，紅袖樓頭夜倚欄」。籠罩着三首詩的，是一種淡淡而又不盡的哀愁。

這種哀愁，按後來豆官的說法是：「你漢子去了大半年，你想他了。」豆官鬥草未贏，強詞奪理，想用這句話封住香菱的嘴，當然不足為據。愛情，乃是心靈的互喚。錦心繡口的香菱，何嘗會思念酒囊飯袋的薛蟠？

那麼，這是一種怎樣的哀愁呢？就在香菱詠月後不久，曹雪芹借薛寶琴之口，轉述了一位真真國女兒的一首五言律詩。詩中說：「月本無古今，情緣自淺深。」同樣一輪明月，會引起不同時代和不同人們的不同情思。這似乎是提醒讀者要細心去體察香菱詠月詩的深意。

林黛玉和香菱討論王維詩歌的時候，香菱談過自己的深切體針：

> 「渡頭餘落日，墟里上孤煙。」這「餘」字合「上」字，難為他怎麼想來！我們那年上京，那日下晚挽住船，岸上又沒有人，只有幾棵樹，遠遠的幾家人家作晚飯，那個煙竟是青碧連雲。誰知我昨兒晚上看了這兩句，倒像又到了那個地方去了。

一方面，香菱憑藉自己的生活經歷，加深了對詩句的理解；另一方面，自然逼真的詩句，又引起了她對早年生活的回憶。正是在這種「好像又到了那個地方去了」的情況下，林黛玉以月命題，香菱則一題連做三首，反復詠唱。「舉頭望明月，低頭思故鄉。」「露從今夜白，月是故鄉明。」月

色，是最容易引起鄉愁的。香菱有過天真爛漫的童年，而目前卻處於悲慘的境地。此時此刻，她感情的細縷該是牽向遙遠的南方，那古老的姑蘇城，那熱鬧的仁清巷，還有那天平山的紅葉，寒山寺的鐘聲……可以說，這個時候，林黛玉和香菱，這兩位遠離故鄉的女子，達到了高度的感情共鳴。所以，林黛玉對「措辭不雅」的第一首，也誇獎「意思卻有」，並鼓勵香菱「只管放開膽子去做」。由詠月而思鄉，由思鄉而傷感，這就是香菱三首詠月詩的潛在感情。

曹雪芹在小說第五回中說：

　　根並荷花一莖香，平生遭際實堪傷。

　　自從兩地生孤木，致使香魂返故鄉。

至今我們讀者的耳畔還會重新響起曹雪芹寫香菱的這首判詞。香菱有才情，思故鄉。魯迅說：「悲劇將人生有價值的東西毀滅給人看。」「香菱學詩」，這一支歡快而哀怨的抒情樂章，加重了這位「薄命女」的悲劇的感人力量。

《五美吟》的命意和林黛玉的情懷

—— 兼評《〈紅樓夢〉中劣詩多》

　　《紅樓夢》第六十四回，林黛玉有感於古代有才色女子的遭際，寫了五首七言絕句，分詠古代五位女性，賈寶玉讀後總題為「五美吟」。

　　《五美吟》第一首寫西施：

　　　　一代傾城逐浪花，吳宮空自憶兒家。

　　　　效顰莫笑東村女，頭白溪邊尚浣紗。

「女色亡國」是封建中國的傳統觀點，歷來論西施的衛道士，多說她「沼吳」。為此魯迅先生曾憤激地指出：「我一向不相信昭君出塞會安漢，木蘭從軍就可以保隋；也不相信妲己亡殷、西施沼吳、楊妃亂唐那些古老話。我以為在男權的社會裏，女人是決不會有這樣大力量的，興亡的責任，都應該男子負。但歷來的男性的作者，大抵將敗亡的大罪，推在女性上，這真是一錢不值的沒有出息的男人。」（《且介亭文集·阿金》）不過，在歷代詩人的筆下，雖有如劉瑤《闔閭城懷古》：「五湖春水接遙天，國破家亡不紀年。唯有妖娥曾舞處，古台寂寞起寒煙。」稱西施為「妖娥」，但大多數是為西施鳴不平的。如羅隱《西施》：「家國興亡自有時，吳人

何苦怨西施。西施若解傾吳國，越國亡來又是誰？」崔道融《西施灘》：「宰嚭亡吳國，西施陷惡名。浣溪春水急，似有不平聲。」陸龜蒙《吳宮懷古》：「香徑長洲盡棘叢，奢雲豔雨只悲風。吳王事事堪亡國，未必西施勝六宮。」政治家兼詩人的王安石則說：「謀臣本自系安危，賤妾何能作禍基。但願君王誅宰嚭，不愁宮裏有西施。」

歷來詠西施的人很多，大都從政治鬥爭着眼。稍晚於曹雪芹的袁枚在《詠西施》中說：「吳王亡國為傾城，越女如花受重名。妾自承恩人報怨，捧心常覺不分明。」袁枚自己對此詩頗為欣賞，曾說：「余舊《詠西施》有云：『妾自承恩人報怨，捧心常覺不分明。』自道得題之間，載入集中。今讀陳夫人《捧心圖》云：『眉鎖春山斂黛痕，君王猶是解溫存。捧心別有傷心處，只恐承恩卻負恩。』與余意不謀而合。」的確，袁詩從西施的心理活動着筆，寫出她執行美人計時，「妾自承恩」和「人報怨」的矛盾，寫出她不願執行美人計的「傷心處」，這在從政治鬥爭角度詠唱西施的詩篇中是別出心裁的。

《五美吟·西施》也是另辟蹊徑。「一代傾城逐浪花，吳宮空自憶兒家」，哀惋之情，先聲奪人。更值得注意的是，「憶兒家」說西施在吳宮懷念家鄉，這與李白筆下的「吳王宮裏醉西施」截然不同，是另外一種形象，而且應該說是更合符生活真實、歷史真實和更加可愛、可敬的形象。故土的眷戀本是中華民族長期形成的一種樸素感情，況且西施又是作為統治者政治鬥爭的工具而被遣遠離鄉土的，其情懷當然

更為複雜。響屧廊也罷，梳妝台也罷，西施身居那樣的豪華宮殿，仍然懷念生她養她的偏僻山鄉，如此女性，和人民更加接近。然而，她再也不能回若耶溪了，這就是詩中所說的「空」。這樣，西施的悲慘結局當然更令同情。「效顰莫笑東村女，頭白溪邊尚浣紗」二句，感情好像有所轉捩，似乎是羨慕東施因貌醜而全身免禍；其實呢，這是為西施鳴不平的另一種說法：美被毀滅了，而醜卻長留人間。

第二首寫虞姬：

> 腸斷烏啼夜嘯風，虞兮幽恨對重瞳。
>
> 黥彭甘受他年醢，飲劍何如楚帳中？

清代吳永和《虞姬》詩說：「大王真英雄，姬亦奇女子。惜哉太史公，不紀美人死。」項羽自己可以帶領壯士拚搏，可虞姬怎麼辦？項羽猶豫了，他慷慨悲歌：「力拔山兮氣蓋世，時不利兮騅不逝。騅不逝兮可奈何，虞兮虞兮奈若何！」「歌數闋，美人和之。項王泣數行下，左右皆泣，莫能仰視。」虞姬死否？如何死法？《史記》沒有正面去寫。這一細微之處，經吳氏感慨點出，可謂讀書得間。

而《五美吟·虞姬》就是寫虞姬之死的：四面楚歌，大勢已去，戰馬悲鳴，夜風呼嘯，虞姬有千萬語要向項羽訴說，可戎馬倥傯，哪得閒暇？虞姬滿腔幽恨，綿綿不盡，只有凝眸而視……一轉身，劍出鞘，血四濺，「青鋒有意謝君王」（于成龍詩）。一個深情而果斷，優美兼壯烈的形象活脫而出！京戲《霸王別姬》的精湛表演大概受到過《五美吟·虞姬》的啟發吧！不過，詩中寫的主要不是「霸王別姬」，而是

「姬別霸王」。錢鍾書《管錐篇》引周亮工《尺牘新鈔》說:「余獨謂垓下何等時 …… 亦何暇更作歌詩!即有作,亦誰聞之而誰記之歟?吾謂此數語者,無論事之有無,應是太史公『筆補造化』,代為傳神。」周亮工是就項羽作歌說的。《五美吟·虞姬》寫虞姬之神情、感受、舉止,以及死之果斷、壯烈,又何嘗不是「筆補造化」?

司馬遷是懷着同情和惋惜來寫項羽這位失敗英雄的,其影響極大。虞姬忠於項羽而死,歷代為他說話的人更多。據說虞姬墓在今安徽靈璧縣城東十五里,碑額刻「巾幗千秋」四字。人們到此憑弔,慨然賦詩。蘇軾說:「愴惶不負君王意,只有虞姬與鄭君。」鄭君指鄭榮,項羽的部下,項羽死後被俘。後劉邦命項羽舊部均改名為籍(項羽名籍),表示對項羽的背叛,只有鄭榮拒不受命,因而被逐。蘇轍詩說:「艱難獨與虞姬共,誰使西來敵沛公?」意思是說只有虞姬與項羽同艱苦共患難。范成大詩說:「戚姬葬處君知否?不及虞姬有墓田。」戚姬是劉邦愛妾,劉邦死後被呂后砍去四肢,號為「人彘」,遭遇悲慘,遠比不上虞姬有墓得人憑弔。

林黛玉之於虞姬,除讚美她對項羽的深情忠貞外,還着眼於她的見識和不甘屈辱。在廣武楚漢相持中,劉邦絕楚軍糧,項羽為解圍,把抓獲的劉邦父親放在高俎上,揚言要烹殺,而劉邦卻說:「吾與項羽俱北面受命懷王,曰『約為兄弟』,吾翁即若翁,必欲烹而翁,則幸分我一杯羹!」為爭天下而不顧父母生死,劉邦實在殘忍。這就是王象春詩中說的「鼎上杯羹棄翁姥」。虞姬常隨軍中,對此當有所聞。林

黛玉認為，和後來被劉邦和呂后殺害的漢朝功臣黥布、彭越相比，虞姬在楚營中從容飲劍，是死得其所，死得其時。

第三首寫明妃：

　　絕豔驚人出漢宮，紅顏命薄古今同。

　　君王縱使輕顏色，予奪權何畀畫工？

古往今來，得詩人詠唱最多的歷史人物，王昭君可謂第一。或寫其悲怨，或憐其遠嫁；或指斥漢元帝之昏聵，或譴責毛延壽之欺君。「當時若不嫁胡虜，只是宮中一舞人」（王曇詩），是為她免於幽閉深宮而慶幸；「始知絕代佳人意，即有千秋國士風」（吳雯詩），是為她不肯行賄求寵而謳歌。在女詩人的眼中，「絕塵揚名賦大風，旌旗依舊過雲中，他年重畫麒麟閣，應讓蛾眉第一功」（葛秀英《題明妃出塞圖》，）王昭君儼然是一位巾幗英雄；而在落第士子的筆下，「氍帳琵琶曲，休彈怨恨聲。無金贈延壽，妾自誤平生」（沈德潛《落第詠王昭君》），明顯是借題發揮，指摘科場弊端，發泄個人的憤懣……真是雜彩紛陳，滿目琳琅。平心而論，《五美吟·明妃》在眾多同題材詩詞中實屬平平之作。「絕豔驚人出後宮，紅顏命薄古今同」，林黛玉哀歎昭君遠嫁匈奴，認為是「薄命」，這和大量歌詠昭君詩詞的基調無甚不同。接下去「自是君王輕顏色，予奪權何畀畫工」，也容易使人想起王渙的「紫台月落關山繞，腸斷君恩信畫工」和徐均的「自是君王先錯計，愛將耳目寄他人」。《五美吟·明妃》的思想並無新奇之處。

然而，薛寶釵讀過《五美吟》後卻稱讚它「命意新奇，

別開生面」，並舉王安石和歐陽修的詠昭君詩加以說明。王安石《明妃曲》二首，是歷代同題詩詞中的翹楚之作。其藝術成功是一個方面，更重要的是，它破除舊套，提出了新的觀點。前篇所說「君不見咫尺長門閉阿嬌，人生失意無南北」，後篇所說「漢恩自淺胡自深，人生貴在樂相知」，均突破了大漢族主義的傳統樊籬，讚美人生的「長相知，不相疑」。

歐陽修的《明妃曲和王介甫》二首，其思想和王安石截然不同，而在藝術上的確是成功之作。歐陽修自己就說過：「吾詩《廬山高》今人莫能為，唯李白能之。《明妃曲》後篇，太白不能為，唯杜子美能之；至於前篇，則子美亦不能為，唯吾能之。」應該說，《五美吟·明妃》是不能和王安石、歐陽修的同題詩相比的。對於此題詩詞爛熟於心而而鑒賞力頗高的薛寶釵，內心不會對《五美吟·明妃》有太高的評價，但口頭上還是褒獎。其間的曲折，頗值得體味。

薛寶釵是講究做人藝術和說話藝術的專家。《五美吟》是林黛玉鄭重其事之作，而且又有賈寶玉稱讚於前，薛寶釵均不便唐突。於是，她在概述詠昭君詩詞的幾種命意之後，特別提出王安石和歐陽修的詩句。這樣，「意態由來畫不成，當時枉殺毛延壽」，「耳目所及尚如此，萬里如何制夷狄」等精采詩句在前，林黛玉的「君王縱使輕顏色，予奪權何畀畫工」便失色了，而所謂「命意新奇，別開生面」之說也就頓然落空。

由此看來，薛寶釵並沒有真正稱讚《五美吟》，不過說法閃閃爍爍，迂迴曲折而已。

第四首寫綠珠：

> 瓦礫明珠一例拋，何曾石尉重嬌嬈？
>
> 都緣頑福前生造，更有同歸慰寂寥。

出生在廣西博白縣綠羅村的綠珠，被交趾採訪史石崇買為歌妓，帶到洛陽金谷園，笛瑟歌舞，供石崇享樂。八王之亂初期，因為統治集團內部的派系鬥爭，石崇官免勢失，徒具豪富。趙王司馬倫的將軍孫秀本來就與石崇有隙，向石崇索綠珠又不得，於是便藉司馬倫的勢力，捕殺石崇全家。武士圍困金谷園時，石崇對綠珠說：「我今為爾得罪。」綠珠則說：「當效死君前。」當即跳樓而死。對綠珠之死，有人視為抗暴烈女，有人憐其曲折遭際，而更多的人是着眼於她戀主殉情，讚揚她「甘心死別不分離」（杜東詩）、「命薄高樓敢負恩」（陳子壯詩）。邊貢在《題金谷園圖賦得綠珠怨》中，摹擬綠珠之口，為「結髮承主恩」、「寵冠金谷園」而自詡，並表示「他生願作啣泥燕，長傍樓中梁棟飛」。

對於綠珠之死，林黛玉是不以為然的。「瓦礫明珠一例拋」，固然值得同情；但「何曾石尉重嬌嬈」，則有所不值了。石崇劫商致富，視女性為玩物，以鬥奢為能事，對綠珠何曾有真實的感情！當然，林黛玉畢竟有其局限性，對於綠珠之遭遇也就只好作出「都為頑福前生造，更有同歸慰寂寥」這樣無可奈何的解釋。

第五首寫紅拂：

> 長揖雄談態自殊，美人巨眼識窮途。
>
> 屍居餘氣楊公幕，豈得羈縻女丈夫。

紅拂是唐末杜光庭的傳奇小說《虬髯客傳》中的文學形象。她原為大貴族楊素的家妓，當布衣時的李靖謁見楊素時，紅拂從李靖的言談舉止，識見其英雄才略，因而私奔相從，同往太原輔佐李世民建功立業。楊基詩說：「樓上綠珠初報主，坐中紅拂解憐才」，人們往往把她作為「慧眼識英雄」的典型，《辭海》「紅拂」條即如此說。「離經叛道」的李贄，曾經讚賞紅拂夜奔李靖為「千古第一嫁法」，是從更高的層次上給予評價。

《五美吟・紅拂》「長揖雄談態自殊」，是《虬髯客傳》中所寫之李靖，更是紅拂眼中的李靖。對於「奢貴自奉，禮異人臣」的楊素，李靖長揖不拜，侃侃而談。紅拂看出了李靖這種特殊之處，而且是在李靖尚未聞達時就看出了這種特殊之處，的確是「巨眼」，這說明她本人也是不同凡俗「態自殊」！紅拂之「態自殊」固然表現為慧眼識李靖，同時也表現為慧眼識楊素。紅拂來奔後，李靖懼於楊素「權重京師」而「萬慮不安」，紅拂則說：「彼屍居餘氣，不足畏也！」並很有說服力地分析情況，打消李靖的疑懼。紅拂之「態自殊」較之李靖還高了一籌！正因為如此，所以詩中稱紅拂為不受「羈縻」的「女丈夫」。

從一般人所說的「慧眼識英雄」，到李贄所說「千古第一嫁法」，對紅拂的評價很大程度上着眼於兒女之情，而林黛玉的《五美吟・紅拂》，則把這一形象的意義提到了更高的程度。

「幽淑女悲題《五美吟》」發生在「壽怡紅群芳開夜宴」

之後。「壽怡紅群芳開夜宴」，既是為林黛玉的意中人賈寶玉祝壽，又是紅樓兒女無拘無束的自由集會，大家擲骰掣籤，唱曲勸酒，笑談着籤上的題字鐫詩，林黛玉的興致本來是很高的。待林黛玉掣籤時，「黛玉默默的想道：『不知還有什麼好的被我掣着方好。』一面伸手取了一根，只是上面畫着一枝芙蓉，題着『風露清愁』四字，那面一句舊詩，道是『莫怨東風當自嗟』。」擲骰掣籤，固然是一種娛樂，不過人們還是希望自己有好兆頭。然而，籤上「愁」「怨」赫然在目，朕兆不佳，林黛玉的情緒很快低落下來，第一個提出「我可掌不住了，回去要吃藥呢」。一次歡樂的集會，就在這樣的氣氛中結束。夜宴掣籤後，林黛玉第一次出現，就是悲題《五美吟》。

勢利賈府的「風刀霜劍」，早已使林黛玉感到陰冷、窒息，愛情的折磨，更使這位纖弱的女性身心俱傷。平常，外界任何一點細微的刺激，往往引起她「父母雙亡，寄人籬下」的身世之感。這一次如何呢？她說：「我曾見古史中有才色的女子，終身遭際，令人可欣、可羨、可悲、可歎者甚多，今日飯後無事，因欲擇出數人，胡亂湊幾首詩，以寄感慨。」而且，她還供上新鮮花果，擺爐焚香，誠心地祭奠。一位外國文學家說過：「大地是廣闊的，比大地廣闊的是海洋，比海洋廣闊的是天空，而比天空廣闊的是人的內心世界。」此時此刻，感情的波濤強烈地拍打着林黛玉的心扉，其思緒比以往任何時候都更加深沉、幽遠。她由自己想到他人，由現在想到過去，茫茫大地，悠悠青史，頓時凝集在她的心頭。於

是，有着深厚文化素養而又富於詩人氣質的林黛玉，深沉命筆，發而為詩，寄託自己的無限感慨。

這正如戚本《紅樓夢》第六十四回末詩所說：「五首新詩何所居？顰兒應自日欷歔。柔腸一段千般結，豈是尋常望雁魚。」

林黛玉所詠五人，西施、虞姬、明妃、綠珠是史鑒有據的。林黛玉之作，可謂詠史。詠史詩自班固發軔之後，歷代源源不絕，佳作如林，成為祖國詩苑中一叢豔麗奇葩。詠史之詩，固然有為詠史而詠史，發思古之幽情者在，但大量的乃是借史抒懷，表現詩人自己的愛好、情操、個性，以至以古諷今，干預政治。這類詠史詩，詠的是歷史，而着眼點和歸結點乃是現實。面對往昔歷史，林黛玉冷靜思考，深入探討，重新評價，吟詠中不乏命題新奇之處。這當然是值得稱道的。

然而，就《紅樓夢》來說，就林黛玉形象來說，尤為重要的是要考察這些詩在林黛玉性格發展史中的作用。誠如魯迅所說：「詩歌不能憑仗了哲學的智力來認識，所以感情已經冰結了的思想家，即對於詩人往往有謬誤的判斷和隔膜的揶揄。」（《詩歌之敵》）林黛玉是一位感情特別豐富的女性，其詠史，既冷靜，更激動，嚴峻的歷史和殘酷的現實交織於心。漫長的中國封建社會，婦女處於無權的地位，命運最為悲慘。西施、虞姬、明妃、綠珠，這些有才有色而且名重一時的女子，結局尚且如此，更何況普通的女性。《紅樓夢》發展到六十四回，秦可卿早已身死，金釧兒被辱跳井，鴛鴦雖得藉助賈母之力而暫時未落入賈赦魔掌，但賈母乃暮年之人，來日不多，鴛鴦之結局可想而知，尤氏姐妹之大限也為

期不遠了。這正是魯迅所指出的「悲涼之霧，遍被華林」。不過，「呼吸而領會者」並非賈寶玉獨自一人。「花謝花飛飛滿天，紅消香斷黛玉憐」，林黛玉對西施等人的詠唱，從總體而言，正是她有感於紅樓女子的遭際，借詠史而為婦女的命運沉思、感歎、呼號、質問。賈寶玉認為「天地間靈淑之氣只鍾於女子」，是把女性作為美的化身來讚揚的。同樣，林黛玉為古代有才色女子的不幸而感傷，也正是為美被毀滅而感傷。

林黛玉有理想，有追求，嚮往着自由幸福的愛情，在對他人的詠唱中處處有自己的切身感受。從西施、虞姬、明妃、綠珠的不幸中，她預感到自己的不幸；或者說，她是在感受到自己的不幸後，再吟詠西施、虞姬、明妃、綠珠的不幸。詩的基調是沉鬱的，而哀惋中又帶着憤激，同情中也含着批判。「效顰莫笑東村女，頭白溪邊尚浣紗」，發人深思的感慨，和她聽了杜麗娘所唱「只為你如花美眷，似水流年」後的「心動神搖」，「如醉如癡」，所表現的為美的流逝而感傷的情懷，不是有着相似之處嗎？林黛玉的愛情觀是主張相互了解、相互尊重的，所以她尖銳地指出「何曾石尉重嬌嬈」，認為綠珠跳樓殉情是不值而可悲的。「黥彭甘受他年醢，飲劍何如楚帳中」，她讚虞姬死得其時，死得其所，這也可說是她自己「不教污淖陷渠溝」的又一次表白。而「君王縱使輕顏色，予奪權何畀畫工」的嚴厲責問，和她罵拿過苓香念珠的「聖上」為「臭男人」一樣，都是「大不敬」的言論。

紅拂是《虯髯客傳》中的文學形象，不當作歷史人物看

待。從林黛玉評論薛寶琴十首古詩來看，她並不是混淆其間的差別，而是主張不應「膠柱鼓瑟」。也許是歷史因襲負擔太重的緣故，也許是封建史家的取捨造成，歷代正史中的女性，遠不如文學作品中的女性形象那麼光彩照人。林黛玉似乎敏銳地覺察到了這一情況，感受到正史中的女性不足以寄託她的全部感慨，於是在深沉地哀輓西施等四人之後，熱情地為紅拂唱了一首高亢的贊歌。多少年來，人們說林黛玉纖弱多愁，缺乏勇氣。是的，這是林黛玉性格的重要方面。但是，當她悲題《五美吟》時，「不知風雨幾時休」的殘酷現實更使他不堪忍受，她從紅拂這個「異樣女子」身上，看到了美麗的亮光，看到了綠色的希望。在林黛玉看來，紅拂的出走，並不是只為兒女私情，而是「女丈夫」的勇敢行為。紅拂的見識和膽量，為她的叛逆展示了一方新的天地。

從輓歌到贊歌，標誌着林黛玉的進一步覺醒，是她性格發展史上一柱強烈亮光，照亮了她形象中尚不為人重視的一個側面。當然，終林黛玉的一生，其衝決封建羅網的勇氣，尚沒有達到她自己響往的高度。而且，她的知己賈寶玉，也只是個「銀樣蠟槍頭」，未能相偕去真正戰鬥。認識和行動畢竟是有距離的，對於很多人來說，這一段距離還相當遙遠，林黛玉並沒有跨越它。可惜！

行文至此，不由人想起前一段時間報界關於《紅樓夢》中的詩詞的討論。有論者認為「《紅樓夢》中劣詩多」，對《紅樓夢》中的詩詞近乎全盤否定，對曹雪芹在《紅樓夢》中穿插詩詞甚有微詞。筆者所讀詩詞不多，鑒賞力不高，無意

於參加這場爭論。但上文既已從比較的角度談了關於《五美吟》的一些看法,似乎涉及到這一問題,本文也就兼作側面發言吧。

唐代是中國古典詩歌的黃金時代,嗣後則慢慢走下坡路了,如果曹芹只是致力於詩歌創作的話,那就沒有了今天如此博大精深的《紅樓夢》。就《紅樓夢》中的詩詞本身論,曹雪芹不能稱為詩詞大家,但也決不至流為「蹩腳的詩人」。以《五美吟》而言,各首高下不一,而其總體是頗具特色的;如果把五首詩放在各自的同題詩詞中作歷史的考察,也都有它一定的地位,多數讀者會覺得它們清新可讀,自具韻味,而不會把它們斥之為「內容狹隘,感情空泛,風格卑下,語言浮靡」的「劣詩」。

支持「劣詩說」的同志認為,因為對《紅樓夢》詩詞的評價存在捧的情況,所以「劣詩說」之提出並不過分。這種說法也大可商榷。誠然,「時代文化精神之反映」云云,把《紅樓夢》詩詞的評價抬得太高,糾正這種偏頗是必要的,但「劣詩」之貶又流入了另一種偏頗。不知從何時起,文藝界、學術界,以至現實生活其他方面,評價事物有這麼一種偏向:好嘛就一切皆好,壞嘛就一切皆壞;如果批評一種過頭的觀點,往往走到另一極端。這麼一種思想方法,離開了實事求是的原則,有礙於正常爭鳴氣氛的形成,對事業是極為不利的,還是兩點論、多分析為好。或許,好走極端還有另一種情況:為了顯示自己見解之獨特而故作驚人之語。此法之不可取,更無庸多言。

　　支持「劣詩說」的同志曾引茅盾同志的話來說明問題。
誠然，茅盾同志在 1935 年出版的簡本《紅樓夢》的導言中，
對於《紅樓夢》中的結社吟詩等有過批評。這當然反映了茅
盾同志當時的看法，但也應作具體分析。茅公受人之約，把
一百多萬字的《紅樓夢》壓縮為幾十萬字的簡本《紅樓夢》，
必須對原書作大量刪削。《紅樓夢》主幹粗大，枝葉繁茂，相
比之下，結社吟詩之類當然是「瑣屑」的故事，被刪削乃理
所當然，茅公在導言中加以說明也順理成章。筆者讕陋，沒
有讀過茅公刪削的這部簡本《紅樓夢》。不過，該書現在之
難於找到是否也說明如下事實：它畢竟缺乏旺盛的生命力！
一部優秀的文學作品固然應當精煉，那些可有可無的字句，
乃至段落、章節，應該毫不可惜地刪去；但也應當豐厚、充
實，尤其是那些揭示重大主題、生活跨度大的作品。人們平
常所說的「水分」，指的是那些淡而無味，冗長累贅的文字。
從另外的角度看，「水分」乃是生命之源，沒有水分就沒有
了世界，更何況文章。《紅樓夢》第四十六回說，鴛鴦之所
以惹人愛，是因為賈母把她「調理的水蔥似的」。王熙鳳討
好賈母的這番逗趣之談，確實說出了某種道理。蔥如果沒有
了「水分」，枯黃、乾癟，那就不成其為蔥了。整部《紅樓
夢》無非是寫一個封建大家庭的沒落，寫一對青年男女的愛
情悲劇，如果簡括地介紹這個故事，有一段文字也就夠了。
然而，《紅樓夢》洋洋百萬言，從各方面再現了一個封建貴族
家庭的日常生活，為讀者展現出一幅封建社會的廣闊圖畫。
試想，如果把結社吟詩、酒令燈謎、取笑逗樂等等「水分」

統統擠幹，小說人物怎麼能像今天這樣栩栩如生？《紅樓夢》這座宏偉的藝術殿堂怎麼會有今天這樣的神奇魅力？

另外，在引用茅同志的論述的時候，應該全面地掌握材料。1963 年，茅公在《關於曹雪芹》一文中，再次談到了《紅樓夢》中的詩詞：

> 《紅樓夢》繼承了中國古典文學的優秀傳統而發展到空前的高峰。曹雪芹的家庭有文藝的傳統。他的祖父曹寅藏書極富，詩、詞、散文，都有較高的成就。他的父輩亦能詩善畫。他自己幼年便處於這樣的「文采風流」的環境中，無怪乎飽經變故之後，文章「窮而益工」。曹雪芹的友好，都讚美他能詩善畫，然而他的詩、畫都失傳了；《紅樓夢》中的詩詞歌賦都是「按頭制帽」，適合書中各色人物的身世、教養和性格，並不能代表曹詩的真正面目。敦敏兄弟、張宜泉，都把曹雪芹同李長吉相比，這大概指詩的藝術風格。至於思想內容，則「詩膽如鐵」一語，足夠玩味。猜想起來，雪芹的詩，瑰麗奇峭有如李賀，而慷慨激昂勝於阮籍。
>
> 曹雪芹塑造人物，真是細描粗勒，一絲不苟。書中多少次的結社吟詩，制謎語，多少次的飲酒行令，所有的詩、詞、燈謎、酒令，不但都符合各人的身份、教養和性格，並且還暗示了各人將來的歸宿。

據說茅公記憶力驚人，能夠任人指定而滔滔不絕地背誦《紅樓夢》中任何一段。1963 年他寫上引文字的時候，他一定記

得自己在 1935 年的那番議論。茅公當時感想如何，不好妄加猜測，但有一點還是很明顯：他相當承度地改變了原先的看法。而且還應當承認，這位「對古典詩詞修養極深的新文學巨擘」，1963 年比 1935 年是更加成熟，更加淵博了。對曹雪芹本人詩詞的評價，茅公作了充分的肯定，這給討論《紅樓夢》中詩詞的評價，指出了界說重點。

《紅樓夢》中的詩詞是小說《紅樓夢》的組成部分。前幾年出版的幾種「紅詩」注本，主要是為了幫助年輕同志讀《紅樓夢》的，而不是把它當作中國古典詩詞的精華介紹給讀者。討論「紅詩」之優劣，應着眼於它在小說中的作用，並作歷史的考察。

眾所公認，在《紅樓夢》以前的傳奇、話本和長篇小說中，作品人物的詩詞，或游離於故事情節之外，或與人物性格不符，往往成了多餘之物。自曹雪芹出，他不但借空空道人之口批評了那些平庸作品的拙劣手法，而且以自己的創作實踐，為在小說中如何穿插詩詞，樹立了傑出的典範。就《五美吟》說也好，就其他詩詞說也好，作為故事情節的有機部分，作為塑造人物形象的有力手段，《紅樓夢》詩詞的成就是無與倫比的，不但前無古人，而且時至今日，似乎還不見堪稱後繼之人。

（本文為提交第二次國際紅樓夢研討會而寫，在《紅樓夢學刊》發表時，被刪去了最後兩千多字，即「兼評」那一段；後來國際《紅樓夢》研討會論文一百五十多篇，選出二十三篇在香港結集為《紅樓夢大觀》出版，則全文收入。這裏是全文。）

話說「品茶櫳翠庵」

　　「品茶櫳翠庵」是《紅樓夢》第四十一回的事情。當時劉姥姥第二次來到榮國府，賈母帶領她和賈府眾人遊大觀園，來到花木繁盛的櫳翠庵小憩。從進庵至離去，全過程只有一千多字。在曠世奇才曹雪芹的筆下，這一節短短的故事寫得搖曳多姿，內涵及其豐富。它既生動地刻畫了人物，蘊含着詩的意境，又涉及中國傳統茶道的諸多要點，反映出作者廣博深厚的茶文化素養。

　　進庵之前，賈母曾「兩宴大觀園」，吃酒肉，行酒令，熱鬧異常。來到櫳翠庵後，賈母只坐在院中，不肯進禪堂。她對妙玉說：「我們才吃了酒肉，你這裏頭有菩薩，衝了罪過。我們這裏坐坐，把你的好茶拿出來，我們吃一杯就去。」在別處吃過了酒肉，在這裏面就不能進禪堂，而在庵院喝茶是可以的。可見茶和酒屬不同類型。寺院中有茶堂，但決不會有酒座，這是人所共知的（所謂「酒肉和尚」是違反教規的，另當別論）。

　　茶與酒之不同，不但是葷素之別，佛家嚴加區分，就士大夫、文人墨客以至普通百姓來說，也深明二者的不同氣韻。酒主動，茶主靜；酒令人醉，茶使人醒；酒宜於觥籌

交錯之間頻頻斟勸，茶宜於促膝交談之時細細啜品。「長安市上酒家眠，天子呼來不上船」，這是李太白酒後的狂傲；「多謝彩箋貽雅眄，想資詩筆思無涯」，這是余襄公茶後的輕鬆。就曹雪芹所寫，「品茶櫳翠庵」，花木扶疏，窗几明淨，何等雅緻，似乎那嫋嫋升騰的茶霧，也諧和與淨化人的心靈。而「兩宴大觀園」則是那麼喧鬧，到劉姥姥醉卧怡紅院時，仍然鼾聲如雷，滿屋的酒屁臭氣。品茶和飲酒，藝術氛圍是這樣迴然不同！

當妙玉親自捧來小茶盤，給賈母獻茶時，賈母說：「我不吃六安茶。」妙玉笑着回答：「知道。這是老君眉。」

這裏談到兩種名茶。六安茶產於安徽霍山，霍山過去屬六安郡，因此得名。明代許次紓《茶疏》說：「天下名山，必產靈草，江南地暖，故獨宜茶。大江以北，則稱六安。然六安乃其郡名，其實產霍山縣之大蜀山也。」六安茶本是名茶，歷代沿作貢品，享有盛名，但若制法不當，其味則苦。明代屠隆《考槃餘事》說：「六安品亦精，入藥最效，但不善炒不能發香而味苦。茶之本性實佳。」大概賈母原先喝過炒法不當的六安茶，嫌其味苦，所以聲明不喝。標榜清高，自稱「檻外人」的妙玉，其實對「檻內」的事情非常關注，連賈母喝什麼茶也知道得清清楚楚。她捧給賈母的是老君眉。老君眉是洞庭湖中君山所產的毛尖茶。《巴陵縣志》說：「巴陵君山產茶，嫩葉似蓮心，歲以充貢……白毛茸然，俗呼白毛尖。」這種白毛尖，既是君山所產，外形又如老人的長眉，故名老君眉。茶名就帶有增壽的意思，所以老人特別喜愛。妙玉大

概是早有準備吧，於此也可見她為人之一斑。

　　中國傳統茶道對於茶具非常講究，「品茶櫳翠庵」中提到的就有八種。一是給賈母獻茶用的海棠花式雕漆填金「雲龍獻壽」小茶盤。這種茶盤形狀如海棠花，「雕漆填金」是在厚漆上雕出花紋，花紋全是金色。「雲龍獻壽」是花紋的圖案，指在雲朵間雙龍拱托一個「壽」字。二是捧給賈母用的成窯五彩小蓋鍾。成窯是明代成化年間景德鎮官窯所產的瓷器。《博物要覽》說：「成窯上品，無過五彩。」小蓋鍾是小茶杯而有蓋者。三是遞給眾人的官窯脫胎填白蓋碗。官窯是專為宮廷燒制的瓷器。脫胎，指薄胎瓷器，因極薄，映光可以透見指紋，似乎釉層之內已經脫去胎骨。填白是填上白花粉釉，構成圖案。四是給薛寶釵用的「瓟斝」。瓟匏都是屬於葫蘆科的瓜名；斝是古代的玉杯。「瓟斝」是一種葫蘆形的杯子。沈初《西清筆記》說：「葫蘆器，康熙間始為之……其法於葫蘆生後，造器模包其外，漸長漸滿，遂成器形。然當選千百中僅成一二，完好者最難得。」至於說杯上有「晉王愷珍玩」及「宋元豐五年四月眉山蘇軾見於祕府」字樣，當屬誇大之詞。五是給林黛玉用的「點犀盉」。是犀牛角制的，盉是杯碗之類。六是妙玉自己常用的綠玉斗，造型為上大下小的方形。七是後來尋出給賈寶玉用的九曲十環一百二十節蟠虯整雕竹根大盞。虯，龍的一種。竹根以盤曲多節者為貴，如雕飾，當然更為名貴。八是鬼臉青花甕。是一種深藍綠色釉的瓷器，妙玉用它儲存梅花上的雪水，埋在地下，以備以後煮茶。

一位幽居女尼臨時操辦的普通茶會，茶具是如此五花八門，名目繁多，可見當時上層社會對茶文化的講究。

「茶聖」陸羽的功績之一是論定水質對茶味的影響。作為賈府老祖宗的賈母也頗明此道，她在聲明不喝六安茶後，接着就問：「這是什麼水？」妙玉回答：「是舊年蠲的雨水。」舊年，即去年；蠲，使其清潔的意思。賈母便認可了。這裏有三點值得注意。一是雨水，乃天然之水；二是蠲，除去雜質；三是去年，經過了一年的收藏。

到妙玉請寶、黛、釵喝體己茶時，烹茶之水又不同了，那是五年前在玄墓蟠香寺收的梅花上的雪水，而且是埋在地下儲存的。玄墓是東晉郁奉玄的墳墓，在江蘇吳縣，距京城大觀園有千裏千里之遙。這一帶廣植梅花，花開時望之如海，香飄數里，有「香雪海」之譽。在這樣的地方收的梅花上的雪水，而且埋在地下儲藏了五年，比隔年的雨水，當然強多了。當林黛玉問「這也是舊年的雨水」時，妙玉冷笑道：「你這個人，竟是大俗人，連水也嘗不出來！」一向孤傲清高並頗具文化素養的林黛玉，對於妙玉的冷笑竟無言以對。喝着沏好的茶，就應該知道是用什麼水烹煎的，這才是品茶高手。僅此而論，品茶的要求，比當今品酒、品煙還略高一籌。

杜甫的《飲中八仙歌》，以幽默諧謔的語言，為賀知章等八位酒仙繪製了一幅豪放、曠達的彩卷，「三杯草聖傳」、「三斗始朝天」、「飲如長鯨吸百川」，一直是文壇和酒座的佳話。在日常生活中，稱喝酒者為「海量」，是對他的讚譽。

喝茶則不然。妙玉說：「一杯為品，二杯即是解渴的蠢物，三杯便是飲驢了。」所謂品茶，是品嚐茶味，不是解渴，二者是有嚴格區別的。

粗檢歷代詠茶詩篇，多數是寫細細品味的，只是在盧仝的筆下，茶才可以和「豪飲」二字相聯繫。他的《走筆謝孟諫議寄新茶》說：「一碗喉吻潤，兩碗破孤悶，三碗搜枯腸，惟有文字五千卷。四碗發輕汗，平生不平事，盡向毛孔散。五碗肌骨清，六碗通仙靈。七碗吃不得，惟覺兩腋習習清風生。」把喝茶的生理感受和心理感受，描繪得淋漓盡致。盧仝的七碗茶，歷代傳為美談，連曠達的蘇東坡也說：「何須魏帝一丸藥，且盡盧仝七碗茶。」然而，三杯茶便被妙玉罵為「飲驢」，那麼，在這位「氣質美如蘭，才華馥比仙」的女尼眼中，盧仝不知成何物了！

如從文學的角度來考察，「品茶櫳翠庵」的主旨則是寫人，寫妙玉，寫妙玉對賈寶玉的微妙感情。

賈母是遊園一行的領隊，劉姥姥是遠道而來的客人，來到庵中的還有賈府眾姝娌、姑嫂。然而，妙玉稍作應酬後，便撂下眾人不管，把寶釵和黛玉的衣襟一拉，引二人進入耳房。見此情景，賈寶玉也隨後輕輕地走了進來。妙玉邀釵黛二人，其實也正是邀寶玉，因為她深知寶玉和林黛玉、薛寶釵的親密關係，既然釵黛二人進入耳房，賈寶玉怎麼還會留在院中？妙玉是聰明的，一位年輕女尼當然不便去拉一位年輕公子的衣襟。妙玉請三人喝體己茶。體己者，表示關係親密也。水，是五年前收的梅花上的雪水，茶具是珍貴的古

玩，的確不同一般。

妙玉遞給釵黛的茶杯是「點犀盞」和「瓟斝」，給賈寶玉的則是自己常用的那只綠玉斗。乍一看，似乎妙玉是敬重釵黛而怠慢寶玉。其實，大不然也。越是隨便，越說明關係親密。有潔癖的妙玉，把自己日常喝茶的綠玉斗給寶玉用，正說明寶玉在她心中的位置。紅學界一致認為。妙玉寶玉二人是有感情瓜葛的，「品茶」是第一次透露（後來還有「贈梅」和「賀壽」那樣的描寫）。面對青燈古佛，伴隨晨鐘暮鼓，這位緇衣女尼，仍然嚮往着，期待着，那粉紅色的夢。

在社會生活中，在文學作品裏，酒，往往成為男女情愛的媒介，用舊小說中的一句套話是：「酒是色媒人」。最有名的例子，大概要算《水滸傳》中西門慶在王婆家喝酒時對潘金蓮的挑逗，還有《金瓶梅》中「潘金蓮大鬧葡萄架」那庸俗不堪的描寫。就其本質來說，「品茶櫳翠庵」的要旨也是寫情愛，寫妙玉對寶玉的那種微妙感情。然而，它截然不同於其他小說的庸俗、淫濫描寫，而是那麼含蓄，那麼雅緻，那麼蕩漾着詩情。

藉助茶來寫情愛，曹雪芹可謂創舉。這該是祖國茶文化的交響樂中，別具一格的繞梁清音！

（本文應《農業考古》「中國茶文化」專號之約而寫）

紅樓趣談（選）

《紅樓夢》書名何其多

《紅樓夢》共有五個書名：紅樓夢、石頭記、情僧錄、風月寶鑒、金陵十二釵。這些書名都明明白白地寫在小說第一回。

「紅樓夢」是「總其全書之名」，在小說的眾多書名中，它是「包括一切的大名」。本來，它只是小說第五回中那十二支曲子的曲名，也指賈寶玉做的那個遊太虛幻境的夢。到後來，它成了全書之名。

「石頭記」是小說的本名，脂本系統中大多數本子都是以它為書名的。但是，它的運氣似乎不好，曹雪芹在世時，「《紅樓夢》之名就傳出了，乾隆時候的人一般都是以《紅樓夢》稱呼全書，現在更是如此。

如果要詳細一點說，「紅樓夢」和「石頭記」這兩個書名的關係很複雜，紅學界有不同的看法，一般讀者可以不必深究。

至於「情僧錄」、「風月寶鑒」和「金陵十二釵」，這三個書名都沒有冠於全書，只是出現在小說第一回的一段話中。

所謂「情僧錄」，就文字來看並無深意，它只是說這部小說是由一個初名「空空道人」後來改名為「情僧」的人抄錄下來而傳世的。僧本來應該是四大皆空、與情無緣的，而此人偏偏是情僧，可見其怪。有人認為情僧就是脂硯齋，那麼書名「情僧錄」就記錄了脂硯齋在小說成書過程中的重大作用。

所謂「風月寶鑒」，與小說中的一段故事有關。第十一回「慶壽辰寧府排家宴，見熙鳳賈瑞起淫心」和第十二回「王熙鳳毒設相思局，賈天祥正照風月鑒」，寫賈瑞（賈天祥）看見鳳姐後，心懷不軌，出言調戲，而本來放蕩的王熙鳳，認為出身微賤的賈瑞是「癩蛤蟆想吃天鵝肉」，損害了她的尊嚴，於是毒設相思局，害得賈瑞得了大病。大病之中，一個跛足道人送來一面鏡子，叫「風月寶鑒」，專治邪思妄動之症，叮囑賈瑞只能照背面，千萬不可照正面，就可以把病治好。賈瑞照背面時，只是一個骷髏立在裏面，認為是那道士嚇他；一照正面，鳳姐在裏面向他招手，於是進去雲雨一番。這樣反覆幾次，賈瑞就一命嗚呼了。這意思是說：女色無非是個骷髏而已，小說取了「風月寶鑒」這個書名，意思是戒妄動風月之情，據脂批說，曹雪芹舊有《風月寶鑒》之書，是他弟弟棠村寫的序言，後來棠村死了，曹雪芹睹舊懷新，仍然標出「風月寶鑒」這個書名，以示紀念。紅學界認為，《風月寶鑒》原書中有不少類似賈瑞之死、多姑娘的故事這樣的「風月」文字，後來刪了很多。這樣說，「風月寶鑒」這個書名，就代表了小說成書過程的一個階段。

「金陵十二釵」這個書名，看來作者比較喜歡，書中說：

「曹雪芹於悼紅軒中披閱十載，增刪五次，纂成目錄，分出章回，又題曰『金陵十二釵』」。

用「金陵十二釵」作書名，是說小說寫的是十二個年輕女子的故事。小說開頭有一段充滿感情又富於思想內容的開場白：「今風塵碌碌，一事無成。忽念及當日所有之女子，一一細考較去，覺其行止見識皆出我之上；我堂堂鬚眉，誠不若彼裙釵；我實愧則有餘，悔又無益，大無可如何之日也……然閨中歷歷有人，萬不可因我之不肖，自護己短，一併使其泯滅也……我雖不學無文，又何妨用假語村言，敷演出來，亦可使閨閣昭傳，復可破一時之悶，醒同人之目，不亦宜乎？」用「金陵十二釵」作書名，非常明顯地體現了作者的這番創作意圖。

另外，小說還曾以「金玉緣」、「大觀鎖錄」等為書名刊行過。金玉緣者，金鎖與寶玉之姻緣也。不過，「金玉緣」等並不是曹雪芹取的書名，而是在《紅樓夢》被查禁的情況下，書坊老闆使用的障眼法。它也說明了《紅樓夢》問世後的一段經歷。

「紅樓夢」是什麼意思？

「紅樓夢」是什麼意思？問題先在「紅樓」二字。

夢覺主人的《紅樓夢序》說：「辭傳閨秀而涉於幻者，故是書以夢為名也。夫夢曰紅樓，乃巨家大室兒女之情，事有真不真耳。紅樓富女，詩征香山；悟幻莊周，夢歸蝴蝶。

作是書者藉以命名,為之《紅樓夢》焉。」他所說的「紅樓富女,詩證香山」,是說「紅樓富女」是從白香山(白居易)的詩中來的。白居易的這首詩是《秦中吟》的第一篇《議婚》,詩中說「紅樓富家女,金縷繡羅襦;見人不斂手,嬌癡二八初。」這樣看來,「紅樓」是指富家閨閣。

1981年,全國《紅樓夢》學術研討會在山東濟南召開,俞平伯先生作了一首詩贈給大會,詩前小序說:「觀《通鑒》卷二百六十三,記五代王建事。建作朱門,繪以朱丹,蜀人謂之畫紅樓,是紅樓亦朱門之泛稱耳。」這樣來看,「紅樓」是指豪門貴族。

「夢」呢?夢者,幻也。

這樣,書名「紅樓夢」的意思就是:富家閨閣幻同一夢或豪門貴族幻同一夢。這樣兩種不同的理解,會導致對小說的題材、主線、命意產生不同的說法。

其實,《紅樓夢》既寫了賈寶玉和林黛玉的愛情的破滅,又寫了賈府的由盛入衰,「紅樓」的意思還是兼顧二說為好。至於名之以「夢」,這當然反映了曹雪芹的一定的虛無、夢幻思想。但他畢竟沒有像賈寶玉那樣「懸崖撒手」,遁入空門,而且即使在晚年「蓬牖茅椽,繩牀瓦灶」的困頓生活中,仍然不停地「著書黃葉村」,抒發他對現實的憤懣,表現出對生活的執着。

曹雪芹把他「字字看來都是血,十年辛苦不尋常」寫成的小說取名「紅樓夢」,是對書中的愛情悲劇、家庭悲劇的深長慨歎。

《紅樓夢》寫了多少人？

《紅樓夢》所寫人物之多，在中國小說史上是罕見的，它究竟寫了多少人呢？從清朝嘉慶年間到當今八十年代，不斷有人作過統計，有多種說法。

一、清嘉慶時諸聯統計為 421 人，其中男 232 人，女 189 人。

二、清咸豐時姜琪統計為 448 人，其中男 235 人，女 213 人。

三、清咸豐時姚燮統計為 509 人，其中男 282 人，女 227 人

四、清同光時壽芝統計為 398 人，其中男 206 人，女 192 人。

五、民國初年星白統計為 721 人，其中男 397 人，女 324 人。

六、1920 年紅光統計為 470 人。

七、1973 年北京師院中文系統計為 452 人，其中男 235 人，女 217 人。

八、1974 年南充師院中文系統計為 601 人，其中男 323 人，女 278 人。

九、1974 年南京大學中文系統計為 623 人，其中男 282 人女 341 人。

十、1982 年上海師大徐恭時統計為 975 人，其男 495 人，女 480 人。

各家說法相差較大，大概是統計標準不一，或重複、疏漏所致，徐恭時先生的統計，分項細列，結果令人信服。徐先生的分項統計如下：

一、寧榮兩府本支：男 16 人，女 11 人。兩府眷屬女 31 人。

二、賈府本族：男 34 人，女 8 人。

三、賈府姻婭：男 52 人，女 43 人。

四、兩府僕人：丫環 73 人，僕婦 125 人，男僕 67 人，小廝 27 人。

五、皇室人物：男 9 人，女 6 人；宮中太監 27 人，宮女 7 人。

六、封爵人物：男 37 人，眷屬女 14 人。

七、官吏：職名冠姓的男 26 人，只有職稱的 38 人，胥吏男 3 人。

八、社會人物：各階層男 102 人，女 71 人。醫生男 14 人，門客男 10 人。優伶男 6 人，女 17 人。僧道男 17 人，尼婆 49 人。連宗男 4 人，女 4 人。

九、外國人：女 2 人。

十、警幻天上：女 19 人，男 6 人。

東方的斷臂維納斯

現存法國巴黎羅浮宮的那尊 1820 年在梅羅島發現的愛神維納斯雕像，是舉世公認的文化珍品。她的腿部以富有表現

力的披布遮住，僅露腳趾，袒露的上半身微妙動人。整個身體取螺旋狀上升的趨向，略顯傾斜，各部分的起伏變化富有音樂的節奏感。女神的表情和儀態沒有半點嬌豔或羞澀，內心顯得寧靜而充滿活力，不論從什麼角度看，都給人優美和莊重的感受。這一尊雕像被法國人視為國寶，各國藝術家都以親眼看看這尊雕像，為人生之幸事。但是，這尊女神雕像是不完整的，她的雙臂均已斷失。人們在讚歎之餘，不免有深深的遺憾。

無獨有偶，東西相映，《紅樓夢》也是一部不完整的作品。現在通行的一百二十回本《紅樓夢》，前八十回為曹雪芹所作，後四十回一般認為是高鶚續補，全書並非曹雪芹原著的全璧。本來，在八十回以後，曹雪芹是寫有未定稿的，甚至寫到了小說的最後一回，只因為曹雪芹貧病交加，盛年早逝，全書未能最後整理釐定，而這些未定稿又因為說不清的原因而「迷失」了，所以造成《紅樓夢》現在這種情況。

就這個意義來看，我們不妨說，《紅樓夢》是東方的斷臂維納斯；或者說，斷臂維納斯是西方的《紅樓夢》。

一百多年來，西方在為維納斯的雙臂斷失而遺憾的同時，不斷有人探索她的兩隻胳膊原來的姿勢：有的認為是拿着金蘋果，有的認為是扶着戰神的盾，有的認為是牽着裹在下身的披布，有的認為她的一隻手正伸向站在她前面的「愛的使者」丘比特，等等，並有不少藝術家按照各自的推測去補塑她的雙臂。

　　同樣相映成趣，類似的工作也在中國圍繞着《紅樓夢》進行。《紅樓夢》流傳下來的版本有十幾種，分兩個系統。一是八十回的《石頭記》系統，一是一百二十回的《紅樓夢》系統。曹雪芹還在寫《紅樓夢》的時候，小說就以手抄本的形式在他的親友之間流傳。他寫《紅樓夢》曾「批閱十載，增刪五次」，不同的手稿在不同時期傳抄出來，再加上輾轉傳抄，所以文字互有異同。這些本子大多是八十回，有好幾種署名為《脂硯齋重評石頭記》，所以統稱為「脂本」。脂硯齋是一個人的外號，他與曹雪芹關係密切，但他究竟是曹雪芹的什麼人，現在還沒有定論。脂硯齋一邊看《紅樓夢》，一邊在書稿上寫些批語；還有一些人，如畸笏叟等，也在書稿上寫有批語。這些批語現在統稱為「脂批」或「脂評」。批語近四千條。少數批語有署名並記時，也有只署名的，也有只記時的，多數批語則是既不署名也不記時。沒有署名的批語，有少數可以推定是誰寫的，多數則不能確定。因為脂硯齋、畸笏叟等人與曹雪芹關係密切，他們了解曹雪芹據以創作《紅樓夢》的生活素材，對於書稿的修改提出過意見，還看到過八十回以後的一些未定稿，所以他們的批語對研究《紅樓夢》很有價值。遠的且不說，二十世紀八十年代以來，探討《紅樓夢》全璧原貌的成績就斐然可觀。一是從理論上分析。曹雪芹原著《紅樓夢》在八十回以後的故事如何發展？人物怎樣結局？紅學界根據前八十回的暗示和脂批透露的線索，發表了很多論文，而且有了如梁歸智的《石頭記探佚》《被迷失的世界 —— 紅樓夢佚話》這樣的專著。紅學還

因此出現了一個分支，叫做「探佚學」。二是形諸創作實踐。張之的《紅樓夢新補》，全書二十五萬字，故事緊接八十回而寫，與高鶚續補的後四十回沒有聯繫。而影響最大的，是三十六集的電視連續劇《紅樓夢》。電視劇最後六集的故事情節，與一百二十回《紅樓夢》的故事發展是很不相同的，它是電視劇的編導在充分研究「脂批」和前八十回透露的消息，並吸收和比較各種探佚成果的基礎上，進一步研究，以新的藝術形式，給億萬觀眾展示出的「東方斷臂維納斯」的原貌。

當然，這兩方面的工作都有詰難，有非議。正如不管設計什麼方案去補塑斷臂維納斯的雙臂，總會有人覺得不協調、不自然一樣，《紅樓夢》的探佚工作，意見也永遠難得統一。各自的藝術見解、美學趣味不同，據以探佚的脂批又有相互矛盾之處，而曹雪芹的未定稿又早已迷失，沒有了能令所有人都信奉的準確答案。

然而，這也就成了紅學發展的生機之一。

這是遺憾呢，還是幸運？

「金陵十二釵」的排列次序

讀「紅」和論「紅」者，莫不談說「金陵十二釵」，但有一個問題卻被忽略了，那就是金陵十二釵的排列次序問題。一般讀者往往只是憑記憶，數出這十二個年輕女子的名字就算了事，並不考慮她們的排列次序。研究《紅樓夢》的

人，以至紅學家們，當然會注意她們的次序，但也沒有誰探討過這次序是依據什麼排列的。說說這個問題，看來還是頗有必要。

金陵十二釵的次序是曹雪芹排定的，小說第五回，賈寶玉在太虛幻境看《金陵十二釵正冊》，「只見頭一頁上……」，是依次往後看的。按「正冊」的排列，金陵十二釵的次序是：薛寶釵、林黛玉、賈元春、賈探春、史湘雲、妙玉、賈迎春、賈惜春、王熙鳳、賈巧姐、李紈、秦可卿。後來賈寶玉聽《紅樓夢》曲，也是這個次序。兩次都如此排列，可見曹雪芹是鄭重其事的，我們隨便不得。

其中一個問題是：薛寶釵和林黛玉在「正冊」中共處一個畫面，合為一首判詞，依據什麼來確定二人的先後？

畫面是這樣的：「只見頭一頁上畫着兩株枯木，木上懸着一圍玉帶；地下又有一堆雪，雪中一股金簪。」林在上，薛在下。判詞是這樣的：「可歎停機德，堪憐詠絮才；玉帶林中掛，金簪雪裏埋。」前兩句先說薛，再說林；後兩句先說林，再說薛。這樣，只依據「正冊」，是無法確定薛林的先後次序的。不過，如果再參照《紅樓夢曲》，問題就清楚了。其中的《終身誤》唱道：「都道是金玉良緣，俺只念木石前盟。空對着，山中高士晶瑩雪；終不忘，世外仙姝寂寞林。歎人間，美中不足今方信；縱然是齊眉舉案，到底意難平。」這是從賈寶玉對釵黛二人的態度，詠唱薛寶釵的悲劇。《枉凝眉》唱道：「一個是閬苑仙葩，一個是美玉無瑕。若說沒奇緣，今生偏又遇着他；若說有奇緣，如何心事終虛化？一個

枉自嗟呀，一個空勞牽掛。一個是水中月，一個是鏡中花。想眼中能有多少淚珠兒，怎禁得秋流到冬盡，春流到夏！」這是詠唱寶黛愛情情悲劇，突出寫林黛玉的愁苦情懷。《紅樓夢曲》中，詠唱薛寶釵的《終身誤》在詠唱林黛玉的《枉凝眉》之前，顯然，人物次序是薛前林後。

薛寶釵和林黛玉作為小說的主要人物，名列十二釵之首，是有道理的，但其他十人的排列次序就不太好理解了。第一，她們的次序不是按在小說中的地位排列，如王熙鳳，小說中寫她的文字比迎春、惜春的多很多，可她排在迎、惜二人之後；再如元春，她只正面出場一次，可她排名第三，只次於寶釵和黛玉。第二，不是按在賈府的地位排列，作為長嫂的李紈排在諸姐妹之後，庶出的迎春排在嫡出的惜春之前。第三，不是按出場先後排列，史湘雲和妙玉的出場遠在迎春、惜春和鳳姐等人之後，卻排在她們前面了。第四，不是按輩分大小排列，晚一輩的巧姐排在李紈前面，妙玉和賈府沒有親戚關係，無法論輩分。第五，不是按年齡排，三小姐探春排在二小姐迎春之前，十二釵之首的寶釵和黛玉，年齡比李紈小得多。第六，不是按先賈府後其他排，史湘雲和妙玉插在了賈府四姐妹之間。

有論者認為，金陵十二釵可分為六組。寶釵和黛玉，分別是賈寶玉的閨中人和意中人；元春和探春，都是賈政的女兒，一為皇妃，一為王妃（續作寫探春嫁鎮海統制之子，不符曹雪芹原意）；史湘雲和妙玉都寄居賈府，一個豪爽，一個孤癖；迎春和惜春二人都懦弱無能；鳳姐和巧姐是母女一組；

李紈年輕守寡，恪守封建婦道，與生活放蕩的秦可卿成鮮明對比，可說是貞淫一組。這樣分析，頗具新意，但先後次序問題沒有觸及，更沒有解決。

考慮再三，我覺得金陵十二釵的排列次序，應從賈寶玉方面來考察，是按和賈寶玉關係的親疏程度來決定的。

寶釵是寶玉之妻，黛玉是他生死不渝的戀人，當然應該排在前面。元春是他的親姐姐，探春是他同父異母的妹妹，宜乎名列三四。史湘雲呢？據紅學探佚的說法和關於「舊時真本」的記載，史湘雲後來和賈寶玉結合了，金麒麟配了通靈玉，她當然應該排在第五。在前八十回中，「喝體己茶」、「乞紅梅」、「壽辰賀柬」，妙玉和寶玉的關係已露端倪，據推測，八十回之後，二人的感情糾葛還將有所發展。這樣，妙玉的現處次序也是適當的。下面是迎春，她雖然是庶出，但她與寶玉同屬榮府，應該排在寧府的惜春之前。鳳姐畢竟是堂嫂、異姓，排在惜春之後也就難免了。巧姐當然又在鳳姐之次了。李紈是親嫂，但她畢竟和寶玉沒有血緣關係（王熙鳳是寶玉之母王夫人的親姪女，不同）。秦可卿是寧國府的長孫媳婦，關係更疏遠些，宜處最後。

另據「脂批」說，迷失的《紅樓夢》原稿中，曹雪芹寫有「末回情榜」，由賈寶玉領頭，標出金陵十二釵的「正冊」、「副冊」、「又副冊」、「三副」、「四副」六十位女子的芳諱。既然是賈寶玉領頭，那麼次序按與賈寶玉關係的親疏程度排列，也就理所當然了。

以上說法，也許有人會從秦可卿的角度提出質疑。賈寶

玉遊太虛幻境之夢，是在秦可卿的臥室做的，而且他入夢之時，「猶似秦氏在前，悠悠蕩蕩，跟着秦氏到了一處」；後來，由警幻仙姑許配給賈寶玉，讓他領略雲雨之情的，正是「表字可卿者」，與秦可卿同名；賈寶玉夢前和夢後，秦可卿都叮囑丫頭們「好生看着貓兒打架」，字面後另有他意；秦可卿死訊傳來時，賈寶玉「只覺得心中似戳了一刀的，不覺『哇』的一聲，直噴出一口血來」。據此，紅學界有人認為，曹雪芹這樣寫，是透露賈寶玉和秦可卿的某種瓜葛。如果是這樣的話，那金陵十二釵之次序，就不是按與賈寶玉關係的親疏程度來排列了。筆者認為，這一段文字，曹雪芹用的是諧音寓意，這在《紅樓夢》中在在皆有，如「甄士隱」即「真事隱」、「賈雨村」即「假語存」、「卜固修」是「不顧羞」、「英蓮」為「應憐」，等等。而秦可卿之「秦」，乃「情」也，是「情」引導賈寶玉遊太虛幻境，並不是說賈寶玉和秦可卿二人有苟且之事。我的上述分折，是完全成立的。

當然，金陵十二釵的排列次序，或許根據其他標準。警幻天上，乃是與塵世隔絕的另一世界，其間奧妙無窮，而又天機不漏，一切均不可用現實眼光去看。我們這些凡夫俗子只能望洋興歎！一笑。

二百多年來，紅學著作汗牛充棟，可金陵十二釵的排列次序尚有待研究，可見紅學還是可以搞下去的。對於這樣一個小問題，斟酌再三還是不敢自是，又可見紅學問題之難。

「判詞」為什麼只有十一首？

金陵十二釵是十二個人，但她們的「判詞」卻只有十一首：薛寶釵和林黛玉兩人合為一首了。

為什麼薛寶釵和林黛玉合為一首判詞？這是紅學界的一個老問題，即「釵黛合一」問題。

二十世紀五十年代，有不少文章批判過「釵黛合一」的觀點。從思想或性格來看，薛寶釵和林黛玉是完全對立的形象，「釵黛合一」論是無法成立的。但是，無論批判如何有力，有一個問題始終繞不過去，那就是薛寶釵和林黛玉共處一首「判詞」這個客觀事實。

「判詞」是這樣：「可歎停機德，堪憐詠絮才！玉帶林中掛，金釵雪裏埋。」第一句指薛寶釵，第二句指林黛玉。「歎」和「憐」，還有後面《紅樓夢引子》中的「悲金悼玉」，都是充滿感情，對薛林二人不分軒輊。通觀小說之描寫，賈寶玉在鍾情於林黛玉的同時，並非對薛寶釵沒有愛慕之意；曹雪芹對林黛玉不是只作褒揚，對薛寶釵也並非全是貶抑。

曹雪芹讓釵黛二人共處一首判詞之中，該是出於他評價人物的角度和標準吧。「使閨閣昭傳」是曹雪芹寫《紅樓夢》的旨意之一。然而正如他寫奸雄賈雨村不是「鼠耳鷹腮」，而是「生得腰寬背厚，面闊口方，更兼劍眉星眼，直鼻權腮」一樣，他筆下那些「行止見識」皆上的女性，也並非完人。對這種現實主義的創作方法，魯迅作了高度的評價：「至於說到《紅樓夢》的價值，可是在中國底小說中實在是不可多

得的。其要點在敢於如實描寫，並無諱飾，和從前的小說敘好人完全是好，壞人完全是壞的，大不相同，所以其中所敘的人物，都是真的人物。」曹雪芹認為，釵黛兩人合一，各自取長補短，才是理想的人物，所以他就讓釵黛二人共處一首判詞當中。在太虛幻境，警幻仙姑許配給賈寶玉的那位仙姬，「其鮮豔嫵媚，大似寶釵；嫋娜風流，又如黛玉」，她的乳名是兼美。這「兼美」二字，實在值得注意。「兼美」行旁的「脂批」說：「妙，蓋指薛林而言也。」意思是兼薛林二人之美。當然，這裏所說的「美」，不只是就外貌而言，它指的是薛寶釵和林黛玉的全人。

　　眾所公認，林黛玉是賈寶玉的知己，兩人的思想傾向一致。但是，林黛玉的為人又確實不能令人完全滿意，遠不如薛寶釵那樣深得上下好評。對於經濟拮据的史湘雲和窮困無依的邢岫煙，薛寶釵都有過幫助，就連趙姨娘那樣的人，她也給予關照。「脂批」說她：「待人接物不親不疏，不遠不近。可厭之人未見冷淡之態，形諸聲色；可喜之人亦未見體密之情，形諸聲色。」這一切，都是林黛玉不曾做、也不願做的。從理想主義出發，林黛玉是可欽可佩的。但是，除了理想之外，人還必須生活，必須置身複雜的社會之中。於是乎，曹雪芹就將釵黛合一了，謂之「兼美」，小說中便出現了二人合一首「判詞」，十二人只有十一首「判詞」這樣的情況。

　　如此推測，是否貶低了曹尋芹的偉大？某報紙的一則消息給了回答。據說在某大學的一次民意測驗中，百分之九十

以上的男學生，都想找薛寶釵型的女性做自己的生活伴侶。這對於紅學界左釵右黛的評論，可以說是一個嚴重的挑戰，當然，它還涉及到年輕一代的愛情觀、婚姻觀、人生觀，以及對現實生活的看法等一系列問題。某高校百分之九十以上的男生的選擇，不能說沒有偏頗之處，但也不能說毫無道理。它有待於紅學界，以至理論界的深入研究和正確回答。

太虛幻境和警幻仙姑

粗略一看，太虛幻境似乎是宗教世界，警幻仙姑似乎是宗教人物。其實不然。

眾所周知，任何宗教都禁錮人的感情，要把人納入一定的宗教規範。而太虛幻境是一個充滿感情的世界。它在離恨天之上、灌愁海之中、放春山遣香洞內，它兩邊的配殿是癡情司、結怨司、朝啼司、暮哭司、春感司、秋悲司等等，其中最大的似乎是薄命司。整個太虛幻境，是遼闊的感情海洋，澎湃着洶湧的愁苦波濤，甚至連喝的茶也叫「千紅一窟（哭）」，所飲之酒也叫「萬豔同杯（悲）」。而居住在太虛幻境的全是荷袂蹁躚、羽衣飄舞，嬌若春花、媚如秋月的女性，這裏又是一個女兒世界。

當然，這個世界並不存在，它和書中的大荒山、無稽崖一樣，是子虛烏有的，是曹雪芹創造的一個神話世界。警幻仙姑是這個世界的主宰。雖然她接受榮寧二公之靈的囑托，規勸過賈寶玉「留意於孔孟之間，委身於經濟之道」，但正

如「脂批」所說：「說出此二句，警幻亦腐矣。然亦不得不然耳！」這說明，警幻所說，是作者不得不用的曲筆，她談孔孟之道是假，談「情」談「淫」才是真。警幻仙姑的本職是；「司人間之風情月債，掌塵世之女怨男癡」。那些「風流冤家」下凡時，都要到她案前去「掛號」，歷經三劫之後，再回到她案前去「銷號」。她是一位類似西方神話中的愛神，一位「訪察機會，布散相思」的偉大的愛神。然而她又迥然有別於西方神話中的愛神，她所布散的相思是「孽天情海」，是「厚地高天，堪歎古今情不盡；癡男怨女，可憐風月債難酬」。她為真正的愛情不能成功而傷感，為年青女性的遭際而歎息。所以，她填寫並排演《紅樓夢曲》，唱出了青春和愛情幻滅的綿綿不盡的哀歌。

寶釵為什麼催鶯兒倒茶？

小說第八回，賈寶玉到梨香院來看望薛寶釵，在不長的時間內，寶釵接連三次叫丫頭鶯兒倒茶。

第一次是寶玉剛剛在炕上坐下，寶釵即令鶯兒倒茶。客人來了，叫丫頭倒茶，這是情理之中的事情，沒有深意。

第二次就得細讀一番了。寶玉坐定之後，寶釵就主動提出要看寶玉脖子上掛的那塊通靈寶玉，並且向寶玉「挪近」。寶釵仔細看着通靈寶玉，口裏連念了兩遍通靈玉正面刻的「莫失莫忘，仙壽恆昌」。正是在這個時候，寶釵「回頭向鶯兒笑道：『你不去倒茶，也在這裏發呆做什麼？』」薛寶釵笑

着催鶯兒去倒茶，而重點是問鶯兒為什麼發呆。對於小姐的問話，丫頭是必須回答的。鶯兒笑嘻嘻地說：「我聽這兩句話，倒像和姑娘項圈上的兩句話是一對兒。」小說下面便寫寶玉要看寶釵的金鎖，把鎖上刻的「不離不棄，芳齡永繼」也念了兩遍，又把自己玉上刻的字念了兩遍，並說：「這八個字倒和我的是一對兒。」

薛寶釵的金鎖是癩頭和尚送的，和尚還說今後要揀有玉的配成一對，因此寶釵對別人佩帶什麼就特別留心。賈寶玉銜玉而生，她當然早已知道，今天有機會單獨和寶玉在一起，便馬上提出要細細賞鑒。當她手托通靈玉時，和尚配對兒的話在耳邊響起。她沒有念通靈玉反面的三個字，而是念正面的「莫失莫忘，仙壽恆昌」，這與金鎖更是配對兒了。她連念兩遍後，回頭問鶯兒發呆做什麼。這就是孟老夫子說的「引而不發，躍如也」。鶯兒在場看玉，又熟悉寶釵的金鎖，當時神情也確實發呆，經寶釵一問，就說出了「兩句話是一對兒」的話，並引起賈寶玉要看金鎖。

這第二次叫鶯兒倒茶，實際上是引出金鎖和通靈玉相比。

第三次是這樣的：寶玉看完金鎖後說：「這八個字倒和我的是一對兒。」鶯兒馬上接着說：「是個癩頭和尚送的，他說必須鏨在金器上——」而寶釵不等鶯兒說完，「便嗔着不去倒茶」。

鶯兒沒有說完的話，不是金、玉上面的字成對，而是佩金和佩玉的人應該成對。作為一個少女，作為一個大家閨秀，作為恪守「女德」的薛寶釵，怎麼能讓鶯兒把話說完

呢？於是她又催鶯兒去倒茶。上次催鶯兒倒茶，是問話語氣，態度平和帶笑，鶯兒不能不回答。這一次是「嗔」怪，不允許鶯兒往下說。否則，那場面就難堪了。緊接着，寶釵問寶玉從哪裏來，把話題岔開了。綜上所述，薛寶釵催鶯兒倒茶，說明了她心中的「金玉相配」觀念，而又帶有一定的矜持。有的脂本，這一回標作「比通靈金鶯微露意」（鶯兒姓黃，名金鶯），是很可說明問題的。「露」了「意」，但只是「微露意」。當然，不只是鶯兒「微露意」，更是寶釵「微露意」。

「金玉良緣」論的流佈

「金玉良緣」論是是寶黛愛情的最大障礙，是賈寶玉和林黛玉的最大精神負擔，它導致了中國文學史上最大的愛情悲劇。

「金玉良緣」的話是誰說的呢？乍一聽這個問題，似乎可以馬上回答：和尚道士說的。賈寶玉在夢裏也曾憤激地詛咒：「和尚道士的話如何信得？什麼『金玉良緣』，我偏說『木石姻緣』！」但是，如果細想一下，又會覺得不宜貿然作答，因為通檢全書，那一僧一道並未正面出來說過「金玉良緣」的話。

癩頭和尚和跛足道人曾經來過賈府，那是第二十五回，賈寶玉和鳳姐被馬道婆的魔法弄得危在旦夕，僧道二人不請而至，接過通靈寶玉，持誦一番，寶玉和鳳姐的病就好了，僧道二人的話根本沒有涉及寶玉的婚事。那和尚可能還來過

一次賈府（或許就是治病這一次），第二十九回，當張道士向賈寶玉提親時，賈母說：「上回有個和尚說了，這孩子命裏不該早娶，等大一點兒再定罷。」和尚提到了寶玉的婚姻問題，但沒有說過金玉相配。

然而，「金玉」之論卻在賈府廣泛傳佈，第二十八回，賈寶玉為元春的端午節禮物不高興，林黛玉說：「我沒有這麼大福氣禁受，比不得寶姑娘，什麼『金』哪『玉』的！我不過是個草木人也罷了！」她明顯地感到「金玉」之論對自己的威脅。賈寶玉也說：「除了別人說什麼『金』什麼『玉』。我心裏要有這個想頭，天誅地滅，萬世不得人身！」可見，「別人」是經常在談論「金玉」之說。

既然和尚道士沒有在賈府宣揚「金玉良緣」，那麼這話是如何在賈府流佈的呢？

也就在第二十八回寶黛鬧彆扭之後，有一段薛寶釵的內心獨白：「寶釵因往日母親對王夫人曾提過『金鎖是個和尚給的，等日後有玉的方可結為婚姻』等語，所以總遠着寶玉。」原來「金玉良緣」的話，就是薛姨媽在賈府散佈開來的。賈寶玉脖子上的通靈玉，薛姨媽當然是清楚的，她對王夫人說這話的意思也就明白不過了。到第三十四回，薛寶釵錯怪哥哥，認為是薛蟠挑唆，弄得賈寶玉捱打，薛蟠一時氣急，再一次兜出了實情：「好妹妹，你不用和我鬧，我早知道你的心了，從先媽媽和我說：『你這金鎖要揀有玉的才可配』，你留了心，見寶玉有那勞什子，你自然如今行動護着他。」

薛姨媽對王夫人說話時，還打出和尚的招牌，而在自己

家裏，就直截了當得多。

「金玉良緣」的首倡者究竟是誰？實在值得推敲。是否也像薛寶釵催鶯兒倒茶那樣，本來是自己的意思，但引而不發，讓和尚說出呢？

就算是和尚說的罷，「金玉良緣」論在賈府的流佈，首先出自薛姨媽之口。這是沒有疑問的。

大觀園因何而建？

為什麼要建大觀園？問題似乎很簡單：是為了迎接省親的賈妃。身為賢德妃的賈元春蒙皇上恩典，准予回家省親。而皇家又規定，一般的臣家府第不能接待皇妃，必須是「重宇別院之家，可以駐蹕關防者」才行。於是，賈府便大興土木，費時一年有餘，建成一座省親別院，也就是後來的大觀園。

就故事情節發展來說，既然要安排元妃省親，寫賈府「鮮花着錦，烈火烹油」之盛，大觀園的建造乃順理成章，勢所必然。但是，從小說的整體藝術構思來看，大觀園的建造緣由就不是這麼簡單了。

封建禮教講究「男女大防」，「授受不親」，尤其是在賈府這樣的封建貴族世家。《紅樓夢》要寫男女之間的愛情故事，而主人公寶、黛、釵的孩提時代即將過去，不可能再在家長眼皮底下過那種「日則同坐同行，夜則同止同息」的生活，這就需要作者另作考慮，安排一個恰當的故事環境。如何才「恰當」呢？第一，故事主人公要能夠經常地自由接觸，

家長們不能管得太多太細；第二，它不能遠離賈府，否則，讓一群未完全成年的兒女，而且基本上是女姓，過完全獨立的生活，這在封建貴族家庭是不允許的；第三，它必須是個優美的場所，能和小說所寫的貴族生活、兒女情趣相協調。

如此說來，這個環境就非大觀園莫屬了。寶、黛、釵等人，及眾多丫，能夠住進「銜山抱水建來精」，「天上人間諸景備」的大觀園，當然是「心滿意足」，恰當不過了。而此園又建在東西二府之間，既自成體系，又與兩府有門相通，和賈府原先房舍若即若離。這一切都符合上述要求。

紅樓兒女搬進大觀園後，「或讀書，或寫字，或彈琴下棋，作畫吟詩，以至描鸞刺鳳，鬥草簪花，低吟悄唱，拆字猜枚，無所不至」。寶黛二人，「西廂記妙詞通戲語」，「瀟湘館春困發幽情」，愛情關係急劇發展，到「訴肺腑」時，基本結束了相互試探階段，進入一個新的時期。試想，如果不是在大觀園，「壽怡紅群芳開夜宴」能一一邀請諸人而喧鬧通宵嗎？還有，那位櫳翠庵的女尼妙玉，怎麼好給年青公子賈寶玉專門派人送來賀帖「恭肅遙叩芳辰」呢？從全書來看，大觀園是紅樓兒女的樂土，是寶黛愛情的準「世外桃源」。

據專家考證，清代沒有貴妃歸省之事，《紅樓夢》中寫的元妃歸寧，建造省親別院等等，純屬虛構。如果曹雪芹只是為了寫賈府「鮮花着錦，烈火烹油」之盛，他完全可以選擇其他事件，就是即使寫省親別院，也滿可以像吳貴妃家那樣，「往城外踏看地方」。倘若那樣的話，大觀園就只能如探春詩中所說，「名園一自邀遊賞，未許凡人到此來」，永遠和

寶黛愛情無緣。

照上面所說，大觀園豈不是專為紅樓兒女而建，而不必是省親別院？

不是的。且不說「元妃省親」在小說中有它的獨特意義，只就大觀園本身來說，如果它是賈府的舊有園林，而不是省親別院的話，寶、黛、釵等人就不可能搬進去住。書中寫道：「如今且說那元妃在宮中編次大觀園題詠，忽然想起那園中景致，自從幸過之後，賈政必定敬謹封鎖，不叫人進去，豈不辜負此園？況家中現有幾個能詩會賦的姊妹們，何不命他們進去居住，也不使佳人落魄，花柳無顏。卻又想寶玉自幼在姊妹叢中長大，不比別的兄弟，若不命他進去，又怕冷落了他，恐賈母王夫人心上不喜，須得也命他進去居住方妥。」皇妃鈞旨，作為臣子的賈政只有聽從。於是，眾姊妹和眾丫頭，再加上唯一的男姓賈寶玉，高高興興地搬進了大觀園。在一般情況下不可能發生的事情，因為這樣的特殊原因而不可抗拒地發生了！此後，才有紅樓兒女的青春和大觀園的青春景色的交相輝映。

質言之，大觀園是為了迎接賈妃省親建的，更是為了寫寶黛愛情而建的。

大觀園在哪裏？

《紅樓夢》問世之後，大觀園在哪裏的問題就接踵而來。

最早提出看法的是明義，他在《題紅樓夢》絕句二十首

的詩前小序說：「曹子雪芹出所撰《紅樓夢》一部，備記風月繁華之盛。蓋其先人為江寧織造，其所謂大觀園者，即今隨園故址。惜其書未傳，世鮮知者，余見其抄本焉。」隨園在南京，遺址在今天的清涼山小倉山下。當時，隨園的主人是袁枚，袁枚在《隨園詩話》中也說：「所謂大觀園者，即余之隨園也。」這一說法，當時就有人不同意，周春在《閱紅樓夢隨筆》中就說：「袁簡齋（即袁枚）云：『大觀園即余之隨園。』此老善於欺人，愚未深信。」到道光末年、咸豐初年，余楠和胡大鏞則認為大觀園在北京。後來，謝錫勛、芸子等人又進一步說大觀園在北京什剎海一帶。再後來，大觀園坐實在北京恭王府。

這樣，大觀園在哪裏就有了南京、北京二說。

寫實是中國文學的傳統之一，人們在讀過作品之後，往往愛問此人是誰，地點在哪裏之類的問題。《紅樓夢》帶有自傳性質；曹雪芹筆下的大觀園，那爛漫的景色，和其中發生的愛情、友誼，悲歡離合，又確實使人對它不勝嚮往。所以，讀完《紅樓夢》後，想一想，問一問，以至究一究大觀園在哪裏，也就在情理之中了。

當代紅學家中也有人對此頗感興趣，發表過一系列文章，以至專著。他們一般是把這一問題當作《紅樓夢》的背景素材進行探討的。而其不同說法，又與各自的其他紅學觀點相聯繫，如「南京說」有助於論證曹雪芹出生在康熙末年，「北京說」有助於論證曹雪芹出生在雍正初年。他們有的把《紅樓夢》的自傳性看得重一些，有的看得輕一些，在

說大觀園在哪裏時，語氣和措詞也有差別。紅學家多年的研究，尤其是周汝昌先生的《恭王府考》，使得大觀園在北京的說法更令人信服。

座落在北京前海西街十七號的恭王府，本來是乾隆後期大名鼎鼎的權臣和珅的府第。嘉慶四年，和珅獲罪被誅，嘉慶皇帝把和珅宅賜給了他的弟弟慶僖郡王（後封親王）永璘，稱為慶王府。後來，咸豐皇帝將慶王府收回，轉賜給他的弟弟恭親王奕訢，叫做恭王府，並長期沿稱。

考察恭王府遺址，全府分「府邸」和「花園」兩個部分。前面是府邸，後面是花園，總面積五萬七千多平方米。後面的花園名萃錦園，現有飛來峰、沁秋亭、綠天小隱、邀月台、養雲精舍、大戲台、觀魚台等景。其景觀和格局都酷似《紅樓夢》中的大觀園。而園內太湖石疊成的假山，據內行指出，湖石本身和其疊法，都是明代的遺存，還有假山疊成的滴翠岩祕雲洞中的一塊石碑，鐫刻了康熙皇帝手書的一個大「福」字，這都說明此園在和珅之前還另有主人。

據徐恭時先生推測，這裏曾經是曹雪芹的祖父曹寅在北京的一處宅園，曹雪芹曾一度住在這裏。又據傳說，曹雪芹還在此園宅後面的「水屋子」生活過。這樣，曹雪芹後來寫《紅樓夢》時，將他熟悉的這一處花園作為創作素材當然極為方便。另一方面，《紅樓夢》問世之後，得到「名公巨卿賞鑒」，並「抄錄傳閱」，以至「不脛而走」，書中的大觀園當然也名聲大振。而和珅、永璘、奕訢等人，在重建、修整花園時，附庸風雅，有意仿照《紅樓夢》中所寫，也就在情理

之中了。園中「渡鶴橋」一景，明顯出自史湘雲和林黛玉的聯句「寒塘渡鶴影，冷月葬花魂」，就很能說明問題。

這樣，恭王府花園和大觀園就有了兩層關係。第一，它本來就是曹雪芹創作《紅樓夢》的背景素材；第二，恭王府花園的重建、整修，有意仿照了《紅樓夢》中的大觀園。由此看來，說大觀園在北京恭王府並不過分。

紅學家們以「大觀園在哪裏」為論題，對《紅樓夢》的背景素材的探討是很有意義的。在旅遊事業發展的今天，恭王府花園以「大觀園」為名招徠中外遊客，既豐富了人們的生活，又賣了門票，也無可厚非。但是，恭王府花園決不等於大觀園。且不說恭王府花園諸景無法一一與大觀園對號，即以規模而論，大觀園是三里半大，遠非恭王府花園可比。賈政帶領寶玉和眾清客，遊大觀園「試才題對額」時，老半天才走了十之五六。如果讀者只是記住這段情節去遊恭王府花園，大多會掃興而歸。

文藝創作，哪怕是最崇尚寫實的，統統經過了作者的加工處理。曹雪芹筆下的大觀園，既有恭王府花園前身的前身，作為基本素材，也參考了東西南北各處花園的格局和景色，更充分考慮到小說內容的實際需要。恭王府花園的歷代主人，他們的重建和修整，也只能是仿照而已。即使現在新建一個，如上海淀山湖大觀園、北京南菜園大觀園，因地勢、材料、工藝等各方面的原因，也難得與《紅樓夢》中的大觀園一致。

如果還有人要問大觀園在哪裏，那只能回答：大觀園在

《紅樓夢》裏，在每一個《紅樓夢》讀者的心裏。

元春寶玉姐弟關係如何？

元春是賈寶玉唯一的同父同母的親姐姐，她對寶玉的態度，書中有幾處明顯的交代：元春進宮之前，姐弟二人都生活在賈母身邊，作為長姐的元春，想到母親年邁才生了寶玉，因而對這位幼弟特別憐愛，在寶玉還才三四歲時，她已口傳教授了幾本書，使得寶玉認了幾千字在腹中，二人關係是「雖為姐弟，有如母子」；元春入宮之後，經常帶信回家，囑咐對寶玉要好生扶養，對寶玉的「眷念之心，時刻不忘」；元春歸省之時，作為無職外男的寶玉，特許叫見，元春還「命他近前，攜手攬於懷內，又撫其頸笑道：『比先長高了好些了──』一語未了，淚如雨下。」

這樣粗粗一看，元春對寶玉是關懷備至，親密無間。不過，如果「細按」一番的話，事情並不這樣簡單。

大觀園試才題對額時，賈寶玉才思敏捷、識見過人，贏得了眾清客的一番誇獎；專找岔子的賈政雖然儘量擺出嚴父的架子，而態度還是不同往常；寶玉本人當然更心情喜悅。但是，元春歸省時，她對寶玉題的大觀園對額並不滿意，而且一一另賜他名：「有鳳來儀」賜名「瀟湘館」；「紅香綠玉」改為「怡紅快綠」，賜名「怡紅院」；「蘅芷清芬」賜名「蘅蕪院」；「杏簾在望」賜名「浣葛山莊」。這就未免掃了寶玉的興頭，甚至可以說是否定了寶玉的才華。

　　後來，元春命寶玉給瀟湘館、蘅蕪院、怡紅院、瀚葛山莊（後改名稻香村）四處各賦五律一首。她所說的「前所題之聯雖佳」云云，實際還是不甚滿意，所以要加試；而使我「當面試過」云云，更是明顯表示不信任。於是，寶玉又只得去苦苦構思。寶玉做怡紅院五律時，初稿有」「綠玉春猶卷」「一句。本來，元春是不喜歡「紅香綠玉」四字的，所以把它改成了「怡紅快綠」，而寶玉詩中偏偏就用「綠玉」二字。經薛寶釵指出後，寶玉為如何修改而大傷腦筋，元宵之夜的寒冷天氣都急得滿頭大汗。經過薛寶釵的提示，寶玉才將「綠玉春猶卷」改成「綠蠟春猶卷」，並因此遭到薛寶釵的打趣。賈寶玉續完《怡紅快綠》五律後，最後一首《杏簾在望》實在無法再做了，只好接受林黛玉的「槍替」，抄錄上呈。

　　更讓賈寶玉傷腦筋的是端午節元春賞賜的禮物。「金玉良緣」論是寶黛愛情的最大威脅，賈寶玉在夢中都對它詛咒。而元春賞賜的端午禮物，偏偏是寶釵和寶玉的相同，給黛玉的卻不一樣。這就是說，在元春的心目中，只有寶釵的地位和寶玉相同，林黛玉是不堪與寶玉同等的。如果說和尚道士是不妨一罵的，而皇妃元春具有更高的權威，違迕不得。

　　元春的所作所為，並沒有給寶玉帶來溫暖，而是增加了更多的麻煩和巨大的精神壓力。

　　寶玉對他的這位姐姐也顯出異乎尋常的隔膜。元春封為鳳藻宮尚書，加封賢德妃時，「寧府兩處上下內外人等，莫不歡天喜地」，而「獨有寶玉置若罔聞」。他一心記掛的只是病中的秦鍾，骨肉之親的喜事，絲毫也不能衝淡他對朋友

的憂慮。元春歸省時，將他「攬於懷內」，「撫其頭頸」，似乎親熱極了，而平素感情豐富的賈寶玉，對這位分離多年的親姐姐卻毫無表示，麻木得使人驚異。賈寶玉為怡紅院題額「紅香綠玉」時，與賈政和眾清客發生過一番爭論，後來元春將「紅香綠玉」改為「怡紅快綠」，印象當然十分深刻，特別注意。而寶玉為怡紅院做五律時，偏偏還是要用「綠玉」二字。的的確確是「有意」和他姐姐「分馳」。高高在上，穿着皇家黃袍的姐姐元春，在賈寶玉心中，實在沒有什麼地位！

元春寶玉姐弟關係為什麼如此隔膜？這只能從思想上去尋找原因。

賈元春，這位身着鳳冠霞帔的高等姨娘，之所以得到皇帝的寵幸，除色相之外，主要是因為她的思想符合封建規範——又「賢」又「德」，所以叫「賢德妃」。遙想元春入宮之前，她「口傳教授」給三四歲的賈寶玉的幾本書，當然無非是「聖賢之言」。賈寶玉自幼接觸的「沽名釣譽」之徒，大概第一位就是他的這位長姐。是否可以說，正是賈元春的說教，使賈寶玉最早看到了封建「祿蠹」的面目，從反面促使寶玉邁出了叛逆的第一步。當然，也就在同時，元春對她這個幼弟老是反感「聖賢之言」，自然不會高興。寶玉「抓周」時，「伸手只把那些脂粉釵環抓來玩弄；那政老便不喜歡，說將來不過酒色之徒，因此不甚愛惜」。賈政的判斷完全是唯心的，因為一個一歲的小孩，喜歡色彩豔麗、小巧玲瓏的脂粉釵環，完全在情理之中。可以說，賈府第一個真正

了解幼年寶玉的志向和興趣，從而不喜歡他的，不是賈政，而是他的長姐兼教師賈元春。

元春寶玉二人，先前的關係就是如此。後來姐姐以其色相和「賢德」，得到封建皇帝的寵愛，弟弟則不管世人誹謗，在叛逆的道路上上愈遠，姐弟之間怎麼能夠和諧相處？

「紅香綠玉」改成「怡紅快綠」的背後

賈元春遊罷大觀園，當即將賈寶玉題的「紅香綠玉」匾額改成了「怡紅快綠」。元春為什麼不喜歡「紅香綠玉」？在她改題匾額的背後潛藏了什麼意思？曹雪芹安排這一情節透露出什麼消息？這些問題，小說沒有明寫，歷來紅學家都未曾注意，不妨稍作探求。

就在當回，賈寶玉應元春之試，起草《怡紅快綠》五律時，薛寶釵提醒他說：「貴人因不喜『紅香綠玉』，才改成了『怡紅快綠』；你這會子又偏用『綠玉』二字，豈不是有意和他分馳了？」由善於揣度人心的薛寶釵明明白白地指出，「綠玉」二字，元春是不喜歡的，而寶玉就偏偏要用。那麼，「綠玉」指什麼呢？

綠玉者，黛玉也。

黛是青黑色。青是古代五色之一。五色為青、黃、赤、白、黑，其中的青色就是綠色。《古詩十九首》「青青河畔草」便是用「青青」寫草綠之色。黛色是深綠色，「綠玉」不就是「黛玉」了嗎？元春不喜歡「紅香綠玉」四字，正是隱隱

地表白她不喜歡黛玉其人。

聰慧過人的賈寶玉，明明知道元春已將「紅香綠玉」改成「怡紅快綠」，卻還是偏偏要用「綠玉」二字，正說明他已敏銳地察覺元春改題匾額的潛在意思，所以也用同樣的方式，表示他對林黛玉的執着感情。而同樣敏銳的薛寶釵，也感到了這場筆墨官司的實質，所以堅持要賈寶玉不用「綠玉」二字。

如果說上面的分折還只是孤證的話，緊接元妃歸省的「意綿綿靜日玉生香」回，也很能說明問題。

由「紅香綠玉」改成「怡紅快綠」，去掉的是「香玉」二字。

「香玉」謂誰？香玉者，黛玉也。

元春歸省後第三天，賈寶玉擔心林黛玉飯後貪眠而影響身體，所以和她談笑，編說了一個「耗子偷芋」的故事。那個小耗子精嘴裏說變成香芋，結果卻變成了一位標致美麗的小姐，遭到眾耗子精的指責。小耗子精最後說：「我說你們沒見過世面，只認得這果子是香芋，卻不知鹽課林老爺的小姐才是真正的『香芋』呢！」故事解頤逗笑，起到了驅散睡意的作用，而讀者則容易在笑聲中對故事的深意不予探究。大概曹雪芹也擔心讀者像沒有見過世面的眾耗子，所以又安排薛寶釵來到瀟湘館，發了一番議論，把「耗子偷芋」的故事和元妃歸省、寶玉做詩的事聯繫起來。這樣聯繫起來細心一想，元春之所以將「紅香綠玉」改成「怡紅快綠」，其潛在的意思不是明明白白嗎？

元春歸省，是她第一次、也是唯一一次正面出場。她出場伊始，就隱隱地表示對林黛玉的如此態度，這將會怎樣影響下文呢？曹雪芹寫《紅樓夢》，講究「草蛇灰線，伏脈千里」。從這方面去測探，不由人想到黛玉的命運和寶黛愛情的前途。作為皇妃，元春在賈府有極高的地位，她的態度應為賈寶玉的擇配定下基調。是否可以說，元春將「紅香綠玉」改成「怡紅快綠」，正是曹雪芹透露出金玉最後婚配的消息。

不祥之兆：「有鳳來儀」賜名「瀟湘館」

「大觀園試才題對額」時，對於瀟湘館的匾額，熱鬧地爭論了一番，最後由賈寶玉擬為「有鳳來儀」，而且「眾人都哄然叫妙」。但到元春歸省時，「有鳳來儀」被賜名為「瀟湘館」了。從此，「有鳳來儀」四字，除當回在賈寶玉的五律中標為題目外，再也沒有出現過。

附帶說一句，在電視連續劇《紅樓夢》中，「有鳳來儀」匾一直懸掛在瀟湘館，應是編導沒有細察所致。

瀟湘館後來一直是林黛玉的住處，館名定為「瀟湘」，這預示着什麼呢？

鳳凰是我國古代傳說中的神鳥。孔子曰：「鳳鳥不至，河不出圖，吾已矣乎！」孔子因鳳凰沒有到來而慨歎，感到前途不妙。《書‧益稷》：「簫韶九成，鳳凰來儀。」後人解釋這句話說：「備樂九奏而致鳳凰，則餘鳥獸不待九而率舞。」歷來「鳳凰來儀」被認為是祥瑞之兆。書中，瀟湘館被眾人

贊為「好個所在！」賈寶玉和林黛玉也對它特別喜歡。這處「一帶粉垣，數楹修舍，有千百竿翠竹遮映」的庭院，懸上瑞「鳳」之匾，平添了喜慶歡樂的氣氛。

賈寶玉滿心喜悅題擬匾額，而在解釋為什麼擬為「有鳳來儀」時，所說並不準確。他說：「若用四字的匾，又有古人現成的，何必再做？」其實，古人現成的，是「鳳凰來儀」而不是「有鳳來儀」。因為自《尚書》流傳後，「鳳凰來儀」成了一句成語，被廣泛運用，又被音樂家用作琴曲之名，歷代彈奏；而「有鳳來儀」四字卻並不多見。為什麼要題「有鳳來儀」呢？因為雄為鳳，雌為凰。當年司馬相如彈給卓文君的那支求愛的曲子，就叫《鳳求凰》。賈寶玉被賈府眾人稱為「鳳凰」（見第四十三回），這是泛說，準確地說，公子賈寶玉只能稱為賈府之「鳳」。林黛玉的住處「有鳳來儀」，正是作者對寶黛愛情的美好祝願。但是，這種美好祝願被否定了：「有鳳來儀」被改成了「瀟湘館」。

而「瀟湘」則是一個和愁苦哀怨相聯繫的字眼，與「有鳳來儀」的喜慶歡樂形成鮮明的對照。據說蛾皇、女英是舜帝之二妃，舜南巡，死於蒼梧之山，二妃奔喪，來到瀟湘，以淚揮竹，竹盡斑。從此，說「瀟湘」二字往往讓人想到蛾皇、女英二妃，而「湘妃淚」、「湘蛾竹」等等就成了憂愁悲傷的代名詞，如李商隱《離思》：「朔雁傳書絕，湘篁染淚多」，辛棄疾《浪淘沙‧賦虞美人草》：「兒女此情同，往事朦朧。湘蛾竹上淚痕濃。」這層意思，小說中也寫得非常明白，第三十七回詠菊花、取別號時，賈探春說：「當日蛾皇女

英灑淚竹上成斑，故今斑竹又名湘妃竹；如今他住的是瀟湘館，他又愛哭，將來他那竹子想來也是要變成斑竹的，以後都叫他做『瀟湘妃子』就完了。」探春說後，敏感的林黛玉「低了頭，也不言語」。

林黛玉的住處不能署為象徵祥瑞的「有鳳來儀」，而只能稱作寓帶愁苦的「瀟湘館」，這實在是不祥之兆。

如何看待「釵黛和解」？

自薛寶釵來到賈府之後，林黛玉在賈府的地位便發生了變化，因為薛寶釵「品格端方，容貌美麗，人人都說黛玉不及。那寶釵卻又行為為豁達，隨分從時，不比黛玉孤高自許，目下無塵，故深得下人之心；就是小丫頭們，亦多和寶釵親近」。嗣後，她和寶玉之間那種「言和意順」的關係也不同先前。一方面是因為賈寶玉有時「見了姐姐，便把妹妹忘了」，另一方面是因為「金玉」之論確實在賈府廣為流傳。這樣，情竇初開的林黛玉便把薛寶釵當作自己的情場勁敵，並和賈寶玉老是鬧彆扭，或曲言試探，或直言逼問，用她純潔的少女之心，爭取賈寶玉對自己的專一愛情。「寶玉捱打」之後，寶黛之間的試探基本結束，進入風和日麗的發展階段。但是，釵黛之間的關係仍然緊張，林黛玉對薛寶釵每多諷刺、冒撞，嚴密防範。

從林黛玉一方來看，愛情的本質是排他的，更何況事出有因，她的所作所為乃情理之中。在薛寶釵一方，雖然因受

封建禮教的影響特別嚴重，處處時時注意約束自己，但畢竟有愛的要求，而在她生活的範圍之內，賈寶玉是唯一可以與其匹配的年青公子，「金玉」之論必然引起她怦然心動，一時失態而流露出真實情感當然不足為怪。釵黛二人都有愛的權利，她們為爭取愛情所作出的努力都無可指責。

然而，後來釵黛二人卻出人意外地和解了。起因是第四十回行酒令時，林黛玉疏於注意而說出了《牡丹亭》和《西廂記》中的文句，這在大家閨秀來說是有悖於家教的事情。事後，薛寶釵單獨找到林黛玉，說了一番封建道理，教導她不該看雜書，以免移了性情。「一夕話，說的黛玉垂頭吃茶，心下暗服」。事見第四十二回。到第四十五回，薛寶釵真誠地關心林黛玉的身體，如何吃藥，如何保養，一一周到地叮嚀。這樣兩件事連在一起，林黛玉對薛寶釵的看法起了根本的變化，她一反過去對薛寶釵的敵視態度，推心置腹地說：「你素日待人，固然是極好的，然我最是個多心的人，只當你有心藏奸。從前日你說看雜書不好，又勸我那些好話，竟大感激你。往日竟是我錯了，實在誤到如今。細細算來，我母親去世的時候，又無姐妹兄弟，我長了今年十五歲，竟沒一個人像你前日的話教導我。怪不得雲丫頭說你好，我往日見他讚你，我還不受用；昨天我親自經過，才知道了。比如你說了那個，我再不輕放過你的；你竟不介意，反勸我那些話：可知我竟自誤了。」釵黛和解雖然不是直線發展，後來還出現過曲折，但二人關係之改善是明顯的，連賈寶玉都感到難於理解。

　　對於釵黛和解，有人認為是陰謀家薛寶釵的勝利，幼稚的林黛玉上當了。其實不然，兩人的心都是真誠的。薛寶釵不隱瞞自己也看過那些雜書，而是認為女兒家不該那樣，她說的話封建思想濃厚，但這是她的真實思想；她沒有把林黛玉「失於檢點」的事當作把柄到處張揚，而是單獨和林黛玉交談，憑她自己的認識進行勸導；至於關心林黛玉的身體，那更無可挑剔。林黛玉回顧十幾年的經歷，並把自己對薛寶釵的看法反省一番，比較薛寶釵的為人，主動認錯，感激薛寶釵，這並不是受騙。

　　當然，釵黛二人並不是從此相安無事，林黛玉沒有因為感激薛寶釵而放棄對愛情的追求，薛寶釵也不是不想做「寶二奶奶」。在愛情角逐中，她們二人始終是對手。不過，兩人不是世俗生活中的那種情場對手，也不是平庸小說家筆下的情場對手。

　　曹雪芹在小說第一回就驕傲地宣稱，他的作品不是那種「千部一腔，千人一面」的「才子佳人」之書：「在作者不過要寫出自己的兩首情詩豔賦來，故假捏出男女二人名姓，又必旁添一小人撥亂其間，如戲中的小丑一般。」釵黛和解不是貶抑薛寶釵，而是褒揚薛寶釵，林黛玉以自己的切身體會，認識到薛寶釵不是「有心藏龍臥奸」之人，不是那種「撥亂」其間的「小丑」。

　　寶、黛、釵之間的愛情糾葛，不是一般意義所說的三角戀愛。薛寶釵封建思想濃重，與寶黛二人存在嚴重分歧，但我們不能因此就否定薛寶釵的為人處事。可惜二百多年來總

有不少人全盤否定她，這就辜負了曹雪芹的一片苦心，那實際上是在一定程度上把《紅樓夢》當成了那種公式化的作品。

為什麼安排薛寶琴作懷古詩謎？

薛寶琴十首懷古詩謎，小說中沒有揭出謎底，紅學史上記下了種種猜射，今天的讀者也往往對它沉吟琢磨一番。曹雪芹安排這一情節，難道是故意留下懸案，讓讀者釋卷輕鬆一下去猜謎語嗎？

事情並不如此簡單。

《紅樓夢》寫過多次猜謎活動，生動地反映出當時的社會生活情趣。這些謎語，有的揭出了謎底，有的沒有，文章顯得搖曳見態，活而不滯。薛寶琴的十首懷古詩謎，固然給讀者留下了思索的餘地，但更重要的還是為了寫人。

一是寫薛寶琴。薛寶琴第四十九回出場後，接連幾回都是主角：賈母送鳧靨裘，獨得特賞；蘆雪庭聯句，才思敏捷；白雪紅梅映襯，光彩照人。現在她新編懷古詩，將從小所見過的古蹟挑十處寫成絕句詩謎十首，既是懷古，又是謎語，而且一做就是十首，寶琴可謂博學矣！別人的謎語一般都被猜出，唯獨她的謎語一個也猜不着，更顯得超群軼倫。至此，薛寶琴給讀者的印象是夠深刻了。當然，這也是寫了「豐年好大雪，珍珠如土金如鐵」的薛府。薛寶琴之所以能即席寫成懷古詩十首，是因為「他自小見的世面多，跟他父親四山五嶽都走遍了。他父親好樂的，各處因有買賣，帶了家

眷，這一年逛一處，明年又到那一省逛半年，所以天下十停走了五六停了。」薛寶琴的閱歷，正說明皇商薛府當年的氣派。

二是寫薛寶釵。第四十回大觀園行酒令時，林黛玉在匆忙中說出了《牡丹亭》和《西廂記》中的句子。事後，薛寶釵鄭重其事地找到林黛玉，指責她不該看、更不該說那些雜書，說什麼「至於你我，只該做些針線紡織的事才是；偏又認得幾個字。既認得字，不過揀那些正經書看也罷了，最怕見了些雜書，移了性情，就不可救了」，作了一番封建說教。而現在她的妹妹寶琴所作懷古詩謎，後二首《蒲東寺懷古》和《梅花觀懷古》，也取材於《西廂記》和《牡丹亭》，而且還寫出來，讓大家傳閱。若是被人點破，豈不說明她薛家姑娘缺少家教？於是，一向「不幹己事不開口」的薛寶釵搶先說道：「前八首都是史鑒上有據的；後二首卻無考，我們也不大懂得，不如另做兩首為是。」其實，不懂得是假，想打馬虎眼，回護她妹妹是真。薛寶釵之為人，這樣細小之處也可見一斑。

三是寫林黛玉。上次薛寶釵教訓林黛玉不該看雜書，後來又關心她的病體，林黛玉對此很是感激，釵黛關係開始和解了。不過，這和解並非直線發展，而是仍有曲折。這種曲折在薛小妹新編懷古詩的時候出現了。那次薛寶釵「審問」酒令時，胸無城府的林黛玉頓時語塞，老實認錯了。這次薛寶琴的懷古詩謎也牽涉到《西廂記》和《牡丹亭》，而薛寶釵卻曲意回護，態度判然不同。林黛玉當然會有所感，她馬上說：「這寶姐姐也忒『膠柱鼓瑟』、矯揉造作了，兩首雖於

史鑒無考，咱們雖不曾看這些外傳，不知底裏，難道咱們連兩本戲也沒見過不成？那三歲的孩子也知道，何況咱們？」這既是對自己上次所說酒令的辯護，不滿於薛寶釵的責難，又是對薛寶釵這次所說「無考」的反駁，一定程度上出了薛寶釵的洋相。林黛所說，事實上合道理，語言上頗強硬，得到了李紈的讚許，薛寶釵只有無言作罷。

這樣對懷古詩謎的前後情節琢磨一番，那謎底是什麼，也就無暇並無意去探究了。

妙玉和寶玉的三次感情瓜葛

賈寶玉住怡紅院，妙玉住櫳翠庵。在大觀園的諸多庭院中，唯有「怡紅院」和「櫳翠庵」這兩處的命名成為一對。這兩處的主人，感情上也有着瓜葛。小說前八十回寫了三次。

第一次是品茶。賈母、王熙鳳等帶領劉姥姥遊大觀園時，進入櫳翠庵小憩。妙玉稍作應酬後，撂下賈母眾人不管，「把寶釵黛玉的衣襟一拉」，邀二人進入另室；寶玉也就悄悄隨後跟來。妙玉請三人喝五年前梅花雪水沏的茶。寶釵和黛玉用的是兩個珍貴的茶杯，妙玉遞給寶玉的是她自己平常用的「綠玉斗」杯。這裏面有兩點值得注意。一是她邀釵黛二人，其實正是邀寶玉，因為她知道寶玉一定地隨後跟來，況且她也不便去拉寶玉的衣襟；二是把自日常用的茶杯遞給寶玉，對寶玉比對釵黛二人更隨便，其實也就是更親密。封建社會講究「男女授受不親」更何況她還

是一位女尼。送走眾人後，電視劇中有一個妙玉看着綠玉斗默默出神的特寫鏡頭，正透露出她此時的情懷。

第二次是「贈梅」。蘆雪庭爭聯即景詩，寶玉落伍了，被罰去櫳翠庵折紅梅插瓶，「寶玉也樂為」。李紈要派人跟了去，黛玉連忙攔住說「不必，有了人，反不得了。」為什麼「有了人，反不得了」呢？這實在值得推敲。妙玉之為人是不好打交道的，一般人不能輕易要到她庵中之物，這在林黛玉是清楚的。同時，林黛玉對於賈寶玉和其他年輕女性（如寶釵、湘雲）的交往是很敏感的，也覺察到了妙玉對寶玉的感情，認為只有寶玉一個人去，才能折得紅梅。「有了人，反不得了」，就是由黛玉之口，透露妙玉對寶玉的微妙感情。妙玉乃一介女尼，所以林黛玉不必防範，何況是在眾人罰寶玉的場合。

不出林黛玉所料，寶玉很快就「笑欣欣」擎紅梅而來。茅盾同志《贈梅》詩是詠唱此事的：「無端春色來天地，檻外何人輕叩門。坐破蒲團終徹悟，紅梅折罷暗銷魂。」至於寶玉所說「也不知費了多少精神」，不過遁詞而已。他和妙玉的這次單獨接觸，心情是歡快的，所以後來作《訪妙玉乞紅梅》詩，格外敏捷和出色。

第三次是「賀壽」。賈寶玉的生日，群芳夜宴，熱鬧非凡，妙玉也派人送來了賀帖：「檻外人妙玉恭肅遙叩芳辰」。自命為檻外人的妙玉，為什麼如此密切地關注着怡紅院內所發生的事情？《紅樓夢》所寫生日次數多矣，為什麼妙玉只有這唯一的一次送賀帖？邢岫煙與妙玉有很久的友情，也是

這一天生日，妙玉為什麼獨賀寶玉而不理會邢岫煙？這原因是不難體會的。這正如吳世昌先生《妙玉參禪》詩所說：「檻外若教無罣礙，不應壽帖到怡紅。」

櫳翠庵的青燈古佛、晨鐘暮鼓，還是禁錮不住妙玉的春心。據紅學探佚，八十回以後，妙玉和寶玉的感情瓜葛還會有所發展，可惜我們不能讀到這些文字了。

王熙鳳受騙

精明的王熙鳳居然受騙了！這是小說中明明白白寫著的。

第一次受騙是巧姐出痘毒盡搬回後，賈璉搬回內室的時候，鳳姐懷疑賈璉在外安歇會有什麼名堂，便叮囑平兒仔細查查衣服鋪蓋，看有否相好的留下什麼戒指、汗巾之類。平兒本來已從枕套中搜出了一絡頭髮，但她沒有聲張，而是對鳳姐說：「怎麼我的心就和奶奶一樣！我就怕有原故，留神搜了一搜，竟一點破兒都沒有。奶奶不信，親自搜搜。」鳳姐不但相信了，反而笑平兒：「傻丫頭！他就有這些東西，肯叫咱們搜著？」

第二次受騙是鳳姐為賈璉偷娶尤二姐事，唆使張華告狀，買通都察院，大鬧寧國府之後，她怕張華日後將此事告訴別人，或尋出頭由來翻案，便派旺兒，或訛張華做賊，和他打官司，將他治死，或暗中使人算計，將他治死，才能剪草除根，保住自己的名聲：而旺兒覺得「人已走了完事，何必如此大做？人命關天，非同兒戲」，於是在外躲了幾天，

回來對鳳姐說：「張華因有幾兩銀子在身上，逃去三日，在京口地帶，五更天，已被截路打悶棍的打死了。」當時王熙鳳對此雖有懷疑，後來還是相信了，沒有再查問過。

王熙鳳確確實實受騙了，而且騙她的竟是她的兩個心腹。平兒之所以要騙子鳳姐，書中沒有明寫，但還是可以看出一些跡象。「俏平兒軟語救賈璉」後，賈璉對平兒說：「你不用怕他！等我性子上來，把這『醋罐子』打個稀爛，他才認的我呢！他防我象防賊似的，只許他和男人說話，不許我和女人說話。我和女人說話，略近些，他就疑惑；他不論小叔子、姪兒、大的、小的，說說笑笑，就都使得了！」當時平兒雖然沒有表示認同，其實她何嘗沒有賈璉這樣的看法。作為陪嫁丫頭，平兒對鳳姐和其他男人的曖昧關係比賈璉清楚得多。作為通房丫頭，平兒和賈璉的接觸本來是正常的，也被鳳姐提防着。鳳姐自己放蕩而潑醋別人，平兒內心當然會有微詞，有怨言。從這方面看，她騙鳳姐，可以說是一種報復行為。另一方面，也是更重要的一方面，平兒這樣做是為了取悅於賈璉。她生活在矛盾重重的璉鳳夫婦之間，雙方都不能得罪。在公開場合，她總是站在鳳姐一邊，而如果能夠瞞住鳳姐，她也往往幫賈璉做點什麼，只有這樣，她才能「周全妥貼」地生活下去。另外，她畢竟年輕，需要感情，雖然賈璉並不能給她真正的愛。旺兒之所以騙鳳姐，書中寫得很清楚：他認為鳳姐做得太過分了。旺兒也是鳳姐從娘家帶來的，「王熙鳳弄權鐵檻寺」時，是他「急忙進城」，找人以賈璉的名義寫信給長安節度使雲光，害死了兩條人命，使鳳

姐安享了三千兩銀子，他的老婆也幫助鳳姐將預支的丫頭的月銀去放高利貸。在不少情況下，奴才往往比主子更可惡，這一次旺兒沒有照鳳姐的吩咐去辦，一方面說明鳳姐的兇殘狠毒至極，另一方面說明她忠馴的奴才也在起變化。

精明的鳳姐竟然被自己的心腹所騙，似乎是件怪事，其實並不奇怪。鳳姐的權勢和狠毒為賈府人所共知，她「只一味哄着老太太、太太兩個人喜歡。他說一是一，說二是二，沒人敢攔他」。「協理寧國府」時，那位遲到的僕婦並非有意不聽她的話，而是因事稍有耽擱，結果被打了二十大板，革去了一個月的錢糧。這樣的長期經營，樹立了她的極高「權威」，也培植了她的過分自信。她萬萬沒有想到，自己的心腹會違抗她的旨意，背地裏弄鬼。她太相信自己的權勢和手段了，這種過分自信，使她陷入了盲目，以至於本來是自己受騙了，反而笑騙了她的平兒是「傻丫頭」。這種過分的自信，建立在自恃有權和自恃聰明的基礎上，難怪寫王熙鳳的那支曲子叫做「聰明誤」。與此同時，也正因為騙她的是她的心腹，所以王熙鳳才容易輕信，不作深究。也唯其是心腹，所以平兒和旺兒對王熙鳳過分自信的弱點也最了解，才敢於騙，並把謊話編得那麼成功，不由她不信。

曹雪芹寫鳳姐的這兩次受騙，看似不甚着意，一帶而過，其實是關係到鳳姐命運的兩處伏筆。

「賢襲人嬌嗔箴寶玉，俏平兒軟語救賈璉」回前「脂評」說：「按此回之文固妙，然未見後卅回猶不見此回之妙。後曰『薛寶釵借詞含諷諫，王熙鳳知命強英雄』。今只從二婢

說起，後則直指其主……今日之平兒，之賈璉，亦他日之平兒，他日之賈璉也。何……今日之璉猶可救，他日之璉已不能救耶？」在寫到賈璉搶回那一綹頭髮時，又有「脂評」說：「妙。設使平兒，再不致泄漏，故仍用賈璉搶回，後文遺失過脈也。」八十回以後，前評所說「直指其主」，如何寫鳳姐知命強英雄，賈璉不能救，現在無法知道了。從後一條「脂評」看，那一綹頭髮該是事情發展的關目。大概是賈璉沒有收藏好頭髮，被鳳姐抓住了把柄，大鬧一場，弄得賈璉非常狼狽，惱羞成怒的賈璉「性子上來」，「把這個『醋罐子』打個稀爛」，夫妻徹底反目，王熙鳳「哭向金陵事更哀」。

關於張華一事的後文，續書在賈府被抄後作了交代，說是告發賈府強佔良民妻子為妾的，有個姓張的在裏頭，顯然指的就是張華。八十回之後，曹雪芹如何關合旺兒放走張華的伏筆，現在也無法知道了。不過紅學界一般看法是：尤二姐和張華事件，是賈府被抄家的導火線之一，張華可能是原告，最少也會是證人。賈府被抄，「忽喇喇似大廈傾」，鳳姐的末日當然不遠了。

《聰明累》一開篇就說鳳姐「機關算盡太聰明，反算了卿卿性命！」從她受騙的兩件事情來看，正是如此。

賈璉的識見

賈璉還有什麼見識麼？一般讀者說起賈璉，往往一言以蔽之：偷雞摸狗者也！誠然，這位璉二爺的生活確實糜爛，

且不說他的老婆王熙鳳如何防他像防賊似的，就連其祖母也罵他：「成日偷雞摸狗，腥的臭的，都拉了你屋裏去！」但是，這只是賈璉其人的一面。如果細讀小說，讀者會發現，賈璉在賈府諸人中還是頗具見識的。

偌大的榮國府由璉鳳夫婦二人管理，固然首先是看中了鳳姐的精明潑辣，也未嘗沒有考慮外當家賈璉的才幹。而且實際情況是，有時賈璉的見識還在鳳姐之上。

第十六回為迎接元妃歸省，賈薔被派去姑蘇聘請教習，采買女孩子，和置辦行頭樂器，賈璉擔心賈薔不能勝任，意欲換人，只因為賈薔得到了鳳姐的支持，賈璉只好作罷。事情剛定下，賈薔馬上討好賈璉：「要什麼東西，順便織來孝敬。」可見他姑蘇之行是如何中飽私囊了。從賈薔在「王熙鳳毒設相思局」中扮演的角色看，其為人可想而知。後來的賈薔，除騙得過齡官的一片癡情外，實在沒有什麼作為。這說明賈璉尚有知人之明，其擔心並非多餘。

第二十三回，璉鳳夫婦又為派誰管理鐵檻寺的小和尚和小道士產生了分歧。賈璉主張賈芸去，鳳姐主張賈芹去，結果當然又是賈璉讓步。璉鳳分歧之產生，主要是兩人都想做各自的人情，但賈芸和賈芹還是有良莠之別的。賈芹在鐵檻寺的所作所為，到第五十三回賈珍說起過，他對賈芹冷笑道：「你在家廟裏幹的事，打量我不知道呢！……夜夜招聚匪類賭錢，養老婆小子。」續書中寫的那張「匿名揭貼兒」所揭發的賈芹醜行及給賈府的影響，可以說是賈芹為人合符邏輯的發展。賈芸呢，辦事倒是比較認真的，大觀園植樹種

花，他每每親自監工就是證明。根據「脂評」透露，賈府事敗之後，賈芸還很有一番作為。從最初對芸芹二人的不同態度，也多少可以看出璉鳳二人識見之高下。

如果說上述二事中賈璉之所以那樣主張並不完全是，而且主要不是見識所致的話，那麼下面兩件事可以進一步說明。

賈赦看中了石呆子珍藏的二十把古扇子，想佔為己有，要賈璉去辦。賈璉出高價要石呆子出讓，石呆子不肯，他也就作罷，賈赦於是天天罵他無能。後來賈赦串通賈雨村，捏造罪名，抄了石呆子的家，把古扇子弄到手。事後，賈璉當面頂撞賈赦：「為這點子小事弄的人家傾家敗產，也不算什麼能為。」結果被賈赦打得死去活來。事見第四十八回。古扇子事件是賈府橫行霸道、傷天害理的罪行之一。賈璉不滿其父賈赦的作為，在這類關係到賈府利害的問題上，畢竟看得稍遠一些。

故事發展到第七十二回，賈府已是內外矛盾重重、江河日下了，當時只有賈璉考慮過賈府的前途問題。一天，林之孝說：「才聽見賈雨村降了，卻不知何事，只怕未必真。」賈璉說：「真不真，他那官兒未必保的長。只怕將來有事，咱們寧可疏遠着他好。」賈雨村乃貪婪狡詐、忘恩負義之人，而賈政、賈赦、賈珍都對他評價很高，過從甚密，獨賈璉瞧不起他，並告誡家人不要和他謀事，以免受到牽連。這在賈府主子來說，實在難能可貴。

當然，賈璉其人的主導面是「不喜正務」，「於世路上好機變」，其見識只是比較而言。

　　魯迅在談到《紅樓夢》的價值時說:「其要點在敢於如實描寫,並無諱飾,和從前的小說敍好人完全是好,壞人完全是壞的,大不相同,所以其中所敍的人物,都是真的人物。」一般讀者似乎忘記了魯迅的教導,或者是讀小說時太粗心了,所以一說起賈璉,就一言一蔽之:偷雞摸狗者也。這種讀書方法不可取,但是,從這一客觀存在的現象,又可悟出一些生活的道理:頗具見識的賈璉往往只是受到譴責,足可為偷雞摸狗者戒!

賈寶玉猜耍猴謎

　　才華橫溢的賈寶玉每當和紅樓女兒在一起時,往往顯得遲鈍,甚至笨拙,詠海棠、菊花,吟螃蟹、柳絮,以及蘆雪庵即景聯句等等,都是如此。全書唯有一處例外,那就是第五十回「暖香塢雅製春燈謎」。

　　當時史湘雲用曲牌《點絳脣》製了一個謎語,請大家猜。謎面是:「溪壑分離,紅塵遊戲,真何趣!名利猶虛,後事終難繼。」大家有猜和尚的,有猜道士的,也有猜偶戲人的,都不是。只有賈寶玉猜對了,是被耍的猴兒。

　　耍猴之戲,過去很流行,現在也偶爾能看到。富察敦崇《燕京歲時記》說:「耍猴兒者,木箱之內,藏有羽帽烏紗,猴手啟箱,戴而坐之,儼如官之排衙。猴人口唱俚歌,抑揚可聽,古稱『沐猴而冠』,殆指此也。」史湘雲編的這個謎語,的確如書中人所說,是「刁鑽古怪」的。眾人「想了半

日」，都沒有猜着；獨寶玉一猜就中，而且眾人猜時，他「笑了半日」，說明他不用多想，一開始就猜着了。

為什麼往常寶玉老是落在眾裙釵之後？那是作者以此襯托女子的靈性。

為什麼這次寶玉一猜就中，壓倒群芳？是因為賈寶玉對史湘雲的謎語有着特殊的感受。

猴子離開山林，被人牽耍，不管它如何冠帶裝束，出將入相，一切名利都是虛的，最後還是要恢復本來面目。在賈寶玉看來，世俗的追名逐利之徒，就有如這被耍的猴兒。謎語中說的「後事終難繼」，是指那被耍猴兒的尾巴被剁掉了，而在賈寶玉理解的寓意中，它指的是這些人不會有好的結果。

小說故事發展到第五十回，賈府經歷了「鮮花着錦、烈火烹油」之盛，快要走下坡路了。賈寶玉敏銳地覺察到這一點，並認為自己家族的興盛也不過是一場猴耍之戲，終究是盛宴必散，名利皆虛。

正因為賈寶玉對世道、對家族有這種感受，所以對史湘雲的謎語就能敏銳地產生聯想，一射中虎，壓倒群芳。這用魯迅的話來說就是：「悲涼之霧，遍被華林，然呼吸而領會者，獨寶玉而已。」

甄寶玉其人

在小說前八十回，甄寶玉只是由別人介紹過兩次，和在賈寶玉夢中出現過一次。據第二回賈雨村的介紹，甄寶玉

（當時尚未說出名字）性情乖張，而對女兒們都極好，是所謂「不能守祖父基業、從師友規勸」的人，和賈寶玉相同。又據第五十六回甄府僕人的介紹，甄寶玉不但名字、性情和賈寶玉相同，連相貌也一樣。在這一回賈寶玉的夢中，兩個寶玉相會了，撲朔迷離，令人不辨甄賈。

這樣來看，甄寶玉和賈寶玉是完全相同的形象。從文學創作一般情況來說，甄寶玉似乎沒有存在的必要。但是，從曹雪芹寫《紅樓夢》的特殊情況和特殊手法來說，就不能如此簡單對待了。

眾所周知，曹雪芹是以他自己的家庭為素材來寫《紅樓夢》的，而且這裏所說的素材，不是通常意義所說的「生活與創作的關係」中的素材，而是有其他任何小說不可比並的寫實性。從曹雪芹的曾祖父曹璽開始，祖父曹寅，伯父曹顒，父親曹頫，三代四人都是康熙帝的親信，歷任江寧織造六十年之久。雍正上台後，曹家的日子不好過了，直至獲罪罷官抄家，最後曹雪芹到了「舉家食粥」的地步。曹家之所以獲罪，據清宮檔案所載，過去有「經濟虧空」之說，後來又有「騷擾驛站」之說，其實都是檔案中的官樣文章。欲加之罪，何患無辭？歷史上這樣的事還少嗎！曹家既是康熙的親信，後又和雍正的政敵過從甚密，聯繫雍正上台後那一系列「牽五掛六」的殘酷懲治手段來看，曹家的敗落，應主要是政治原因；檔案所云，只不過是藉口或導火線。

曹雪芹寫賈府的由盛入衰，有自己的切身之痛，但在當時的政治條件下。他不能寫，而只能將真事隱去，用假語村

言，寫出這似乎只是單純言情的小說。然而，他又不甘心，於是就有了金陵的甄府。

金陵甄府，小說中說他家曾經接駕四次，這指的就是曹家在江寧織造府四次接康熙南巡之駕。第七十四回說到甄府被抄家，實際上是說曹家被抄。甄府和賈府，一南一北，書中說它們是老親關係，各自獨立，其實，甄府就是賈府的影子。和《西遊記》中的真假猴王、《水滸傳》中的真假李逵和真假宋江不同，甄寶玉不是一個獨立的文學形象，他只是賈寶玉的影子。這在書中明明白白點了出來。第五十六回，賈寶玉夢見甄寶玉醒來後，作者借襲人之口說：「你揉眼細瞧，是鏡子裏照的你的影兒。」

既然甄寶玉是賈寶玉的影子，甄府當然是賈府的影子。曹雪芹以他的家庭為素材寫《紅樓夢》，寫賈府由盛入衰，實際上就是寫曹家由盛入衰。曹雪芹如此不甘心，要用這樣的手法點出隱去的真事，可見他的筆端鋒芒確實「堪與刀穎交寒光」。

至於說到甄寶玉的種種表現，因為他只是賈寶玉的影子，所以並無深意。八十回以後，曹雪芹如何寫甄寶玉，我們無法知道了。有「脂評」說：「《邯鄲夢》中伏甄寶玉送玉。」看來，在「迷失」的曹雪芹原稿中，甄寶玉正式出場了。可能是甄寶玉先出家，後來送那塊賈寶玉丟失的通靈玉來到賈府，點化賈寶玉，賈寶玉悟而出家，像《邯鄲記》中呂洞賓引度盧生那樣。現在續書說甄寶玉全改兒時所為，勸賈寶玉立德立言，顯親揚名，顯然違背了曹雪芹的原意。

傻大姐的笑和哭

傻大姐是書中一個微不足道的人物，前八十回出場一次，後四十回出場一次，來去勿勿，說話和行動都不多。然而。她的傻，她的傻笑和傻哭，卻引發了兩起重大事件，在情節發展上起了別人無法替代的作用。

抄檢大觀園是賈府主子對奴隸的清洗和鎮壓，相當集中地反映了賈府這個走向沒落的封建貴族世家的各種矛盾和矛盾之間相互聯繫和相互轉化和複雜關係。這一重大事件的導火線是一個小小的繡春囊，而這繡春囊就是傻大姐拾着的。傻大姐不像其他丫頭那樣受約束，一時無事進大觀園玩耍，在山石背後掏蟋蟀，拾到了「有傷風化」的繡春囊。她不認識是什麼東西，以為上面的圖案是「兩個妖精在打架」，而笑嘻嘻地不停擺弄，被邢夫人發現了。這下非同小可，邢夫人「嚇得連忙死緊攥住」；王夫人「氣了個死」，「淚如雨下」，「又哭又歎」；王熙鳳「也着了慌」，「又急又愧」。「雙膝跪下」，「含淚訴說」。於是，抄檢大觀園的軒然大波便頓時掀起。

傻大姐對觸發這一事件的作用是很明顯的。如果不是傻大姐，就不會到僻靜的山石背後去掏蟋蟀，也就拾不到繡春囊；如果她不傻，就該認識繡春囊，不會拾起這個惹是生非、有礙女兒家體面的東西，至少拾着了也不會聲張；尤其是，如果不是她不停地傻笑，擺弄，就不會衝撞邢夫人而引起注意被發現。這樣，抄檢之事也就沒有由頭了。

　　另一重大事件林黛玉之死。由王熙鳳獻策、王夫人合謀、賈母和賈政點頭的「掉包兒」金玉婚配的計劃正在緊鑼密鼓地進行，而林黛玉還蒙在鼓中。為愛情而眼淚快要流幹的林黛玉，來到了沁芳橋那邊山石背後當日同寶玉葬花之處，忽然聽到了傻大姐嗚嗚咽咽的哭聲。傻大姐之所以哭，是因為捱了打；捱打的原因是「混說了話」；而所混說的話，是上頭要緊密封鎖消息的金玉婚配之事。當林黛玉知道這事後，一切希望都破滅了，迷迷癡癡，恍恍蕩蕩，好像掉進了萬丈深淵。她焚詩稿，斷癡情，求速死，很快就結束了她年輕的生命。

　　泄露金玉婚配的「機關」，也只有傻大姐最恰當。第一，她是賈母房中的丫頭，有條件知道這一消息；第二，她傻，不知道王熙鳳這個錦囊妙計事關重大而泄露不得；第三，捱了打以後還不明究竟，還要「混說」；第四，她不可能理解寶黛之間的聖潔愛情一旦失去時帶來的巨大痛苦，所以竟把消息泄露給了林黛玉，造成了這一令後世不勝惋歎的悲劇。

　　傻大姐這樣一個過場人物，在全書結構中的作用實在很不簡單，由此也可見曹雪芹藝術構思之一斑。

第二次查抄大觀園

　　在一般讀者的印象中，大觀園只查抄過一次，那就是第七十四回「惑奸讒抄檢大觀園」。其實，大觀園被查抄過兩次，只不過人們往往把第一次和第二次混在一起罷了。

　　第二次查抄見於第七十七回「俏丫頭抱屈夭風流，美優伶斬情歸水月」。查抄之前，王夫人派周瑞家的去攆司棋，這是第一次查抄的尾聲。隨即王夫人自己帶領人開始第二次查抄，書中明明白白寫着「此刻太太親自到園裏查人呢」。可見兩次查抄不能混為一談。

　　王夫人查抄的第一站是怡紅院，她「一臉怒色，見寶玉也不理」。病中的晴雯，被人從炕上拉下來，只穿着貼身衣服，趕走了。王夫人把所有丫頭都叫過來，「一一過目」，「個個都親自看了一遍」。四兒被訓斥了一番，也趕走了。芳官被罵為「狐狸精」，她和所有唱戲的女孩子也不許留在園裏。「王夫人又滿屋裏搜檢寶玉之物，凡略有眼生之物，一併命捲起來，拿到自己房裏去了。」查完怡紅院後，王夫人「茶也不吃，遂帶領眾人，又到別處去閱人」。

　　比較兩次查抄，不同之處極多。

　　第一次查抄是晚上，第二次查抄是白天。

　　第一次查抄由王熙鳳帶隊，第二次查抄是王夫人親自出馬。

　　第一次是查物，查繡春囊的來路，由物及人，但事先並沒有明確的具體打擊目標；第二次是查人兼而及物，事先就定下了主要的打擊對象。

　　第一次查抄除針對奴僕外，還明顯地反映了王夫人和邢夫人的矛盾，因為矛盾的複雜性，時而出現喜劇場面；第二次查抄純粹是針對奴僕的清洗和鎮壓，自始至終「雷嗔電怒」，烏雲滾滾。

第一次查抄沒有當時處理，第二次查抄當場發落。第一次查抄各處一一寫到，第二次查抄重點寫怡紅院，其他各處是「又往別處去閱人」，一筆帶過。

一起沒有展開描寫的婚姻悲劇

《紅樓夢》中的婚姻悲劇，最大的當然是「金」「玉」之配。不過，這一悲劇的最後情形，我們看到的不是曹雪芹所寫，而是高鶚的手筆。從《終身誤》中「空對着，山中高士晶瑩雪；終不忘，世外仙姝寂寞林」、「縱然是齊眉舉案，到底意難平」和「脂評」所說「棄而為僧」等來看，曹雪芹曾正面描寫和渲染過這一婚姻悲劇的場面。從「金」「玉」婚配在全書的地位來看，這一悲劇非正面描寫不可，迴避不得。可惜我們現在只能憑藉片言隻語，和依據賈寶玉和林黛玉的性格，以及當時賈府的形勢，去推測和想像這一悲劇的具體場面和具體情節。

而書中另一起婚姻悲劇，倒是曹雪芹故意不作正面接觸，沒有正面描寫。那就是來旺之子和彩霞的婚配。

七十二回「來旺婦倚勢霸成親」寫的就是這件事。王夫人房裏的丫頭彩霞被放出來，由其父母擇婿婚配。來旺夫妻看中了她，想弄來配給自己的兒子；可其兒子很不成材，彩霞父母沒有答應，彩霞本人更是極不願意。來旺夫婦是王熙鳳娘家帶來的陪房，現在是榮府管家。有了這層關係，結果由王熙鳳出面叫來彩霞的母親，硬是成就了這門親事，所以

回目便叫「倚勢霸成親」。成親後夫妻關係如何？雖然書中沒有展開描寫，但可以肯定是一起起悲劇。來旺的兒子容貌醜陋，酗酒賭博，無所不至，而彩霞是越發出挑得好看了，又頗有心胸，況且婚事是倚勢逞霸而成，夫妻關係怎麼能和諧親密？

曹雪芹沒有展開描寫這一悲劇，但這一事件的內涵卻十分豐富。

這件婚事之提起和最後敲定，都在璉鳳閨房之內。賈璉最初覺得奴才的婚配只是小事一椿，一說就行，後來聽說來旺的兒子不成器，便認為此事不妥，要從長計議，還說要教訓來旺之子。可他畢竟受制於鳳姐，有求於鳳姐，對鳳姐要辦的事不敢違抗。這件事連賈璉都覺得是「霸道」，彩霞之母滿心不願意也只好應承，說明王熙鳳在賈府的權勢。這一回回目的上聯是「王熙鳳恃強羞說病」，其實下聯「來旺婦倚勢霸成親」說的也主要是王熙鳳。

賈府的丫頭，出路無過三條。一是被主子糟蹋後收為「屋裏人」，做妾，運氣好的可以挨上個「姨娘」的身份；二是「配小子」，由主子指定，嫁給賈府的男僕；三是「放出去」，由其父母擇婿婚嫁。第三種當然是最好的了。彩霞被放出來了，賈府真是「恩德如山」！可她還是逃不脫悲劇的厄運。彩霞之母，在她滿口答應時，咽下了多少畏懼和辛酸的淚水！彩霞本人，她心中的「懊惱」和「急躁」，正是這出婚姻悲劇的沙啞的序曲！賈府主子一向標榜自己把丫頭放出去的「恩典」，彩霞就是書中正面寫到的荷「恩」

之人。通過「倚勢霸成親」的事件，曹雪芹有意無意之間，寫出了這種「恩德」的欺騙性和虛偽性。

彩霞本來是「與賈環有舊」的，只是「尚未作準」而已；趙姨娘對她也頗好，希望把她給賈環做「屋裏人」，好有個膀臂。而王夫人卻偏偏把她放了出去，其間的原委，尚可琢磨。

彩霞「與賈環有舊」，在來旺家仗勢逼娶的時候，她求助於賈環，本是情理之中的事。可賈環呢，「不在意，不過是個丫頭，他去了，將來自然還有好的，遂遷延住不肯說去，意思便丟開了手」，死活讓彩霞去。這位庶出的公子，為人也可見一斑。這與賈寶玉在金釧、晴雯等慘遭迫害時五內俱傷的情狀，豈可同日而語！

過去有人讚歎《紅樓夢》的寫法是「注彼而寫此，目送而手揮」，是「一聲也而二歌，一手也而二牘」。意思是說，曹雪芹筆下的故事情節，目的和作用都不是單一的。就「來旺婦倚勢霸成親」這一沒有展開描寫的婚姻悲劇來看，其涉及的人際關係、生活內涵和矛盾複雜性等等，都是豐富而深刻的。

兩起相互映照的婚姻悲劇

小說第七十九回寫了兩起婚事，一是薛蟠娶了夏金桂，二是賈迎春嫁給了孫紹祖。

呆霸王薛蟠左挑右揀之後娶來了夏金桂，薛姨媽本望「和和氣氣的過日子」，可誰知夏氏金桂比呆霸王薛蟠更

「霸」，但不「呆」，「心裏丘壑涇渭，頗步熙鳳後塵」，挾制薛蟠，凌辱香菱，更兼一個寶蟾撒潑，把個薛家鬧得雞飛狗跳，人仰馬翻。

孫紹祖的祖上本是賈府的門生，後來發了，成為朝廷新貴，孫紹祖本人「相貌魁梧，體格健壯，弓馬嫻熟，應酬權變」，是一個「得志更猖狂」，「不念當日根由」的無情中山狼，迎春被他作踐得無法忍受。

夏金桂大鬧薛家是正面描寫，先捨出陪嫁丫頭寶蟾，設計陷害香菱，由挾制薛蟠，到將及薛姨媽，以至薛寶釵，寫得較為詳細。而迎春的遭遇只是從她自己的哭訴和其奶娘的簡單介紹中反映，孫紹祖本人並未出場。

薛蟠本是任性使氣的，沒有想到遇上一個比他更厲害的「河東獅」，開初還氣概相平，經過幾個回合便低矮下來。迎春生性懦弱，又是庶出，邢夫人對她只是「面情塞責」而已，一直過得很不舒服，被人稱為「二木頭」，嫁給「好色，好賭，酗酒」的孫紹祖，一開始便受欺凌，根本沒有過燕爾之樂。

薛蟠在受制於夏金桂的同時，仍然虐待香菱，讀者再聯繫他一向的為人，會覺得他宜乎其遇。迎春雖然在司棋被逐時無動於衷，其實她也無能為力，而她的一生委實可憐，讀者對她的婚姻悲劇寄予的該純是同情。

這兩起婚事寫出了當事人各自的性格、命運。又和全書的故事發展脈絡相通。自小說第五十四回起，賈府開始走下坡路了，這兩起婚姻悲劇，相互映襯、各有特點，歸屬於「頹運方至，變故漸多」之中。曾幾何時，薛府把人命視為兒

戲，而現在薛蟠只會唉聲歎氣，抱怨運氣不好，薛姨媽急得叫「賣人」。曾幾何時，賈府氣勢煊赫，炙手可熱，可現在聽憑孫紹祖凌辱迎春，絲毫也奈何不得。這兩起婚姻悲劇並不單純是房幃之事，在它後面是賈薛二府開始失勢的深刻背景。

正如魯迅所說：「悲涼之霧，遍被華林，然呼吸而領會者，獨寶玉而已。」這兩起婚悲劇，都給了賈寶玉深深的震動。迎春離開大觀園後，賈寶玉天天來到迎春原先的住所紫菱洲一帶徘徊瞻顧，那首沉鬱低回的《紫菱洲歌》，深切地表達了他對手足的眷念之情，繚繞着一串不祥的悲音。夏金桂「自己尊若菩薩，他人穢如糞土；外具花柳之姿，內秉風雷之性」，其為人處事，更使賈寶玉驚異。賈寶玉曾認為女兒是水做的骨肉，純潔清爽，可夏金桂大異其趣，在賈寶玉為此「納悶」時，該是在修正他原先的看法吧！這兩起婚姻悲劇，都不只寫當事人，同時也寫了全書的主人公。

薛夏婚姻中，最大的受害者是香菱。賈寶玉為此而向老道士王一貼求取治療女人妒病的膏藥。王道士胡謅的「療妒湯」當然無濟於事，而他詼諧的解釋，不只帶來笑聲，而且還會引起讀者的思索：以賈府為首的四大家族的衰敗，也有如夏金桂的妒病：無藥可救。

張道士和王道士

第二十九回中的張道士和第八十回中的王道士，是頗有趣的一對。

　　張道士主持着偌大的清虛觀，又掌有「道錄司」之印，有官俸收入；王道士則只能寄居在天齊廟，主要靠走江湖，賣膏藥維持生計。

　　張道士是當年榮國公的替身，曾經先皇親口呼為「大幻仙人」，又被當今皇上封為「終了真人」，與王公藩鎮來往密切，所掌之道錄司管理着全國的道教事務，是道士中的上層人士；王道士雖然也在榮寧二府走動，但主要是兜售他的膏藥，接觸的大抵是普通民眾，連焙茗都敢於開他的玩笑，是道士之下層者。

　　張道士的最大能耐是逢迎拍馬，高層次的逢迎拍馬。賈府眾人來到清虛觀打醮祈福，張道士的一言一行都很得體，既不失他本人身份，又奉承了賈府眾人，尤其是奉承了賈母。張道士自己已經八十歲，比賈母年紀大，可他稱呼賈母為「無量壽佛」，稱讚成賈母「氣色越發好了」，正迎合老年人的心理；他說起當年國公爺時，馬上「兩眼酸酸的」，感染得賈母「也由不得有些戚慘」。張道士對國公爺的感情，仿佛比賈府中人還深。他對賈珍說：「當日國公爺的模樣兒，爺們一輩的不用說，自然沒趕上；大約連大老爺、二老爺也記不清楚了罷！」這分明是擺身份，而事實也的確如此。賈寶玉是賈府的「鳳凰」，是賈母的命脈根子，張道士當然很清楚，所以他對賈寶玉又是抱住問好，又是稱讚寶玉的字寫得好，又說寶玉長得像當年的國公爺，又要給寶玉提親，一件件都說在賈母的心坎上。他還「請」下賈寶玉脖子上那塊通靈寶玉，「兢兢業業的用蟒袱子墊着，捧出去」，虔誠得無

以復加；說是給「遠來的道友和徒子徒孫們見識」，其實是以此為名義，向眾道士勒索了幾十件珠穿寶嵌、玉琢金縷的法器，討好賈府。

王道士的最大特點是詼諧滑稽，世俗的詼諧滑稽。當賈寶玉向他要治病的膏藥時，他竟對十幾歲的小孩說出「房中的事情，要滋助的藥」這樣粗鄙的話來。他解釋那個用秋梨、冰糖、陳皮做的「療妒湯」說：「一劑不效，吃十劑；今日不效，明日再吃；今年不效，明年再吃。橫豎這三味藥都是潤肺開胃不傷人的，甜絲絲的，又止咳嗽，又好吃。吃過一百歲，人橫豎是要死的，死了還妒什麼？那時就見效了。」讀者至此，都會忍俊不禁吧；而王道士的原則正是：「說笑了你們就值錢。」

張道士是道貌岸然的，他善於在上層、在官場廝混，其逢迎拍馬的嘴臉，令人可憎。王道士則是一個類似小丑的角色。他說：「連膏藥也是假的。我有真藥，我還吃了做神仙呢，有真的跑到這裏來混？」在詼諧滑稽中，還算誠實，也流露了這個遊方道士內心的辛酸，所以倒有幾分可憐。

「脂評」說曹雪芹寫張道士和王道士兩個人物是「特犯不犯」。所謂「特犯不犯」，意思是說特地寫兩個有相似之處的人，而又寫出他們的絕不相同之處。這既需要深厚的生活基礎，更需要高超的藝術功力。《紅樓夢》中，尤氏姐妹身世、地位相同，而性格差別很大；王熙鳳和夏金桂兩位少奶奶，都很驕橫，但一個是隱蔽，有機心，一個是外露，無內涵；鴛鴦和司棋算是的反抗意識的丫頭，鴛鴦在平和中包孕着倔

強，司棋在坦率中蘊含着深情；黛玉的孤高中使人感到熱，妙玉的孤高中使人感到冷，等等，都可以說是「特犯不犯」的形象。張道士和王道士也是這樣一對，同樣是道士，然而給讀者的印象卻那麼截然不同。

探春出嫁後回過家嗎

按通行本所寫，鎮海統制周瓊海疆凱旋，探春隨翁婿來京，曾回賈府探省；在眾人眼中。她「出挑得比先前更好了，服采鮮明」。其實，在曹雪芹的創作構思中，探險春遠嫁後再也沒有回來過，這有前八十回和脂評為證。

一、《紅樓夢曲‧分骨肉》：以探春本人的口吻寫她離家時的依戀和對親人的勸勉，雖然偶有達語，實則無可奈何，其基調是極度的沉鬱和哀傷。「把骨肉家園，齊來拋閃」、「從今分兩地」、「奴去也，莫牽連」，都是說她一去永不回來了。探春「判詞」中「千里東風一夢遙」也是這個意思。

二、第二十二回探春作的謎語說：「階下兒童仰面時，清明妝點最相宜。游絲一斷渾無力，莫向東風怨別離。」謎底是風箏。「正冊」中探春的畫面是：兩個人放風箏，一片大海，船中一女子，掩面泣涕之狀「，又是風箏。這都是說明探春的結局如風箏。」游絲一斷渾無力「，線一斷，風箏飄繇而去，還能再回來嗎？

三、探春謎下有脂批說：「此探春遠適之讖也。使此人不去，將來事敗，諸子孫不至流散也，悲哉傷哉！」適，遠

嫁。批書人稱道探春的才智，認為如果探春不是遠嫁不歸的話，在賈府敗落時一定會有所作為。

賈探春是「薄命司」裏的人物。她的悲劇，一是「才自精明志自高，生於末世運偏消」，雖有才志，但仍然無所作為；二是「把骨肉家園，齊來拋閃」遠嫁不歸；三是惜春「判詞」和《虛花悟》中說的「勘破三春景不常」，「說什麼天上夭桃盛，雲中杏蕊多，到頭來，誰見把秋捱過？則看那，白楊村裏人嗚咽，青楓林下鬼吟哦」，這位「倚雲栽」的「日邊紅杏」，也和元春和迎春一樣，壽命不長。

探春叫「娘」

在《紅樓夢》的各種版本中，探春和趙姨娘的關係自始至終都很緊張。她不但從來沒有親近過自己的親生母親，而且總是擺出主子的架子，對趙姨娘公開地教訓和指責。

在電視連續劇中，探春的結局是「和番」遠嫁。臨行之前，身着盛裝的探春和趙姨娘在庭院中相遇了。二人凝眸相對一陣後，探春叫了一聲「娘」，撲向趙姨娘，緊緊相抱，淚珠滾滾而下……

如何理解探春叫娘？如何評價電視連續劇的這樣處理？

探春有一個與生俱來的弱點：沒有托生在正室太太王夫人肚裏，而是趙姨娘所生。在「妻妾不分則宗室亂，嫡庶無別則宗族亂」的封建社會，庶出的姑娘遭到歧視和排擠，婚配也必然受影響。「才自精明志自高」的探春，認為要改變自

己的命運，只有割斷與自己生母的天然臍帶關係，而去和正室太太接上一條人工臍帶，所以她到處宣稱「我只管認得老爺太太兩個人」，於是便有了她與趙姨娘的那種畸形的母女關係。然而，她的努力無濟於事，最後還是只能聽任擺布，拋閃骨肉家園，和番遠嫁，永無歸期。今天來看，歷史上的「和番」政策，對於緩和階級矛盾和促進民族團結，曾起過積極作用，而在封建社會的一般認識，「和番」是和「紅顏薄命」聯繫在一起的。

雖然我們沒有看到曹雪芹寫的「探春遠嫁」，但我們完完全全可以想像，憑曹雪芹的天才之筆，那「一番風雨路三千，把骨肉家園，齊來拋閃」，「奴去也，莫牽連」的訣別場面，一定悽切哀惋，催人淚下。不過，曹雪芹是否會像電視劇這樣處理探春叫「娘」呢？那倒未必。因為在前八十回和「脂評」中，找不到將會如此處理的任何跡象。

評論界對電視劇的改編有各種看法，我覺得就細節方面來說，探春叫娘的處理，是最成功，最精采的。

在太虛幻境的冊子上，探春的「判詞」是「生於末世運偏消」，其悲劇是因為「生於末世」，似乎和庶出沒有關係。而在電視劇中，南安太妃捨不得自己的親生女兒去和番，於是選擇探春為義女去和番，就未嘗沒有考慮探春的庶出身份；偌大的賈府，除賈寶玉為此事發過牢騷外，沒有誰作過改變這種決定的努力，甚至想也未曾想過，這和探春的身世能說沒有任何聯繫嗎？否則，不同樣可以如法炮製，也認一個義女代替探春嗎？頗具見識的賈探春，當然會有識於此。

和番之事定下後，探春想起「怡紅夜宴」所抽之籤，為自己要遠嫁而自我寬解，還勸導過寶玉不要悲傷。但是，她心情的主調則極度悽苦。當迎面碰上自己的親生母親，在她凝眸相視的片刻，有多少往事湧上心頭啊！終於，她第一次，也是唯一的一次叫了一聲「娘」，撲向趙姨娘，抱頭痛哭了。

她是在深沉地反思和痛苦地悔悟吧！過去視自己的親生母親如路人，以至仇敵，那應該嗎？

她是在以這樣一種方式抗議吧！為什麼封建嫡庶觀念會如此不可抗拒地影響人的一生？這合理嗎？

母女之情，天性也。賈探春的叫娘聲，標誌着她在經受巨大打擊之後的人性復歸，也標誌着這位封建思想濃重的少女一定程度的覺醒。應該說，電視連續劇中和番遠嫁的賈探春，是一位新探春，是電視連續劇編導創造的一位新探春。這種創造，思想上更深刻有力，藝術上更震憾人心，非常精采。

由此想到，對於名著的改編或移植，不必處處事事拘泥，可以有所突破，有所創新。任何領域都可成為有出息的藝術家自由馳騁的廣闊天地。

假如寶玉和黛玉結合

賈寶玉和林黛玉結合，這在《紅樓林》中當然是不可能的事，因為他們從虛無縹緲的赤霞宮、靈河岸而來，只是要「還淚」而已，其結局早在太虛幻境的「冊子」和「曲詞」中

寫定了。但是，多情而好心的《紅樓夢》讀者，往往會閃現這一想法，甚至還會虔誠地為他們祈禱。在此，不妨說說這「假如」的問題。

歷代文學作品中的愛情故事，如《牡丹亭》中柳夢梅和杜麗娘的夢中幽會，《聊齋志異》中人和狐鬼的愛情婚姻，大抵是浪漫主義的產物，當然不足為據。要讓賈寶玉和林黛玉結合，大概不外以下三種情況。

一是由賈母作主。賈母溺愛孫子和外孫女，在賈府有最高的權威，如果她堅持要將黛玉配給寶玉，賈政等人不得不依。這樣，林黛玉就成了「寶二奶奶」，她必須挑起侍奉公婆、管理家務的重擔。在賈府這樣的貴族世家，外有各種親友應酬、吊賀往還，內部是婆媳、妯娌、姑嫂、寧榮二府、長房二房之間的複雜關係，還有那些僕婦、丫頭之間理不清的糾葛，亂麻一般的大小事情。憑林黛玉的志趣、性格，她哪裏能夠適應！僅此而論，帶給寶黛二人的，將是說不完的煩惱。

二是像《西廂記》中的張生和鶯鶯那樣私自結合。怡紅院和瀟湘館鄰近，寶黛二人一直來往密切，賈府諸人也習以為常，如私自結合，比《西廂記》中「待月西廂下，迎風戶半開」要方便得多。但是，這樣的事情一旦傳開，而且必定傳開，在賈府那人人都像「烏眼雞」的環境中，寶黛二人如何承受得了各方面的壓力？

《西廂記》中，老夫人逼張生赴京應試，張生只得與鶯鶯別離。如賈府家長向賈寶玉提出這樣的問題，或向林黛玉提

出其他問題，寶黛二人哪裏能俯首就範？

三是走司馬相如和卓文君的道路。那是歷史上曾經確實發生，並在歷代傳為美談的事情。不過，司馬相如能夠身着犢鼻褌勞作，卓文君可以當壚賣酒，可寶黛二人根本不具備獨立生活、養活自身的能力。

《紅樓夢》問世一百多年後，魯迅先生寫過小說《傷逝》，他筆下的涓生和子君，走的正是不顧家庭干涉而毅然出走、自由結合的道路。結果呢？因為「人必生活着，愛才有所附麗」，涓生和子君的愛情，仍然以悲劇告終。「貧窮難耐悽涼」的賈寶玉和弱不禁風的林黛玉，那樣去結合，結果不會比涓生和子君更好。

賈寶玉和林黛玉的愛情是必然演成悲劇的，哪怕多情而善良的讀者去好心地去「假如」。

（以上二十九則札記，選自「紅樓夢小叢書」之《紅樓趣談》。該書是 1987 年版電視連續劇《紅樓夢》熱播之後所寫。出版社催着發稿，每則千餘字，問題只是點到為止，未能展開，其實很多是可以擴展成文的。現在當然只能一仍其舊。）

遠眺乾隆

只有永璘坦率地笑着說：「即使皇帝多得像雨點落下，也不會有一點落在我的頭上；我只求諸兄長可憐我，把和珅的府第賜給我住，我心願就滿足了。」這一則瑣事說明，正當和珅炙手可熱、孜孜搜刮的時候，皇子們已在給他的下場作安排了。

　　1985 年，應上海人民出版社之約，為《祖國叢書》撰稿，我在組稿計劃中選了乾隆帝，所擬書名是：傑出而落後的乾隆。當時還沒有今人寫的乾隆傳（至少我沒有讀到），缺少這方面的參考。至於台灣高陽的《乾隆韻事》，小說家言，又着眼於「風流韻事」，毫無參考價值。於是我拚命讀書，做了大量卡片。第一節寫得比較順利，寄出版社，得到肯定。接着是分上下兩節談「乾隆初政」，並與雍正帝比較。因頭緒紛繁，難於把握，一下卡住了。我改變策略，轉寫後面各節。

　　但當時手頭事情實在太多，一是應出版社之約，參與了多種書稿的寫作，如《中國古代文學作品選選》（江西人民出版社）、《語文知識手冊》（江西人民出版社），尤其是與黃先生、燕暉先生合作署名為「黃燕萍」的《中學古文評注》，因中學語文課本中的古文篇目時有增刪，得經常修訂，後來又應二十一世紀出版社之約，將給七七級、七九級本科生授課的講稿

整理寫成了繪圖本《中國文學史》第三冊，即「元明清文學史」。二是 1983—1987 和 1994—2001，兩度主持《江西師範大學學報》，首尾十三年。上午坐班，下午有時要開會，除一般行政事務外，「創收」壓力很大，編印發三個環節都得關注，編輯一項，文、史、哲、政、經、教，各學科的文章都得終審。三是從 1979 年開始，在一家出版社任兼職編輯，一幹就是二十年。在外兼職，時間之早，時間之長，現在想來有點不可思議，而當時就是這麼走過來的。正因為如此，乾隆傳寫得較慢。《祖國叢書》規模很大，出版不多選題後，原計劃撤消，出版社給了一些補賞，我也就完全擱下了。

後來讀到多種今人寫的不同書名的乾隆傳，還是不免感慨，如果當年擱下一切事情，大概能如出版社吳慈生先生來信所說，「趕一趕就出來了」。現在讀到的乾隆傳多是大部頭，而我當時按出版社要求，計劃寫二十幾萬字，總體是以時間為序，而各節又有點像紀事本末體。如果寫成的話，關於乾隆的書可以多一個品種，並自視會有自己的特色。原計劃全書二十八節，動筆的有十七節，基本定稿的只有九節，沒有發表過。現選三節，作為一段回憶吧，也可見我筆耕脈絡所及，其實還是選題不當的教訓。

皇孫　皇子　太子

　　「乾隆」，是清高宗愛新覺羅‧弘曆的年號。我國用年號紀年，從漢武帝開始。明朝以前，一個皇帝往往改元幾次，於是便有幾個年號，多的有十幾個，如中國歷史上唯一的女皇帝武則天，在位二十一年，竟用了十七個年號。因為一個皇帝有多個年號，所以對明朝以前的皇帝，通常用皇帝的廟號來稱呼皇帝，如漢高祖、唐太宗等等。從明太祖朱元璋開始，一個皇帝在位期間只用一個年號。這樣，人們就可以用年號代替廟號來稱呼皇帝了。例如清朝開初的三個皇帝，如稱廟號是：清世祖、清聖祖、清世宗；如稱年號是：順治、康熙、雍正。一般是稱年號多於稱廟號。對清高宗愛新覺羅‧弘曆，人們就習慣稱他為「乾隆」，很少稱他「清高宗」。

　　康熙五十年（1711）中秋節前兩天，弘曆誕生於北京雍親王府，他的父親是康熙的第四個兒子胤禛，也就是後來的雍正帝，母親是鈕祜祿氏。當年的雍親王府，就是現在著名的喇嘛廟雍和宮。弘曆的祖父康熙是一位有雄才大略的皇帝，八歲即位，十六歲親政，迅速平定了以吳三桂為首的「三藩」割據勢力，並收復了台灣，統一了中國，使得明末以來動盪了幾十年的中國社會逐步安定和發展。皇孫弘曆出世

時，康熙已經五十八歲。老皇帝本來應該有個安樂愉快的晚年，但這時他卻為皇太子事弄得寢食不安。康熙生了三十五個兒子，夭折十一個，長大成人的有二十四人。該誰繼承皇位呢？按漢族的老習慣，皇位繼承人通常是皇帝的嫡長子，即皇后的大兒子。這樣好辦，用不着挑選，也不容易引起爭奪。而滿族的傳統卻是「立賢」，嫡長子並不是當然的皇太子。這樣做本來比較合理，但卻容易引起糾紛。康熙十四年，皇次子允礽立為皇太子，當時才兩歲。太子的優越特殊地位很不利於他的健康成長，加上缺乏德高學富老師的得力輔導，左右親近的人又私心嚴重的多，隨着年齡的增長，允礽由驕傲放縱發展到到貪婪不法，以至企圖弒父。康熙很失望，四十七年把太子廢了。但廢後兩年又復立，而立後三年又再廢。這樣一件大事，反覆不能確定，康熙為此傷心得當眾大哭。同時，由於長期以來皇位繼承人沒有確定，便助長了別的皇子的覬覦野心。有的結幫拉派，有的相互攻擊，有的假裝不介入來收買人心，關係緊張而複雜。處理國事一向英明果斷的康熙，在這件事上陷入了困境，束手無策，只好再也不提冊立太子之事。但是，皇位由誰繼承畢竟事關重大，問題仍然時刻縈繞在老皇帝的心頭。

《清聖祖實錄》卷三百六十九載，康熙五十五年（1716）秋七月庚午，康熙住在暢春園，「皇四子和碩雍親王恭請上幸王園進宴」。這簡單的一件事，對於弘曆卻是意義非凡。那一天牡丹盛開，鬚髮蒼白的老皇帝來到雍親王園。在花木扶疏的牡丹台畔，康熙第一次看到長得結實清秀的皇孫弘

曆。跪拜如儀後，康熙手拉着弘曆，問他的年齡和讀書情況。六歲的弘曆回答得清楚明白，還背誦了一篇《愛蓮說》：

> 水陸草木之花，可愛者甚蕃。晉陶淵明愛菊，自李唐以來，世人甚愛牡丹，予獨愛蓮之出淤泥而不染，濯清漣而不妖。中通外直，不蔓不枝。香遠益清，亭亭淨植，可遠觀而不可褻玩焉。予謂菊，花之隱逸者也；牡丹，花之富貴者也；蓮，花之君子者也。噫！菊之愛，陶後鮮有聞。蓮之愛，同予者何人？牡丹之愛，宜乎眾矣！

琅琅書聲像一股清泉，滋潤着老皇帝的心田。他細心地聽，盡情地享受着在老百姓家很平常，而在帝王家罕有的天倫之樂，暫時擺脫了因皇子們勾心鬥角給他帶來的煩悶。《愛蓮說》是北宋理學家周敦頤的傳世名篇，它借讚美蓮花的高潔來啟迪人們如何處世為人。理學家所提倡的正心、誠意、修身、齊家、治國、平天下，康熙一向非常崇奉。牡丹乃花中之王，是富貴的象徵，弘曆本可背誦俯拾即是的描繪牡丹的名篇，可六歲的他，卻在國色天香的牡丹花叢之前獨誦「愛蓮」，可見不同凡俗。這一切更增加了老皇帝內心的歡欣。年幼的弘曆之所以如此，是他自己因福至而心靈，還是他父親為投老皇帝所好的精心安排，無法說清，而可以肯定的是，康熙從此特別喜歡這個皇孫。

牡丹台盛會可以說是中國歷史上的一件趣事。當今皇上康熙、後來皇帝雍正、未來皇帝乾隆，三代皇帝相聚一堂，這種事，中外歷史均屬罕見。更有意思的是，被歷史學家稱

頌了二百多年的「康乾盛世」，那宏偉雄渾的交響樂，就是由他們祖孫三人相繼作曲和指揮。

牡丹台祖孫相聚之後，弘曆被帶入皇宮撫養，得到了一般皇孫所沒有的特殊待遇。小皇孫在宮中的生活由誰照管，老皇帝用心斟酌了一番，決定要貴妃佟佳氏及和嬪瓜爾佳氏兩人共同負責。佟佳氏是國舅佟國維的女兒、孝懿皇后的妹妹，還是康熙的表妹，比康熙小十五歲。多種血緣紐帶，關係特別密切，自然可以放心。和嬪比康熙小三十一歲，是妃子中最年輕的一位。她性情和順，善於體貼老皇帝的心意，細心地照顧弘曆的飲食起居。兩年後，和嬪晉級為和妃（清宮妃嬪分為七級，最高一給為皇貴妃，以下依次為貴妃、妃、嬪、貴人、常在、答應）。皇宮中特別講究規矩禮節，弘曆在她們的教導下，很快熟悉了，並養成習慣。小皇孫十分感激兩位的撫養之恩，常考慮將來如何報答。後來弘曆即位不久，在乾隆二年五月便下了一道手諭，說他想為兩位太妃另建園寢，表示「朕心感念不忘」。按明清慣例，妃子是合葬一處，沒有另建園寢的，但古代有另建園寢這事。王大臣奏明後，乾隆即下令為兩位太妃另建，於乾隆四年建成，這就是清東陵中的「雙鳳園寢」。園寢享殿前設置有雕刻精美的陛階石，「丹鳳朝陽」的圖案氣勢宏偉，至今仍引人注目。這兩位太妃於乾隆八年、乾隆三十三年先後去世，安葬於此，典禮極其隆重。

康熙對弘曆的教育十分重視，親自選擇進士出身的翰林院官員福敏做老師。福敏是旗人，旗人中進士的不多，入翰

林院當然更是出類拔萃。福敏為人質樸正派，教學認真負責，弘曆讀書進步很快。《清史稿》說乾隆「過目成誦」，書看一遍就能背誦當然是誇張，但弘曆的確有驚人的記憶力，這從他後來寫的詩文和清人筆記中可以證實。由於弘曆背書快，老師每日佈置的「日課」完成得好，福敏就要他多讀、熟讀。弘曆雖然不敢怠慢，心中卻不免嘀嘀咕咕。而到晚年時想起這件事，倒引起對這位嚴師的眷懷，在懷念福敏的詩中這樣說：「誰知童時怨，翻作老日悲。」表達他對幼時老師的深情。康熙還要弘曆向允禧學騎馬射箭，向允祿學打鳥槍。允禧和允祿是弘曆的叔父。弘曆學得非常認真。

清朝皇帝常在秋天率領王公貴族到現在的河北省承德市避暑山莊以北的圍場縣狩獵習武，叫做「木蘭秋獮」。「木蘭」本是滿語吹哨引鹿的意思，後來這一御用狩獵場就叫「木蘭圍場」。木蘭秋獮規模很大，除皇帝大批隨從外，滿、漢、蒙古王公大臣等貴族皆隨帝入圍。康熙一生曾木蘭秋獮四十八次，康熙六十一年是最後一次。也許康熙預感到自己的身體不行了，他要十二歲的孫子弘曆隨行。這是弘曆第一次參加圍獵。進入圍場後，侍衛把熊引到附近，康熙一槍打中了熊，連忙招呼弘曆去把熊打死。但當弘曆剛剛跨上馬，受傷的熊突然躍起，氣勢洶洶朝弘曆奔來。康熙看見後，趕緊補了一槍，把熊擊斃。在熊突然躍起時，眾大臣都驚住了，而弘曆騎在馬上，鎮靜自若，並不驚慌。回到營帳後，康熙高興地對嬪妃說：「這孩子福大命大，比我強；如果待他到熊面前時熊再跳起來，那就危險了。」

這一年，弘曆在避暑山莊的時間較長。山莊內有一處庭院叫「萬壑松風」，康熙的《熱河三十六景詩·萬壑松風》說：「偃蓋龍鱗萬壑青，逶迤芳甸雜雲汀。白華朱萼勉人事，愛敬南陔樂正經。」此處依山面湖，頗似江南園林，有一座五開間的大殿，康熙喜歡在此批閱奏章，看書練字。殿的南面三間平房，名「鑒始齋」，是弘曆讀書的地方。祖孫能經常見面。

對弘曆更有吸引力的是騎馬射箭，在山莊內或附近開闊地帶，上駟院官員選的好馬，可以讓英俊的皇孫盡情奔馳。康熙本人是優秀的射手，也喜歡看官員比賽，這在當時有個專門名詞，叫做「閱射」。避暑山莊閱射地點通常在山莊正門外，搭起涼柵，豎起靶子，地上鋪一個很厚的墊褥，皇帝盤腿坐在上面觀看，裁判，賞賜。這在康熙來說，既是工作，也是休息。有一次，康熙要皇子、皇孫也參加比賽。弘曆屢屢中靶，得到祖父當眾嘉獎。乾隆後來回憶這件事，在《射詩》中曾說：「屢中親承仁祖（指康熙）歡」。

從六歲到十二歲，弘曆一直生活在祖父身邊。這幾年，他父親正為爭奪帝位而日夜操心，年幼的弘曆自然不會知道，而他卻在無形無聲中幫了父親很大的忙。康熙眼看諸皇子結幫拉派，爭權納賄，打不定主意把皇位傳給哪一個。最後，他想在皇四子胤禛和皇十四子允禵中選一位。在決定取捨的天平上，皇四子允禛，加上康熙喜愛的弘曆這個砝碼，分量一下就重多了。在中國歷史上，對兒子雖不很滿意，但由於看中了孫子而把皇位傳給這個孫子的父親，從第三代來

考慮皇位繼承人，是有例在先的。明成祖的太子朱高熾（仁宗）體弱多病，成宗想換一位皇子來繼承大業，但又猶疑不決。有一天，他把這心事告訴從小就有神童之稱的翰林學士解縉。開始，解縉說皇太子如何仁慈孝順，如何深得民心，可成祖只是低頭不語。後來，解縉再補一句：「好聖孫！」聖孫指朱瞻基（宣宗）。成祖聽後，很快點頭決定了這件大事，並在後來立朱瞻基為太孫。解縉的看法很有眼光，後來仁宗和宣宗兩朝都是政治清平時期。康熙在彌留之際決定讓雍親王繼位，是經過深思熟慮的，歷史也已證明這是最佳抉擇。

康熙是在重病臥牀之後，臨死之前決定這件大事的，後來對此有不少謠傳。其中流傳最廣的是：康熙御筆遺詔原為「傳位十四皇子」，雍親王把「十」改為「于」，成了「傳位于四皇子」。對這個謠傳，後來雍正在他親撰的《大義覺迷錄》中曾提到，並加以駁斥。雍正敢於把這件事公諸於眾，說明他問心無愧。

此事還有外國人的記載作旁證。據朝鮮《李朝實錄》載，康熙死後，朝鮮官員在迎接清朝告訃使時，就聽到譯員說，康熙病重時，「召閣老馬齊曰：『第四子雍親王最賢，我死後立為嗣皇。胤禎第二子（指弘曆）有英雄氣象，必封為太子』」

雍正做了皇帝，弘曆就由皇孫成了皇子。在通常情況下，由皇子到太子，往往總有一段遙遠的路程。但弘曆卻不同，他十分幸運，幾乎可以說是在雍正初登御座的時候，就確定把弘曆立為太子。雍正元年八月，雍正召集王公大臣宣

佈：「皇太子人選本應早日確定，去年十一月間皇父病重時要我繼位，事出倉促，一言而定。聖祖（康熙）神聖，不是我所能比。今天我親筆寫好太子名字，密封鎖在錦匣中，藏在『正大光明』匾額後。你們都要牢記這件事。」「正大光明」四字是康熙父親順治御筆，匾懸在乾清宮。雍正這樣做，目的在於安定人心。它既表示皇太子已經選定，又不公開宣佈，皇子們可以安心習文練武，避免複雜殘酷的繼承皇位之爭，雍正在位十三年，弘曆由十二歲長大到二十五歲。在這段漫長的青少年時期，他可以把全部精力用在讀書、騎射，及廣泛的學習和生活享受上，不必像父輩那樣為爭取太子地位操心，這不僅因為他曾是康熙最喜愛的皇孫，更重要的是，他處於幾乎沒有競爭對手的優勢地位。

雍正元年，設立了「上書房」（又稱「阿哥書房」）教育皇子。這件事，史家不大提及，其實是關係清皇族人才興衰的一件大事。雖然康熙也重視為皇子選擇老師，但對老師的態度仍然沿滿族舊習，視皇子的老師為教書匠，和奴才一般看待。在這件事上，雍正比康熙高明，他不僅慎重選派他所信任，品德和學問都卓越的大臣任皇子的老師，還對師生禮節作了新規定：在懋勤殿設講席，並舉行隆重的儀式，要皇子對老師行下跪叩頭的拜師禮；做老師的再三辭謝表示不敢當，於是改為由皇子向老師長揖。這樣做，多少體現了師道尊嚴，與過去視老師為奴僕大不相同。從康熙到雍正，這種禮節的改變，提高了教師的地位和威信，自然有利於教育效果。

　　皇子在上書房讀書實在不輕鬆，天不亮就由太監提着紗燈引路送到書房，學習內容主要是儒家經典和史書。讀書、寫字、作文、吟詩，每天都要完成一定的進度。還要學「國書」（滿文）和騎馬射箭，一直忙到黃昏。學文習武的進度和優劣，老師會經常向皇帝呈報，皇帝還定期檢查。這樣嚴格的學習制度，培養了弘曆的讀書習慣，使他即位後，日理萬幾之暇還學會了西番文（藏文）、蒙文，能閱讀艱深的喇嘛經。

　　弘曆的老師，除前面提到的福敏，還有朱軾、蔡世遠等。

　　朱軾是位理學家，為人正派而機智。這可用一事說明，雍正即位不久，貧士出身的翰林院官員孫嘉淦，針對雍正當時迫害兄弟，疏請皇上「親骨肉」，這正揭到了雍正的瘡疤。雍正看後把奏章交給大臣說：「這樣的狂人可以容忍嗎？」言下之意是要嚴厲處分。朱軾在旁邊從容地說：「孫嘉淦確實太狂，但臣子佩服他有膽。」雍正忖思了一陣，最後笑着同意了朱軾的意見，孫嘉淦反升了官。弘曆與老師的關係很融洽，雍正八年八月，曾為蔡世遠的《二希堂文集》作序，同年九月，弘曆自訂其詩文為《樂善堂文鈔》十四卷，又由蔡世遠作序。弘曆對老師非常尊敬。後來朱軾、福敏病重時，乾隆曾親自探視，死後親臨祭奠，這是一般大臣不能得到的特殊榮譽。乾隆晚年作《懷舊詩》，對幾位老師都稱先生，稱字而不稱名。他說年輕時得到老師很多啟迪和教育：福敏培養他治學的基礎，從朱軾那裏知道為學當先識大體，從蔡世遠那裏知道如何學以致用。後來，乾隆對自己兒子的教育

也非常重視，如孫嘉淦就曾任乾隆朝的上書房老師。

　　雍正十一年（1733），西北准葛爾、西南苗疆有兵事，弘曆奉命和張廷玉等大臣一同辦理有關軍務，結束了單純的讀書生活，參與軍國大事的決策。這是雍正有意讓未來的皇帝熟悉情況，積累經驗。

　　雍正十三年（1735）八月，乾隆在父親死後順利地登上了帝座。

平定天山南北

乾隆一生功業，他自己認為平定天山南北最為重要。今天回顧這段歷史，應該說的確如此。

天山南北就是今天的新疆。清光緒年間，左宗棠平定回亂後，清朝政府鑒於這一地區形勢重要，設置新疆省管轄。有的書說，「新疆」的意思是「新開拓的疆土」，從清政府來說，可以這樣理解，而就歷史來考察，天山南北地區自古就是中國領土。漢朝人稱這裏為西域，由匈奴人統治，漢武帝時張騫通西域的事盡人皆知。後來突厥繼匈奴崛起，唐朝人打敗突厥後，在此建立了安西都護府，置官治理。在宋朝，這裏是西遼統治區。元朝時，大漠以北廣袤地區都屬嶺北行省管轄。元亡明興，蒙古族退出中原，依然在西北地區活動。明末清初，蒙古族分為三大部：大漠以南為內蒙古；大漠以北為喀爾喀蒙古，舊史書習慣稱為外蒙古；喀爾喀以西則為厄魯特蒙古。

蒙古三大部與清朝政府的關係很不一致。

內蒙古鄰近滿洲，清太祖努爾哈赤在建國初期，一方面用武力征服，一方面與蒙古貴族聯姻，除自己納蒙古貴族女外，諸子也多娶蒙古女為妻，如太宗皇太極先後幾位福晉都

是蒙古人；清皇室公主也多嫁蒙古貴族，據統計，佔公主總數一半以上。另外，蒙古八旗為清軍勁旅之一，蒙古貴族王得到信任的，史不絕書。清朝政府與內蒙古各部有特殊密切的關係。

喀爾喀蒙古東起黑龍江呼倫貝爾，南至瀚海，西至阿爾泰山，北至俄羅斯，其領袖為元太祖後裔。喀爾喀蒙古當時分為三部，由土謝圖汗、車臣汗和札薩克圖汗三大領主統治。早在清軍入關之前，喀爾喀三部就曾遣使納納貢，表示臣服。

厄魯特蒙古遊牧地在天山北路阿爾泰山之南、巴爾喀什湖以東地帶。他們首領的祖先，與元朝皇族世代有姻親關係。明代稱厄魯特蒙古為「瓦剌」。明永樂年間封瓦剌部首領馬哈木為順寧王。十五世紀初馬哈木之孫也先起兵叛明，在土木堡（今河北省懷來縣）擊潰明軍，俘明英宗，史稱「土木之變」。時間是正統十四年（1449）。也先死後，其子孫繼續遣使入貢。十六世紀後期，厄魯特蒙古分為和碩特、準噶爾、杜爾伯特、土爾扈特四部。以後幾十年，他們的遊牧經濟發展很快，特別是準噶爾部。他們遊牧在肥沃的伊犁河流域，除畜牧外，還大力發展農業和手工業，又建立了幾處以大喇嘛廟為中心的定居村鎮。準噶爾部首領憑藉自己勢力，強迫其餘三部服從統治。土爾扈特部首領既無力反抗，又不願服從，於是在1628年（明崇禎元年、後金天聰二年），率部二十餘萬人、五萬餘帳西遷至伏爾加河下游；直至乾隆年間，其子孫眷戀祖國，才毅然返歸。和碩特部也因同樣原因

於 1637 年（明崇禎十年、清崇德二年），離開原牧區烏魯木齊地區，向東南遷移到青海一帶。後來準噶爾部統治集團內訌，一時群龍無首，原首領第六子噶爾丹乘機用權術和恐怖手段攫取了統治權，使準噶爾擴張成了一支強大的割據勢力，威脅清朝西北部的安寧。

1688 年（康熙二十七年）夏，噶爾丹突然襲擊喀爾喀蒙古之土謝圖汗，土謝圖汗大敗，噶爾丹鐵騎遍躪喀爾喀蒙古三汗地。在危急時刻，喀爾喀有的部族提議投奔俄羅斯。土謝圖汗的弟弟大喇嘛哲布尊丹呼圖克圖，力排眾議，說俄羅斯人不信佛，風俗語言服飾和我們均不相同，不如全部內遷，可求萬年幸福。取得共識後，於是舉族內附，康熙賜予他們大批糧食、茶、布，讓他們在科爾沁草原借牧。噶爾丹聞悉後，率兵追趕，繼續東犯，乘勝進入內蒙地區。康熙二十九年（1690），康熙下令親征。噶爾丹開始不相信，及至登山望見一片黃幄龍旗，大吃一驚，連夜拔營退卻並求和，但不久又南犯。康熙三十五年（1696），康熙第二次親征，噶爾丹之妻戰死。次年，康熙第三次親征，噶爾丹眾叛親離，服毒自盡。斷絕噶爾丹歸路，迫他走投無路的，是他的姪兒策妄阿喇布坦。策妄阿喇布坦後來盡佔準噶爾故土，並進攻西藏，繼續擾亂邊境安寧。雍正元年（1727），策妄阿喇布坦死去，其子噶爾丹策零繼續執行其父的政策。雍正九年（1731）發生和通泊戰役，清軍慘敗。次年，清額駙（駙馬）喀爾喀親王策凌，率軍與準噶爾軍大戰於光顯寺，擊殺敵軍萬餘。準噶爾部損失慘重，轉而向清廷議和。此後二十

年，局勢比較穩定，但仍然陰雲密布。

乾隆幼年時就聽說過祖父三次親征準噶爾的種種故事；年歲稍長後，準噶爾部的騷擾破壞，更是時有所聞；到雍正末年，他又奉命參與辦理過西北和西南的軍務。即位之後，他立志要解決父祖二輩沒有徹底解決的問題，但又深知準噶爾不是能輕易戰勝的敵人，沒有貿然行動。他在等待時機，等待一個最有利的機會。

乾隆十年（1745），噶爾丹策零死後，準噶爾貴族為爭奪汗位，展開了骨肉相殘的內訌。乾隆十一年，噶爾丹策零的次子納木札爾繼汗位，稱為阿札汗。但阿札汗遭到許多貴族的反對，乾隆十五年被他的姐夫攻殺，阿札汗的長兄喇嘛達爾札被立為汗。但喇嘛達爾札也不孚眾望，尤其是遭到準部舉足輕重的大小策零敦多卜家族的反對，也被襲殺。緊接着，大小策零敦多卜兩個家族又展開了混戰。

準噶爾部的內亂，波及到厄魯特蒙古各部，與準部有親族關係的杜爾伯特部被捲入了混戰漩渦，遭到巨大災難。本來，杜爾伯特部就飽嚐準噶爾貴族的欺凌，早有內附之心，經歷戰爭浩劫後，他們決心掙脫準噶爾部的羈絆，內遷附清。乾隆十八年（1753）冬，杜爾伯特部的首領車凌、車凌烏巴什和車凌蒙克（史稱「三車凌」），率其所屬三千七百餘戶，離開多年遊牧的額爾齊河，越過阿爾泰山，遷入內地。第二年，乾隆在熱河避暑山莊舉行隆重的儀式接待，表彰他們的愛國行為。乾隆用蒙語和三車凌直接交談，七天的接觸，了解到更多的準噶爾內部的真實情況。

　　不久準噶爾部阿睦爾撒納率二萬餘人投順，乾隆又一次在避暑山莊隆重接待。阿睦爾撒是策妄阿喇布坦的外孫。他幫助貴族達瓦齊取得了準噶爾汗位，後又與達瓦齊不和而火併，大敗之後，想借清朝兵力消滅達瓦齊。乾隆對他從容撫慰，賜予上駟，並親自與他分較馬射，他當時深為懾服。

　　準噶爾內部大亂是清朝政府出兵的大好時機，但清廷內部卻還存在疑慮。漢族的傳統觀念是：邊境戰爭除防禦性之外，其餘都是窮兵黷武，甚至認為在被迫情況下也不能主動出擊。另一方面，與準噶爾作戰特別艱苦，西北地區自然條件惡劣，遠地作戰供應困難，對手驍勇強悍，雍正九年與準噶爾部和通泊一戰的慘敗，在不少將士心中還留有濃重陰影。當乾隆提出用兵時，滿朝文武都不願勞師動眾，只有軍機大臣傅恆一人極力贊成。當時，乾隆立即稱讚傅恆是他的張華和裴度。張華是西晉人，他任中書令時，排除異議，力勸司馬炎滅吳，成就了統一大業。裴度是唐憲宗時宰相，他力主削平藩鎮，並督師破蔡州，擒殺割據元凶吳元濟，維護了祖國統一。乾隆當眾說傅恆是他的張華和傅恆，既是表彰傅恆，告誡群臣，也表明自己的用兵決心和必勝信念。傅恆是孝賢皇后的弟弟，曾督師指揮大金川之戰，獲勝而歸。這一次參與籌劃對準噶爾用兵，是乾隆大計決策的得力助手。乾隆晚年作《懷舊詩》寫到傅恆說：「西師兩用兵，同心卻眾議。坐謀無不協，用藏大功建。」

　　乾隆二十年（1755）春，乾隆任命兵部尚書班第為定北將軍，新降的阿睦爾撒納為定邊左副將軍，陝甘總督永常為

定西將軍，前已內附的薩拉爾為定邊右副將軍，率領精銳士卒，分兩路直奔準部中心地區伊犁。當時清朝國力強盛，內部穩定，憑先聲奪人之勢，對準部人眾有很大震懾力和吸引力，而兩位副將軍部下多準部人，熟人熟路，是最好的向導。大軍所至，準噶爾各部無不攜酒牽羊歸順。

乾隆處理政務本來就非常勤速，在對準噶爾用兵過程中，更是宵衣旰食，日夜操勞。兩路大軍的戰略部署、將士調度以及軍需供應等方面，都由乾隆親自決策。前線軍報傳來，他立即批示，每逢午夜，他還派內監外出，問有無前線消息，往往披衣坐待通宵。有時軍報半夜到達，乾隆親覽後，馬上召軍機大臣傅恆等指示機宜，詳盡周到。乾隆的旨意經傅恆傳達後，由軍機章京撰擬，遇有未能曲盡事理之處，當即親筆改定。諭旨加封後由驛使飛馬傳送，函外註明傳遞速度，情況緊急時，規定每天行六百里以上。因此，前線的戰況和乾隆的命令都能及時傳達。

乾隆二十年五月，兩路大軍抵達伊犁，達瓦齊棄城逃往格登山，清軍輕騎連夜進擊，達瓦齊驚走，僅能率親信數十人投奔南路維吾爾族。維吾爾族正想趁機擺脫準噶爾統治，其首領霍集斯將達瓦齊捉拿押送清營。達瓦齊由檻車押解到北京，舉行獻俘禮。按獻俘禮規定，達瓦齊被白練縛住頸脖，由士兵押解，先在太廟（現在的勞動人民文化宮）祭清帝祖先，再遊至社稷（現在的中山公園）致祭。第二天，乾隆在午門城樓受俘，黃蓋鹵簿，金鼓振作，肅穆威嚴，達瓦齊匍伏認罪。本來，一般的俘虜是由皇帝下令交刑部治罪。

對達瓦齊，乾隆考慮他沒有抗拒清軍，尤其是考慮到民族問題，不但恩赦不誅，而且封為親王，賜予府第，擇宗室女婚配，讓他在北京過安樂日子。達瓦齊感恩戴德，有一次隨從行圍時，乾隆下馬後，坐毯沒有及時送到，只好站着，達瓦齊馬上手捧落葉鋪墊得厚實齊整，請乾隆坐下，乾隆滿意地大笑，賞給銀幣。這是後話。

本來，阿睦爾撒納來降後，乾隆頗信任，當時兵部尚書舒赫德和定邊左副將軍策楞對阿有疑慮，只留阿睦爾撒納及諸頭人在軍中待命，而將他們的家屬移置在蘇尼特。阿睦爾撒納請求借資去幫助哥哥，舒赫德又不同意。乾隆知道後大怒，下詔說：「阿睦爾撒納初來降，乃以其眷屬移置戈壁南，相距數千里，使其父母妻子分析離居，失遠人歸附心。準噶爾內亂，所部叩關內附，正可示以懷柔，永綏邊境。策楞、舒赫德顛倒舛謬，至於此極！」兩人都被撤職、抄家，以閒散官員身份在參贊大臣上效力贖罪。不久，乾隆封阿睦爾撒納為親王，命他為北路參贊大臣，出兵準噶爾時又委以定邊左副將軍重任；阿請求其部族轉移遊牧於烏里雅蘇台，乾隆也欣然同意。乾隆這樣做，希望能進一步感化阿睦爾撒納。

當然，乾隆對阿睦爾撒納的野心是有所所警惕和覺察的。乾隆打算平定準部後，仍按過去傳統分為四部，以便中央統一管理。西漢賈誼向漢文帝獻《治安策》說：「欲天下之治安，莫若眾建諸侯而少其力。力少則易使以義。國小則無邪心。令海內之勢，如身之使用臂，臂之使指，莫不制從。諸侯之君，不敢有異心，輻湊並進，而歸命天子，」乾

降熟讀漢文典籍，以古鑒今，所要採取的正是這種辦法。一方面，乾隆在出兵之前親自向阿睦爾撒納說明，伊犁平定之後，按原四部各封四汗；剛出兵就密諭班第作好分封四汗的準備，想以此杜絕阿睦爾撒納的奢望。另一方面，派額駙色騰巴爾珠爾與阿同行，暗中監察；兵定伊犁後，乾隆減輕了對策楞和舒赫德的處分，策楞任都統，駐軍巴里坤，舒赫德任章京，留守烏里雅蘇台。如此部署，以防萬一。

「萬一」之事真的發生了。阿睦爾撒納野心不死，他施展了一系列陰謀伎倆，一心想當四部總汗。乾隆曾密諭班第，如阿睦爾撒納逆狀明顯暴露，便將他擒拿，就地正法。但當時大軍已凱旋東歸，班第等手下僅五百人，不便行動。在此之前，乾隆已令阿睦爾撒納九月赴熱河避暑山莊朝覲。班第催阿睦爾撒納出發，意在到內地易於擒獲。阿睦爾撒納在赴熱河的路上，逃回塔爾巴哈台，立即發動叛亂。駐守伊犁的班第以五百人迎戰，兵少被圍，班第自殺。當時永常所率西路軍，雖有幾千士兵駐烏魯木齊，但聞變後不敢赴援，反而退至巴里坤，致使天山北路變亂四起。乾隆詔令逮捕永常，改命策楞為定西將軍，從巴里坤進剿。策楞中敵緩兵計，阿睦爾撒納從容而去。乾隆撤策楞職，命達爾黨阿為定西將軍，兆惠為右副將軍，成袞布為左副將軍，分路追捕，恰逢淮部又內訌，清軍節節勝利。阿睦爾撒納東逃西竄，最後僅能徒步逃往俄羅斯，患病身死異國。這時已是乾隆二十二年（1757）冬天了。

第二年春天，全力合剿漏網者，天山北路全部平定。

天山南路，當時主要是維吾爾族活動地區，稱為回部。唐朝以前，佛教在這裏流行，後來伊斯蘭教取而代之。按伊斯蘭教的習慣稱呼，教派的上層人士叫「和卓」。多年以來，天山南路的維吾爾族受準噶爾部控制，乾隆出兵準噶爾前，歷代世居葉爾羌和喀什噶爾的大小和卓木兄弟被囚拘在伊犁地牢。乾隆二十年清軍進駐伊犁後，乾隆詔令釋放他們，讓大和卓木波羅呢都先回南疆，安撫葉爾羌等地，小和卓木霍集占仍留伊犁。出兵之初，乾隆就曾傳諭西路參贊鄂容安：這次進兵，凡準噶爾所屬之地和回子部落，與漢唐史傳相合之處，及漢唐未至之處，應一一詢問當地居民，詳細記載。乾隆認為，既然天山南路已屬於準噶爾，只要準部平定，就可以一併收功。但是，事情並不如此簡單，大小和卓木想乘此機會擁兵自雄，割據南疆，霍集占潛回葉爾羌後，暗中聯絡部眾，傳檄各地，一時回部數十萬爭起響應，只有庫車的回部首領鄂對不予附和，投奔到伊犁。大小和卓木迅速佔據了喀什噶爾、葉爾羌、和闐、庫車等地，殺害了清政府派去的官員。

鑒於當時清軍主力正討伐阿睦爾撒納，乾隆沒有分兵去對付大小和卓木。乾隆二十三年（1758）正月，因兆惠繼續追剿準部餘眾，乾隆便任命雅爾哈善為靖逆將軍，出兵回部。五月，兵圍庫車城。雅爾哈善本一書生，不懂將略，又不納下議，致使小和卓木霍集占從容逃去。七月，乾隆撤雅爾哈善職，改命納木札爾為靖逆將軍，並詔令兆惠移師會剿。十月，清軍到達葉爾羌城外，因兵少不能進攻，想伺機

取勝，便駐紮在城東隔河之黑水營。兆惠偵得敵軍積糧在城南棋盤山，決定奪來充實軍需。因橋斷兵阻失利，又敵眾我寡，將軍納木札爾也遇敵陣亡，清軍被圍三個多月。這就是史書上說的「黑水營之圍」。直到乾隆二十四年正月，富德等率領各路援軍趕到，兆惠軍破壘而出，突圍成功，兆惠和富德軍撤回到阿克蘇。乾隆聞報後，作詩獎慰說：「圍解萬里遠，懷紆午夜頻。將軍誠善守，天意本先仁。少挫終能勝，知難在審因。」後來又作《黑水行》詠唱此事。

六月，兆惠率軍由烏什取喀什噶爾，富德率軍由和闐取葉爾羌。大小和卓木棄城而去。清軍撫定喀什噶爾和葉爾羌，乘勝追擊，連戰連勝，大小和卓木向拔達克山逃去。富德檄諭拔達克山首領素爾坦沙，大小和卓木被素爾坦沙擒殺。這時已是年底了。其他各部也紛紛歸誠。天山南北全部平定。

乾隆二十五年（1760）二月，兆惠率軍凱旋回京，乾隆親自出迎，駐蹕黃新莊行宮，築台郊勞。所謂「郊勞」，是封建帝王在京城郊外遠迎和慰勞征戰凱旋將士而舉行的盛典。清朝皇帝對郊勞極為重視。郊勞禮有皇帝親行迎勞和派遣大臣迎勞之別。如皇帝親行，則先由欽天監擇選吉日通知禮部；同時行文護軍統領衙門，要每旗派護軍百人，到時在郊勞處站牆。武備院設黃幄御座，並設皇帝拜褥在郊勞台上。禮、工二部在兩翼相對設青幄各八座。兵部建凱旋纛在台之南，左右各一。工部設棕墊，並設下馬紅柱東西各一。如皇帝派大臣迎勞，則規模、儀禮稍低。

二月的北京城郊，朔風陣陣，寒氣襲人。乾隆在彩旗招展、鼓樂齊鳴中，身着龍袍袞服，健步登上郊勞台，下面是兆惠、富德及跟從出征的大臣和全副武裝的將士跪在紅柱外，恭請聖安。乾隆站在帝拜褥上，出征將士和京城百姓分東西兩班站在台下。在鴻臚官的司儀聲中，乾隆帶領大家三跪九叩拜天。然後，乾隆健步下郊勞台，在黃幄中升座，受王公大臣和出征將士叩拜，兆惠、富德繳回印綬，乾隆詢問情況，兆惠等一一回答。乾隆對兆惠、富德着實獎慰了一番。禮成後，乾隆出幄上馬，在凱旋歌聲中返回行宮。

如此隆重的郊勞禮，在清代二百多年中只舉行過幾次。這次郊勞禮成之後，乾隆寫了兩首詩鐫刻在郊勞台北面的八角亭上。詩題《郊勞出征將軍兆惠富德及諸將士禮成紀事詩》，其中第一首是：「京縣郊南親勞軍，圜壇陳纛謝成勛。出師本意聊嘗試，奏凱今朝備禮文。釋用戣戈罷征戰，論功行賞策忠勤。膝前抱見詢經歷，一瞬五年戚以欣。」

天山南北平定後，乾隆的心情上分興奮，以至到第二年還因心情興奮出現過有趣的怪事。乾隆二十六年，歲在辛巳，是恩科會試之年。當時乾隆器重兆惠，要兆惠也參加殿試閱卷，並命他定殿試結果。其實，試卷已經過九位閱卷大臣圈定優劣，而兆惠乃一武將，不太懂漢文，實在難於審定。兆惠自述不習漢文，乾隆命他數閱卷大臣所畫圈數，圈多的就是佳卷。那年殿試，九位閱卷大臣都畫了圈的只有一人，其餘八圈、五圈不等。兆惠按圈數多少，排列名次送上。拆封後，第一名是江蘇趙翼，第二名是浙江胡高望，第

三名是陝西王杰。乾隆審閱後，問閱卷大臣：「本朝陝西曾有狀元否？」回答說沒有。於是乾隆便將王杰與趙翼名次互換。乾隆解釋說：「趙翼文自佳，然江浙多狀元，無足異。陝西則本朝尚未有。今當西師大凱之後，王杰卷已至第三，即予一狀元亦不為過。」後來他還多次談到這件事。就這樣，王杰被點為狀元，趙翼成了探花。從此，王杰青雲直上，而趙翼只做到一般官員。若干年後，趙翼想起此事還不斷歎息：「此固命也！」不過，今天我們可以用另外四字來評議這件事：豈不怪哉！讓不習漢文的武將來定科舉殿試的名次，是怪事；把本來是第三名的點為頭名狀元，也是怪事。但說怪也不怪，因為西部用兵勝利，所以乾隆特別看重主帥兆惠，特別照顧為戰爭出過大力的陝西，也在情理之中。情緒興奮的乾隆，有點失態而已。

其實也難怪乾隆心情興奮。父祖兩輩的未竟事業在自己手中完成了，他有一種不負重托的輕鬆感；百年來的西北動盪不安局面結束了，他有一種舍我其誰的自豪感；西北邊防鞏固，沙俄由此入侵的威脅消除了，他有一種寶座無虞的安全感。總之，他是躊躇滿志，悠悠然哉。

還有一件些事情，是當時的乾隆始料不及的。長期的動亂曾給新疆人民帶來深重的災難，現在結束了，安居然後樂業。在不長的時間內，這裏的農牧業生產得到恢復和發展，到乾隆後期，不少地區已是牛羊成群，麥棉連片。它遼闊的土地面積，獨特的自然條件，豐富的地下資源，重要的地理位置，在乾隆朝和後來，都對我們國家的發展起過積極的作用。

　　以玉器來說，我國玉器生產有悠久的歷史和優秀的傳統，但到乾隆平定天山南北之前，因為玉器的原材料來源困難，雖有琢玉名師而英雄無用武之地，玉器生產發展緩慢，連宮廷新制玉器也寥寥可數。回部平定之後，盛產玉石的和闐和葉爾羌，每年春秋兩季，至少向朝廷貢玉四千斤。玉材來源解決了，琢玉業有了原料基礎，玉器生產得以在原先停滯的狀況下迅速發展。現存故宮博物院的大型玉雕「大禹治水玉山」、「壽山」、「福海」、「大玉甕」等都是乾隆時琢成的。其中尤以「大禹治水玉山」舉世矚目。乾隆喜歡玉器，是個行家，這一大型玉雕就是按乾隆的旨意，以宋人畫《大禹治水圖》為藍本，由專門機構設計，在揚州建隆寺雕琢而成。從選料設計到最後刻字完成，費時十年。它高九尺五寸，金絲銅座，重一萬餘斤，可以說是玉器之王。今天人們佇立在它前面，不停讚歎時，有誰會聯想起乾隆平定天山南北呢！玉材的採集和使用，本由皇家壟斷，但是民間私采屢禁不絕。乾隆有詩說：「上供歲貢下私鬻，亦弗嚴禁聊聽爾。」他知道走私是無法根除的，也就採取聽之任之的態度。而且宮廷中用不完的等外玉，也要向外出售。這樣，民間的琢玉業也得到了發展。從乾隆二十五年（1760）到嘉慶十七年（1812），是我國玉器史上空前繁榮昌盛的時期。

　　這次金戈鐵馬的軍事行動，還為後世留下一個充滿傳奇色彩的傳說，那就是流傳廣泛並曾多次搬上舞台的香妃的故事。不過，流傳的故事多為不經。其實，傳說中的「香妃」，就是《清史稿》中的容妃，是乾隆妃子中的一位維吾爾族姑

娘。她是新疆伊斯蘭教的始祖派噶木巴爾的後裔，屬於「和卓」的另一支系，世居葉爾羌。大小和卓木發動叛亂時，她隨同哥哥，全家從葉爾羌遷到伊犁。後來，她的哥哥和叔叔等人參加了平定大小和卓木叛亂，勝利後因戰功被召進京受封。她也隨同入京，並進了皇宮。按規定，清朝皇帝的后妃分為八等，香妃沒有經歷常在和答應兩級，一進宮就封為貴人，史籍上稱為「和貴人」。乾隆二十七年（1762）五月，她又升為容嬪；乾隆三十六年（1771）六月，封為容妃。後來地位還逐漸提高，在乾隆的妃子中名列第二。乾隆非常尊重香妃的民族習慣，讓她長期穿民族服裝，還在皇宮專設了回菜廚師，出巡時特賜各種回民食品。香妃在清宮之所以有這樣的待遇，不只是一般意義的深得乾隆寵愛，還有政治方面的因素。乾隆想通過她及其家屬，進一步影響和籠絡維吾爾族上層，加強民族團結，鞏固西北地區的統治。正如昭君出塞、文成公主遠嫁松贊干布一樣，香妃也是一位民族的友好使者，為我國各族人民的友好相處和民族大家庭的形成，作出過積極有益的貢獻。

　　傳說中的香妃「體有異香」。就一般人體生理科學來說，是不足信的。那為什麼叫「香妃」呢？有人說是她經常施抹大量化妝香品；有人說她名叫「伊帕爾」，維吾爾語，意思是麝香，所以叫香妃；有人說「香妃」是人們對美妙佳麗女子的一種愛稱。不過，從最新科學研究成果來看，她也許是具有某種特異功能，因而遍體生香。

　　乾隆一生共有四十多位后妃，滿族、蒙族、漢族都有，

現在又有了一位「體有異香」的維吾爾族姑娘，歷代皇帝有誰能和他相比！乾隆三十年（1765），他第四次南巡，香妃奉命隨行。浪淘千里的長江、微波蕩漾的太湖，蘇州的人工園林、杭州的自然美景，香妃被春光明媚的江南山水所陶醉，乾隆則為身旁有一位來自天山腳下的佳麗而躊躇滿志，優哉遊哉。金戈鐵馬的軍事行動，給這位風流天子帶來了另一種風情豔韻。

乾隆寵臣和珅

「和珅跌倒，嘉慶吃飽」，這是和珅被抄家後流傳於民間的一句話。一個臣下的家產竟然使皇帝變得富有，歷史上實屬罕見。在史學家的筆下，則往往把和珅與明朝的嚴嵩相提並論：都是有名的大貪官。其實，嚴嵩與和珅相比，嚴嵩還只是小巫，和珅的家產至少是嚴嵩的三十倍。乾隆在讀《明史·嚴嵩傳》後，曾寫過一篇讀後感式的文字，諷刺嘉靖皇帝昏庸，太阿倒持，授人以柄，於是才出現嚴嵩那樣的人物。他又說，本朝從來沒有過嚴嵩那樣的權臣，並認為自己即位後，乾綱獨斷，大權從未旁落，自然更不容許嚴嵩之類人出現。乾隆的這番表白，自詡明察，原意大概是要警告朝中大臣應潔身自愛。誰知竟如俗話所說：話說得太早了！和珅擅權的時間比嚴嵩更長，貪污的胃口比嚴嵩更大；而且嘉靖終究還能發覺嚴嵩的罪行，革職查辦，抄家示眾，而乾隆直到彌留之際，還認為和珅是能臣、忠臣，要等到駕崩之後新皇帝嘉慶真正掌權時，才能把和珅查處。僅就這一點而言，乾隆雖然嘲笑了嘉靖而實際還不如嘉靖。

本來，乾隆一生確實曾嚴懲貪污。浙江巡撫王亶望、閩浙總督伍拉納，就是因貪污而處死的，其他因貪污而殺頭

的還有不少。那麼，為什麼最大的貪官和珅能終乾隆之世穩如泰山呢？

有史書說和珅出身低微，不學無術，只是偶然機緣得到乾隆賞識，實屬小人得志，連《清史稿·和珅傳》也說他「少貧無藉」。其實並不確切。和珅是滿洲正紅旗人，鈕祜祿氏，字致齋，出身一個很有臉面的家庭。他的祖先因軍功賞予世襲軍職，父親憑此身份曾任浙江副都統，是有職有權的高級武官。和珅曾在紫禁城西華門內的咸安宮官學讀書。這所學校按規定招收「八旗子弟之尤俊秀者」，「俊秀者」前面加一「尤」字，其任務是培養尖子人才。在官學讀書時，和珅就已嶄露頭角，小有名氣，受到大學士英廉的器重，還把心愛的孫女嫁給他。後來和珅飛黃騰達，人們稱讚英廉這老頭有眼光，精於星鑒，堪稱麻衣再世。到最後，和珅身敗名裂，人們的讚歎就變成了嗟歎。不過，這時英廉和他的孫女都已長眠地下，顧不到悠悠人言了。

乾隆三十四年（1769），十九歲的和珅承襲世職，任三等輕車都尉，三年後，「授三等侍衛，挑補黏竿處」。清朝的侍衛有些類似漢朝的羽林郎。漢樂府中描繪的羽林郎，「依倚將軍勢，調笑酒家胡」，何等驕橫！而清朝的侍衛，父兄都是高官顯爵，身世顯赫，更非僅出身於「良家子」的羽林郎可比。「黏竿處」的官稱是「上虞備用處」，負責皇帝出巡、狩獵時扶輿、擎蓋等差事。扶輦和打傘等本系「賤役」，但在皇帝身邊，直接為皇帝做這些事，就非同一般了。它雖位低役賤卻前程遠大，所以有遠見的八旗大員，往往把子弟

入選侍衛，看得比自己升官晉爵還重要，因而多方鑽營。和珅被挑選進入黏竿處，又分配扶輿，天天在皇帝眼皮底下當差，更是很多人求之不得的。這當然也靠他有權勢的岳祖父的背後關照。

有一次乾隆偶然想外出，侍衛們沒有做好準備，匆忙中忘記了帶傘，乾隆隨口問左右：「是誰之過歟？」意思是：這是誰的過失？這句話出自《論語·季氏》：「且爾言過矣，虎兕出於柙，龜玉毀於櫝中，是誰之過歟？」乾隆平日和漢員大臣講話喜歡掉書袋，引經據典，這次卻忽視了對象，周圍侍衛聽了這文縐縐的話，一時瞠目結舌，面面相覷，不知如何措辭，乾隆自己也不免尷尬。

突然，一聲清朗的回答：「典守者不能辭其咎。」意思是：管這件事的人推卸不了責任。和珅的回答出自宋真德秀《西山讀書記》，真氏解釋上引《論語》那句話說：「兕，野牛也，柙，檻也，櫝，匱也，言在柙而逸，在櫝而毀，典守者不能辭其咎。」這句回答來自古書，十分得體。乾隆一看，答話的是和珅，而且長得英俊瀟灑，儀態從容。乾隆十分高興，事後就派他總管儀仗，和珅一下子就由聽人吩咐的普通一員，成了吩咐別人的主管長官。

真是「時來風送滕王閣」，從此和珅就青雲直上。下面是乾隆四十年和四十一年和珅的升官表：四十年閏十月升乾清門侍衛；十月升御前侍衛，同時任正藍旗滿洲副都統；四十一年正月授戶部右侍郎；三月命在軍機處行走兼內務府大臣（這是兩個實權很大的職務）；八月任鑲黃旗滿洲副都

統；十一月充國史館副總裁，賞一品朝冠；十二月總管內務府三旗官兵事務。這時和珅才二十七歲。既非宗室，又非外戚，四年之內，和珅由一名扶轎的侍衛提拔為權勢顯赫的一品大員，清史上罕見。

乾隆四十五年（1780）更是和珅春風得意的時候，除繼續任軍機大臣外，還擢升戶部尚書、授御前大臣、補鑲黃旗都統、領侍衛內大臣、充四庫館總裁兼辦理藩院尚書事。尤其是他的兒子豐紳殷德（豐紳，滿語，意思是「有福澤」），被指為十公主額駙（駙馬），三十一歲的和珅與七十歲的乾隆結為兒女親家，成了皇親國戚。固倫和孝公主是乾隆最小的女兒，出生時乾隆已六十五歲。乾隆晚年得此掌上明珠，自然特別疼愛。清朝制度，只有皇后生的公主才能稱為「固倫」，其他公主稱為「和碩」。十公主的母親是位普通妃子，公主竟稱「固倫和碩」，未出嫁時即賜坐金頂轎，均屬破格待遇。她六歲時就選額駙，九年後結婚，這種情況也不多見。

據傳，乾隆曾感慨地對她說：可惜你是女孩，不能繼承我位！圓明園有條買賣街，大店小販，市招飄揚，宛如民間街市。有一天，乾隆手攜十公主，漫步街頭，和珅隨侍在後。十公主看中了一件玩具，吵着要買，乾隆逗她說：老爺子沒錢，問你公公要。只有在心愛的小公主前，乾隆才會偶爾放下皇帝的架子，像民間父女那樣逗趣。這種場合也只有和珅才能不拘君臣行跡湊上一份。誠如史書所說，這時的和珅是「寵任冠朝列矣」。

　　和珅是憑什麼使乾隆始終寵信呢？第一次的好印象固然起了作用，但不是根本原因。根本原因是和珅善於揣摩迎合，知其所惡，投其所好。

　　乾隆前期受到重用的黃廷桂曾總結自己的仕途經驗，他說：「事英主有法。若先有市惠、好名、黨援諸病，為上所知，便一事不可為。」收買人心、沽名釣譽、拉幫結派這些毛病，是不願大權旁落的君主討厭的。史家認為黃廷桂看透了乾隆的心事，所以能一生官運亨通。而和珅更是精通此道。歷史上凡大臣要擅權，往往勾結太監中的頭面人物，這是乾隆最討厭的。曾得到乾隆二十多年信任的于敏中後來垮台，就是因為向太監打聽消息並受太監委託辦私事。清朝太監由內務府管理，和珅曾任內務府大臣，他對太監就特別嚴厲，發現他們稍有放肆或對大臣沒有禮貌，必定訓斥。這樣做，讓乾隆十分放心。

　　乾隆愛好書法，和珅就努力練字。從遺留下來的和珅親筆信看，字體酷似乾隆，幾乎可以亂真。乾隆是位多產詩人，詩多好的少，他常用「拙速」二字評價自己的詩作：「拙速由來我所能」、「拙速吾猶慣」。說自己的詩拙劣，是自謙；說自己詩才敏捷，是自負。自謙而又自負，重點還是在後面。和珅就抓住這點大唱贊歌：「皇上幾餘（萬幾之餘）吟詠，分章疊韻，精義紛綸，立成頃刻，真如萬斛泉源，隨地湧出。昔人擊缽催詩，誇為神速，何曾有日詠十餘韻至十迭者？」馬屁拍得很有分寸，比起那些一味歌頌乾隆詩寫得「金聲玉振，函蓋古今」的人，要高明得多。和珅自己也在

詩上下過功夫，有些小詩寫得不錯，與乾隆聯句常能使皇上高興。

想方設法為乾隆撈錢，這也是和珅的一種本事。清初，統治者鑒於明末多次加重賦稅，民怨鼎沸的情況，曾規定「永不加賦」。乾隆好講排場，南巡、祝壽等，花錢很多，但又不願違背「永不加賦」這條祖訓，於是就要設法廣開財源。鼓勵商人捐獻是一個辦法，收「認罪銀」又是一個辦法。清兵入關前就有出錢贖罪的條例，貴族或官員因瀆職、貪污，或作戰沒有完成任務，甚至根本無過而被認為是只「肥羊」，可以自認罰金贖罪，用「認罪銀」代替處罰。入關以後，這個辦法不大用了，到和珅主事以後，這一作法又盛行起來。故宮博物院有一本乾隆五十一年（1786）的《密記檔》，記載了這些不便公開的收入。下舉數例：乾隆四十七年，和珅代奏原任巡撫楊魁之子楊鋒代交認罪銀五萬兩，分五年交清；乾隆四十九年，和珅代奏李天培因遣送犯人逃脫和重要囚犯死於獄中，自行認罪交銀六萬兩；同年八月，和珅代奏雅德因「浙江稅務缺少」事，交自行認罪銀六萬兩；同一年，和珅代奏布政使鄭源承審譚體元控案不實，自請交罰銀三萬兩，又蒙恩留用，自請交認罪銀三萬兩；同一年，和珅代奏福崧名下應交銀二十萬兩。這些巨額收入，大都不繳納到管國家財政收入的戶部或各省藩庫，而是直接交納到內務府廣儲司庫，作為皇室的「小錢櫃」，供皇帝開支。

和珅既有本領為皇家生財，自然更有門路使自己致富。以認罪銀而言，這是皇帝與臣工的一種特殊交易。什麼罪可

以用罰款代替處分？什麼罪不能？可不可以討價還價？沒有一位中間人，這種微妙的交易就很難做好，所以要請人「代奏」，代奏之人，當然和珅最為合適。在這種交易之中，和珅能不受賄？還有，內外官員託他辦事，少不了要送份厚禮。特別是軍隊、河工、賑災，每年都有大宗款項要報銷，不送禮就難辦事。在傳統習慣中，送禮和行賄似乎容易區別，其實很難區別。而官場上的送禮，其實就是行賄。以河工為例，當官的赴任之前，先要向和珅私庫納巨金；到任後最大的願望是有水患，有水患就好上報災情，有藉口侵吞國帑，微災重報，小災大報，上面開只眼閉只眼，全靠送禮行賄發揮作用。更何況宦海多風波，送上一份厚禮，朝中有個身為皇親國戚的大臣做靠山，無論辦好事或幹壞事，心裏總要踏實些。既然是給和中堂（軍機大臣的尊稱）送禮，自然該有些份量才拿得出手。官員送禮要花大筆的錢，錢從哪裏來？用公款最方便。因為是公款，就更不必吝嗇。這是和珅貪污數比嚴嵩大幾十倍的主要原因，也是乾隆後期國家財政外強中乾、庫銀虧空的重要原因。除受賄這項大宗收入外，和珅還開當鋪十二家，還有不少田莊、商號。和珅曾長期擔任北京崇文門監督，從名義上講這只是個稅務機構，實際上除收稅外，還代理內務府經商。關外特產人參、貂皮由它專賣，皇室用不了的剩餘物資由它發售。這一當時全國最大的肥缺，一貫由旗人中的皇室親信擔任。它的收入只對內務府負責，國家財政機關戶部管不着，中飽克扣多少，就看主管官員的手段和皇帝的寵信程

度，無所謂合法不合法。另外，和珅擅權二十多年，有多少事情要經過他的手啊！他家的珠寶中有珍珠手串二百多串，比皇宮收藏還多，大珠寶比御用冠頂珠還大。這些東西本來是獻給皇上的，被和珅私自扣下成了家藏。這樣幾股財源，滾滾而來，使得他成為歷史上最大的貪官。

當然，和珅的貪污發家並不總是一帆風順。山東巡撫國泰貪婪處死案，就曾使和珅一度寢食不安。當時，大學士于敏中的弟弟于易簡也在山東任布政使。國與二人狼狽為奸，動用銀庫，貪縱營私，尤其是與和珅勾結後，更加肆無忌憚。江南道監察御史錢灃，了解到國泰的種種劣跡和以和珅為靠山的情況後，便上書彈劾國泰。乾隆召見錢灃，錢灃侃侃陳訴了山東省庫的虧空情況。誰知乾隆卻派和珅與左都御史劉墉去山東清查，並令錢灃一同前往。這使錢灃有憂有喜，憂的是派和珅去清查，給了國泰一把保護傘；喜的是劉墉為人正派，又得乾隆信任，清查還有希望。經過周密的思考和佈置，錢灃查獲了和珅派去給國泰通風報信的人，並搜得了國泰給和珅的私信。到濟南盤點庫銀時，和珅說只要抽查幾十封，如果沒有短缺，就不必全部清查。待和珅回公館休息時，錢灃就請劉墉馬上封庫。劉墉是乾隆初年著名清官劉統勛之子，山東人，對國泰摧殘其桑梓本來就很氣憤，看到錢灃不畏權勢，十分欽佩，積極支持。第二天徹底拆封，發現很多是雜色銀，詰問庫吏，得知是國泰為應付清查，臨時向商人借來充數的。錢灃召集商人領回借銀，銀庫便空了。府縣庫銀也是如此。案件很快查清，乾隆四十七年七

月，國泰、于易簡二人奉命自盡。案件雖然沒有把和珅牽進去，但他還是驚慌了一場。

和珅遇到的第二件麻煩事是，乾隆五十一年御史曹錫寶彈劾和珅的管家劉全，說他的服飾、車馬、房屋違反制度。在等級森嚴的封建社會，這可是件大事。可惜奏書未上，曹錫寶的一位「朋友」已向和珅透露消息，劉全的一切違制得以改變和銷毀。大臣認為曹錫寶所控不實，應降職三級。乾隆知道告劉全只是一個試探球，真正目的是指向和珅，但他對曹錫寶有所了解，特旨留任，並半開玩笑半認真地叮囑他：「君不密則失臣，臣不密則失身。」意思是：君主辦事不周密會損害臣下，臣子辦事不周密會丟掉性命。一個月後，乾隆授和珅為文華殿大學士，地位更高了。不過，乾隆又以大學士不宜兼管稅務及家人劉全被劾或與此有關為理由，罷免了和珅已任八年之久的崇文門監督。

第三件麻煩事是乾隆五十五年內閣學士尹壯圖上疏說各省庫藏空虛。和珅知道這又是指向自己，安排好事情後，便力爭主動，請皇上派尹壯圖下去檢查，並派侍郎慶成同往。慶成是和珅一夥，處處掣肘，尹壯圖又沒有錢灃那樣幹練，所到之處都是等庫銀挪移足數後才開封檢查，一點紕漏也沒有發現。結果尹壯圖以妄言罪受處分。

如果說錢灃彈劾國泰曾使和珅一度夜不安枕，劉全被劾不過演場鬧劇的話，那麼尹壯圖奉命查庫銀時，和珅則是不太放在心上了。

終和珅之一生，其封爵由一等男，晉三等忠襄伯，再晉

一等忠襄公，只差沒有封王；由在軍機處行走，第二年即正式任軍機大臣，且長達二十多年；由協辦大學士，第二年升大學士，任職十多年。與此同時，他還兼任其他職務。終乾隆一朝，從來沒有人公開和直接彈劾和珅，這是為什麼？難道都是他一黨？

當然不能這樣說。當時的幾位軍機大臣，無論德、才和資歷都比和珅強，也不同程度得到皇上信任。軍機處名列第一的阿桂，幾十年出將入相，功勛赫赫，乾隆四次命畫功臣像於紫光閣，四次都有阿桂。阿桂就瞧不起和珅，像避蒼蠅一樣遠着他。「狀元宰相」王杰也不買帳，有一次和珅走近王杰，主動搭話，稱讚王杰的手白皙，王杰板着臉說：我的手不會撈錢，白皙有什麼用？和珅一臉尷尬。大臣中這樣的人還有不少，不過，他們只是怒積於心，卻沒有人敢於出面揭發和彈劾。因為乾隆對和珅太寵信了。乾隆幾十年文治武功，按傳統標準可稱盛世；皇帝本人也沒有什麼太失德之處，可稱明主。「文死諫」，是古代文人的最高道德標準，這在封建專制時代很光榮，還澤及子孫，但那是對亂世昏君而言。在盛世明君下進諫而死，就只能是禍延後裔的悲劇。這是阿桂、王杰等人不能步楊繼盛、海瑞後塵的根本原因。

在這樣的情況下，有的朝臣把和珅當作可以依靠的泰山，仰其鼻息，為虎作倀；有的人心裏明白那只是座冰山，可表面上還得把他當泰山一樣尊重。而朝野間更多的人是抱着「看你橫行到幾時」的態度，等待着和珅的末日。和珅妻子死後在朝陽門發喪，王公大臣前往送葬的絡繹不絕。二十

多歲的禮親王昭槤也去了，因人多馬擠，道路阻塞，他停在一個苗姓人家午餐。年輕的王爺很隨和，與這家老婦人談得頗融洽，離去時，老婦人對他說：我看您的言談舉止，可以說是個明白人，現在和中堂志驕意滿，但不久後必定遭災，您為什麼趨炎附勢，做有虧自己品德的事？這位王爺聽後滿臉發紅，後來還把這件事的經過寫進《嘯亭雜錄》中。

《嘯亭雜錄》還有一則，記述幾位皇子的閒談，也提到了和珅。

有一天，幾位感情融洽的皇子在一起談天，開玩笑。其中慶僖王永璘是乾隆的第十七子，不喜讀書而喜歡音樂，少時曾微服出入青樓，乾隆討厭他，將他由親王降為貝勒。可他性情溫和，對下寬厚，與兄們關係很好。當談到將來如「天命在我」（指即位）將如何如何時，別的皇子雖然心裏有打算，卻吞吞吐吐不敢開口，只有永璘坦率地笑着說：即使皇帝多得像雨點落下，也不會有一點落在我的頭上；我只求諸兄長可憐我，把和珅的府第賜給我住，心願就滿足了。這一則瑣事說明，正當和珅炙手可熱、孜孜搜刮的時候，皇子們已在給他的下場作安排了。

乾隆早年曾表示，在位不敢逾康熙紀年之數。乾隆六十年（1795）九月，他履行承諾，決定傳位給十五子嘉親王永琰，以第二年為嘉慶元年。

乾隆做了太上皇，不過他又明白宣旨：「朕雖然歸政，大事還是我辦。」當時乾隆已經八十多歲，自然規律不可抗拒，精力當然難免衰退。這樣，和珅作為傳達太上皇旨意的

人，權力也就更大了，而所傳真與不真，則無從質證，朝臣們不得不畏而奉之。嘉慶帝則採取韜晦之計，「上皇喜則亦喜，笑則亦笑」，對政事緘默不言，對和珅喜怒不形。這樣做，一是因為自己還不是真正有權，還沒有制服和珅的力量；二是和珅乃父親的寵臣，乾隆尚在，投鼠畢竟忌器。

到嘉慶四年（1799）正月初三，乾隆駕崩。初四日，嘉慶就免去和珅的軍機大臣、九門提督二職，命他總理喪儀，晝夜守值殯殿，不得隨便出入；初八日，宣佈和珅二十大罪，逮捕下獄；十八日，賜帛令和珅自盡。

寄生、糾纏於大樹身上的毒藤，一直要到大樹死後才會乾枯。這是自然界的普遍現象，人類社會也大抵如此。

和珅死後，在他的衣帶中發現七言絕句一首。前二句說：「五十年來幻夢真，今朝撒手撇紅塵。」他 1750 年出生，死時五十歲，正當盛年。可以看出，他對生命還有眷戀；然而，他只能發出無可奈何的哀鳴了。至於他那貪污受賄來的巨額財富，不可抗拒地應了在他聲勢煊赫時，有人深夜在他家大門上貼抄的那首元人《弔脫脫丞相》詩：「百千萬貫猶嫌少，堆積黃金北斗邊。可惜太師無腳費，不能搬運到黃泉。」他所留下的，只是萬世的罵名。

讀詩談史

平原君，起高樓，美人盈盈樓上居。

蹣跚跛汲彼何叟，美人一笑蹣跚愁。

門下士，引去不可留。

美人高價千金值，千金不惜美人頭。

君主不見帷中婦女觀跛者，一笑五國生戈矛。

顧貞觀書胡陵內閣成德扇

余於戊子冬得納蘭容若陵張見陽
手札十九通前該有顧梁汾題辭
足證梁汾與山納蘭為詞壇名逆交誼
癸巳秋又陶心畬介紹得梁汾為
納蘭梁汾手填詞書扇詎容若
三百年間幽光沉隱保存至今尤
賞身坡仙授典弄年
文物大可寶也眉史上
之參改三實

夏日丙中令十月
曉近五六年大
除夕天容歌堂筵
下逵興
或逵致弥余長孔于
前都東城竹竿巷
有竹居持年叶二
人四

　　詠史詩是祖國詩苑中的一叢奇葩，它是詩，而又充沛着歷史元素。優秀的詠史詩，可以使讀者從歷史和文學兩個方面得到教益。它既有助於提高文學欣賞水平，陶冶性情，又有助於培養歷史興趣，汲取歷史經驗。對同一歷史事件或同一歷史人物，由於作者所處時代、所持觀點不同，往往看法分歧，或褒或貶，針鋒相對，煞是有趣。我的專業是文學，而又對歷史感興趣，於是就喜歡上了詠史詩。1987 年，我任校古籍整理研究所常務副所長（後又任所

長），便開始了詠史詩的收集、整理和研究，這方面的工作分兩個方面，一是寫了若干關於詠史詩的文章，名之曰「讀詩談史」，二是主編了一百二十多萬字的《歷代詠史詩辭典》。

1989─1996 年，我指導了五名研究生，其中一位在我主持的「讀詩談史」專欄發表過文章，另外四位參與了《歷代詠史詩辭典》的編寫。五位研究生，現有兩位是國家公務員，一在珠海，一在天津；一位是某電視大學教務主任；另外兩位後來又攻讀了博士學位，現一位是某大學文學院院長，另一位是某重點大學博士生導師。詠史詩研究，記錄着我和他們的一段情誼。

息夫人的身後遭際

息夫人叫息媯，媯是姓，是春秋時期息侯的夫人，後人又稱桃花夫人。據《左傳》記載，公元前 680 年（楚文王十年），楚文王聽說息夫人很美，便發兵滅了息國，把息夫人搶奪過來。息夫人在國破夫亡的情況下，不得已而順從了楚王，還生了兩個兒子：堵敖和和後來的楚成王。但是，息夫人從來不和楚王說話。楚王問她緣故，她最後才說：「吾一婦人而事二夫，縱弗能死，其又奚言？」（奚言，說什麼呢？）

這一則悽惋動人的故事，成了後世眾多詩人詠唱的題材。

王維《息夫人》說：

莫以今時寵，寧忘舊日恩。

看花滿眼淚，不共楚王言。

意思是：不因為楚王的寵愛而忘記息侯的恩情；春花爛漫，本當賞心悅目，而息夫人卻是滿眼淚水，滿腹憂愁，不與楚王說一句話。王維的筆下，息夫人是令人同情的，在她那默不與語的愁容中，有着對殺夫擄身者的憤激。據孟棨《本事詩》記載，王維寫這首詩還有一個故事：寧王李憲本來已經有色藝俱佳的寵姬數十人，後又看中了宅左賣餅者的妻子，便憑藉權勢和金錢，逼餅師將妻子送來。一年後，寧王問她

是否還想念丈夫，她默不作聲。寧王召餅師來府，令二人相見。餅師和妻子雙目傾注，雙淚齊流。當時寧王府在座的文士都感到悽異，無限感慨。寧王要大家就此事賦詩，王維便寫了這首《息夫人》。看過王維的詩後，寧王也感動了，便放餅師妻隨丈夫回家。

無論是從作詩的本意看，還是從對息夫人的態度看，王維同情弱小者，可謂古道熱腸。寫這首詩時，王維才二十歲，與他後來那種「晚年唯好靜，萬事不關心」的處世態度是大不一樣的。而寧王讀了王維詩後，能讓餅師妻回家，也是一種改正錯誤的實際行動，這也說明文學作品的社會效益。

唐代胡曾的《息城》，也是詠唱這個故事：

息亡身入楚王家，回首春風一面花。

感舊不言長掩淚，只應翻恨有容華。

所謂「只應翻恨有容華」，是揣度息媯的心理而說的：悔恨自己長得漂亮，以致造成息國滅亡、己身入楚的悲劇。乍一看，胡詩似乎開脫楚王而責怪息媯，其實這是同情息媯而譴責楚王。「有容華」，這難道是息媯的罪過嗎？讀者是不難得出正確結論的。

真正譴責息媯的，首先得推杜牧的《題桃花夫人廟》：

細腰宮裏露桃新，脈脈無言幾度春。

至竟息亡緣底事？可憐金谷墜樓人！

細腰宮是楚宮的代稱。之所以這樣代稱，是因為楚靈王愛細腰的女人，於是姬妾們都節食減肥，後來便有了「楚王愛細腰，宮中多餓死」之說。露桃新，指美豔的桃花夫人。詩的

前兩句，杜牧的感情意向還不甚分明，後兩句雖然未下斷語，但感情色彩卻很強烈。「緣底事」者，因何事也。杜牧提出問題：究竟息國滅亡是什麼原因？詩句沒有正面作答，而意思是明白的：是息夫人造成。「金谷墜樓人」指綠珠。綠珠是西晉大臣石崇的歌妓，藏於別墅金谷園，供石崇享樂。後來，石崇在統治集團的派系鬥爭中失敗，勝方是對手司馬倫。司馬倫的部下孫秀本來就和石崇有矛盾，向石崇索要綠珠又遭到拒絕，於是就借司馬倫的勢力，捕殺石崇全家。武士圍困金谷園時，石崇對綠珠說：「我今為爾得罪。」綠珠回答：「當效死君前！」當即跳樓而死。杜牧讚歎綠珠墜樓，正是貶斥息夫人貪生失節。

詩壇對杜牧這首詩評價頗高。宋代許彥周說：「此詩為二十八字史論。」清代王士禎說是「正言以大義責之」。今天來看，杜牧的看法並不值得推崇。第一，息國的滅亡，責任不能由息媯負。息侯不修武備，因而無力阻擋入侵的楚兵，這還在其次；楚王憑藉軍事勢力，為爭奪一個女人而侵略和消滅他國，是真正的罪魁禍首。把亡國的罪責推在女人身上，「女人禍水」之說，是封建社會的腐朽觀念，哪有「大義」可言！第二，據《左傳》記載，息媯是「弗能死」，可見息媯被擄後，並非俯首聽命，而是欲死不能。一個弱女子，怎麼能夠抗拒強大的暴力？她身雖被辱，而心不相許，已屬難能可貴。第三，至於和綠珠墜樓相比，雖然歷代詩人多讚美綠珠殉情之舉，如宋代杜東說她「甘心死別不生離」，明代陳子壯說「命薄高樓敢負恩」，更有明代邊貢摹擬綠珠

之口，表示「他生願作啣泥燕，長傍樓中梁棟飛」；但是，還是曹雪芹在《紅樓夢》中的《五美吟》說得好：「瓦礫明珠一例拋，何曾石尉重嬌嬈？」石崇視女姓為玩物，對綠珠何曾有真實的感情？綠珠實在不值得為他跳樓。

杜牧此詩從讚歎綠珠的角度來鄙薄息媯，清代袁枚有一首詩，則是從貶斥息媯來稱道綠珠。袁詩題目較長，簡作《綠珠》，詩說：

> 人生一死談何易，看得分明勝丈夫。
>
> 聞說息姬歸楚日，下樓還要侍兒扶。

一二句是正面讚揚綠珠，三四句是以息媯來襯托綠珠。所謂「下樓還要侍兒扶」用的也是楚王愛細腰的典故，意思是說，息媯為了討得楚王的歡心，節食減肥以求腰細，造成弱不禁風，下樓都要侍兒攙扶。袁枚在這裏簡直是造謠中傷了：遍檢史料，哪裏有關於息媯承歡楚王的記載？況且楚王宮只是楚宮的代稱而已，劫持息媯的楚文王，比愛細腰的楚靈王要早一百多年。

清代鄧漢儀，依杜牧《題桃花夫人廟》的原韻，寫了一首《題息夫人廟》：

> 楚宮慵掃黛眉新，只自無言對暮春。
>
> 千古艱難唯一死，傷心豈獨息夫人。

鄧漢儀也是為息媯沒有殉情死去而惋惜。不過，這首詩是藉題發揮，意在言外。沈德潛說：「其用意處，須於言外領取。」鄧氏生活在清朝初年，當時明朝遺臣，有不少做了清朝的官而又心懷內疚。詩的三四句正是感歎貪生怕死者多而死節不易。

更有甚者，還有人就息嬀沒有抗拒楚王，反而與楚王生了兒女進行調笑和諷刺。清代孫廷銓《息嬀》說：

> 葛藟相勾帶，冉冉乃逾牆。
>
> 蔡息稱姻婭，亦宜禮自將。
>
> 丈夫多輕薄，女子善催藏。
>
> 無言空有恨，兒女粲成行。

孫氏認為男人輕薄無可非議，而女人則應該守住。所謂「無言空有恨，兒女粲成行」，意思是說，既然已經兒女成行，那「無言」和「恨」就都是假的。更有王士禛還稱讚孫詩「諧語令人頤解」。其實，孫詩乃出於陰暗、低級之心理。當代著名學者和詩人沈祖棻先生說得好，孫廷銓「以刻毒之辭，施之暴力劫持下之弱女，何足言詩，亦自暴其涼薄而已矣。」

「雞鳴狗盜」之爭

　　孟嘗君田文，是齊國的宗室大臣，戰國時四君子之一，孟嘗君是他的號。孟嘗君以善養士而著名，他門下養有食客三千，不分貴賤，同等對待，因而得到人們的稱許。

　　孟嘗君養士最有名的事例是所謂「雞鳴狗盜」之事。唐代周曇《田文》詩：

　　　　下客常才不足珍，誰為狗盜脫強秦？

　　　　秦關若待雞鳴出，笑殺臨淄土偶人。

說的就是這個故事。事由是：秦昭王聽說孟嘗君賢能，就設法召他到秦，並任命為相，可有人勸告秦昭王，孟嘗君是齊國的貴族，一定把齊國的利益擺在秦國之上，那是很危險的。秦昭王聽信了，便將孟嘗君囚禁起來，還準備殺掉他。情況危急，孟嘗君向秦昭王的寵姬求救，可是寵姬提出先決條件，希望得到孟嘗君的狐白裘。但是，珍貴的狐白裘已經送給了秦昭王，別無他裘，急得沒有辦法。後來是門客中一個小偷，夜晚象狗一樣潛入秦宮，將狐白裘偷了出來。孟嘗君將狐白裘獻給那位寵姬，寵姬便在秦昭王面前替孟嘗君說好話，秦昭王才釋放了他。

　　孟嘗君改名換姓，連夜逃跑至函谷關。而這時秦王已後

悔放出孟嘗君，派人連夜追趕。按秦國法律，雞鳴之後才打開關門讓人出入。關門未開，追拿之人已在半路，孟嘗君再次處於危險之中。好在門客中有一人能學雞叫，引得遠近眾雞齊鳴，於是關門大開，孟嘗君才得以安全逃離秦國。

周曇詩的意思非常明白：「下客常才不足珍」嗎？如果那樣的話，孟嘗君就無法逃離秦國。所謂「笑殺臨淄土偶人」，指蘇代勸說孟嘗君不應該去秦國所講的一個故事。蘇代認為秦國是虎狼之國，去後難於返回。他借用土偶人和木偶人的對話，說孟嘗君如果不能回來，便會遭到土偶人的嘲笑。唐代另一詩人胡曾的《函谷關》詩說：

> 寂寂函關鎖未開，田文車馬出秦來。
>
> 朱門不養三千客，誰為雞鳴得放回？

意思與周曇詩相同。不過因詩題所限，只是就「雞鳴」一事詠唱，沒有涉及「狗盜」。

人的才能是多方面的。雞鳴狗盜這類微末之技，在一定的時候也能發揮作用。孟嘗君有識於此，兼收並蓄，不拘一格，全面羅至，確實得到了幫助。試想，如果孟嘗君身邊無此二人，該是一命嗚呼了，當然更談不到後來任齊相，聯合韓、魏，牽制楚、趙，發展合縱抗秦勢力了。

但是，到宋代，王安石卻提出了截然不同的看法。他的《讀孟嘗君傳》說：

> 世皆稱孟嘗君能得士，士以故歸之，而卒賴其力，以脫於虎狼之秦。嗟乎！孟嘗君特雞鳴狗盜之雄耳，豈足以言得士？不然，擅齊之強，得一士

為，宜可以南面而制秦，尚何取雞鳴狗盜之力哉！

夫雞鳴狗盜出其門，此士之所以不至也。

王安石認為孟嘗君並沒有得到真正的人才，其論據是：憑藉當時齊國的勢力，如果有了真正的人才，就可以戰勝秦國，而不會被秦國吞並。王安石不愧是一位政治家，論人論事處處宏觀着眼。考察孟嘗君時期的形勢，七國爭雄，的確還不知鹿死誰手，王安石的論述確有見地。至於孟嘗君為什麼得不到真正的人才，王安石認為，收羅了雞鳴狗盜之流，真正的人才不屑與之為伍，就不來了。王安石完全否定了孟嘗君「能得士」的傳統看法。

平心而論，王安石的看法又不免偏頗，因為孟嘗君畢竟在危難時刻得到過門下食客的幫助。但是，從總體上來說，荊公此說又確實打中了孟嘗君養士不當的要害。

史載孟嘗君之得士，無非是兩樁。一是雞鳴狗盜之人，情況在上文已述；再就是馮驩（音歡）之事。

馮驩也是孟嘗君門下的食客，他開初沒有受到重視，地位很低，於是彈鋏而歌，抒發「食無魚」、「出無車」、「無以為家」的牢騷。後來他替孟嘗君到薛地去收債，竟將薛人債券全部燒毀，空手而歸，遭到孟嘗君的斥責。馮驩說，我是替你「市義」而回，贏得了老百姓對你的感激。接着又說，狡兔尚且有三窟，你必須再鑿二窟。在齊王懷疑孟嘗君而罷黜他的時候，馮驩游說秦魏二國，使秦、魏以重金高位來聘用孟嘗君，而馮又故意要孟嘗君固辭不往，齊王得知後，便重新信任孟嘗君，恢復了他的相位。馮驩確實為孟嘗君營造

了三窟，使他在權力鬥爭中立於不敗之地。但是，這兩起所謂得士的典型事件，只是保住了孟嘗君的性命，保住了他的個人利益，對政治事業並沒有大的補益。至於雞鳴狗盜之人，其技能微不足道，其為人也低微，被人看不起。相對地說，三彈其鋏的馮諼，比雞鳴狗盜之流要高些。唐代皎然的《詠史》曾這樣讚美：

> 田氏門下客，馮公眾中賤。
>
> 一朝市義還，百代名獨擅。
>
> 始知下客不可輕，能使主人功業成。
>
> 借問高車與珠履，何如卑賤一書生？

所謂「高車與珠履」，指的是上等門客。皎然詩的主旨是不應該輕視下客，這當然有道理，但說「能使主人功業成」，那就拔高了。另外，也有人徹底否定馮諼，如龍燮《詠史》：

> 自古牛刀恥割雞，匣中三尺氣如霓。
>
> 馮生只為魚彈鋏，更比雞鳴狗盜低。

馮諼三彈其鋏，一為食無魚，二為出無車，三為無以為家，汲汲於個人享受，其思想境界又確乎不如雞鳴狗盜之徒。龍燮所說「自古牛刀恥割雞，匣中三尺氣如霓」，其深層意思與王安石相同，也是說雞鳴狗盜出其門，此士之所以不至也。有大作為的人，以天下為為己任，不屑於做小事，不屑與雞鳴狗盜之徒為伍。

司馬遷在《孟嘗君列傳》的結尾說：吾嘗過薛，其俗閭里率多暴桀子弟，與鄒魯殊。問其故，曰：「孟嘗君招天下任俠，奸人入薛中蓋六萬余家矣。」世之傳孟嘗君好客，名

不虛矣。因為孟嘗君好客的緣故，來了奸人六萬多家，致使二百多年後的司馬遷時代，那裏的暴桀子弟還特別多，與孔孟家鄉的仁義之風大不相同。顯然，司馬遷對孟嘗君有微詞。清代李景星的《史記評議》說：「讀傳後贊語，曰『暴桀子弟』，曰『任俠奸人』，曰『好客自喜』，則史公不但不滿於孟嘗之客，其不滿孟嘗之意，又明言之矣。」這樣來看，關於「雞鳴狗盜」的這場爭論，司馬遷早就表示過明確的意見。

平原君養士二題

這裏所說的「士」，是古代四民之一，指農、工、商以外學道藝、習武勇的人。它包括知識分子，但不是單指知識分子。戰國時期，我國社會處於大變革之中，各政治集團爭相網羅人才，以求壯大力量，爭雄於世。當時，齊國的孟嘗君、趙國的平原君、魏國的信陵君、楚國的春申君，並稱「四君子」，都以廣養士客而享有盛譽。其實，四人情況不一，養士盛名之下頗有難副之處。即以平原君而論，史載他得士有兩個典型事例，如細究一番，則不足為訓。

賢士三年方脫穎

清代孫枝蔚《平原君》：
> 豐草猶能蔽豫章，高才多困眾人旁。
> 平原亦是佳公子，毛遂三年未處囊。

說的是眾所周知的「毛遂自薦」的故事。公元前 257 年，秦軍圍困趙國都城邯鄲，形勢非常危急，趙惠文王派平原君去楚國求援。平原君要在門客中挑選文武兼備的二十人同往，左挑右挑只選到十九人，有個叫毛遂的門客自告奮勇請求前

行。平原君開初不同意，他認為如果是賢士的話，好像錐子處於布囊之中，其尖端很快就會破囊而出，而毛遂來此三年都沒有名氣，一定是無能之輩，不能當此重任。毛遂就說：「我今天就是自請處於囊中；如果早能這樣，整個錐子都要顯露出來，豈止是尖端而已！」毛遂於是得以同行。在平原君與楚王講述合縱的利害關係，請求楚王出兵，但長時間未有決斷的時候，其他十九人均了無作為，只有毛遂按劍上前，侃侃陳詞，終於說服楚王出兵，完成了出使之命。這一則故事具有多方面的意義。孫詩所謂「豐草蔽豫章」，是指人才被庸才所困，因而出現「毛遂三年未處囊」的情況。通常所用成語「毛遂自薦」，則是避開平原君而稱許毛遂自薦的自告奮勇精神。清代鄧嘉緝《平原君祠》說：

> 翩翩公子有遺祠，想像風流莫一厄。
>
> 臣亦毛生思脫穎，不知可有處囊時？

詩人認為平原君翩翩風流，並以詩祭奠，表達帶着牢騷的自負和自薦。

其實這則故事的可議之處在平原君本人。第一，門下賓客數千，而一旦要用時，只能挑選到十九人，其養士可謂濫矣！第二，所選中的十九人，本是平原君認為的「有勇力文武備具者」，但在楚廷辯論的關鍵時刻，十九人噤若寒蟬，不敢上前，可見平原君並不善於鑒別人才。第三，本來，平原君的「錐之處囊」「其末立見」之論，不失為識才的好辦法，但他「左右未有所稱誦」，便認定毛遂「不能」，這說明在實際上他沒有使門客「處囊」，而只是聽左

右之人的介紹，有才幹的門客得不到施展機會。至於左右
之人為什麼不稱誦毛遂，或許是不能識別，或許是出於嫉
妒，或許是存在派系，問題就更複雜了。

就毛遂方面而言，三年未能處囊，該是很大的浪費。人
生啊，有多少個三年！好在毛遂勇於自薦，才終於得以在楚
廷一言重於九鼎，三寸之舌強於百萬之兵，說服楚國出兵，
解了邯鄲之圍。與此同時，毛遂也就實現了自己的人生價
值。在此過程中，平原君能在毛遂自薦後不固執己見，當機
起用毛遂，並在功成之後加以表彰，引為自責，還是值得稱
道的。否則，平原君何以赫赫名存列傳之中！

美人一笑便無頭

元代楊維禎《平原君》說：

平原君，起高樓，美人盈盈樓上居。
蹣跚跛汲彼何叟，美人一笑蹣跚愁。
門下士，引去不可留。
美人高價千金值，千金不惜美人頭。
君主不見帷中婦女觀跛者，一笑五國生戈矛。

寫的是平原君為了網羅人才而殺侍妾之事。平原君的高樓臨
近居民之家，民家有一跛者，蹣跚跛行去汲水，平原君樓上
的侍妾看見後大笑。第二天，跛者對平原君說：「我聽說你
喜歡養士，士之所以不遠千里而來，是因為你貴士而賤妾。
我不幸腿瘸了，卻遭到你後宮美人的嘲笑，我希望得到笑我

之人的頭。」平原君當時答應了，但後來卻沒有那樣做。一
年以後，他門下賓客漸漸走了一半。平原君感到奇怪，門下
人對他說：「你沒有殺掉嘲笑跛者的美人，說明你愛色而賤士，
所以士就紛紛離去。」於是，平原君就斬殺美人，並親自上門
請跛者原諒，向他認錯。結果，門下的賓客又漸漸回來了。

　　如果說在毛遂事件中平原君所為尚有可取之處的話，那
麼他濫殺侍妾，就只能是受到譴責了。第一，跛者以一笑之
故而欲置人死地，實在過分。對於這樣的無理要求，平原君
本就不應該答應。第二，不應該失信，如果平原君認識到自
己許諾輕率，就應該及時主動向跛者解釋，並對笑者給予恰
當處分，做好善後工作。然而平原君是既食言又不做好善後
工作。第三，當賓客紛紛離去時，平原君驚慌了，為了保全
其愛士之名，竟然殘忍地殺害侍妾，造成了一個慘劇。

　　清朝人路德的《趙州》詩也是批評這一事件的：

　　　　買絲爭繡佳公子，頗謂平原能好士。

　　　　樓台一笑紅顏摧，食客紛紛去復來。

　　　　我言此事非人情，如何浪得憐才名？

　　　　惡客一言九鼎重，美人一死鴻毛輕。

　　　　君不見樂羊啜子甘如飴，功成反使文侯疑？

　　　　又不見吳起殺妻為求將，母死不奔心早喪？

　　　　公子天下寡恩人，可知好士情非真。

　　　　賢者聞風定高蹈，公等碌碌安足論。

　　　　籲嗟乎，躄者足，笑者頭，千秋恨事良悠悠。

　　　　我今獨酌中山酒，不願將酒滴趙州。

以惡客之一言而置美人於死地，是寡恩之人，而非真好士。真正的賢者會因此離開他，招來的只是不值一提的碌碌之輩。路德不象鄧嘉緝那樣對平原君「想像風流奠一卮」，而是「我今獨酌中山酒，不願將酒滴趙州」，鄙視平原君。

清代乾隆帝弘曆對此事也不以為然，其《平原》詩中說：「美人笑躄者，請頭太不情。造門自謝客復至，至今難論偽與誠。」既批評躄者，又批評平原君。作為一個傑出的封建皇帝，乾隆的眼光和一般詩人有所不同。他認為對人才要「誠」，這是一個很可貴的觀點，乾隆的《平原》詩，還一併批評了戰國「四公子」，而且是從時代風尚上予以否定。詩最後兩句說：「客不過如此，主亦奚足稱？嗚呼！戰國尚譎詐，其真賢者惟應隱跡衡門耕。」

譎詐，不誠，是不可能得到真正賢才的。

美女西施的是是非非

禍水乎？

歷來詠唱西施的詩歌，大多着眼於她在吳越爭霸中的地位。唐朝劉瑤《闔閭城懷古》說：

五湖春水接遙天，國破君亡不紀年。

唯有妖蛾曾舞處，古台寂寞起寒煙。

詩中的「妖蛾」，指的就是西施。史載吳王闔閭被越王勾踐一箭射傷致死後，夫差繼位為吳王，發誓要報父仇，後來果然大敗越兵，攻下越國都城。不過，夫差沒有聽從伍子胥殺勾踐滅越國的勸告，而是讓勾踐仍居會稽，納貢稱臣。勾踐在大夫文種和范蠡的輔佐下，勵精圖治，充實國力，訓練士卒，二十年後徹底滅亡了吳國，夫差自殺而死。據《越絕書》和《吳越春秋》記載，勾踐在計劃滅吳的過程中，除致力於本國建設外，還用了美人計，在浙江諸暨苧蘿村選了美女西施，教以歌舞，獻給夫差，使他沉迷女色，荒廢國事。劉瑤詩即據此認為，導致吳國國破君亡的是「妖蛾」西施。

清代蔣士銓的《響屧廊》詩，也是這個意思。響屧廊是吳王宮中的廊名，遺址在今江蘇吳縣靈巖山。相傳廊用櫬板

鋪地,板下空虛,西施穿屐走過時發出悅耳的響聲。詩說:

　　不重雄封重豔情,遺蹤猶自慕傾城。

　　憐伊幾兩平生屐,踏碎山河是此聲。

雄封,指封疆治國的大事。屐,木底鞋。詩的意思是:夫差置國家大事不顧,一味迷戀西施的美色;是西施在響屐廊的腳步聲,把大好河山斷送了。詩人譴責了夫差,也譴責了西施。

　　到清代,袁枚在《隨園詩話》中說:「女寵雖自古為患,而地道無成,其過終在男子。」在詩歌領域,有不少詩篇是為西施辯護的。唐代羅隱《西施》說:

　　家國興亡自有時,吳人何苦怨西施。

　　西施若解傾吳國,越國亡來又是誰?

前兩句直說不能把吳國之滅亡歸罪於西施,因為國家興亡是時勢所至。後兩句用邏輯推理進行論證:後來越國滅亡並不是因為有西施這樣的美人存在,所以吳國滅亡也應該是與西施無關。宋代王安石《宰嚭》則說:

　　謀臣本自繫安危,賤妾何能作禍基?

　　但願君王誅宰嚭,不愁宮裏有西施。

伯嚭是吳國的大臣,開初任大夫,後來擢升為太宰。伯嚭為人諂佞,巧於逢迎,很得夫差信任。吳國打敗越國後,他受重賄,力勸吳王准許越國媾和,又屢進讒言,陷害伍子胥。王安石認為,朝廷大臣的賢佞決定國家的安危,區區一個女子是不能種下亡國禍根的;只要除掉了宰嚭這樣的奸臣,王宮有幾個美人是無妨的。王安石是宋神宗時的

宰相，歷史上有名的政治改革家。他之所以強調「謀臣系安危」，深層意識中有其自負的因素，而其見解無無疑是正確的。不過，他對吳國敗亡原因的分析，尚不如唐代陸龜蒙《吳宮懷古》那樣大膽。陸詩說：

> 香徑長洲盡棘叢，奢雲艷雨只悲風。
>
> 吳王事事堪亡國，未必西施勝六宮！

夫差大敗勾踐之後，稱霸之心極度膨脹，連年伐齊、伐魯，耗盡國力；殘殺伍子胥，重用太宰嚭，倒行逆施，失卻民心，的確是「事事堪亡國」；西施作為政治鬥爭的工具，自身的命運都是由他人擺布，何罪之有？

不同的心態

也有人為西施高唱贊歌。唐代崔道融《西施》說：

> 苧蘿山下如花女，佔得姑蘇台上春。
>
> 一笑不能亡敵國，五湖何處有功臣？

後二句是說，如果不是西施之笑迷惑吳王，輔佐勾踐的范蠡就不可能成為功臣。到宋代，鄭獬詩說得更徹底：

> 十重越甲夜成圍，宴罷君王總不知。
>
> 若論破吳功第一，黃金只合鑄西施。

這一類詩的思路，有一個共同的前提：都肯定美人計的作用。基於對美人計的肯定，明代梁辰魚著有傳奇《浣紗記》，全劇四十五出，通過西施、范蠡的悲歡離合，演吳越兩國的興亡。西施和范蠡曾在苧蘿村溪邊定情，一縷浣紗是他們愛

情的信物。越國被吳國打敗後，范蠡一心要報國仇，動員西施赴吳；西施深明大義，犧牲個人愛情，到吳國後，憑藉個人姿色迷惑夫差，離間吳國君臣，出色地完成了美人計，吳國終為越國所滅。全劇細緻地刻畫了西施的複雜心情：一方面是執着於她和范蠡的純真愛情，思念父母，懷念家鄉；另一方面是為了國家的利益，強顏歡笑，取悅於夫差。

與梁辰魚的《浣紗記》不同，清代幾位詩人筆下的西施是另外一種心情。毛先舒《吳宮詞》說：

蘇台月冷夜烏啼，飲罷吳王醉似泥。

別有深恩酬不得，向君歌舞背君啼。

前兩句出自李白的《烏棲曲》：「姑蘇台上烏棲時，吳王宮裏醉西施。」不過毛詩中醉的是吳王，而不是西施。後兩句寫一個清醒而思想鬥爭複雜的西施：她受越國派遣，負有迷惑吳王的使命，又受吳王夫差的寵愛之恩，因而內心矛盾，向着吳王歌舞，又背着吳王啼哭。顯然，詩中的西施並不樂意執行美人計。袁枚的《西施》說：

吳王亡國為傾城，越女如花受重名。

妾自承恩人報怨，捧心常覺不分明。

知恩圖報本是中國的傳統道德。西施覺得，我承受着吳王的恩寵，不但不能報答，倒反成了越王報怨的一種工具，這犯得着嗎？ —— 西施動搖了。《隨園詩話》引陳夫人《題捧心圖》說：

眉鎖春山斂黛痕，君王猶是解溫存。

捧心別有傷心處，只恐承恩卻負恩。

在女詩人的筆下，吳王對西施非常體貼，其實西施之捧心並不是生病，而是因辜負吳王的恩寵而傷心，然而這又不能明說，只好深深地埋在心底。這一類詩歌描寫的西施，處境特殊，內心矛盾，令人同情，是從另一個角度對美人計的否定。

魂歸何處？

李白《西施》說：「一破夫差國，千秋竟不還。」吳國滅亡之後，西施的結果怎樣呢？而她之「不還」，是到哪裏去了呢？

最流行的說法是：西施歸范蠡而去，泛遊五湖。在平吳霸越過程中，范蠡建立了極大功勳，但他不戀功名，而是清醒地自謀退步。他感到「飛鳥盡，良弓藏；狡兔死，走狗烹」是一條規律，並認為越王勾踐「為人長頸鳥啄，可與共患難，不可與共樂」，自己必然是「大名之下，難以久居」，於是改變姓名，自號鴟夷子皮，帶着西施，駕着扁舟，泛遊於五湖之中。

西施是在怎樣的情況下隨范蠡而去呢？也有不同的說法。一說她同樣擔心功成禍至，所以泛隱五湖。吳偉業《一舸》說：

　　霸越亡吳計已行，論功何物賞傾城？

　　西施亦有弓藏懼，不獨鴟夷變姓名。

這是詩人十二首《戲題仕女圖》中的一首，畫面當是西施乘舟泛湖的情狀。吳偉業認為，西施成就了霸越亡吳的大計，

功莫大焉，但她也象范蠡一樣，擔心鳥盡弓藏，招來不測之禍，所以乘舟而去。二說她是心甘情願隨范蠡。杜牧《杜秋娘詩》說：「西子下姑蘇，一舸逐鴟夷。」大概范蠡開初沒有帶西施去，西施知道後馬上乘船追趕。三說隨范蠡並非西施本意。蘇軾《戲書吳江三賢畫像三首》之詠范蠡說：

> 誰將射禦教吳兒，長笑申公為夏姬。
>
> 卻遣姑蘇有麋鹿，更憐夫子得西施。

據《左傳》記載，申公巫臣為了得到美麗的夏姬，四處逃奔，挑起事端。所謂「姑蘇有麋鹿」，指吳國被越國滅亡。伍子胥對夫差說過，如果不聽諫言，吳國將被越國滅亡，國都姑蘇（今蘇州市）將荒蕪成為麋鹿活動的場所。蘇軾用巫臣比范蠡、夏姬比西施，認為范蠡是為了自己得到美人，所以挾持西施而去。

關於范蠡載西施而去，宋代羅大經的看法更為特別。

《鶴林玉露》卷十：「范蠡霸越之後，脫屣富貴，扁舟五湖，可謂一塵不染，然猶挾西施以行。蠡非悅其色也，蓋懼其後以蠱吳者而蠱越，則越不可保矣。於是挾以行，以絕越之禍基。是蠡雖去越未嘗忘越也。」羅大經認為，范蠡泛舟五湖，辭掉功名富貴，是一塵不染之人。他之所以挾持西施，並不是愛西施的美色，而是擔心西施會象蠱惑吳王那樣再蠱惑越王，那麼越國就危險了，於是挾持西施而去，除掉越國的禍根。這是說，范蠡雖然離開了越國，但他始終忠於越國。

第二種說法認為西施死了。李商隱《景陽井》說：

景陽宮井剩堪悲，不盡龍鸞誓死期。

腸斷吳王宮外水，濁泥猶得葬西施。

詩的主旨是諷刺陳叔寶和張麗華，說他們還不如吳王和西施。說西施是死於吳王宮外的水中。皮日休的《館娃宮懷古》是直接寫西施的：

響屧廊中金玉步，采蘋山上倚羅身。

不知水葬今何處，溪月彎彎欲效顰。

也說她死在水中。據說吳國人痛恨她迷惑吳王，造成吳國的滅亡，將她沉於江，祭伍子胥的忠魂。因為伍子胥被迫自殺後，吳王怒氣仍然不消，還將伍子胥的屍體投入江中。另外，也有人說姑蘇城破之日，西施就被亂兵殺死了。

第三種說法是西施回到了故鄉。唐初宋之問《浣紗篇贈陸上人》中說：

一朝還舊都，靚妝尋若耶。

鳥驚入松網，魚畏沉荷花。

詩說西施在吳國滅亡後，回到了故土，並去尋找她當年浣紗的若耶溪，而且還是沉魚落雁地漂亮。

一場附會

多少年來，在詩文裏，在舞台上，在言談中，西施其人往往和吳越爭霸聯繫在一起。其實呢，這是一場附會。在最早的典籍中，西施只是一位美人而已，與政治鬥爭了無關係。

　　《管子》說:「毛嬙、西施,天下之美人也。」《屍子》說:「人之欲見毛嬙、西施,美其面也。」《慎子》說:「毛嬙、西施,天下之姣也。」《莊子》說:「故西施病心而矉其里,其里之醜人見而美之,歸亦捧心而矉其里。」屈原《九章》說:「雖有西施之美容兮,讒妒人以自代。」《荀子》說:「猶以人之情為欲富貴而不欲貨也,好美而惡西施也。」宋玉《神女賦》說:「西施掩面,比之無色。」以上按時間先後列舉的多種古籍對西施記載,都只說她長得很美,而生平、籍貫等均未涉及,更沒有勾踐將她獻給夫差的說法。至於《墨子》所說:「西施之沉,其美也」,寫了西施的結局,但據考證,此說是後人所增,也就不足為據。那麼,「獻吳」之說是怎樣來的呢?

　　上文提到過,那是出自《越絕書》和《吳越春秋》。這兩部書是東漢時的著作,距吳越爭霸已經六百多年了。《越絕書》和《吳越春秋》當然算歷史著作,但二書並不完全拘於史實,而是加上了許多民間傳說,甚至是作者的想像或虛構,有些介於「史」和「小說」之間。西施其人被演進吳越爭霸之中,當屬這種情況,所以說是「一場附會」。所附會的西施故事,悽婉動人。千百年來,人們或贊其為功臣,或斥其為妖孽;或描摹她的心態,或感慨她的結局;或就事論事,或別抒懷抱,林林總總,熱熱鬧鬧。這裏似乎用得上《紅樓夢》中的兩句詩:「只緣佔得風流號,惹得紛紛口舌多。」

　　然而事情又不能這麼簡單地否定。因為,如果民間傳說和作者的想像或虛構,一旦寫進了歷史,慢慢地也就成為歷

史，使得歷史更加豐富和充實。中國歷史上這類情況不少，如夏禹，最早的記載就非常簡單，後來才越來越詳細。著名歷史學家顧頡剛的《古史辨》就是探討這些問題的。他創立了「層累地造成的中國古史」學說。不要說古史，就是象《史記》這樣的著作，也未必事事有據，全是信史。比如說項羽在垓下被圍時的慷慨悲歌吧，正如鐘錢鍾書先生《管錐編》引周亮工《尺牘新抄》所說：「余獨謂垓下是何等時，虞姬死而子弟散，匹馬逃亡，身迷大澤，亦何暇更作歌詩！即有作，亦誰聞之而誰記之歟？吾謂此數語者，無論事之有無，應是太史公『筆補造化』，代為傳神。」《史記》全書，當有不少是民間傳說和司馬遷的想像虛構，後來全部成了歷史，人們往往信而不疑。這不由使人慨歎：史之失真大概是一種通病！

吳越爭霸，事情本來就驚心動魄。據《史記》所說，勾踐曾經以美女和寶器去賄賂吳太宰嚭。《越絕書》和《吳越春秋》的作者，把美女落實為西施，並說成是獻給吳王夫差。這樣，在金戈鐵馬的殺伐聲中，又增加一位絕代佳人映帶其間，自然平添了許多情趣，鬥爭顯得更複雜曲折。

男女之事本是人們津津樂道的話題，而且在古代，女人和戰爭，往往有着難解之緣。荷馬史詩《伊利亞特》所描繪的特洛伊戰爭，歷時十年，血流成河。戰爭的起因是特洛伊王子帕里斯搶走了斯巴達王的妻子海倫。據《左傳》記載，公元前 680 年，楚文王發動的滅亡息國的戰爭，就是為了搶奪美麗的息夫人。吳越爭霸，這樣複雜的政治爭，激烈的廝殺拚搏，其間有女人的活動，大概還是符合總的歷史真實。

黃金台的詩情

　　黃金台，又稱金台、燕台、賢台，是戰國時燕昭王所築。燕昭王為了使國家強大，置千金於台上，延請天下賢才。

　　黃金台舊址在哪裏呢？那就眾說紛紜、莫衷一是了。任昉《述異記》說在易縣東南，酈道元《水經注》說在固安縣境，熊自得《析津志》說在北京南郊；另外，在徐水、滿城、定興等縣，也曾有台以黃金為名。可以肯定地說，當年燕昭王所築的黃金台，應該只有一處，現今遍佈古燕國各地的黃金台遺址，大多是慕名附會所致。中國的一些名勝古蹟，往往寄寓人們的某種情思，稍有瓜葛，便成附會，不可認真，也難於一一探究。不過，黃金台有如此多的遺址，正從一個側面說明千金招士留給人們的美好回憶。燕昭王，這位古燕國的中興之主，也因此常常被人提起。但是，事物的多側面、多角度，會產生不同的社會效應，再加上詩人所處時代、所持觀點的差異，歷代吟詠黃金台的詩篇，其感情基調也就不盡相同。

昭王當日有高台，陛級原因郭隗開

在詩歌領域最早涉及燕昭王千金招士的，大概要算魏文帝曹丕。他的《煌煌京洛行》說：

> 嗟彼郭生，古之雅人。
>
> 智矣燕昭，可謂得臣。

公元前 311 年，燕昭王即位，當時燕國被齊國打敗，國家極端困難。燕昭王與百姓同甘共苦，並虛心向謀士郭隗請教如何求得賢才，使國家強大，報齊國之仇。郭隗先給他講了一個傳說故事：古代一位君王想得到千里馬，派涓人（近侍人員）攜帶重金到各地去尋求，但當訪尋到千里馬時，馬已死去，涓人就用五百金買了馬的骨頭回來。那位君王大怒說：「我要的是活馬，不是死馬。白白地浪費了五百金！」涓人回答說：「買死馬尚且肯出五百金，何況活馬呢？天下人以此知道您看重千里馬，千里馬很快就會來到。」果然不到一年時間，就得到了三匹千里馬。郭隗講完故事，接著就對燕昭王說：「要想招致人才，先從我開始吧！這樣，賢於我的人就會不遠千里而來。」從此燕昭王特別尊重郭隗，築黃金台，置千金於台上，延請天下賢士。郭隗就是曹丕詩中說的「雅人」。雅者，美好高尚也。郭隗的確值得稱讚，他說話很有藝術，那個千金買馬骨的故事，富於啟發性，一下就說動了燕昭王。他的具體建議，既是自薦，又很自謙，確實賢能。

清朝康熙帝也有一首寫黃金台的詩：

昭王禮賢士，築館黃金台。

矯矯昌國君，奮袂起塵埃。

下齊七十城，聲振滄海隈。

汶篁植戎丘，豈曰非雄才。

遺蹟雖榛蕪，千載猶低徊。

市駿骨有術，貴在先龍媒。

但得一士賢，可以收群才。

詩意是說，燕昭王之所以能夠使燕國中興，是因為他禮賢下士，招致了大批人才；而大批人才之所以能夠招致，首先是因為郭隗賢能。清代邱禾實的《黃金台》也說：「昭王當日有高台，陛級原因郭隗開。」郭隗是值得紀念的，是他使得中國歷史上留下了一樁禮賢下士、重視英才的美談。嗣後，「千金買骨」成為流傳千古的成語，比喻求賢招才的誠摯和迫切。

誰知平地幾層土，中有全齊七十城

史載燕昭王禮遇郭隗，築成黃金台後，消息很快傳開，人們奔走相告。當時傑出的人才樂毅從魏國、鄒衍從齊國、劇辛從趙國，紛紛來到燕國。燕昭王建碣石宮，執弟子禮尊敬他們，重用他們。這就是李白《古風》第十五首說的「燕昭延郭隗，遂築黃金台。劇辛方趙至，鄒衍復齊來」。經過長時間的生聚教訓，燕國國力充沛，士卒驍勇，公元前284年，在成功地做好外交工作後，燕昭王拜樂毅為上將軍，帥

燕、秦、楚、趙、魏、韓之兵攻打齊國,在濟水之西大敗齊
軍。後燕軍又乘勝追擊,一舉攻下齊國的都城臨淄,得到了
齊國的七十餘座城市,稱雄於世。因此,郝經在《賢台行》
中說;

> 誰知平地幾層土,中有全齊七十城。
>
> 禮賢復仇燕始霸,遂與諸侯雄並駕。

可以想見,以當年的建築材料和建築技術,燕昭王匆忙間築
成的黃金台,不過是黃土壘成的高丘,上面有些亭台而已。
但是,「誰知平地幾層土,中有全齊七十城」,兩相比較,燕
昭王付出的物質代價並不大,然而他因此得到了大批人才的
輔佐,成就了赫赫功業。尤其是,他復仇了,稱雄了,其心
情該是何等喜悅;而且還給後世留下了禮賢下士的美名。國
力的競爭首先是人才的競爭。有了傑出的人才,不要說富國
強兵,報仇雪恥,就是人間奇跡也可以創造出來。

浮世近來輕駿骨,高台何處有黃金?

吟詠燕昭王黃金台事,影響最早最大的詩人,可算唐初
陳子昂:

> 前不見古人,後不見來者。
>
> 念天地之悠悠,獨愴然而涕下!

全詩一氣渾然,百感交集,不知打動過多少後世讀者。這首
詩的題目是「登幽州台歌」。有人說幽州台就是黃金台,是
否如此,姑置不論。而陳子昂贈給盧藏用的詩中,有幾首是

明白地寫黃金台的。《郭隗》說：

　　　　逢時獨為貴，歷代非無才。

　　　　隗君亦何幸，遂起黃金台。

這是欣羨郭隗生逢其時，得到禮遇。《燕昭王》說：

　　　　南登碣石館，遙望黃金台。

　　　　丘陵盡喬木，昭王安在哉？

　　　　霸圖悵已矣，驅馬復歸來。

這是慨歎燕昭王去而不返，後繼無人。還有《樂生》《鄒子》，讚美燕昭王時期君臣相得，風雲際會，建功立業。陳子昂反覆吟詠黃金台事，是在他第二次從軍，北征契丹的途中。當時的主帥武攸宜既平庸無能，又剛愎自用，招致戰事大敗。陳子昂多次進諫，不但不被採納，反而降職為軍曹。在這樣的情況下，陳子昂遊覽古燕都遺蹟，怎能不遙想古燕國的中興之主？漫長的中國封建社會，象燕昭王這樣千金招士，待之以禮的統治者，為數是極少的。

　　上引李白《古風》第十五首的後半首說：

　　　　奈何青雲士，棄我如塵埃。

　　　　珠玉買歌笑，糟糠養賢才。

　　　　方知黃鶴舉，千里獨徘徊。

青雲士，指的是身居權位，高高在上的統治者。「珠玉買歌笑，糟糠養賢才」，生動形象地描繪出封建社會的普遍現象。懷抱「輔弼天下」之志，而又不肯「摧眉折腰事權貴」的李白，比陳子昂更為憤激。

　　後來，黃金台便成了古代詩歌的常見題材。唐代羅隱

《燕昭王墓》說：

> 戰國蒼茫難重尋，此中蹤跡想知音。
>
> 強停別騎山花晚，欲吊遺墟野草深。
>
> 浮世近來輕駿骨，高台何處有黃金？
>
> 思量郭隗平生事，不殉昭王是負恩。

清代梁佩蘭《金台吟》說：

> 燕昭王，安在哉！
>
> 千年郭隗人又來，駿馬欲踏黃金台。
>
> 黃金台，不可見；角一聲，風四面。
>
> 打人雪花大如拳，射人雪花密如箭。
>
> 駑馬馳，駿馬悲；駿骨朽，駑馬肥。
>
> 人才難得而易失，人主不可不知之。

前一首低沉，後一首高昂，共同點是對燕昭王千金招士的嚮往。然而，與其說是對歷史的嚮往，又不如說是對現實的不滿。悠悠青史，黃金台千金招士之舉，使後世多少文人感歎，哀傷，並進而滿腹牢騷，慷慨激昂。當然，其中會有自視太高、名不副實者在，但大多數是真正的懷才不遇，被投閒置散，以至老死荒野，了無作為。

　人才的浪費是最大的浪費，這是中國封建社會發展緩慢的原因之一。

薊州城築燕王台，招士以財亦可哀

　另有一類詩是批評千金招士的。清代張坦《古意》說：

> 我登黃金台，郭隗今何往。
>
> 禮士在推心，千金等土壤。
>
> 士也為利趨，襟懷亦可想。
>
> 台以黃金名，宜乎委草莽。
>
> 蹔者奪所愛，高風群欽仰。

所謂「蹔者奪所愛，高風群欽仰」，說的是平原君事。張坦認為平原君後來的做法是值得稱道，眾所欽仰的。這種看法，實在值得商榷。但全詩的主旨不在此，姑置不論。比張坦稍晚的陳際泰的《黃金台》說：

> 買馬買駿馬，未必獲千里，
>
> 求賢築高台，未必得賢士。
>
> 從來幹濟才，黃金所不齒。
>
> 丹鳳翔九霄，德輝覽而止。
>
> 禮賢失其方，何能救傾否。
>
> 易水蕭蕭寒，歌聲雜流徵。
>
> 酌酒餞荊卿，荊卿但能死。

詩的最後幾句，把荊軻刺秦王未能成功，歸咎於「禮賢失其方」，也值得商榷，但全詩主旨也不在此，亦姑置不論。

張、陳二詩的主旨，是既批評燕昭王千金招士之舉，也批評為了台上千金而爭相赴燕之人。這就得稍說幾句了。一、「學成文武藝，貨與帝王家」，這是舊社會讀書人的進身之階，連孔老夫子也說：「沽之哉，沽之哉，我待賈者也！」既然統治者肯出高價，是能夠招致人才的。黃金台築成之後，燕昭王手下不就人才濟濟嗎？二、「禮士在推心，千金

等土壤」、「從來幹濟才，黃金所不齒」，當然有道理。「士
為知己者死」，這是有氣節的知識分子的普遍心理狀態和行
為準則。他們最看重統治者是否了解自己、尊重自己。死且
不避，何言物質享受？三、「千金招士」是燕昭王求才的一
項措施。通觀燕昭王之為人，他尊重才，放手使用，和他兒
子燕惠王大不相同。燕惠王即位後，懷疑樂毅，所以樂毅很
快就離開了。張、陳二人強調「禮士在推心」，視千金為糞
土，亦見其磊落胸懷。詠史詩，往往是對現實有感而發，並
非純客觀地論史。張、陳二人大概是不滿統治者的收買政策
和鄙視那些趨利若鶩之徒，所以借黃金台之題，抒發自己的
感受。

歷史發展在二十世紀，秋瑾的《黃金台懷古》說：

薊州城築燕王台，招士以財亦可哀。

多少賢才成底事，黃金便可廣招來？

作為資產階級民主革命家，秋瑾否定「招士以財」的作法，
否定以財招來的「賢才」，與傳統觀念徹底決裂了。憂國憂
民，為理想而奮鬥，為革命而獻身，這是封建帝王和舊時文
人不可能理解的。

漢高祖的家庭悲劇

漢高祖劉邦（前256—前195），西漢王朝的開國之君。在秦末農民起義的風雲激盪之中，劉邦應時而起，不斷發展壯大，後經五年楚漢相爭，終於擊潰項羽，建立了西漢王朝，是名副其實的英雄。不過，劉邦的家庭卻很不幸，演出了一系列悲劇。

鼎上杯羹棄翁姆

明代王象春《書項王廟壁》說：

三章既沛秦川雨，入關又縱阿房炬，漢王真龍項王虎！

玉玨三提王不語，鼎上杯羹棄翁姆，項王真龍漢王鼠！

垓下美人泣楚歌，定陶美人泣楚舞，真龍亦鼠虎亦鼠！

詩雖然只是寫在項羽廟壁上，實際上是合詠項羽和劉邦，比較項劉二人的高下，最後認為劉項二人都不過是一隻老鼠而已。所謂「鼎上杯羹棄翁姆」，是劉邦的家庭悲劇之一。翁姆，父母，「棄翁姆」說的是劉邦對父母的態度。公元前205年，楚項彭城（今江蘇徐州）大戰中，劉邦失利，父母均被項羽抓獲，押在軍中作人質。到公元前203年，楚漢相持於

廣武（今河南滎陽縣東北），楚軍缺糧，處境困難，項羽為了解危，把劉邦的父親放在高俎上（俎，古代割肉用的砧板），揚言要烹殺劉邦的父親，威脅劉邦退兵，而劉邦卻說：我和你項羽都受命於懷王，結為兄弟，我的父親就是你的父親，如果一定要烹你的父親，希望分一杯羹給我吃！這就是「鼎上杯羹棄翁姆」的本事。為爭奪天下而置父母生死不顧，還說出那樣的話，心腸實在殘忍。

清代沈德潛《詠史》：

> 漢兵敗沮水，俎上置而母。
> 向非侯公言，已入鼎烹中。
> 天子幸有父，此實誰之功？
> 區區蕭與曹，何足比勛庸。
> 置酒未央宮，奈何忘侯公。
> 功大不見酬，爵賞真懵懵。
> 嗟哉紀信死，沒世無褒封。

所謂「俎上置而翁」、「已入鼎烹中」，說的就是這件事。不過，詩中有兩點與史實不合。一是沮水有五處，但都不是楚漢戰場。據《項羽本紀》，「楚又追擊至靈璧東睢水上，漢軍卻，為楚所擠，多殺，漢卒十萬人皆入睢水，睢水為之不流。」詩中沮水，疑為睢水之誤。二是勸說項羽不烹太公的不是侯公，而是項伯；侯公是後來勸說項羽放回太公的人。好在項羽聽從了項伯「殺之無益」的勸告，劉邦父母才沒有被被害。但是，兩位老人當時的驚駭程度是可想而知的。

劉邦即皇帝位後，其父母也沒有享受到天倫之樂。開

初，劉邦尚曾五日一拜父母，行普通人家的父子之禮，可不久就改了。因為一位家令（皇室官吏）出來干涉，他對劉邦父親說：「天無二日，土無二主。今高祖雖子，人主也；太公雖父，人臣也。奈何令人主拜人臣！如此，則威重不行。」劉邦呢，他「心善家令言，賜五百金」。這五百金，是真的事後賞賜，還是先前的許諾，姑且不作探究，劉邦「心善家令言」，認為家令說得對，這就很能說明問題了。從此以後，劉邦的父親好像傭人一樣，拿着掃帚送迎劉邦出入。

劉邦父親雖然被尊為太上皇，而實際地位也不過如此。

還有一件事情可以稍作探究。劉邦故鄉在沛縣豐邑（今江蘇豐縣）。劉邦定都關中後，其父思歸故里，劉邦便在陝西驪邑按照老家豐邑的街里格式築城，並遷來豐邑地區的老百姓，人為地造一個「故鄉」，以打消其父的思鄉念頭，後來還將驪邑改名為新豐。按照儒家的「養親」觀，兒女不但應該照顧好父母的衣食住行，還要滿足父母的意願。劉邦此舉常被史學家譽為美談。其實，劉父之所以思歸故里，除正常的思鄉情緒外，還另有文章。身為太上皇，如果一切順心，何必回鄉呢？樂不思歸嘛！據《括地志》載，「太上皇時悽愴不樂」。為什麼不樂呢？大概是當年被項羽置於高俎之上而劉邦不予理會的陰影還籠罩在心頭罷！大概是持帚迎子而怏怏不快罷！而劉邦是聰明的。他之築新豐城，既使其父沒有了回鄉的藉口，可免除人們的議論，又給後世留下了娛親重孝的美名。

還有一件事透露了類似消息。未央宮建成後，劉邦召諸

侯群臣宴飲，並奉玉卮為太上皇祝壽說：「始大人常以臣無賴，不能治產業，不如仲力。今某之業所就孰與仲多？」無賴，是江淮間對多詐狡猾者的稱呼。仲，指劉仲，劉邦的哥哥。原來劉邦小時候就狡詐，不務正業。父母為此而教導他，這本無可非議，可劉邦卻耿耿於懷，舊事重提。這哪裏是為父親祝壽？分明是抒發自己的得意而令父親不堪。當時，「殿上群臣皆呼萬歲，大笑為樂」，群臣的笑聲中，劉父更狼狽了。真難怪「太上皇時悽愴不樂」。

據《史記》載，劉邦的父親叫太公，名字不傳，其母稱劉媼，姓名均不傳。後雖有皇甫謐等人強擬劉邦父母的名字，其實是妄引讖記，不足為據。這一對老人，在兒子爭天下時經歷了那樣的磨難，兒子功成後卻鬱鬱不樂，晚景悽涼，連名字也不傳於世，實在可憐。

對於劉邦與其兄劉仲比較產業，歷代詩人也多不以為然。唐代唐彥謙《仲山》；

> 千載遺蹤寄薛蘿，沛中鄉里舊山河。
>
> 長陵亦是閒丘壟，異日誰知與仲多！

仲山在今陝西淳化縣南，是劉邦的哥哥劉仲和劉老三的隱居之地。長陵是劉邦的陵墓。詩意是說，到頭來你劉邦也不過是一堆黃土，與劉仲比較又多了什麼呢？

戚姬葬處君知否

宋范成大《虞姬墓》：

劉項家人總可憐，英雄無計庇嬋娟。

戚姬葬處君知否，不及虞兮有墓田。

詩由詠虞姬而牽涉戚姬。前面所引王象春詩中的「垓下美人泣楚歌，定陶美人泣楚舞」，說的也是她們二人。范成大認為兩人都可憐，但虞姬死後尚有墳墓得人憑弔，比戚姬為幸。其實，戚姬之不幸還遠不止此，其結局之悲慘，在整個歷史上都是罕見的。寫詩不同於寫論文，范成大只就有墓無墓詠歎，是詩題所限和藝術需要。

戚姬，定陶（今山東定陶縣）人，是劉邦的寵姬。她來之後，劉邦的原配呂雉因色衰而愛弛，常常留守後方，而戚姬則常在軍中。爭寵是二人結怨之始，而爭立太子事，則使呂后對戚姬恨之入骨。開初，劉邦立呂后之子劉盈為太子，後來認為劉盈仁弱，不像自己，而戚姬的兒子如意像他，便打算廢劉盈的太子位而立如意。如意在做趙王時，有好幾次只差一點就要成為太子了。其間，得寵的戚姬當然吹了枕邊風。子以母貴和母以子貴，是封建社會的普遍現象，這使得太子之爭更加複雜和激烈。呂后為人剛毅，佐劉邦定天下出力頗多，在大臣中有威信，其兄弟和諸姪兒又多封侯而勢大，尤其是後來採納張良的計策，「卑詞安車」請來了商山四皓，保住了劉盈的太子位。四皓是隱居於商山的四位高人，年皆八十有餘，鬚髮皓白。劉邦曾多次請四人出山，均遭拒絕。而現在四人卻侍從太子劉盈，並說：「竊聞太子為人仁厚，恭敬愛士，天下莫不延頸欲為太子死者，故臣等來耳。」劉邦無可奈何地對戚姬說：「我欲易之，彼四人輔之，羽翼已

成，難為矣。」最後只好安慰哭哭啼啼的戚姬：「為我楚舞，吾為若楚歌。」這就是王象春詩「定陶美人泣楚舞」之所本。

劉邦去世後，劉盈即位，史稱惠帝。就一般情理而言，問題應該說是解決了。但呂后並不放過戚姬和趙王如意，而是將戚姬囚於永巷，又設法召回如意，欲將其殺害。好在惠帝劉盈確實仁慈，他心知呂且之意，所以親自到霸上迎接如意，一同入宮，並與如意起居飲食不離，呂后一時無法下手。一天，惠帝晨起出射，如意未能早起，呂后便派人拿毒酒給如意喝。待惠帝回宮時如意已死。接着，呂后又砍斷戚姬手足，挖去雙眼，搞聾耳朵，灌啞藥，讓她住在廁所，稱為「人彘」（彘，豬也）。幾天後還召惠帝去參觀人彘。惠帝見後，經詢問，才知是戚夫人，大哭而病，一年多不能起牀。

惠帝認為這不是人幹的事情，並覺得自己作為呂后的兒子，無法治理天下，於是天天飲酒，不管政事。

中國封建社會的一夫多妻制使得家庭矛盾複雜而激烈。古代歐洲是一夫一妻制，國王可以有情婦，半公開的，但不能有嬪妃，所以這類矛盾就沒有。當然，像呂后如此對待戚姬和趙王如意，還不能單是歸咎於一夫多妻制，更主要的是權力爭奪。帝王之尊具有更大的魅力，不是一般的爭風吃醋和財產分配所能相比。戚姬和如意死得如此悲慘，更有呂后的性格和品質的重要因素在內。

劉邦對父母殘忍，而呂后對劉邦的寵姬和兒子則更加殘忍。惠帝死後，呂后實際在位八年，諸呂更加得勢，漢朝成

了呂氏天下。當時名義上的少帝又不是惠帝所生,而是呂后以計詐他人之子,殺其母而養入後宮的。劉邦幾乎沒有了真正後繼之人。

不過,歷史有時是由偶然性決定的。呂雉死後,諸呂被誅,大臣商議迎立代王劉恆為皇帝。代王的出生有個小故事。他的母親薄姬原是罪犯家屬,籍沒後分配在織室做工。劉邦一天到織室看見薄氏,詔令納入後宮,但一年多仍未侍寢。薄氏有兩個要好的女伴,同在後宮,曾相約得意後不相忘。那兩個女伴已被倖,一天笑談這件事被劉邦聽見。劉邦當即召見薄姬,當晚侍寢,並得一男孩,就是後來封為代王的劉恆。一次寵倖之後,劉邦幾乎把她忘了,難得見面。正因為這樣,薄姬也就沒有成為呂后的眼中釘,得以保住性命,而是隨代王劉恆在外。劉恆即位,是後來的漢文帝;文帝死後,其子景帝繼位。文景之治,是中國封建社會的黃金時代。繼景帝位的是有雄才大略的漢武帝,業績更為輝煌。

薄姬得倖而劉恆出生,像個小喜劇,沒有這個偶然性的小喜劇,一部《漢書》會寫成怎麼樣,那就誰也說不清楚了。

韓信之死

漢高祖十一年（公元 196 年），劉邦正在征討陳豨的軍中，留守京都的呂后採用蕭何的計謀，一舉擒縛韓信，將其斬於長樂宮懸鐘之室，罪名是勾結陳豨叛亂。韓信之勾結陳豨，《史記》和《漢書》都是寫得清清楚楚的：陳豨叛亂之前出守鉅鹿，韓信前往送行，握住陳豨之手，鼓動他反叛，並表示自己願意作內應；陳豨發動叛亂後，劉邦親自帶兵征討，而韓信則稱病在家，還暗中與陳豨有聯繫，並部署襲擊在京的呂后和太子。千百年來，儒家所推崇的君臣大義正是一個「忠」字，反叛，歷來是彌天大罪。然而，長期以來，詩人們卻一反常態，對韓信往往充滿同情。

區區一飯猶思報，爭肯為臣負君王？

韓信年輕的時候，生活困難，曾在淮陰城北釣魚。一位在淮水邊漂洗衣物的老婦人，看見韓信饞得慌，便把自己的飯拿給他吃，一連幾十天都這樣。韓信非常感激，說將來要重重答謝。漂母則說：一個男子漢不能養活自己，我是同情你，哪裏指望酬報！韓信封為楚王後，沒有忘記自己的諾言，賞給漂母

千金之重。

平凡的漂母，解人之難，施不圖報；顯赫的韓信，滴水之恩，湧泉相報。這都是值得肯定的。漂母沒有留不姓名，但留下了美名，有多處遺址得到後人憑弔。漂母岸，在淮陰西北古淮河南岸，唐代崔國輔有《漂母岸》詩；漂母墓在淮陰市西南，唐代劉長卿有《經漂母墓》詩；漂母祠在淮陰望雲門外，明代金大車有《漂母祠》詩。詠漂母之詩，往往在盛贊漂母的同時，也為韓信之死辨誣。清代宋琬《漂母祠》說：

> 楚媼祠邊薦白蘋，誰將巵酒酹王孫。
>
> 千金一飯猶思報，肯負高皇吐哺恩？

詩意是說，韓信對一飯之恩的漂母尚且重重酬謝，哪裏會背負劉邦尊賢禮士之恩而反叛呢？在直接詠韓信的詩中，從這一角度為他說話的人更多。清代包彬《淮陰侯廟》說：

> 鳥盡弓良勢必藏，千秋青史費評章。
>
> 區區一飯猶圖報，爭肯為臣負君王？

與宋琬詩意思相同。

為韓信辨誣的另一角度是：兵權在握時不反，難道兵權已奪後還會反嗎？韓信登壇拜將後，「北討燕承命，東驅楚絕糧。斬龍堰灉水，擒豹潛夏陽。」（王矼《詠淮陰侯》）戰功赫赫，舉足輕重。項羽曾派武涉勸說韓信，要他反漢和楚，三分天下。接着蒯通又以看相人的身份去見他，分析當時形勢，列舉歷史教訓，鼓動他在楚漢相爭中先鼎足而居，然後再圖一統帝業，否則便會落得獸盡狗烹、功成身死的

下場。就當時總體形勢而言，的確如武涉和蒯通所說，韓信站在漢一邊則漢勝，站在楚一邊則楚勝，完全有勢力鼎足而三，並圖進一步發展。但是，韓信認為劉邦待他恩厚，一概不聽。唐代許渾《韓信廟》說：

> 朝言雲夢暮南巡，已為功名少退身。
>
> 盡握兵權猶不得，更將心計託何人？

認為韓信擁有兵權都不反叛，怎麼會沒有了兵權後與他人共同謀反呢？宋代張耒的《淮陰侯廟》說：

> 千金一飯恩猶報，南面稱孤豈遽忘？
>
> 何待陳豨乃中起，不思蕭相在咸陽。

這是聯繫韓信的智慧，認為他不至於在蕭何留守咸陽的情況下發動叛亂。張耒還有一段話，把這一看法說得更清楚：「方是時，蕭相國居中，而信欲以烏合不教之兵，從中起以圖帝業，雖使甚愚，必知無成，信豈肯出此哉！」張耒因此懷疑史書的真實，這首詩的小序就說：「史稱信之族誅，予嘗疑之。」明代駱用卿《題韓信廟》也懷疑史書的記載：

> 逐鹿中原漢力微，登壇頻感楚軍威。
>
> 足當躡後猶分土，心已猜時尚解衣。
>
> 畢竟封侯符蒯徹，幾曾握手到陳豨？
>
> 英雄漫灑荒山淚，秋草長陵久落暉。

蒯徹即蒯通，因避漢武帝劉徹之諱，《史記》稱「通」。頸聯二句說，韓信既然不聽蒯通所說，「幾曾握手到陳豨？」不可能與陳豨密謀反叛。

既能歸漢識真主，何必下齊求假王？

正因為同情韓信的悲慘結局，詩人往往從不同的角度總結教訓，其中也包含對韓信的批評。

金代張建《韓信廟》說：

> 一檄風馳萬壘降，當時意趣已難量。
>
> 既能歸漢識真主，何必下齊求假王？
>
> 將幄深嚴巖樹碧，門旌搖曳嶺雲黃。
>
> 我詩責備春秋法，勝把君侯美處揚。

漢高祖四年（前 202），韓信平定齊地後，要求做齊假王。所謂假王，是暫署之王，相當於現在所說的代理王。當時劉邦正與項羽戰於滎陽，形勢危急，他見到韓信派來的使者後，大罵韓信：「我正被困在此，早晚盼你來解圍，你卻只想自立為王！」在場的張良和陳平，踩了劉邦一腳，暗示他不要發怒，以免發生變故，並建議按韓信的要求辦，劉邦也馬上改變主意，立即派張良帶着印綬去正式封韓信為齊王。「既能歸漢識真主，何必下齊求假王？」是說韓信既然歸順劉邦，就不應該自己要求為王，引起劉邦的疑心，種下了後來的禍根。

清代錢謙益《過淮上絕句》說：

> 鳥盡弓藏事惘然，英雄終不受人憐。
>
> 生平褲下能蒲伏，只是羞隨噲等肩。

韓信年輕的時候，生活困頓，有一位無賴少年侮辱他，要他從胯下爬過去，韓信真的照辦了。這就是成語說的「胯下之

辱」。到封為淮陰侯後，韓信覺得自己功勞大，卻與絳侯周勃、昌文侯灌陰、舞陽侯樊噲等同列，感到羞恥，心情不快，稱病不朝。詩人認為，韓信在貧賤時能忍辱負重，但封侯後便居功恃才，不知學道謙讓，明哲保身。

宋代錢昆在《題淮陰侯廟》中說：

　　寒燈挑盡見遺塵，躡足封時慮已深。

　　隆準早知同鳥喙，將軍應起五湖心。

隆準，指劉邦；鳥喙，指越王勾踐。據《史記‧越王勾踐世家》載，范蠡離開越國後，曾寫信給大夫文種，說「越王為人長頸鳥喙，可與共患難，不可與共樂」勸文種趕快開，否則禍將不測；可文種只是稱病不朝，沒有歸隱，後來果然被迫自殺。詩人認為，如果韓信能及時看清劉邦的為人和勾踐一樣，及時功成身退，像范蠡那樣泛舟五湖，就不會發生後來那樣的悲劇了。

韓信悲劇最初之緣起，歷代史家和詩人多認為他不該自請封齊王，引起劉邦的猜疑和不滿，而清代王夫之則把時間追溯得更早。

他在《讀通鑑論》中說：「雲夢之俘，未央（應為長樂）之斬，伏於請王齊之日，而幾動於登壇之數語。刀械發於志欲之妄動，未有爽焉者也。」他認為韓信登壇拜將時說的那番話，是悲劇的最早起因。韓信登壇拜將時，劉邦向他請教，他慷慨陳言，歷數項羽之失，認為項羽只有匹夫之勇、婦人之仁，又對有功當封爵者，沒有及時授予，因而成不了大氣候。王夫之說：「信之為此言，欲以脅武帝而市之也。」

但是，以天下城邑封功臣之事，「為人主者可有是心，而臣子且不可以有是語」。韓信向劉邦提出封爵之類的要求，這就決定了韓信悲劇的不可避免。

遂令後代登壇者，每一尋思怕立功

韓信在幫助劉邦逐鹿中原、成就帝業的過程中，戰果赫赫，屢建奇功，連劉邦自己也說：「連百萬之軍，戰必勝，攻必克，吾不如韓信。」但是，韓信最後卻死於長樂宮鐘室，而且受五刑，夷三族。三族指父族、母族、妻族。

《漢書·刑法志》：「當三族者，皆先黥、劓、斬左右趾，笞殺之，梟其首，菹其骨肉於市，其誹謗詈詛者又先斷其舌，故謂之五刑。」真是慘絕人寰。

清代沙張白《韓信城》說：

> 項氏猶全族，韓侯竟滅門。
>
> 可憐帶礪誓，不及屬鏤恩！

項羽是與劉邦爭天下的死對頭，劉邦滅楚後，項氏之族皆赦無罪，得以保全，而幫助劉邦打敗項羽的韓信最後竟是滅門之禍。帶礪誓，是漢初封賞功臣的誓言。誓言說，即使黃河狹窄如衣帶，泰山細小如礪石，只要國家永存，功臣的後裔就世代受祿。屬鏤恩，指只戮及本人而不牽連家族。屬鏤，劍名，吳王夫差賜屬鏤劍給伍子胥，命其自殺，沒有株連家族。這與韓信的遭相比，當然算是「恩」了。全詩語氣似乎平靜，其實心情憤激：韓信的結局比項羽和伍子胥還更慘，

帶礪之誓不過是一紙空文！

　為什麼如此一位功臣，最後結局卻那麼悲慘？歷代詩人在批評韓信的弱點和不智的同時，抨擊的鋒芒，指向了漢初的最高統治集團。

　有的指責蕭何。宋代張耒詩說：

　　登壇一日冠群雄，鐘室蒼黃念蒯通。

　　能用能誅誰計策？嗟君終自愧蕭公。

韓信歸劉邦不久，因為得不到信用而逃離了，是蕭何將他追回，並在劉邦面前稱韓信為「國士無雙」，大力推薦，韓信才得以登壇拜將，這是詩中說的「能用」。韓信被人人告發謀反後，是蕭何向呂后獻計，將韓信騙入王宮，輕而易舉抓獲，斬於長樂鐘室，這是詩中說的「能誅」。成語「成也蕭何，敗也蕭何」即源此。張耒在另一首詩中還說：「平生蕭何真知己，何事還同女子謀？」也是責怪蕭何。

　有的指責呂后。清代周長庚《吊淮陰侯》中說：

　　天畫封建止嬴政，侯乃逆天覬王柄。

　　假王片疏滎陽津，乃公一罵王轉真。

　　一罵之封且勿喜，真王亦死假亦死。

　　桀犬相背寧良圖，野雉辣手勝乃夫。

　　舍人紛紛上變告，彭欒覆轍皆相符。

　　顲嗟乎，南昌下鄉恨蓐食，收局藏弓入鐘室。

　　始終皆困亭長妻，生死為侯淚沾臆。

呂后名雉，故稱野雉；亭長妻也是指呂后，因劉邦起事之前曾為泗水亭長。詩中「野雉辣手勝乃夫」和「始終皆困亭長

妻」，都是說呂后比劉邦還更屬害，是殺害韓信的禍首。史載：「呂后為人剛毅，佐高祖定天下，所誅大臣多呂后力」，她豈止殺害韓信一人！

有的指責劉邦。上引駱用卿詩說：「足當躡後猶分土，心已猜時尚解衣。」劉邦為人奸詐，韓信想做假王時，他本已大怒，但當張良、陳平躡足後，馬上領悟，還進而封韓信為真王。他給韓信的印象，仍然是「解衣衣我，推食食我，言聽計用」，使得韓信死心踏地去為他賣命。而功成之後，劉邦假稱雲夢之遊，一下就解除了韓信的兵權。至於說長樂鐘室之事是呂后所為，其實，殺這麼一位大功臣，劉邦與呂后當然早有商量，劉邦得知韓信已死，一個「喜」字便能說明問題。

韓信之死留給後世的影響非常深遠，詩人譴責殺戮功臣的君王，同時也告戒賣命建功的將相。唐代劉禹錫《韓信廟》說：

> 將略兵機命世雄，蒼黃鐘室歎良弓。
> 遂令後代登壇者，每一尋思怕立功。

「藏弓烹狗由來事」，這是封建社會的一條規律，悠悠青史，像韓信這樣「勇略震主者身危，功高天下者不賞」，不知還有多少！粗檢歷代詠唱歷史人物的詩篇，以寫韓信的為最多（女姓則為王昭君），寄託着歷代文人的各種複雜心情。

賈誼的幸與不幸

賈誼（前 200 —前 168），洛陽人。是漢初有名的政論家和文學家。作為文學家，賈誼的成就得到後世的一致稱道，其《過秦論》和《論積貯疏》，是中學語文教材的傳統篇目；作為政論家，歷代詩人對他的遭際卻有不同的看法，筆墨官司不斷。

不問蒼生問鬼神

李商隱《賈生》詩說：

　　宣室求賢訪逐臣，賈生才調更無倫。

　　可憐夜半虛前席，不問蒼生問鬼神。

這首詩寫的是漢文帝召見賈誼的情景，時間是文帝七年（前173）。在此之前，賈誼由太中大夫貶為長沙王太傅，被放逐了，所以稱他為「逐臣」。所謂「夜半虛前席」，是說漢文帝召見賈誼時，詢問鬼神之事，一直談到深夜，非常投機，文帝不覺坐位前移，靠近賈誼。詩用欲抑先揚的寫法，一二句說漢文帝求賢心切，連放逐之臣也重新召回；而賈誼又確實才能傑出，無與倫比，這下似乎賈誼可以大

展宏圖了；但第三句用「可憐」一轉，結句再申明為什麼可憐，原來漢文帝並非真能任用賢才，問的不是國計民生的大事，而是虛妄無稽的鬼神問題。李商隱的意思很明顯：賈誼是不幸的。

針對李商隱詩，清代袁枚有「反其意」的同題詩作：

> 不問蒼生問鬼神，玉溪生笑漢文君。
>
> 請看宣室無才子，巫蠱紛紛死萬人。

玉溪生是李商隱的別號。袁枚認為李商隱不應該嘲笑漢文帝向賈誼「問鬼神」，理由是：後來漢朝沒有象賈誼這樣能解答鬼神問題的才子，所以才會發生「巫蠱紛紛死萬人」的悲劇。所謂「巫蠱紛紛死萬人」，指的是史書上說的「巫蠱之禍」。漢武帝時迷信活動盛行，以為用巫術詛咒及用木偶人埋在地下，可以致人於死，稱為「巫蠱」。漢武帝晚年多病，便懷疑是巫蠱所致。征和元年（前 91），丞相公孫賀被人告發用巫術詛咒，死於獄中，次年，江充誣告太子宮中埋有木偶人，太子殺江充，武帝發兵追捕，太子抗拒，激戰五日，死了幾萬人。袁枚用後世因不明鬼神之事而發生的悲劇，反駁李商隱詩中的論據，說明漢文帝「問鬼神」不足以說明他輕視賈誼，同時也是肯定賈誼闡明鬼神問題的歷史功績。

比較李袁二詩，李商隱之作影響更大，流傳更廣，但平心而論，則袁詩更有道理。一、漢文帝召見從長沙回來的賈誼時，正是他在宣室祭祀鬼神之後，當此之時，詢問鬼神問題，乃在情理之中，不能說明在其他的時候漢文帝不向賈誼

「問蒼生」。二、鬼神在古人頭腦中地位很重要，不能以今天的科學眼光去否定「問鬼神」。三、雖然我們不知道賈誼是如何回答鬼神問題的，但從賈誼的《鵩鳥賦》來看，他並不承認宇宙間有什麼冥冥主宰，其哲學思想有唯物的一面；而漢文帝在位時，沒有發生過後來那種「巫蠱之禍」，當可以從側面說明賈誼對鬼神問題作了正確的回顧答。

誰道君王薄賈生？

王安石是一位政治家，不像李商隱和袁枚那樣爭論「問鬼神」之類小問題，而是從宏觀角度去考察賈誼的幸與不幸。其《賈生》詩說：

> 一時謀議略施行，誰道君王薄賈生？
>
> 爵位自高言盡廢，古來何啻萬公卿！

縱觀賈誼一生，他少年出仕，不到一年就被破格任命為太中大夫，成為漢文帝左右掌議論的高級顧問，還準備給他以公卿之位。後雖一度被漢文帝疏遠，貶為長沙王的太傅，但幾年後仍被召回，並說：「吾不見賈生久矣，自以為過之，今不及也。」可見他對賈誼的推崇。接着又任命他為梁懷王的太傅。梁懷王劉揖是漢文帝的少子，深得寵愛。賈誼做劉揖的老師，和漢文帝關係更為親近。王安石認為賈誼的政治主張基本上被採納實施，不能說被輕視。證之以史，漢文帝曾採納賈誼的建議，命令居住在長安的列侯回各自的封地，進一步加強了對諸侯王的管理；賈誼的長文《論積貯疏》，主

張重視農業生產，漢文帝則「感誼言，始開籍田，躬耕以勸百姓」，等等。全面表述賈誼政治主張的是他的長文《治安策》。其中一系列政治建議，雖然當時被擱置，但到漢景帝和漢武帝時，還是大抵付諸實行了。王安石所說「一時謀議略施行」，有其根據。

王詩之可貴，還在於提出了一個重要的君臣遇合問題。悠悠青史，有多少人雖然高官厚祿，位至公卿，但建言盡廢，了無作為，哪裏能和賈誼相比！

歷來論王安石《賈生》詩者，多以為是翻案之作，其實並不盡然。班固在《漢書·賈誼傳贊》中就說過：「追觀孝文玄默躬行以移風俗，誼之所陳略施行矣……（賈誼）雖不至公卿，未為不遇也。」王安石基本上是襲用班固的觀點。當然，就詩歌領域來說，王作《賈生》是別開生面的。

誰謂書生果有知？

上述詩篇觀點不同，甚至截然對立，而立論的基礎卻完全一致：賈誼才具不凡。但是，也有人認為賈誼只是書生意氣，沒有真知。如宋代王令《讀西漢》：

漢得孤秦萬弊時，當年丞相要無為。

洛陽年少空流涕，誰謂書生果有知？

「西漢」，指《漢書》。詩的意思是說：漢承秦而立，國家經歷了秦朝的暴政和秦末的戰爭，民生凋弊，百廢待舉，國家急需休養生息，穩定大局，漢初的宰相曹參、陳平等人

實行的是黃老「無為而治」的安民政策，而賈誼識不見此，操之過急，注定他只能白白地傷心流淚。蘇軾在《賈誼論》中也說過：賈誼「欲使其一朝之間，盡棄舊而謀其新，亦已難矣」，還批評說「觀其過湘為賦以弔屈原，紆鬱憤悶，趯然有遠舉之志，其後卒以自傷哭泣至於夭絕，是亦不善處窮者也，夫謀之一見用，安知終不復用也。不知默默以待其變而自殘至此。嗚呼！賈生志大而量小，才有餘而識不足也」。

賈誼之「量」確實不大，他在赴長沙王太傅貶所的途中，橫渡湘水，懷念當年流放於此的屈原，寫了有名的《弔屈原賦》，歎息屈原之不見容於群小，也因以自況。後來，司馬遷在《史記》中將屈原和賈誼合為一傳，叫《屈原賈生列傳》。因此，後世往往以賈誼和屈原並稱，如陶淵明的《讀史述九章》中就有「屈賈」一題，杜甫在《壯遊》中說過「氣靡屈賈壘，目短曹劉牆」，甚至白居易還認為「乃知汨羅恨，未抵長沙深」。其實呢，賈誼遠不如屈原，他沒有屈原那樣的高尚情操和磊落胸懷，沒有屈原那種「雖九死其猶未悔」的堅韌精神。賈誼謫貶長沙時，「既辭往行，聞長沙卑濕。自以為壽不長，又以謫去，意不自得」，主要是因個人問題而痛苦。召回京城後，任梁懷王太傅，政治生涯有了新的轉機，但後來梁懷王墜馬而死，賈誼深感失職，由失職而失望，終日以眼淚洗面，三十二歲便憂鬱而死。

從嚴格意義說，賈誼只能算是政論家，而不是政治家，他缺乏傑出政治家的博大胸懷和頑強意志。

士生一代間，誰有不浮沉？

這樣說來，難道賈誼就不值得同情嗎？當然不是。儘管蘇軾等人的「識不足」之說不是毫無道理，但賈誼的政見，畢竟在他生前，尤其是身後大體上實施了，對漢王朝的發展起過重要作用。但他本人卻英年早逝，才智沒有得到充分發揮，這當然是一件憾事。而他之所以謫貶長沙，又實有小人進讒的因素。《文選・弔屈原文》李善注引應邵《風俗通》說：「賈誼與鄧通俱侍中，同位，數廷譏之，因是文帝遷為長沙太傅。」鄧通之類小人忌恨賈誼年少得志，因而毀謗攻擊，致使賈誼被文帝疏遠。因此，賈誼的遭遇當然令人多一份同情。

粗檢歷代詠賈誼詩，象王安石那樣從實際效益去稱揚賈誼得君臣遇合，象王令那樣從歷史大勢而批評賈誼之不合時宜，畢竟還是少數，大量詩篇認為賈誼不幸，同情他生前和身後的遭遇。宋代張耒《賈生》說：

> 賈生未免孝文疑，自古功名歎數奇。
>
> 逐得洛陽年少去，白頭絳灌又何為？

數奇，指命運不好。清代袁枚《再題賈太傅祠》說：

> 事定方知碩畫高，徙薪端不動弓刀。
>
> 如何七國連兵日，不記長沙一少牢？

詩意是說，漢景帝時能平息七國之亂，有賈誼奠定的基礎和功勞，但漢朝統治者卻忘記了他。

之所以如此，固然因為賈誼的一生確有不幸的一面，詩

人之詠歎不是憑空而發。更重要的是，賈誼的不幸遭遇，從本質上反映了封建社會壓抑人才這一帶普遍性的問題。白居易那首合詠屈原和賈誼的《讀史》說得好：

> 楚懷放靈均，國政亦荒淫。
>
> 彷徨未忍決，繞澤行悲吟。
>
> 漢文疑賈生，謫置湘之陰。
>
> 是時刑方措，此去難為心。
>
> 士生一代間，誰有不浮沉？
>
> 良時真可惜，亂世何足欽。
>
> 乃知汨羅恨，未抵長沙深。

「士生一代間，誰有不浮沉」，古代如此，今天也大抵如此。仕途坎坷，人生多艱，宦海浮沉，未可預料。歷代懷才不遇的有志之士，從賈誼的不幸遭遇中，更加感受到自己的不幸，或者是，因為自己有所不幸，而益發體會賈誼的不幸。唐代劉長卿《過賈誼宅》說：

> 三年謫宦此棲遲，萬古唯留楚客悲。
>
> 秋草獨尋人去後，寒林空見日斜時。
>
> 漢文有道恩猶薄，湘水無情弔豈知？
>
> 寂寂江山搖落處，憐君何事到天涯！

這是詩人被貶潘州（今廣東茂名）任所途經長沙時所作，弔古之中，明顯含自傷之意。

賈誼之逝，時已久矣，然而詠賈誼者代不乏人。不絕如縷的詩情，低沉哀傷的曲調，一直在追尋他那遙遠的亡靈。賈誼九泉有知，當再一次「長太息」矣！

隱逸典型嚴子陵

嚴子陵（前37—45），即嚴光，子陵是他的字，浙江餘姚人。他本姓莊，因漢明帝叫劉莊，後人避諱，將他改姓嚴。嚴子陵之所以在歷史上有名，是因為他多次拒絕漢光武帝劉秀的徵召，堅決不做官，在富春山隱居而終。

先生之風，山高水長

嚴子陵少年時代就才華橫溢，很有名氣，曾與劉秀同學，且關係密切。劉秀稱帝後，嚴子陵預見到劉秀會要他出來輔佐，便隱姓埋名，躲避起來。不出所料，劉秀果然派人到處尋他。後來，劉秀聽說有一男子披着羊裘在澤中垂釣，便推測是嚴子陵，就派人備車去請他，往返請了三次，嚴子陵才來到京城。劉秀親自勸說他出來協助治理國家，嚴子陵沒有答應，歸隱富春山，垂釣富春江。後來又有一次特別徵召，他還是不肯出來。

嚴子陵這種行為，深得後世文人的稱道。李白《古風》說：

> 松柏本孤直，難為桃李顏。
>
> 昭昭嚴子陵，垂釣富春山。
>
> 身將客星隱，心與浮雲閒。
>
> 長揖萬乘君，還歸富春山。
>
> 清風灑六合，邈然不可攀。
>
> 使我長歎息，冥棲巖石間。

古人稱時隱時現的星為客星，這裏指嚴光。據嚴光本傳記載，劉秀將嚴光請到京城後，二人曾同榻而睡，嚴光將腳擱在了劉秀腹上，第二天觀星象的天文官報告：「客星犯御座甚急。」御座，帝星座，指劉秀。按古人天人感應的說法，觀天上星宿可以知道人世事情，所以天文官那樣報告。身有傲骨的李白，倜儻不群，雄視千古，而對嚴光卻認為是「清風掃六合，邈然不可攀」，如此仰慕和傾倒！在稱頌嚴子陵的同時，李白也表達了他自己的人生理想。不過，李白是在經受挫折，感到政治理想不能實現之後才有這種思想的。在他開始被人舉薦入京時，對仕途，對政治卻是非常熱心，高唱「仰天大笑出門去，我輩豈是蓬蒿人！」就此而論，李白確實不能和嚴光比並。李白自己坦誠自認，不失詩人的赤子之心。

後人稱嚴光垂釣之處為嚴子陵釣台。台在富春山上，山高五十米，俯瞰桐江。千百年來，詩人們或登台遠眺，或泊舟凝思，留下了為數眾多的釣台詩。唐代張繼的《題嚴陵釣台》說：

舊隱人如在，清風亦似秋。

客星沉夜壑，釣石俯春流。

鳥向喬枝聚，魚依淺瀨遊。

古來芳餌下，誰是不吞鉤？

中國歷史上，隱士頗多，真像陶淵明那樣辭官隱居的只是極少數，多數人的「隱」，大抵是一種手段。《新唐書‧盧藏用傳》中的一段故事很能說明這個問題。盧藏用考進士不中後，隱居在京城附近的終南山，等待徵召，後來果然被召出來做官。他曾指着終南山對朋友說：「此中大有嘉處。」那位朋友則直言指出：「仕宦之捷徑耳！」這說明他們之所以隱居，實際是為了做官。做了官，其他好處也就接踵而來。正是在「古來芳餌下，誰是不吞鉤」的普遍歷史氛圍中，嚴子陵非但隱居不是求官，而且多次徵召也不出來，這確實如閒雲野鶴，高標獨舉。

唐代羅隱《嚴陵灘》說：

中都九鼎動英髦，漁釣牛蓑且遁逃。

世祖升遐夫子死，原陵不及釣台高。

世祖指光武帝劉秀，原陵是他的陵墓。夫子指嚴子陵。詩意是說。嚴光高於劉秀。宋代范仲淹《釣台》說：

漢包六合網賢豪，一個冥鴻惜羽毛。

世祖功臣三十六，雲台爭似釣台高？

寫法與羅隱詩相同，認為漢明帝在雲台繪像表彰的漢室中興功臣，沒有一個比得上嚴光。帝王也罷，將相也罷，統統失去了光彩，只有嚴陵釣台，任憑歷史風濤的沖刷，永遠是光

景長新，春風無限，這正如楊萬里《題釣台》所說：

> 斷崖初未有人蹤，只合先生著此中。
>
> 漢室已無一抔土，釣台今是幾春風。

見仁見智，眾說紛紜

人生本來就是複雜的，而眾多詩人的詠唱，由於時代、認識、角度的不同，對嚴光為什麼隱居，說法各異，韻味紛陳。

一是愛山水說。清代吳應蓮《過嚴陵釣台》：

> 桐江一線出天都，兩漢高風曠代無。
>
> 帝座暫來居士跡，雲台終少客星圖。
>
> 只緣秉性娛山水，不為逃名隱釣屠。
>
> 試問垂竿何外所，凌空峭壁望模糊。

富春江一帶，青崖翠發，江水澄明，被人稱為「奇山異水，天下獨絕」。詩人認為，嚴子陵純乎是因為愛這裏的山水，所以隱居不出，享受大自然的美景。所謂「試問釣竿何處所，凌空峭壁望模糊」，甚至還懷疑嚴子陵是否真的在此垂釣。釣魚台高踞富春山上，峭壁凌空，下距江水幾十米，的確是無法垂釣。宋代戴復古《釣台》：「萬事無心一釣竿，三公不換此江山」，也是持愛山水說。這種說法，只是從秉性出發，不涉及社會政治內容。

二是嫌官小說。清代崔華《題嚴陵釣台》：

> 功名莫人後，雲台已嬋娟。
>
> 生不能封侯，何當故人憐。

婣娟，紆回曲折的樣子。詩意是說，功名不能落在別人後面，而現在表彰功臣的雲台已經建好，自己既然不能封侯，哪裏用得着老朋友憐惜。史載，建雲台表彰功臣是漢明帝時的事情，當時嚴光已經去世，他不可能事先知道，詩中所說有誤。不過，劉秀只是準備任命嚴光為諫議大夫，並不打算封侯，倒是事實。嚴光在東漢建立過程中沒有功勞，只能如此。至於說他是因此而拒絕徵召，那就委實冤枉，因為從一開始他就不願做官。

三是沽名釣譽說。《隨園詩話》卷四載佚名氏七絕：

> 一着羊裘便有心，虛名傳誦到如今。
>
> 當年若着蓑衣去，煙水茫茫何處尋？

清杭世駿《題嚴光傳後》也說：

> 堅卧難教姓氏埋，至今嚴瀨有高台。
>
> 若為不着羊裘釣，更有何人物色來？

的確，穿着羊袍子垂釣，那麼特殊，當然惹人注意，如果象普通百姓一樣，四海之大，林泉丘壑，煙水蒼茫，劉秀到哪裏去尋找他呢？然而，據此認為嚴光是故意招人現眼，也缺乏說服力。嚴子陵畢竟不是真正的漁翁，而是一位隱者。或許，羊裘是他常用之物，而蓑衣倒不備，隨心所至，外出垂釣，也就不管穿什麼了。

四是不信任劉秀說。史載劉秀和嚴光的交往，可以說都為對方贏得了好名聲。范仲淹《嚴先生祠堂記》說：「蓋先生之心，出乎日月之上；光武之量，包乎天地之外。微先生，不能成光武之大；微光武，豈能遂先生之高哉？」劉秀稱帝

後，禮賢下士，沒有忘記貧賤時的老朋友，確實難能可貴。「高皇舊識屠沽輩，何似原陵有故人」（吳偉業《釣台》詩。高皇是漢高祖劉邦）、「千秋一個劉文叔，記得微時有故人」（洪昇《釣台》詩。劉文叔即劉秀），都是稱道此事。但是，也有人認為，嚴子陵隱居不出，正說明劉秀為人不行。明代方孝孺《嚴光》說：「子陵豈為名高而隱者哉……子陵與光武布衣研席之舊，知其志趣德量之淺，深審矣。」作為老朋友，嚴子陵深刻了解劉秀，認為他志趣德量不行，不值得輔佐。方氏更有《題嚴子陵》說：

> 敬賢當遠色，治國須齊家。
>
> 如何廢郭后，寵此陰麗華？
>
> 糟糠之妻尚如此，貧賤之交奚足倚！
>
> 羊裘老子早見機，獨向桐江釣煙水。

郭皇后是劉秀的結髮妻子，後來因色衰而愛弛，被劉秀廢了，寵愛陰麗華，立為皇后。詩人認為，愛色的人不可能真正敬賢，要治理國家必須先把家庭搞好，像劉秀這樣的人，患難夫妻都不顧，哪裏會長久珍惜朋友感情呢？嚴子陵是早就看到了這一點。所以才拒絕徵召。

五是道家影響說。清代張雲翼《嚴灘》說：

> 漫整荷衣拜逸民，灘聲猶自動星辰。
>
> 富春近日誰漁父，天子當年有故人。
>
> 名到先生方是隱，賢如光武不稱臣。
>
> 只因曾作梅家婿，外氏家風愛隱淪。

據《逸史》載，嚴子陵是梅福的女婿，梅福乃西漢末年名

士，王莽專權後，他棄官離家而去，後世頗多有關他成
仙的傳說，成為道家人物。張氏認為，嚴光隱居不仕，是
受岳父梅福的影響。其實，據梅福本傳記載，梅福棄家之
後，曾出現於會稽，並改了姓名，做了吳市門卒。如果采
這種說法，嚴光是受道家梅福的影響而隱居之說，也就不
能成立了。

關於嚴光隱居的思想基礎，清代趙翼的一些論述，對分
折這一問題應有啟發。《廿二史札記》有「東漢功臣多近儒」
條，其中說道；「光武諸功臣，大半多習儒術，與光武意氣相
孚，蓋一時所興。其君與臣本皆一氣所鍾，故性情嗜好之相
近，有不期然而然者，所謂有是君即有是臣也。」劉秀本人
和他的群臣都有儒者氣象，大概嚴光的思想與他們不合，拒
絕徵召也就勢所必然了。至於嚴光的思想屬於哪一家，因為
沒有無留下什麼著作，那就不得而知了。

人人為逸民，誰復濟時艱

歷來詠嚴光的詩篇，大多是稱頌有加，只有極少數批評
他是沽名釣譽。批評和稱頌都有一個共同點：肯定真正的隱
居。但也有人是否定隱居的，那就是明末清初的詩人歸莊。
歸莊的《古意》二十首，其中一首專詠嚴光。詩以「昔聞嚴
子陵」起詠，敍述嚴光的主要事跡。接着便說：

人人為逸民，誰復濟時艱？
上天生我才，與世良有關。

　　丘壑豈不適，其如念恫瘝。

　　纓冠救同室，斯為善學顏。

逸民，指避世隱居之人；嚴光本傳就在《漢書‧逸民傳》中。恫瘝，病痛，這裏代指老百姓的疾苦。顏指顏回，孔子的學生，是古代安貧樂道的典範。詩的意思很清楚：如果大家都像嚴子陵這樣避世不出的話，那麼誰來補救艱難的世道呢？人生在世應該有所作為，不能只圖自己隱居的安適而忘記老百姓的疾苦。這樣，就在否定隱居的基礎上否定了嚴光。

　　歸莊生當明清易代之際，與著名思想家顧炎武友善，當時有「歸奇顧怪」之稱。清兵南下，他曾和顧炎武一道起兵抗清，失敗後一直不與清朝合作，一直呼籲鬥爭。他之所以否定隱居，實際是表達自己關注國難民瘼的不屈精神。

　　從不慕功名富貴來說，避世逸民值得稱道，但不宜一概而論。且不說他們隱居的目的不盡相同，走「終南捷徑」者大有人在，即使是真正的逸民，也有可議之處。社會要發展，歷史要前進，每一個人都應該承擔自己的責任。中國歷史上最早的逸民典型，要算商朝末年的伯夷和叔齊。這兄弟二人，互相謙讓，不受孤竹國君之位；周武王進軍討伐商紂王時，二人叩馬諫阻；商朝滅亡之後，二人不食周粟，餓死首陽山下。歷代文人對他們頗多稱頌，如韓愈就寫過《伯夷頌》。但是，毛澤東批評他們是「對自己國家的人民不負責任、開小差逃跑、又反對武王領導的當時的人民解放戰爭」的人。的確，如果人人都做逸民，那世界會成什麼樣子，人類社會便不可能前進。

聚訟紛紜楊貴妃

　　《紅樓夢》第六十三回，賈敬死去，停柩鐵檻寺，其孫賈蓉不顧熱孝在身，溜回家調戲來幫助料理家務的兩位姨母：尤二姐和尤三姐。丫頭們看不過去，說了他幾句，他倒振振有詞地自我辯護：「從古至今，連漢朝和唐朝，人還說『髒唐臭漢』，何況咱們這宗人家！誰家沒風流事？」這套流氓理論，當然辯護不了他的流氓行為，但他所說的「髒唐臭漢」還是於史有據的。唐朝宮闈之髒，主要有二。一是指武則天事，她本是唐太宗李世民的宮妃，太宗死後為尼，後被李世民的兒子唐高宗李治召回皇宮，並立為皇后；二是指楊玉環事，她本是唐玄宗李隆基的兒子壽王李瑁的妃子，後被唐玄宗看中，弄了過來，封為貴妃。兒娶父妃，父奪兒媳，確實夠髒了！這裏且說楊貴妃。

佳人、妖孽、仙子

　　最早寫詩詠唱楊貴妃的是李白。他的《清平調》三首說：
　　雲想衣裳花想容，春風拂檻露華濃。
　　若非群玉山頭見，會向瑤台月下逢。

一枝紅豔露凝香，雲雨巫山枉斷腸。

借問漢宮誰得似，可憐飛燕倚新妝。

名花傾國兩相歡，長得君王帶笑看。

解釋春風無限恨，沉香亭北倚闌桿。

當時是天寶初年，李白剛到長安不久，任翰林之職。一天，唐玄宗偕楊貴妃在興慶宮沉香亭賞牡丹，高興之餘，命李白賦詩紀勝。一位天才詩人親睹一位絕代佳人的風采，並馳騁豐富的想像，把她比成天仙，比成漢宮美人趙飛燕，比成花中之王牡丹，反覆詠唱，留下優美的詩篇，可說是詩壇的一件幸事。唐玄宗在位四十餘年，前期是明主，晚年是昏君。開元之治，媲美貞觀，是古代中國罕見的繁榮昌盛時期。成功使李隆基得意忘形，一味追求享樂，不再操心國事。他不僅把兒媳婦納為自己的妃子，大加寵愛，還讓楊貴妃的堂兄楊國忠掌握朝廷大權，楊貴妃的三個姐姐封為韓國夫人、虢國夫人和秦國夫人。這樣，終於在天寶十四年（755）爆發了影響深遠的「安史之亂」，繁榮昌盛的李唐王朝從此由盛入衰。

當安祿山軍隊攻破潼關後，唐玄宗匆匆逃往成都，行至馬嵬坡時，軍士嘩變，殺了楊國忠，玄宗被迫縊死楊貴妃，韓國、虢國、秦國三夫人也死於非命。

與李白同時但稍後的杜甫，也多次把楊貴妃寫進詩中。《麗人行》描述楊氏姐妹的奢侈和驕橫，《哀江頭》追憶玄宗與貴妃在曲江的遊樂盛況。在被後人稱為「史詩」的《北征》中，杜甫說：

> 憶昔狼狽初，事與古先別。
>
> 奸臣竟菹醢，同惡隨蕩析。
>
> 不聞夏殷衰，中自誅褒妲。
>
> 周漢獲再興，宣光果明哲。

指的就是馬嵬坡事。按照儒家「女人禍水」的說法，夏桀寵妹喜而夏亡，殷紂王寵妲己而殷亡，周幽王寵褒姒而西周亡。詩人認為，在馬嵬兵變的危急關頭，唐玄宗能誅戮楊釗，是明哲之君，所以沒有陷入夏、商、西周的覆轍。顯然，杜甫是極力迴護唐玄宗，而把楊貴妃視為亡國的妖孽。

楊妃死後半個世紀，白居易寫了著名的《長恨歌》。和李白筆下的佳人、杜甫筆下的妖孽不同，《長恨歌》中的楊貴妃，死後成了真正的仙子：

> 忽聞海上有仙山，山在虛無縹緲間。
>
> 樓閣玲瓏五雲起，其中綽約多仙子。
>
> 中有一人字太真，雪膚花貌參差是。

這位仙子並沒有擺脫七情六慾，而是象人間癡男怨女那樣，情意綿綿；

> 聞道漢家天子使，九華帳裏夢魂驚。
>
> 攬衣推枕起徘徊，珠箔銀屏迤邐開。
>
> 雲髻半偏新睡覺，花冠不整下堂來。
>
> 風吹仙袂飄飄舉，猶似霓裳羽衣舞。
>
> 玉容寂寞淚闌干，梨花一枝春帶雨。
>
> 含情凝睇謝君王，「一別音容兩渺茫。
>
> 昭陽殿裏恩愛絕，蓬萊宮中日月長。

　　回頭下見人寰處，不見長安見煙霧。

　　唯將舊物表深情，鈿合金釵寄將去。

　　釵留一股合一扇，釵擘黃金合分鈿。

　　但令心似金鈿堅，天上人間會相見。」

　　臨別殷勤重寄詞，詞中有誓兩心知：

　　「七月七日長生殿，夜半無人私語時。

　　在天願作比翼鳥，在地願為連理枝。」

李白、杜甫、白居易，這三位大詩人都寫楊貴妃，實在是詩壇幸事；而三位詩人筆下的楊貴妃形象又如此迥然不同，又實在耐人尋味。

　　李白比楊玉環大十八歲，杜甫比楊玉環大七歲，他們是同時代人。佳人和妖孽，可說是同時代人對楊貴妃的兩種代表性看法。看法之所以截然相反，主要是時勢所致，和詩人的思想也有關。曾記載，李白在《清平調》中把楊貴妃比成趙飛燕，高力士向楊玉環進讒，說李白對她不敬。其實，當時唐玄宗的昏聵還剛露端倪，後來的事情還難以預見，而李白當時正熱心仕進，討好尚唯恐不及，哪裏會去唐突正得寵的貴妃娘娘？稍後的杜甫，親身經歷了「安史之亂」的巨大苦痛，而儒家的傳統偏見，使他對唐玄宗極力回護，所以就把全部罪責推給楊貴妃。

　　白居易的時代比李白和杜甫晚。多數學者認為，《長恨歌》是詩人根據民間傳說寫成，實實虛虛，恍恍惚惚，意在讚美李楊的愛情。後來，元代白樸的雜劇《唐明皇秋夜梧桐雨》、清代洪昇的傳奇《長生殿》，基本上是沿續白居易詩的

基調，使這一民間故事流傳更為廣泛。

是罪魁還是無辜

雖然李白是詩界泰斗，但他的《清平調》三首對後世詠楊妃詩的影響不大，而圍繞杜甫《北征》和白居易《長恨歌》，爭論卻頗為熱鬧。唐代鄭畋的《馬嵬坡》說：

> 蕭宗回馬楊妃死，雲雨雖亡日月新。
>
> 終是聖明天子事，景陽宮井又何人？

馬嵬事起，唐玄宗縊死楊玉環，又留下太子李亨（蕭宗）回至渭北，準備抗擊亂軍。詩人認為，這兩件事是平息安史之亂，使山河重光的關鍵，是聖明天子的作為，遠非陳後主那樣造成景陽宮井悲劇的亡國之君可以相比。鄭畋寫這樣的詩，當時人讀後以為他是宰輔之器，而且後來他果然拜為宰相。可見這樣一種觀點如何被統治者欣賞。

千載之後，一代名臣林則徐，在《過馬嵬題楊太真墓八絕》中說：

> 籍甚才名長恨篇，先皇慚德老臣宣。
>
> 詩家解識君親義，杜老而還只鄭畋。

所謂「君親義」，指事君如事親的道理，即對待君主，要像對待父親一樣。這是儒家的重要理論。林則徐縱觀詩史，認為杜甫和鄭畋最符儒家詩教，而名聲很大的《長恨歌》是不足取的，其毛病在於「先皇慚德老臣宣」。他認為，皇帝做了不好的事情，臣子不應該宣揚。

更有清代海寧人祝德麟，他的《讀白詩偶有所觸因韻成篇》，對《長恨歌》全部否定。詩長不引。他認為，楊貴妃並非北魏逼通楊白花的胡太后和先為尼後又蓄髮入宮的武則天那樣淫亂，就不應該用「回頭一笑百媚生」、「侍兒扶起嬌無力」那樣的詩句去描繪。白居易竟然如此寫，「律以大不敬，夫何辭罪愆」，「大不敬」即不敬皇帝，按唐朝法律當斬。

白居易在自編詩集十五卷完成時，曾自豪地唱過：「一篇長恨有風情，十首秦吟近正聲……世間富貴應無分，身後文章合有名。」對於《長恨歌》，詩人是自視很高的。他萬萬不會想到，後世會有人以此律他以「大不敬」的罪名。

另外還有一類詩，也對《長恨歌》有微詞。如李覯《讀長恨辭》：

> 蜀道如天夜雨淫，亂鈴聲裏倍沾襟。
> 當時更有軍中死，自是君王不動心。

《長恨歌》中，「行宮見月傷心色，夜雨聞鈴腸斷聲」，是寫唐玄宗在逃亡蜀道中，如何傷感，懷念楊妃。李覯則由此責備他只念楊妃而不關心軍中士卒。再如袁枚《馬嵬驛》：

> 莫唱當年長恨歌，人間亦自有銀河。
> 石壕村裏夫妻別，淚比長生殿上多。

袁子才從普通百姓受亂離痛苦的廣闊背景下進行考察，否定白詩對李楊悲劇的哀惋與同情。

安史之亂使得大唐帝國從光輝的頂點迅速跌落下來，廣大人民更是身受其難。馬嵬之變，楊玉環死於白練之下，似乎承擔了全部罪責。但事並不如此簡單。後世詠唱詩篇源源

不絕，往往從不同的角度去作文學的描繪和歷史的探索。

　　　　長安回望繡成堆，山頂千門次第開。

　　　　一騎紅塵妃子笑，無人知是荔枝來。

這是杜牧的《過華清宮》，是側重寫楊玉環恃寵而驕。

　　　　君王遊樂萬機輕，一曲霓裳四海兵。

　　　　玉輦升天人已盡，故宮猶有樹長生。

這是李約的《過華清宮》，側重寫李隆基享樂召亂。據史載，
楊玉環並未干預朝政，天寶五年和天寶九年，她兩次被逐出
宮，都是因為爭風吃醋，與政治無關。廣元元年（880）十二
月，黃巢起義軍佔領長安，唐僖宗由興元繼續西奔成都。這
件事很自然讓人想起一百二十多年前玄宗奔蜀的情景。歷史
的巧合，引起詩人的思索，韋莊寫了《立春日作》；

　　　　九重天子去蒙塵，御柳無情依舊春。

　　　　今日不關妃妾事，始知辜負馬嵬人。

遠在江南的羅隱也寫了立意完全相同的《帝幸蜀‧乾符歲》：

　　　　馬嵬山色翠依依，又見鑾輿幸蜀歸。

　　　　泉下阿蠻應有語，這回休更怨楊妃。

把安祿山入長安和黃巢入長安，玄宗奔蜀與僖宗奔蜀打上等
號，不去分析具體情況，而是用簡單類比去追求歷史結論，
難免膠柱鼓瑟之弊。但驚人相似的歷史現象，卻往往能給
人新的啟示，促使人們擺脫舊的傳統思想框框，獲得新的
認識。

　　韋莊、羅隱二詩是為楊妃申訴、辯誣的。還有人風趣地
為楊妃請功，如趙翼，他的《古來詠楊妃者多矣，多失其

平，戲為一絕》：

> 鼙鼓漁陽為翠娥，美人若在肯休戈？
>
> 馬嵬一死追兵緩，妾為君王拒敵多！

再如王澤山《馬嵬題壁》：

> 馬前一死戰兵東，緩敵真輸地下忠。
>
> 車駕得回靈武北，中興首應女兒功。

那麼，引起安史之亂的責任應該由誰來負呢？宋人陳堯佐《題靈泉觀》說：

> 百首新詩百意精，不尤妃子即尤兵。
>
> 爭如一句傷前事：都為明皇恃太平。

魯迅曾說過：「關於楊妃，祿山之亂以後的文人就都撒着大謊，玄宗逍遙事外，倒說是許多壞事都由她。」唐玄宗，才是造成安史之亂的罪魁禍首。

傳說種種

據正史所載，楊貴妃在馬嵬兵變時已死於白練之下，但民間一些傳說卻與史載不盡相同。

一是吞金而死說。劉禹錫《馬嵬行》：「貴人飲金屑，倏忽舜英暮。平生服杏丹，顏色真如故。」說楊貴妃不是縊死，而是吞金而死，死後還那麼美，沒有縊死的那種慘相。

二是輾轉海外說。有傳說當年馬嵬坡縊死的是另一宮女，而楊貴妃逃離了，到了海外，到了日本。所以日本現在還有楊貴妃墓，供人憑弔。

　　三是墮落風塵說。有說楊貴妃逃離馬嵬後，流落民間，做了女道士，而唐代的女道士類似高級妓女，即墮落風塵。

　　人死了而傳說沒有死，通常表明人們對死者的同情，而不是譴責。即使是墮落風塵，最不堪的還應該是李隆基。「如何四紀為天子，不及盧家有莫愁？」（李商隱《馬嵬》）貴為天子的李隆基，其愛妃竟是如此下場！

　　明末清初鴛湖煙水散人著有《女才子書》，卷首列名二十六人，都是「古來美人有足思慕者」，其中就包括楊貴妃。「有足思慕者」幾個字，是值得注意的。又據說，埋葬楊貴妃的馬嵬坡，土質細膩微白，人們稱它為貴妃粉，婦女用它祛痣，無不靈驗，當地婦女清明節都要為她掃墓，並用土塊塗臉。這大概是普通人的愛美之心吧。

　　人們之所以同情楊貴妃，而不是譴責，是因為她死得無辜。至於她本是壽王妃，而後來成了玄宗貴妃，一個弱女子，在男權社會裏，哪有什麼辦法呢？

整理叢書

「文章千古事，得失寸心知」，《豫章叢書》所收之書，最早的距今已一千多年，最晚的也已逾百年。我們只有一個信念，那就是鄉邦先哲的珍貴文化遺產應該從我們這一代傳下去，也必能從我們這一代傳下去。

廬山紀事卷之一　　　　　　　眉侯桑喬

通志

　　《豫章叢書》是匯聚江西鄉邦文獻的大型叢
書。1956 年中共中央發出向科學進軍的號召，
1958 年又提出「大躍進」的口號，江西學界
都曾動議整理《豫章叢書》，1981 年中共中央
下發《關於古籍整理》的文件，江西學人又想
到了《豫章叢書》，而因種種原因，均未能實
施。1996 年，我任江西高校古籍整理研究領導
小組組長，又是江西師範大學古籍整理研究所
所長，深感不能再錯過機會，決心啟動這一工
程。開初四年多，是我和段曉華教授主持，後

來又邀請姚品文教授三人共同主持，歷時十餘年，完成整理工作，實現了幾代江西學人的這一夙願。整理後的《豫章叢書》將原先兩套合為一套，按經、史、子、集分類，重作編排，共二十二冊，一千三百多萬字，是迄今為止江西最大的一套書。時任全國高校古籍整理研究工作委員會主任的安平秋教授在《豫章叢書》整理本《序》中說：這「是一部新面目的《豫章叢書》」，「是對全國古籍整理研究事業的一大貢獻」，「為全國的古籍整理研究和出版提供了良好的範例」。

考文獻而愛鄉邦，鄉賢先哲的著述，令我更加熱愛生我養我的家鄉，愛這片壯美而多情的土地。

豫章叢書整理說明

  《豫章叢書》是江西地方文獻資料中卷帙最多、內容最豐的大型叢書，共有兩套。一套為陶福履編，收書二十六種，四十八卷；一套為胡思敬編，收書一百零三種，六百五十卷（原書統計如此，附書和校勘記等未計）。兩套叢書雖然同名，收書卻無一重複，共計收刊自唐迄晚清著述一百二十九種，六百九十八卷。除《廬山紀事》《皇明西江詩選》等屬外省籍學人編撰外，其他都是江西先哲的著作。從其內容和價值考察，作者履歷各異，志趣不同，著述涉及中華歷史文化的方方面面，如《明人小史八種》紀錄明代史實，《理學類編》反映宋明理學思潮等，這顯然表明《豫章叢書》具有超越區域、涵蓋深宏的重要意義。

  眾所周知，江西素有「物華天寶，人傑地靈」之稱，尤其自宋以來，人文鼎盛，著作如林，在全國享有盛譽。然而，長期以來，江西的鄉邦文獻，無論是全集巨編，還是雜著短制，大抵以單行集子的面目出現，甚至只是家傳私刻，未曾流佈，有的仍是手稿，不肯輕易示人。若論我國郡邑叢書之濫觴，當數明代天啟三年（1623）黃岡人樊維城匯刻的《鹽邑志林》；至清代乾嘉時期，《乍川文獻》《浦城遺書》《台

州叢書》等相繼刊行；嗣後，《嶺南文叢》《金華叢書》《畿輔叢書》《湖北叢書》等又紛紛問世。而直到光緒中期，江西的鄉邦文獻尚無匯集和整理，這勢必影響江西文化遺產的承繼流傳，也與江西文化史的盛況殊不相稱。起而擔當大任，改變本土文獻匯刻滯後狀況的人物是陶福履和胡思敬。

陶福履（1853—1911），字稚箕，江西新建人。光緒十八年（1892）進士，入翰林，後改戶部主事，歷任湖南慈利、沅江、益陽知縣，著有《遠堂文集》《稚箕遠堂文稿》等。所編《豫章叢書》分為三集。

胡思敬（1869—1922），字漱唐，晚號退廬居士，江西新昌（今宜豐）人。光緒二十年（1894）進士，選翰林院庶吉士，改吏部主事，後任遼瀋道監察御史、廣東道監察御史。一生著述較多，如《退廬疏稿》《驢背集》《戊戌履霜記》《九朝新語》《王船山讀通鑒論辨正》等，後人編為《退廬全集》。所編《豫章叢書》，基本上以經、史、子、集為序。最後成書於 1922 年。

陶福履「少以詩名」，「於學無所不窺，尤其留意鄉先生遺書」。他在入翰林院的第二年，因母病而請假回鄉，在侍親的同時即開始刊刻《豫章叢書》。母死，喪事百日完畢，則全力投入這一工作。守孝三年之期，完成了江西鄉邦文獻的第一次匯集和刊刻。關於他彙編和刊刻《豫章叢書》，有三點值得注意。一是事情的緣起。據為《豫章叢書》第一集作序的歐陽熙說：他的老師樂平人石景芬（芸齋），感慨當年阮元刊刻《皇清經解》和撰《十三經校勘記》，實賴江西

人之力,但《皇清經解》卻未收江西人的著作,於是發願要彙編江西人的經學著作,並叮囑歐陽熙留意,但此願未遂而石景芬已逝。歐陽遂與陶福履談及此事,才知陶福履也早有此願,於是合兩家之書一起編選刻印,並將經學擴大到經、史、子、集四部,名之為《豫章叢書》。二是編刻《豫章叢書》的深層目的。喻震孟在《豫章叢書》第二集的序言中說:當時「學者沉溺於帖括浮濫之中,無人讀書,而古籍之傳者亦日就湮沒。前之人莫由持餉乎後人,後之人無由乞靈於前人,人才之所以日衰,風氣之所以日壞,職是故也。」而皮錫瑞在《豫章叢書》第三集序言中也說:「君之意在表彰先哲,而津逮後學之功尤偉。」顯然,陶氏之所以編刻《豫章叢書》,是想借珍貴的先賢遺著的傳播,造就人才,改變風氣。三是當時陶福履的經濟狀況。着手編刻《豫章叢書》在陶福履入翰林的第二年,後又經母喪,家境並不富裕。歐陽熙在序言中說:「君甚貧,舊廬尚質於人,羔雁所入,乃以為表彰先哲之用,君為用非所謂賢豪而何耶?」就此三點來看,陶福履編刻《豫章叢書》的首創之功是值得大書特書的。

為陶福履《豫章叢書》第一集作序的歐陽熙曾感歎:「後之覽者或亦拳拳前修,聞風而興起乎!是則予二人拭目俟之已。」真是「江山代有才人出」,至胡思敬,這位家學淵源並以文章意氣自豪的飽學之士,民國元年回到南昌,「盡捐生平所蓄書,創建退廬圖書館於南昌東湖,以餉同志好古之士」。他本來就藏書二十萬卷,後更肆力訪求,「北至燕,南度嶺,東遊吳會,遍訪藏書故家」,共得書四十餘萬卷。從

1915 年開始，晚年將全部精力和資財投入到《豫章叢書》的刊刻之中，並得到當時政府的大力支持，歷時近十年，全書才最後完成，而且規模大大超過陶氏《豫章叢書》。令人感慨的是，《豫章叢書》最後一卷成書時，胡思敬已逝去。他對鄉邦文獻的集成之功，永遠鐫刻在江西文化史上！

胡、陶二人彙編叢書，遴擇審慎精當，頗具特點。陶福履的《豫章叢書》，所收概屬《四庫全書》未收者，且集中於清代，多為私刻本或家藏抄本、手稿。陶氏在一些書中加了序或跋，述其得失，間或也作考辨。胡思敬的《豫章叢書》，搜羅廣泛，時代跨度大，而收書原則極嚴。他在《原刻豫章叢書略例》中明確規定十一種情況的書不收，如「履經翻刻已通行者不收」、「已入近人叢刻者不收」，「已入本集者不收」，「卷帙過繁者不收（如《三朝北盟會編》）」，「書涉偽託者不收」等等，雖然個別規條如「撰人品學不端正者不收」未免偏頗，但凡此種種，恰恰體現其收刻標準的特點。胡氏在校勘方面較之陶氏尤為細緻。他不僅親自校勘，還請了好友、同年進士魏元曠協助。兩人治學態度都很嚴謹。有的書出胡思敬的校記，有的出魏元曠的校記，只有少量書請他人校勘。所用校勘版本，有的我們今天已無法見到了。總之，兩套《豫章叢書》的稀見性、精審性，決定了它們的珍貴性，其價值比之荊山之玉，毫不為過。

作為江西人，我們以有陶淵明、歐陽修、王安石、朱熹、湯顯祖，以及曾鞏、黃庭堅、楊萬里、陸九淵、李覯、馬端臨、解縉、宋應星、蔣士銓、文廷式、陳三立這樣的先

哲大家而驕傲，同時也以有《豫章叢書》這樣的大型鄉邦文獻而自豪。諸大家的文集著述，全國矚目，已有人整理。而《豫章叢書》的整理任務當然落在今日江西學人的肩上。二十世紀八十年代前期，江西省高等學校古籍整理研究小組成立，曾考慮將《豫章叢書》的整理納入工作規劃，但因種種原因，未能如願。1996年，第三屆領導小組組成，決心完成江西幾代學人的這一夙願。在全國高校古籍整理研究工作委員會的關心和江西省教委高教二處的組織下，《豫章叢書》整理組織委員會和編輯委員會相繼成立，整理工作正式開始並全面鋪開。

我們是懷着複雜的心情來主持這一工作的。一方面有一種崇高的使命感。陶福履編《豫章叢書》最後成書於1895年，當時印數就不多，而且距今已一百多年了，一般圖書館很難找到。後雖在1936年收入王雲五主編的《叢書集成初編》，由商務印書館出版，但其中有的書是影印，有的書卻又用鉛字排印，頗不劃一，加之將陶福履的序跋錯亂移置，稱不上好的版本。胡思敬編《豫章叢書》最後成書於1922年，距今也已七十六年。1985年，杭州古籍書店與南昌古籍書店曾影印出版，共二十四布函，二百六十八冊，印數不多，且價格昂貴，一般人不敢問津。而無論是陶福履本還是胡思敬本，都有不盡人意之處。如陶本，大概是編排缺乏總體規劃，隨收隨刻，皆未標明類目，四部交混；校勘工作則多數未做，有的即使做了，也未出校勘記。再如胡本，雖基本上以四部和時代為序，但也不夠嚴格。如《達觀樓遺書二

種》之《讀史雜記》和《自儆錄》，屬史部，卻置於集部之後；《黑水考證》和《江源考》屬史部，而《禹貢山川考》屬經部，《年曆考》屬子部，因統稱「萬載李氏遺書四種」，編在一起，亦置於集部之後；北宋的《清江三孔集》置於明代的《豫章詩話》之後，等等。在校勘方面，胡本是頗為精審的，但當年胡思敬收集的版本，畢竟受到侷限。至於說到兩套叢書未曾標點等等，當然更影響了今人的閱讀和使用。今天改革開放，政通人和，文化事業蒸蒸日上。作為江西的古籍整理工作者，責無旁貸地應該擔負起整理《豫章叢書》的重任，當仁不讓地着手這一跨世紀的文化工程。

另一方面，我們又充分認識到工程的艱巨性。且不說版本的搜羅、資料的剔決、人物的考索，僅僅一個名詞、一處標點都可能存在無法迴避的難題。而叢書內容的廣泛與豐富，又要求整理者必須具備如音韻、訓詁、典章制度、地理、天文等多方面的知識與功力。因此，《豫章叢書》整理工程的實施，不啻是我省長期以來古籍整理實績的一次總結，也是對我們古籍整理水平的一次檢驗。作為江西古籍整理工作者，整理不好《豫章叢書》。將愧對古人，羞見今人，貽笑後人，這是我們時刻予以警策的。

令我們自信自慰的是，《豫章叢書》整理工程的規劃與實施，自始至今得到了江西省教育委員會的高度重視與關心，得到教委高教二處的具體領導與組織，江西省高校古籍整理研究領導小組掛靠江西師範大學，得到了人力和物力的大力支持，這是我們最有力的組織保障。以江西省高校古籍整理

研究領導小組為核心的編輯委員會，是一個團結奉獻、戮力實事的學術群體，全省各高校的古籍整理人員（包括離退休的老一輩專家）自叢書工程啟動以來，爭相承擔任務，不計名利，不畏繁難，表現出極大的熱情與信心，這是我們實施工程的最可靠基礎。尤其是江西教育出版社與我們聯手合作，義不容辭地承擔了出版事宜，並對《豫章叢書》的整理構想提出了專業性、建設性的意見，這是《豫章叢書》整理工程得以完成的最有力條件。

關於《豫章叢書》整理工作的大致框架，首先是將兩套《豫章叢書》合而為一，然後據傳統的四部法統一分類，大體以時間先後為序，並顧及書的內容，每部分為若干冊，每冊收書若干種。每種書前面的點校說明，內容包括作者介紹、本書內容及評介、版本源流及整理使用情況等，是點校者的綜合性說明文字。標點方面，我們用了專名號。這樣做，工作量增加很大，而且極易出錯；我們沒有迴避，目的是為便於一般讀者；校勘方面，一律以原《豫章叢書》為底本，儘可能選現存最佳版本進行對校，以一二種其他版本參校。少量書沒有其他版本，則適當採用了內校和理校。原本的校勘記，遂不刊出，一些有必要保留的校語，均在我們的校記中予以反映。原本所附的《四庫總目提要》及序跋、附錄等，均依原次序未動。每種書後，都另收了一些相關的文獻資料作附錄，以資參考。鑒於各種書的性質、內容不盡相同，在保證叢書面貌大體一一致的前提下，少量書的整理體例稍有不同。

「文章千古事，得失寸心知」，《豫章叢書》所收之書，最早的距今已一千多年，最晚的也已逾百年。我們只有一個信念，那就是鄉邦先哲的珍貴文化遺產應該從我們這一代傳下去，也必能從我們這一代傳下去。從事這樣一項艱難宏大的文代事業，其間的得失甘苦，我們深有體會而心甘情願，樂此不疲。對於這一《豫章叢書》整理本的差錯與不當，我們期待各方面的批評，我們也期待更為完善的《豫章叢書》整理本問世。

衷心感謝全國高等院校古籍整理研究工作委員會主任、中國古典文獻專業博士生導師安平秋教授為叢書整理本作序，衷心感謝安平秋教授、楊忠教授、曹亦冰教授對我們工作的大力支持。

　　（本文原署「豫章叢書整理編輯委員會」；文章由我寫成初稿，段曉華教授作了修改，經全體編委看過，最後由我定稿。）

廬山紀事點校說明

《廬山紀事》十二卷，明桑喬纂著。

桑喬（？——1564），字子木，江都（今江蘇揚州）人。嘉靖十一年進士，官至監察御史。嘉靖十六年夏，因雷震謹身殿，明世宗下詔求言。桑喬聯絡同僚上書，指斥嚴嵩等人「上負國恩，下乖輿望」。當時嚴嵩任禮部尚書才半年，奸詐貪婪尚不為人知，桑喬是最早彈劾之人。次年，桑喬巡按京畿地區，托病辭官，嚴嵩藉機構陷，逮下詔獄，廷杖，謫戍九江。二十六年後卒於戍所。《廬山紀事》為其謫戍時所作。

在中國眾多名山中，廬山有其特殊的地位，歷代記述文字頗多。如晉周景式《廬山記》、張僧鑒《潯陽記》、釋慧遠《廬山記》、釋光《白蓮社集》及《虎溪集》，南朝張孝秀《集廬山僧傳》，唐楊凌《廬山禪居集》、劉柯《廬山山人集》，宋陳舜俞《廬山記》、張晦之《廬山詩集》、馬玗《續廬山記》、朱端章《廬山拾遺》、孫惟信《廬山記遊》、錢聞詩《廬山雜著》、釋法琳《廬山記》、董嗣杲《廬山集》、戴師愈《廬山古今文物列傳》，元於立《廬山詩集》、鮮于樞《廬山志》、黎景高《廬阜人物藝文》，明勞堪《栗里塵談》、陳汝秩《廬山詩集》、萬嗣達《芋栗園鳴和詩集》、熊濱《匡廬

野詠》、黃堯彩《廬遊詩集》、黃雲師《巖棲志》、查杭《廬隱集》、但宗皋《廬山文紀詩紀》、宋之盛《匡南所見錄》，等等。然上述諸作，即使在明代，也如桑喬序中所說，「古之名賢如周景式《廬山記》、張僧鑒《潯陽記》諸篇，今不及見，獨見其數語於類書中；而宋陳舜俞《廬山記》、馬玕《續廬山記》、戴師愈《廬山文物列傳》，並稱名作，亦購之不得」，到今天更是亡佚不存（收入民國吳宗慈編《廬山志副刊》中之陳舜俞《廬山記》，是吳氏從日本大正刊《大藏經》內覓得所收宋刊本，與《四庫》所收《守山閣》殘本校勘後刊印）。因此，清許世昌在《重修廬山紀事序》中說：「山之有紀事也，自廣陵桑喬始。曷始乎喬？曰：前此者弗傳矣。」而後世之廬山諸志，如清釋定暠聞極《廬山通志》、清吳煒《廬山續志》、清毛德琦《廬山志》、民國吳宗慈《廬山志》，莫不推重並參考桑氏《廬山紀事》。

明徐師曾《文體明辨·紀事》說：「按，紀事者，記志之別名，而野史之流也。古者史官掌記時事，而耳目所不逮者，往往遺焉；於是文人學士遇有見聞，隨手記錄，或以備史官之采擇，或以裨史籍之遺亡，名雖不同，其為紀事一也，故以紀事括之。」清李瀅《廬山續志序》也說：「桑先生紀事者，志之別體也。」桑喬為廬山修志，其基本方法為「考疆域，辨原委，鈎采群籍，仿郭、酈二注之體而加詳焉」。

《廬山紀事》之傳世版本有四種。一為明嘉靖四十年（1561）刻本（簡稱嘉靖本）。卷首有桑喬序和四幅圖（分別為「山北自隘口至三山澗圖」、「山北自三山澗至南湖觜圖」、

「山南自吳章山至三峽澗圖」、「山南自三峽澗至隘口圖」），各卷首頁署「廣陵桑喬」。二為清順治十六年（1659）刻本（簡稱順治本）。卷首有桑喬序和許世昌《重修廬山紀事序》、范衸《重修廬山紀事序》，及范衸撰凡例十則，並圖四幅。各卷首頁署「廣陵桑喬子木父纂著燕山許世昌克長父修輯會稽范衸祖生補訂」。三為清康熙四十五年（1780）刻本（簡稱康熙本）。卷首有桑喬序、蔣國祥序和圖四幅，各卷首頁署「廣陵桑喬子木」。四為豫章叢書》本，據康熙本刊刻，「惟卷首四圖，字密板寬，局工未能摹縮，姑付闕如」。卷末有胡思敬跋。上述四種版本，嘉靖本、康熙本、《豫章叢書》本基本相同；順治本有許世昌修輯和范衸補訂的文字，篇幅約佔全書六分之一左右。

　　胡思敬所編《豫章叢書》，凡已入《四庫》者，均收錄《四庫全書總目提要》刊於卷首。《廬山紀事》在《四庫全書》中編入史部三十二地理類存目五，版本為浙江汪汝瑮家藏本。汪氏藏本為順治本，較《豫章叢書》本多出幾萬字。胡氏將《四庫》館臣為順治本撰的提要，置於叢書本卷首，實有所不當。民國時吳宗慈編《廬山志》，在介紹《廬山紀事》時說：「今《豫章叢書》內所收之桑喬《紀事》，系從《四庫》本中鈔出，即為范衸所補者，但范衸有序失載。」此說明顯錯誤，即為《叢書》本卷首之提要誤導而吳氏又失察所致。另，提要說：「至國朝順治戊戌，巡按御史許世昌屬南康推官會稽范衸重為補訂。以山陰山陽別其條貫，屬南康者列於陽，屬九江者列於陰。」此說亦有兩處失察。一為順治本中

也有許氏本人增補內容，並非僅屬范祁一人補訂；二為山陰山陽之別嘉靖本已如此，並非順治本才如此。

　　此次點校，以《叢書》本為底本，用嘉靖本、順治本對校。順治本增補文字較多，本着校正誤、不校異同的原則，增補文字未出校記。據吳宗慈《廬山志》統計，《廬山紀事》引書達一百二十六種之多，且不少書難於查找或無從查找，故未作外校。古人引書，或憑記憶，或跳躍節錄，不如今人引書嚴謹，請讀者留意。

須溪集點校說明

　　《須溪集》七卷，宋劉辰翁撰。劉辰翁（1232—1297），字會孟，號須溪，吉州廬陵（今江西吉安）人。

　　劉辰翁早年受到嚴格教育，學識氣節為人稱道。二十七歲舉於鄉，因對策嚴君子小人之辨，被有司擯斥；三十一歲時以太學生赴進士試及第，廷對時極言「濟邸無後可慟，忠良戕害可傷，風節不競可憾」，大忤權奸賈似道。後雖得到江萬里等人的器重，但因南宋末年大環境所限，抱負沒有得到施展。南宋滅亡之後，辰翁隱遁不出，甘心淡泊，專心著述。

　　劉辰翁著述極富，死後十六年有《泉江文集》刻本面世，其子劉將孫撰序，稱「今刻為八十卷，文又如干」。但該刻本早已不傳，劉將孫的序只存於其《養吾齋集》中。現存劉辰翁著述的最早本子，當推明嘉靖五年的王朝用刻本《劉須溪先生記鈔》。該本八卷，卷首有張寰寫於明嘉靖五年的敍。另一刻本在張寰敍前有韓敬的《劉須溪先生記鈔引》，署「天啟癸亥」，《中國古籍善本書目》未著錄。清康熙二十五年，又有《劉須溪先生記鈔》問世。「記鈔」本均收文七十篇，較之劉辰翁全部著述，正如張寰敍中所說，「此其

什佰之一二耳」。不過，到康熙二十一年，另有《劉須溪先生集略》四卷問世，為其嗣孫多人同輯，收詩、文、詞一百餘篇。劉首拔在《須溪先生集略後跋》中說：「『集略』者，先生之遺文殘編也，先生著作最富，集凡百卷。時代遞更，劫火為災，《記鈔》而後存者，僅叔父予覺氏檢搜家乘及先生遺稿得詩文若干，編集成帙，顏曰『集略』，較諸往牒百之一二，缺而不全，此『略』之所由名也。」總《記鈔》和《集略》所收，離其百卷巨編仍差尚遠。清乾隆間編《四庫全書》，館臣從《永樂大典》等中輯成《須溪集》十卷。提要說；「《須溪集》，明人見者甚罕……蓋其散失已久。」而稱「世所傳者惟《須溪記鈔》及《須溪四景詩》二種」則不甚準確，因為除《須溪記鈔》和《須溪四景詩》外，還有《劉須溪先生集略》傳世。不過，《四庫》本《須溪集》已收入《集略》中的絕大部分篇章。概言之，《四庫》本《須溪集》《須溪四景詩》是保存劉辰翁著述最多的傳本。1987年，江西人民出版社有段大林先生點校的《劉辰翁集》出版，輯得劉氏佚文三十三篇作為補遺。

對於劉辰翁的學識和著述，曾有很高的評價。其子劉將孫、學生王夢應及嗣孫劉為先、劉首拔等人自不待說，即以距辰翁年代不久的元吳澄所說，「敘古文之統，其必曰唐韓、柳二子，宋歐陽、蘇、曾、王、蘇五子也。宋遷江南百五十年，諸儒孰不欲以文自名，追配五子者誰歟？國初盧陵劉會孟突兀而起，一時氣焰震耀遠邇，鄉人尊之，比之歐陽」；明韓敬則說：「先生黨禁之時，超然是非之外，復不以

訓詁糾纏，不為理學籠絡，點筆信腕，自以抒寫靈瀾，鼓吹風雅，極其魄力所至，左愚溪而右聲叟，他不足方駕也」；清何屬乾更說：「茲集也，時而談玄，忘乎劉之為老也；時而逍遙，忘乎莊之為劉也；或乘風而行，若列子代御也；有摩詰之畫意，不必見於詩也；才如長吉，而非近於鬼也；忠愛似子美，不悲而歌，不哭而痛也；學兼班馬，不能分異同也；語多曠達，如東坡居海島，而無謫遣之戚也。」推崇可謂至矣。而其文章艱澀難讀，歷來多有同感。《四庫》館臣說：「即其所作之文，亦專以奇怪磊落為宗，務在艱澀其詞，甚或不可句讀，尤不免軼於繩墨之外。」而為什麼會艱澀難讀，卻有不的說法。編纂《豫章叢書》的胡思敬說是：「其艱澀處多由舛誤所致」；魏元曠則認為是辰翁本人所致：「顧其《答劉英伯書》，且言韓文未得如歐蘇坦然如肺肝相示，其極無不可誦，而以柳子厚、黃魯直行文最為澀訾，容齋、水心為愈榛塞，不知其自為文乃又甚焉。復云：『文猶樂也，若累句換讀之如斷弦失譜，或急不容舂容，或緩不得收斂，胸中嘗有咽咽不自宣者，何為聽之哉！』真不易之論。乃自言之，皆自蹈之，何耶？豈所謂見千里而不見眉睫者！然文則縱橫變化以極其工，當以求工之累而蔽之也。」

　　《豫章叢書》中《須溪集》所據版本，書中有三種說法。《叢書》卷首總目注為「據八千卷樓鈔本，第八卷詞因朱古微已刻未收」；胡思敬在校勘後寫的「識」中則說：「江南原鈔本十卷，與《四庫總目》合，後三卷詩餘，因朱古微侍郎已收入叢刻，未付鈔胥故闕」；魏元曠在校勘後寫的跋又說：「茲

刻凡七卷，乃據十萬卷樓鈔本。原八卷，因詩餘近有朱氏單刻本，故未收入。」孰說為是，殊難判斷。付刻之原書究竟是八卷還是十卷，二人說法也不同。胡魏二人分別有較為詳細的校勘記，但校勘所用版本並未說明。

這次整理，校勘用文淵閣《四庫全書》本，胡魏二人校記中可取之處，分別納入各卷校記。至於須溪之詞，依本次整理體例，未予補入，仍是《豫章叢書》中《須溪集》七卷之原貌。另收二十餘則資料作附錄，以供參閱。

溉園詩集點校說明

　　萬時華，字茂先，南昌觀前人。生於明萬曆中期，卒於明崇禎末年（不早於崇禎十三年，因為當年有詩）。胡思敬《豫章叢書》將《溉園詩集》編在《明季六遺老集》中欠妥，因為時華在明崇禎年間應詔北上，抵揚州病劇而卒，是有明確記載的，不應稱為「遺老」。本傳說他「負海內重名四十年」，起始年齡不會太小；另據時華《丙子述懷》自注說，「乙卯下第，先夫人語：『不孝兒年尚少，富貴當自有，恨余六十老矣。』明年，先夫人歿。甲子下第，先君語如先夫人。余心動。丙寅，果先君歿。」乙卯為萬曆四十三年（1615），當時時華「年尚少」，而其母已年近六十；再考慮他與陳弘緒（生於 1597）、徐世溥（生於 1608）等人友善諸因素，所以說他生於明萬曆中期。其父萬民命曾任馬湖（治所在今四川屏山）知府。時華年少則聰穎勤奮，諸經子史無不歷覽成誦。李長庚任江西布政使時，曾招集十三郡文人匯考，時華與萬曰桂、喻全襟名列前三名，幾十年負海內重名，但多次應試，均未能及第。崇禎年間，江西布政使朱之臣向朝廷報告萬時華的品行才學，他應詔北上，中途病逝。

　　時華擅長詩歌和古文，友人陳宏緒認為時華的古文學柳

宗元，古詩學陶淵明和韋應物，近體詩有時學李商隱，有時學陸游。他早年讀書於芳樹齋，名其集為《芳樹齋詩》，後建溉園，乃名《溉園集》。著有《溉園初集》二卷、《溉園二集》三卷。今存《溉園詩集》五卷，《田居集》《園居集》《東湖集》各一卷，《溉園詩餘》一卷和《詩經偶箋》十三卷。《四庫提要》說，《詩經偶箋》「大旨宗《孟子》『以意逆志』之說，而掃除訓詁之膠固，頗足破腐儒之陋」。

《豫章叢書》中《溉園詩集》五卷底本之來源，據《豫章叢書》總目，為問影樓所藏康熙原刻本。但魏元曠在跋中卻說「不知為何時所刻」。可以肯定的是，《溉園詩集》雖然收有時華晚年臥病揚州時的作品，但並不是他的全部詩作，而只是選本。在一些志書和選本中保存有少量萬時華詩作，其中就有數首不見於本集，如五言古詩《夕佳樓》、七言律詩《孺子墓》等。不少互見的作品文字稍有出入，如卷一《酬徐巨源湖上見懷之作》，《南昌詩征》所收比本書同題詩多出十句。至於為什麼如此，則有二說。魏元曠認為是「最後定稿有所去留」；清賀貽孫《水田居存詩》則說：「此前有十卷，因交友人付刻，半途聞萬死訊，據為己有。」此集中多題之下有「　首錄　首」字樣，魏說近是。

此次整理，未找到對校版本，僅據陳田輯《明詩紀事》（商務印書館民國二十五年版）辛簽、魏元曠輯《南昌詩征》（民國二十四年鉛印本）、《江西通志藝文志》（《四庫全書》本）、《御選宋金元明四朝詩》等所收，對本書少量同題作品作了校勘；另輯附錄二則於卷末。

豫章叢書整理後語

　　當我們讀完《豫章叢書》整理本最後一冊的清樣時，算是鬆了一口氣，也不由深深地歎了一口氣。此項整理工作，從 1999 年在全高校古籍整理研究工作委員會立項，至今已近十年，而從我們開始工作算，則早逾十年了，費時可謂長矣！十年間，江西省教育廳和江西師範大學領導，以及教育廳具體管理的負責人，多次變動。安平秋先生在我們的整理本序言中說，做好大型古籍整理工作的首要條件是領導支持。十年來，我們遵照安先生的提示，積極爭取各級領導的支持，整理組織委員會名單也多次相應變動。要特別一提的是胡新明女士，她二十五年前到教育廳工作，就非常重視古籍整理，制訂全省高校古籍整理計劃，注重古籍整理人才的培養，早在二十世紀八十年代中期，就促成江西師範大學中文系招收了古籍整理研究生。《豫章叢書》整理之醞釀和開始階段，她出力尤多；爾後，我們在工作中遇到什麼困難，她均能積極協助解決。後因工作變動，她不再管理古籍整理，所以不在名單之中了。整理本扉頁署「江西省高校古籍整理領導小組整理」，但該機構 2006 年不再掛靠江西師範大學，不久機構名稱也改變了，即江西省高校古籍整理領導小組已

不再存在，那麼，這套《豫章叢書》整理本，就算它留下的記憶吧！十年來，整理編委會多人相繼退休，叢書整理是他們在職工作的最後記錄；更有幾位先生是在退休之後參與這項工作的，這套整理本的飄飄墨香溫馨地散發着他們退休後的餘熱。尤其令人痛心的是，常務編委並承擔了多項任務的謝蒼霖先生，還有羅宗陽先生，已經駕鶴西去，未能看見整理本最後出齊。念此種種，不由感慨系之，沉吟太息。

無庸諱言，江西高校古籍整理隊伍是處在成長之中的，不少人以前並沒有從事過嚴格意義的古籍整理工作，做的大抵是一些古詩文選注之類，而這一次全省高校協作，正承擔了培養隊伍的任務。既要保證這套包括經史子集內容豐富的大型叢書的整理質量，又要培養古籍整理隊伍，兩難而不能選擇，只有同時面對。為此，我們採取了一系列措施，其中三項似可一說。一是審訂制，不但年輕人的點校稿請人審訂，同等學力的相互審訂，甚至老先生的點校稿也由中年人審訂。我們認為，多經一人之手，總能減少一些疏忽以至差錯。審訂後返回給點校者，供其思考斟酌，多少有所裨益。出版時點校者和審訂者同時署名，這既是尊重審訂人的勞動，又激勵審訂人的責任意識。就我們所知，古籍整理出版物這樣做的尚不多見，當否，尚有待學界尤其是古籍整理同仁的批評。二是介入出版程序。本來，錄入、排版和校對是印刷廠和出版社負責的，但他們從事這一工作的多是年輕人，對古籍中的繁體字尤其是異體字不熟悉，於是我們便請既有文化底蘊又熟悉電腦操作的劉顯亮先生負責錄入和排

版，而統稿和校對則主要由我們三人負責，所以責任校對署「姚曉萍」。三是我們還聘請了幾位學識和經驗兼具的專家任學術顧問，他們不是目前一些書刊的顧問那樣掛名而已，也不只是一般意義的顧問，而是實實在在細讀整理本校樣，學術上把關，其實際工作已大大超出了顧問的職責範圍。以審讀冊數多少為序，他們是李夢生先生、舒寶璋先生、劉世南先生和劉方元先生。特此說明並衷心感謝他們。

再次重申一點是，整理本每種書的點校說明和附錄是點校者所為，其餘則依原書次序未變。胡思敬編《豫章叢書》所收書多為《四庫全書》所收，但所據版本卻大多不是《四庫》本，而他大概是為幫助讀者，卷首均刻有《四庫全書總目提要》。對此，我們均未變動。前幾年有《兩刻豫章叢書題記》一書問世，系多人合作而成。某先生負責胡刻《豫章叢書》史部書二十一種，不知何故，竟將多數書說成是「據四庫本」，甚至《四庫提要》中只是存目的也如是說，將半數以上版本弄錯了。我們希望這套整理本的讀者，不要一看到有《四庫全書提要》便以為是《四庫》本。

因子課題下達時間和其他原因，整理本的出版時間未能以經、史、子、集為序，其出版順序實際為：史部一、史部二、史部三、子部一、子部二、子部三、子部四、集部一、集部二、集部三、集部四、集部五、集部六、集部七、經部一、經部二、集部八、集部九、集部十、集部十一、經部三、集部十二。出版時間跨度較長。粗檢所出之書，整理規範方面，前期問題較後期為多，校對差錯則前後均有，乃由

我們水平不高和工作不細所致。請批評指正。

　　我們衷心感謝當年主持江西教育出版社的周榕芳先生，他在沒有出版補貼的情況下，以其學術眼光和工作魄力，毅然出版這套印數不多的大型古籍；衷心感謝現任社長傅偉中先生，在出版社經濟效益下降的情況下堅持將整理本出齊；衷心感謝江西教育出版社副社長楊鑫福先生和責任編輯陳定華先生。他們為整理本出版做了大量而細緻的工作。

2008 年 12 月

（本文原署「萬萍、段曉華、姚品文」；

文章由我執筆，經段曉華、姚品文二位過目）

［附］豫章叢書整理本序

安平秋

中國古代文獻浩如煙海，而能流傳至今，歷代學人編纂的叢書起了重要作用。前代學者搜求群書，匯為一編，而成叢書，刊刻面世，既便於學人查閱使用，又利於保存留傳，功德非淺。宋代左圭輯刊的《百川學海》、元代陶宗儀輯的《說郛》、明代毛晉編輯出版的《十三經》《十七史》等經史叢書及一批文學類叢書、清代鮑廷博編刊的《知不足齋叢書》、黃丕烈輯刊的《士禮居叢書》、盧文弨輯刊的《抱經堂叢書》、張海鵬輯刊的《學津討原》，都是叢書中的傑出代表。叢書有各種編法。其中專收集一地區人士的著述及有關這一地區的文獻的是地方文獻叢書，也稱郡邑文獻叢書，或鄉邦文獻叢書。地方文獻叢書是叢書發展到成熟階段的產物，明清兩代，尤其是清代，鄉邦文獻叢書紛紛問世即是明證。地方文獻叢書對於了解該地區的歷史、地理、經濟、文化有着其他文獻不可替代的作用和價值，同時它又是綜合性的文獻叢書，反映了中華歷史文化的諸多方面。

《豫章叢書》是江西地方文獻中卷帙最多、內容最豐的大

型叢書,「豫章」是歷史上對江西的別稱。《豫章叢書》共有兩部,一部是晚清陶福履(1853—1911,字稚箕,江西新建人)編的,刊刻成書於光緒二十一年(1895);一部是清末民初胡思敬(1869—1922,字漱唐,江西新昌人)編的,成書於1923年。兩部叢書所收文獻無一重複。共收上起唐下迄晚清的著述一百二十九種,六百九十八卷,內容包括經、史、子、集各類。除個別為外省籍人的著作外,其他都是江西先賢的著述。其中多有善本、孤本,學術價值與現實意義均足珍貴。

現在呈現在讀者面前的這部《豫章叢書》,是在江西高等院校古籍整理研究領導小組組織下,由江西師範大學萬萍、段曉華教授主持的《豫章叢書》整理編輯委員會將過去的兩套《豫章叢書》合二為一,重新編排,經校勘、標點,並加校點說明明(前言)和附錄而成的一部新面目的《豫章叢書》。這是江西省教委、江西高校古籍整理研究領導小組、江西師範大學古籍整理研究所和江西省廣大古籍整理研究者,經過十餘年的充分準備和辛勤努力而完成的一部大型叢書,這是對全國古籍整理研究事業的一大貢獻。

在今天,編纂、整理一部大型叢書,至少需要三個方面的條件與合作。一是組織領導,二是整理研究,三是出版。江西省高校具備了這三方面的條件,《豫章叢書》才得以完成並出版。一個大項目的完成,需要堅強的組織領導。江西省教委,尤其是主管古籍整理工作的高教二處,多年來重視古籍整理研究工作,建立了高校古籍整理研究領導小組,團

結了全省一大批專家學者，制訂了全省高校古籍整理研究規劃，包含大中小三類項目，組織實施得力，陸續出了一大批成果，《豫章叢書》即是其中的突出代表。而作為主管部門具體領導這項工作的劉洪祥、胡新明二位的堅強有力和堅定不移是叢書完成的主要保證。重大項目的質量好壞在於整理研究的水平高低，《豫章叢書》的完成，不僅僅是整理工作，整理本身即含有研究，而整理《豫章叢書》若沒有深入的研究便無法很好地完成，這項工作之中，含有大量的、需要功力的學術研究。而以萬萍、段曉華二位為首的編委會，吸納了全省十餘所大學的學者參預其事，邊整理邊做深入的研究，不僅有嚴密精細的整理條例、細則，而且經常召開學術研討會和專家座談會。我從他們印發的《豫章叢書整理工作簡報》上，看到他們在研討會上對已經整理過的《豫章叢書》初稿是否標點有錯誤等問題展開了認真討論。這些得力措施使叢書的整理質量得到了保證。編纂大型叢書是為了出版，沒有出版家的支持，只有束之高閣，不能發揮作用。周榕芳社長主持的江西教育出版社近年來出了一批有影響、有份量的好書，聲譽鵲起，這次又出版《豫章叢書》，顯示出他們在學術上的眼光與膽識，體現出他們為建設社會主義新文化而不遺餘力的精神，也反映出他們為江西的興盛所作出的努力。《豫章叢書》有這三方面的有利條件和通力合作，終於能夠面世，這也為全國的古籍整理研究和出版工作提供了良好的範例。

我們完全可以相信，《豫章叢書》的出版不僅會對當前的學術、文化乃至經濟建設有利，而且會流傳後世，世世代代發揮它的作用。

（本文作者為北京大學古典文獻專業博士生導師，時任全國高校古籍整理研究工作委員會主任。）

追蹤霞客 ○

俠稱遊俠仙遊仙，逍遙更有南華篇。

先生之遊胡為者，攀星踏霧三十年。

向平五嶽願可酬，太白愛入名山遊。

先生此記亦大好，頗似東方曼倩所經之十洲。

域內有山無不至，遊蹤所至無不記。

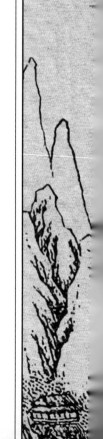

　　2001 年我六十歲，學校下文免去《江西師範大學學報》社長、主編和古籍整理研究所所長三個職務，但仍然在編，繼續主持《豫章叢書》的整理。2006 年，江西高校古籍整理研究領導小組換屆，卸去組長一職，2007 年退休，2008 年《豫章叢書》二十二冊出齊，所謂「公家的事」全部完結。

　　退休，應該有幾個問號：工作幾十年，是否盡心盡力？有什麼失誤？有哪些遺憾？有多少成績？都應該自省。退休，必然會有一個感歎號：感歎時光飛逝，感歎年華老去，感歎一生中竟會有那麼多的感歎。但是，退休不是句號，因為人生還有下一個分句。退休以後，仍然可以充實，並加一份瀟灑。

　　2003 年，考慮到退休以後的生活，與幾位朋友發起成立了江西省旅遊文化研究會，任副

會長十四年，事情有點，但不多，正好實現從緊張到閒適的過渡。江西省旅遊文化研究會是省一級學會，不僅省內有活動，還與外省有交流，因此去了一些以前想去而沒有去的地方，並由此涉足徐霞客研究。旅遊和研究都是追蹤徐霞客。

現在每年都有較多時間住在鄉間小鎮。晨起臨窗，遠山如黛；夜深撫枕，蛙聲陣陣；有時爬爬山，在悅耳的鳥鳴和鏗鏘的溪水聲中，去探訪前方的瀑布懸泉。當然會看書，這是幾十年的習慣。四個移動硬盤，拷有大量書籍，等於一個小型圖書館，讀讀在圖書館借不到的書，讀讀以前不知道的書，讀讀自己感興趣的書，如有意會，也寫點文章，但嚴格控制伏案時間。過去讀書和寫作是工作，有壓力，趕時間，現在則完全隨心所欲，讀書和作文成了一種享受。最後這一組文章，便多是在鄉間小鎮寫的。

從這個角度來說，退休是一個省略號，省略者，尚未知也，然而，未知並非不可知，退休以後的生活，還是可以自己去規劃的。

一首新發現的《讀徐霞客遊記》

最近不經意間翻檢《頤道堂詩文選》，眼前突然一亮，一首古風《讀徐霞客遊記》跳了出來。憶及近幾年瀏覽的研究徐霞客及其遊記的文章，這首詩似乎在徐學領域還從未提到過。

《讀徐霞客遊記》全詩如下：

俠稱遊俠仙遊仙，逍遙更有南華篇。

先生之遊胡為者，攀星踏霧三十年。

向平五嶽願可酬，太白愛入名山遊。

先生此記亦大好，頗似東方曼倩所經之十洲。

域內有山無不至，遊蹤所至無不記。

遠探江河最上源，不是積石岷山中國地。

地球盛海海有邊，我思遍遊域外名山川。

東洋西洋僅隔一海水，仙之人兮，

應在十洲三島方丈蓬壺巔。

但尋鸞鳳穴，不探蛟龍淵。

身外之身天外天，此中或者多因緣。

彎弓遠掛扶桑樹，此是先生未遊處。

萬言賦海定恢奇，壓倒木華張融兩篇賦。

客言此事須躡雲，縹緲何處雲中君。

不如臥遊且學宗少文，不然去訪華胥國裏之長春。

該詩作者陳文述，字云伯，號退庵，後建頤道堂，自稱頤道堂居士，錢塘人，清嘉慶年間舉人。曾任全椒知縣，後「改官江南，攝寶山、常熟、上海、奉賢、崇明五邑」。有《頤道堂詩選》三十卷、《頤道堂詩外集》十卷、《頤道堂文鈔》十三卷存世。阮元、蕭掄、錢杜、曾燠等為之作序，稱讚「其所為詩，出入李杜韓蘇，近年學道有得，心益平，氣益和，才益斂。方之古人，似白樂天，亦似邵堯夫，津津乎集古人之大成矣」、「所作七言古長篇，如臨風舒錦，五色紛披，觀者莫不歎為奇麗」、「詩境屢變而益進」、「有屯田楊柳之思，得康樂芙蓉之意」、「古意蒼涼，鬱風雲而自壯；邊聲激宕，俯星斗而皆寒」。

《讀徐霞客遊記》提到之人，大多與旅遊有關。向平即向長，字子平，後世多稱向平，《高士傳》作尚平，東漢朝歌人。其名言是：「吾已知富不如貧，貴不如賤，但未知死何如生耳！」他一生喜愛遊覽名山大川，將兒女婚嫁之事辦完後，囑咐家人就當他已經死去，不必牽掛，便與好友禽慶同遊五嶽名山，後來不知所終。

古代往往與向平對稱的，是詩中後面說的宗少文，即宗炳。宗炳是南北朝時南陽人。他「每遊山川，往輒忘歸。嘗西涉荆巫，南登衡嶽，因而結宇衡山，欲懷向平之志。會疾歸，歎曰：『老疾俱至，名山恐難遍睹，唯當澄懷觀道，臥以遊之。』凡所遊履，皆圖之於室，謂人曰：『撫琴動操，欲令

眾山皆響。』」他二人就是古人所稱道的「圖水石而仰宗炳
之臥遊，畢婚嫁而追向平之雅志」。

太白即李太白、李白，他自己的詩就說：「五嶽尋仙不辭
遠，一生好入名山遊。」東方曼倩即滑稽多智的東方朔，西
漢平原人，《海內十洲記》就托名為他所作。長春指長春子或
稱長春真人，即邱處機，元朝時道士，曾遠赴西域，他的弟
子所撰《長春真人西遊記》說他去過華胥氏之國。

本詩讚揚徐霞客「攀星踏霧三十年」、「域內有山無不
至」、「遠探江河最上源」的探險精神和「遊蹤所至無不記」、
「逍遙更有南華篇」的勤奮態度。「南華篇」指《莊子》一書，
戰國時莊周所著，對後世影響很大；《逍遙遊》是《莊子》中
的一篇，這裏可不作篇名理解。

至於詩中所說「不是中國地」，不應從現在政治學的
角度去理解，在作者眼中，中國指中原地帶，指漢族所居
之地。

詩中說「遠探江河最上源」，明明白白指出既探了江源，
又探了河源，這就牽出了徐霞客是否「窮星宿海」，是否探
過黃河源的老問題、大問題。與徐霞客有交往的吳國華、陳
函輝、錢謙益等人，是持肯定說法的；稍後的潘耒說，「余求
得其書，知出玉門關、上崑崙、窮星宿海諸事皆無之」，但
影響不大，而自丁文江先生起，多數學人對探河源是持否定
意見的。否定一方的理由，一是現存各本《徐霞客遊記》中
沒有記錄；二是吳、陳、錢等人的《銘》《傳》所說，多是憑
印象而又溢美之詞；三是按吳、陳、錢的說法，霞客窮星宿

海是晚年之事,而據霞客晚年行程和遊記逐日推排,不可能有探河源的時間。但是,陳文述這首詩,標題正是《讀徐霞客遊記》,是在讀了《徐霞客遊記》後,說徐霞客「遠探江河最上源」的。這當作何解釋呢?我們有什麼理由不相信陳文述呢?

為什麼現存各種版本《徐霞客遊記》,均無探河源的記錄呢?我認為最大的可能是,清代曾有兩種不同版本的《徐霞客遊記》。一是現存各種版本,包括各種抄本和刊本,但它們都不是《徐霞記遊記》的全帙本;另是《徐霞客遊記》全帙本,或稱足本,登峨眉、窮星宿海,以及現知遊過而沒有《記》的,其中均有記錄。這個全帙本,應該就是嘉慶年間江陰人葉廷甲提到的那個六十卷本。

葉廷甲在得到筠谷徐氏《徐霞客遊記》之板後,又借楊文定手錄本和陳泓校本,與徐本悉心讎勘,並增輯《補編》,付梓刊行。葉氏在序言中說:「霞客記遊之書豈僅此哉?前人謂霞客西出石門關,至崑崙山,窮星宿海;今所刻之本,暨楊、陳二抄本,其遊覽日記,不過至雞足山而止耳!廷甲聞郡城莊氏家藏鈔本有六十卷,戊辰三月往訪之。莊後人云;『先世信有之,今已散失。』果爾,今之所刻,不過六分之一耳!」陳文述也是嘉慶年間人,他所讀到的《徐霞客遊記》,是否就是莊氏散失的那本,或莊氏本的另一抄本呢?

這兩種篇幅懸殊的版本是怎樣形成的呢?我的推測是,徐霞客從雲南歸來,托季會明整理遊記時,他的遊記稿已經不全了。

　　不全的原因，一是時間引起的，徐霞客出遊幾十年，時間跨度大，尤其是最後一次遠遊，幾年不在家，而他遊必有記又為眾人所知，存於家中的手稿可能被人借去閱讀，借去抄錄，沒有及時歸還。二是家庭造成的，徐氏夫妻不和，其繼室羅氏既然敢將已懷孕的周妾逐出，怎麼會看重徐霞客的手稿呢？豈止是不看重，還可能因為獨守空房而遷怒於遊記稿，並故意散棄。徐霞客歸來時已重病在身，當然無法清點全部原稿，羅氏也不會將手稿的去向告訴他。徐霞客自己說手稿「散亂無緒」，而實際情況是，遊記已散失大半。幾個月後，徐霞客便溘然逝去，原稿不全也無人知曉。因此，季會明、曹駿甫、徐建極等人的整理本，以及後來據此而出的其他抄本和刊本，都屬於這一系統。若干年後，這一系統的《徐霞客遊記》已有各種版本流傳了。

　　而與此同時，徐霞客生前就已散失的手稿，也在流傳，也在傳抄。到了某年間，某位有心人，或出於對《遊記》的喜愛，或出於對徐霞客的崇敬，或出於對文化傳承的責任，將已經成書的《徐霞客遊記》，和流傳於世的手稿或抄錄稿編在一起，於是便有了《徐霞客遊記》的全帙本，或稱足本，共六十卷。當然，這個本子也可能有抄本，甚至刊本。這位有心人是誰？他整理、編輯做了哪些工作？其間的曲折過程如何？當然只有等到發現這一本子後才能知曉。

　　六十卷，洋洋大觀，有這麼多嗎？我的意見是肯定的。

　　據丁文江《徐霞客先生年譜》，徐霞客外出遊覽時，有四年沒有日記。這不可能啊！萬曆三十五年，霞客「泛舟太

湖，登眺東西洞庭兩山，訪靈威丈人遺跡」，第二年，「歷齊、魯、燕、冀間，上泰岱，拜孔林，謁孟廟三遷故里，嶧山吊枯洞」，還有萬曆四十二年遊南京，崇禎二年遊北京，如此精彩之行，能不記嗎？須知，霞客是遊必有記啊！

又據丁氏《年譜》，徐霞客自二十二歲首次出遊，到五十六歲去世，其間三十四年，有十五年沒有出遊，這可能嗎？這符合他的性格嗎？這些年份他幹什麼去了呢？本人推想，其中多數年份徐霞客是出遊了，並寫有日記。這麼一推算，有近二十年的遊記，在現存各種版式本的《徐霞客遊記》中是沒有的，全帙本的卷數當然多了起來。也許還有一種情況，那位整理全帙本的有心人，在分卷上作了另外的處理，如現存《四庫》本，十二卷，而每卷分上下，實際是二十四卷。如果這樣分卷的話，六十卷的全帙本，其篇幅，當是現存本的兩倍多。

陳文述在另一首詩中曾說：「江源非岷山（原注：見《徐霞客集》），河源豈積石。崑崙南北流，糾謬訂載籍。」他認為徐霞客的探索和記載，糾正了歷史文獻的錯誤。而原注所說「見《徐霞客集》」，則又透露了另一重要消息，即《徐霞客遊記》外，當時還有《徐霞客集》存世，陳文述是讀過的。

《徐霞客集》和《徐霞客遊記》的關係如何呢？陳函輝在《徐霞客墓志銘》中說：「霞客工詩，工古文詞，更長於遊記，文湛持、黃石齋兩師津津讚美，而霞客自怡笥篋，雅不欲以示人。今散帙遺稿，皆六合內外事，豈長卿《封禪書》

乎？」徐霞客的著述主要是兩類，一是遊記，二是詩文。一系列的「遊記」結集，便成了《徐霞客遊記》，其詩文結集，便是《徐霞客集》，是平行的兩種著作。「工詩，工古文詞」的徐霞客，其詩文數量應是相當可觀的。如關於長江之源的考證文字，現在我們是從《徐霞客遊記》中讀到的，其實它本來不在《徐霞客遊記》之中，是陳泓從《江陰縣志》中錄出而收入《徐霞客遊記》的。陳泓說：「此《考》原本已失，茲從本邑馮《志》中錄出，非全文也。前人謂其書數萬言，今所存者，僅千有餘言而已。」這一不全的考證文字，在現存不同版本的《徐霞客遊記》中，或標《溯江紀源》，或標《江源考》，而有的本子，如四庫本，卻沒有《溯江紀源》或《江源考》。可以推斷，《溯江紀源》這一幾萬字的長文，最初是收入《徐霞客集》的，《賦得孤雲獨往還》《盤江考》等現存詩文當然也在其中，但詩文數量遠不止此，只可惜我們現在見不到了！至於陳文述讀到的這一《徐霞客集》，是原本？是抄本？還是刊本？當然更無從知曉。

在稱誦《徐霞客遊記》的同時，作者惋惜徐霞客「但尋鸞鳳穴，不探蛟龍淵」、「彎弓遠掛扶桑樹，此是先生未遊處」。如此評價，似與作者的經歷有關。

陳文述生長錢塘，又曾在崇明、奉賢等地為官，浩瀚的大海、洶湧的波濤，令他震撼，給他啟示，也讓他親近。形之於文，他的《海運議》曾產生很大影響；形之於詩，其《月夜海上觀潮》《泛海四首》等傳遞出美的享受。由此，他惋惜徐霞客沒有寫海上遊記，也就在情理之中了。不過，他仍

然折服於徐霞客的才華：「萬言賦海定恢奇，壓倒木華張融兩篇賦」。木華，西晉文人，他的《海賦》，文氣雄偉壯麗，為人稱道。張融，南北朝時文人，他泛海赴交州時作《海賦》，文詞激揚，著稱於世。陳文述認為，以徐霞客的才情和文筆，如果泛海寫遊記，一定大大超過木華和張融的《海賦》。

今天我們稱徐霞客為「遊聖」，陳文述則說「俠稱遊俠仙遊仙」，稱徐霞客為「遊俠」和「遊仙」。

「遊俠」二字，耐人玩味，它不是韓子說的「儒以文亂法，而俠以武犯禁」，與司馬遷所說「今遊俠，其行雖不軌於正義，然其言必信，其行必果，已諾必誠，不愛其軀，既已存亡死生矣，而不矜其能，羞伐其德，蓋亦有足多者」，也不同。遊俠，遊之俠者，遊者之俠，草根化，令人親近；稱「遊聖」，表達的是崇敬心情，但似乎廟堂色彩重了些，離大眾遠了些。

而「遊仙」，則令人想起杜甫《飲中八仙歌》所寫之李白，「天子呼來不上船，自稱臣是酒中仙」。遊仙，遊者之仙，遊之仙者，超凡越俗，「自適吾意」，與霞客的絕意仕進相合，與霞客性格合，與霞客精神合。

中國歷史文化名人，如李白，如杜甫，後世詠唱他們的詩篇數以千計，當然，李杜早於徐霞客近千年，被更多的人關注，多了一層原因，而《紅樓夢》是在徐霞客之後的清朝才出現的，據一粟編《古典文學研究資料彙編‧紅樓夢卷》所輯，詠唱《紅樓夢》的詩篇也林林總總，蔚為大觀。相較

之下，關注《徐霞客遊記》的詩歌，委實太少。所以，陳文述這一首《讀徐霞客遊記》，實在彌足珍貴。何況，它還有那麼豐富的信息，提供了那麼重要的線索。

由此又想到，關於徐霞客及其遊記的資料，應該還有發掘的可能。

在江浙一帶的縣圖書館，或鄉鎮文化館，或躲過了「文革」浩劫的藏書故家，能否找到《徐霞客遊記》全帙的原本或抄本呢？煌煌六十卷，該是多麼令人震奮、令人嚮往啊！還有，陳文述詩註中提到的《徐霞客集》，是怎樣一番面貌呢？也不由人心馳神往！至於像陳文述《讀徐霞客遊記》這樣的資料，在清代文人的集子中，應該是還有希望找到的，只待有心人罷了，或者說，只待有閒的人罷了。無意得之，是為有幸，如有意去求，工作量實在太大，因為清人詩文真是浩如煙海啊！

榔梅及其背後的故事

　　徐霞客生性至孝，陳函輝在《徐霞客墓志銘》中引其族兄徐仲昭的話說，徐霞客「每遊，輒攜琪花瑤草，碧藕雪桃，歸為阿母壽」。《徐霞客遊記‧遊太和山日記》文末就明確記載，他「忽憶日已清明，不勝景物悴情，遂自草店，越二十四日，浴佛後一日抵家，以太和榔梅為老母壽」。

　　日記中還詳細記述了他得到榔梅的曲折過程。在太和山上瓊台觀，他看見「其旁榔梅數株，大皆合抱，花色浮空映山，絢爛巖際，地既幽絕，景復殊異。」便希望得到一些榔梅實，但觀中道士「嚅不敢答」。接着還說：「此系禁物，前有人攜出三四枚，道流株連破家者數人。」徐霞客苦苦相求，道士拿出了幾枚，但「皆已黝黑」，而且就是這樣已經變質的榔梅，還反覆叮囑他不要讓人知道。到了中瓊台觀，他再次相求，觀主也是推脫說沒有。後來在徐霞客從中瓊台觀到下瓊台觀的路上，忽有小道士追來，要他返回，觀主握着他的手說：「公渴求珍植，幸得兩枚，少慰公懷，但一泄於人，罪立至矣！」徐霞客看那兩枚榔梅，「形侔金桔，漉以蜂液，金相玉質，非凡品也。」徐霞客不滿足只有兩枚，傍晚他賄賂小道士，又得到了六枚。第二天再求，並沒有得到。這樣，

他帶回來獻給母親的榔梅總共八枚。

榔梅為什麼如此珍貴？珍貴得徐霞客去反覆相求，珍貴得連耿介的徐霞客都不惜以賄賂的方式去相求。為什麼太和山的小道士因為攜出了三四枚就造成「道流株連破家者數人」？為什麼太和山的老道士擔心以榔梅送人會「罪立至矣」？這實在值得探究。

榔梅，杏形桃核，李時珍《本草綱目》說它的藥性是「主治生津、止渴、清神、下氣、消酒」。如此而已，並無特異之處。其實，榔梅的特殊之處，不在榔梅本身，而在於外加給它的種種光環。

光環之一是榔梅由來的靈異之說。榔和梅本來是兩種不同植物，榔樹就是榆樹。《明一統志‧襄陽府》「土產」條下載，「榔梅：在太和山，相傳真武折梅枝寄於榔樹之上，仰天誓曰：『吾道若成，花開果結。』後竟如其言。」這樣，榔梅就和真武扯上了關係，一說它是真武培植的，是真武將梅枝嫁接在榔樹上培育出的新品種，二是說它應驗了真武修練成功。

真武，本稱玄武，也稱元武，因避宋始祖玄朗諱，改玄武為真武，是傳說中的北方之神。關於玄武，有各種各樣的說法。一說「道家言，龍漢之年，虛危之精降而為人，修道此山，道成乘龍天下，是為元武之神」；二說玄武曾為淨樂國太子，後修道成仙，成了玄武神；三說「龜蛇合體，謂之玄武」；等等。總之，玄武其人，或說玄武其神，其實純屬子虛烏有，而所謂玄武折梅枝寄於榔樹之上培育出新品種，和兆

示玄武得道成仙，也無非是道教徒造出的虛無縹緲的神話。

光環之二是明成祖朱棣加給它的。太和山也叫武當山，自唐代起，武當山奉真武尊神，但名不彰顯，直到明代永樂年間，武當山的名氣才顯赫起來。據《四庫全書存目叢書》之《太嶽太和山紀略》載，從永樂十年起，朱棣就給武當山下了十一道敕文。它們是：《建紫霄五龍南巖敕》（永樂十年）、《建遇真宮敕》（永樂十年）、《敕隆平候張信駙馬都尉沐昕》（永樂十年）、《敕官員軍民伕匠人等》（永樂十一年）、《敕正一嗣教真人張守清》（永樂十一年）、《敕隆平侯張信駙馬都尉沐昕》（永樂十一年）、《敕五龍宮全真道士李素希》（永樂十三年）、《敕五龍宮全真道士李素希》（永樂十四年）、《建紫雲亭敕》（永樂十七年）、《建紫金城敕》（永樂二十一年）、《敕藩參》（永樂二十二年）。

這些敕文的內容不一，但都圍繞武當山宮觀的建造而下達。如永樂十年的《建紫霄五龍南巖敕》：

右正一虛元千孫碧雲，朕仰唯皇考太祖高皇帝呈妣孝慈高皇后，劬勞大恩，如天如地，惓惓夙夜，欲報未能。唯奉天靖難之初，北極真武元帝，顯彰聖靈，始終佑助，感應之妙，難盡形容，懷報之心，孜孜未已。又以天下之大，生齒之繁，欲為祈福於天，使得咸臻康遂，同享太平。朕聞紫霄宮、五龍南巖宮道場，皆真武顯聖之靈境，今欲重建，以伸報本祈福之誠。爾往審度其地，相其廣狹，定其規制，悉以來聞。朕將卜日營建，其體朕至懷。故敕。

又如同年的《敕隆平張信駙馬都尉沐昕》：

> 今早命爾等啟行，俄有風雲雷電自西南而至，其
> 勢不徐不疾，顯是神明感應之嘉兆。然神明之所感
> 者，一誠而已。爾等宜體朕誠心，益加敬謹，竭力
> 用工，以答神貺，不可有纖毫怠忽。故敕。

再如永樂十七年的《建紫雲亭敕》：

> 敕隆平侯張信駙馬都尉沐昕，淨樂國之東有紫雲
> 亭，乃元帝降生之福地。敕至於舊制仍創紫雲亭，務
> 要宏壯堅固，以其觀瞻。其太子巖及太子坡之處，
> 各要童身真像。爾即照依長短闊狹，備悉畫圖進
> 來。故敕。

一座山中的道觀營造，得到一位皇帝如此頻繁、細微的關注，在全國也是絕無僅有的。營建武當山宮觀的主持人，是靖難功臣隆平侯張信（直隸臨淮人）和駙馬都尉沐昕（鳳陽人，娶常寧公主），都是朱棣信任之人，也說明其重視程度。本來是，五嶽的地位很高，而「太和山不列於嶽鎮，玄武神不見於經傳」，而在朱棣的一番經營之後，武當山的地位驟然提高，五嶽的位置卻靠後了，這就造成徐霞客在《遊嵩山日記》中所說「餘髫年蓄五嶽志，而玄嶽出五嶽上，慕尤切」。

朱棣對武當山如此重視，還與道士李素希有很大關係。

李素希，字幽巖，號明始，洛陽人，是武當山五龍宮的住持。永樂十三年，榔梅結實，他遣人給朱棣送上一百多枚。第二年，他又給朱棣送了去（關於李素希給朱棣進獻榔梅的時間，《太嶽太和山紀略》記有兩種不同說法，在「仙真」

目介紹李素希時，說是永樂三年和永樂四年，而敕文所署為
永樂十三年和永樂十四年，此處依敕文所署）。榔梅樹不是年
年結果的，偶爾結果，都認為是奇遇，而現在卻兩年連續結
果，當然更為難得。不過，究竟真的是榔梅連續兩年結果，
還是李素希要拍皇帝的馬屁？現在無從考辨，不得而知了。

　　而在朱棣方面，則是正中下懷，又有了一次機會。他在
永樂十三年《敕五龍宮全真道士李素希》中說：

　　　　昔者高真（指真武大帝）學道於武當名山，折
　　梅寄榔樹，且祝曰：「道成此枝即活，花實而熟。」
　　後果如其言。自是以驗歲之豐歉太平，歲豐花實而
　　繁，歲歉花而不實。今樹尚存，問諸故老，久無花
　　實。比者李素希以數百遣人來進，誠為罕得。莫非爾
　　以精誠所格，祝釐國家，故能感動高真，降此嘉祥，
　　以兆豐穰也？茲特遣道士萬道遠，齋香詣高真道場，
　　焚燎以答神貺。並以彩緞一、表裏紵絲衣一襲、鈔
　　四十錠賜爾。爾其格盡乃心，以祈茂祉。故敕。

在給李素希的第二道敕文中說：

　　　　去歲高真效祥，榔梅呈實，已兆歲豐。爾遣人來
　　進，今歲復然，誠為難得。稽之於古，間忽一見，
　　猶以為奇遇。矧茲二年兩見其實，皆由高真翊衛國
　　家，爾輩精意祝釐所至。茲特遣道士陳富，齋香詣
　　高真道場，以答神靈。並以彩緞一、表裏紵絲衣一
　　襲、鈔四十錠賜爾。宜益精勤，以臻至道。故敕。

他在榔梅連續兩年結果上做文章，意思是說，他的國家是得

到神靈祐助的，榔梅連續兩年結果就是證明。朱棣為了建武當山的宮觀，「幾竭府庫」。其中花費最多的當是天柱峰的金殿，「冶銅為殿，沃以黃金，負酉面卯，高丈五尺，橫丈二尺，外體精光一片，毫無鑄鑿之痕，內則刻劃瓦鱗，及榱桷、簷牙、棟柱、門隔、窗櫺、壁隅、門限，諸形畢具。」

道士李素希，當然得了不少好處，他不僅得到了賞賜，而且在永樂十四年「詣朝謝恩，賜坐便殿，諮以理國治身之道，唯以道德奏對。上悅，禮遇甚厚」。一個小小的下層道士，竟獲如此殊榮！不僅如此，李素希生前穿的道士袍，後來還成為五龍宮的文物，長期保存，供人瞻仰。一百多年後，王世貞《自南巖歷五龍出玉虛記》就記載，「飯已，道士奉真武玉像來觀，又出文皇帝所賜道士二衲」。

榔梅成了皇帝欽定的祥瑞之物，當然身價倍增。有的道士還以榔梅命名自己的住所和詩集，如明代陳泓，其詩集就叫《榔梅居詩稿》。（據《明詩綜》，「陳泓，字白浮，嘉興萬壽宮道士。」不是在《徐霞客遊記》早期版本研究上有很大貢獻的那個清乾隆年間的陳泓。）武當山還建了榔梅庵（或稱榔梅祠），香火旺盛。榔梅庵，不僅武當山有，其他地方也有，如白嶽山，徐霞客在《遊白嶽山日記》中就有「借廟中燈，冒雪躡冰，二里，過天門，里許，入榔梅庵」的記載。白嶽山的榔梅庵，也肇自武當山，胡應麟的《暮春遊白嶽山十二首》之《榔梅庵》就說：「千里漫勞孤驛寄，一株原自太和來。」錢謙益的《二月晦日循桃花澗曆虎巖觀真珠泉抵天門宿榔梅庵》說：「梯回磴復躡雲根，白嶽居然配極尊。」

這正是皇帝崇尚榔梅、神化榔梅的結果。有意思的是，榔梅本是源自道家的祥瑞之物，而庵卻是佛教的載體，榔梅庵則將二者結合在一起了。這從一個細微側面，折射出佛道兩家在歷史發展過程中有時相爭、有時融合的複雜關係。

將榔梅獻給皇帝，李素希是始作俑者，後來就成了定例。據《御定月令輯要》記載，榔梅是貢品，武當山的道士「每歲采而蜜煎以充貢獻焉」。再據《明宮史》卷二《內宮職掌·司禮監》載：「太嶽太和山即武當山也，鎮守太監一員，轄管均州等處，經管本山香火、羽流，辦進榔梅、鷹嘴筍、騫山茶等件。」榔梅只供皇家享用，是貢品，普通人不能問津，是禁品。而由司禮監派的鎮守太監管榔梅，那更了不得。眾所周知，明代太監的權力極大，曾製造或執行一系列殘忍事件。徐霞客遊武當山在天啟三年，明熹宗朱由校最寵信的太監是鼎鼎有名的魏忠賢。魏忠賢主持司禮監，權傾朝野，黨羽遍佈全國，無事尚且要興風作浪，而武當山的榔梅正是由司禮監派的太監掌管，而現在竟然有人敢私自攜出，當然要被嚴懲。人落到了因生理變態而內心殘忍的太監手中，小道士所說「破家者數人」，背後該有怎樣的斑斑血淚！

朱棣之所以如此重視武當山，如此重視榔梅，得從他內心的隱憂說起。

眾所周知，他的皇位是從姪兒朱允炆那裏奪得的。朱棣的父親、明太祖朱元璋，本來已將皇位傳給孫子朱允炆，是為建文帝。而燕王朱棣則對皇位覬覦已久，在精心準備後，於建文元年（公元 1399 年）七月，發動對其姪兒的戰爭，還

美之為「靖難之役」。建文四年，軍隊打下南京，攻入皇宮時，發生大火，建文帝朱允炆不知去向。朱棣奪得了皇位，當然要詔告天下，但最具學識、最負人望的文臣方孝孺，卻拒不起草詔書，結果被殘忍殺害，而且誅十族。另一大臣景清，在朝堂刺殺朱棣，因而引起更慘烈的「瓜蔓抄」。從封建正統的角度來看，朱棣取得的皇位是不正當的，手段是殘酷的。他雖然鎮壓下去了反抗，但人們內心的不滿與不平，是無法用屠刀消除的。頗具雄才大略的朱棣，黃袍加身了，但內心卻很空虛。他雖然在公開場合說建文帝已死，但死不見屍，當然擔心建文帝尚在人世，東山再起，威脅到他的皇位。於是便私下派人四處尋找（國內主要是派胡濙，海外則是派鄭和）。而與此同時，他更要設法消弭民憤，消除民怨，這只有藉助神靈，來證明他奪得的皇位是合理的，是天命所歸。

據李贄《續藏書》卷九《靖難功臣·姚廣孝》載，朱棣起兵靖難，問他所倚重的姚廣孝該何時出兵，姚廣孝說時候未到，要等幫助他的人到來。問是誰幫助，姚回答是他師傅。後來，姚說可以了，於是祭旗出發。突然，一位神仙披頭散髮出現了，旌旗遮蔽了天空。朱棣問是什麼神仙，姚廣孝說是他的師傅北方之神玄武大帝。於是朱棣也便馬上披髮仗劍相應。軍隊出發時，突然狂風暴雨，朱棣覺得兆頭不好，心中有所不悅。姚廣孝則說：「陛下是龍，須風雨大，方助得勢」；「飛龍在天，從以風雨」，正是大吉大利。顯然，這是憑空捏造。

朱棣反覆編造神話，稱道玄武的目的，是要說明有玄武保佑他，並幫他的忙。因此，朱棣便在武當山大建宮觀。而榔梅是玄武培植的，又連續兩年結果，更是祥瑞之兆，所以身價百倍，成了貢品。武當山，和武當山上的榔梅，成了朱棣的皇位的保護神。如此而已，豈有他哉！

上錄朱棣的敕文種種，用今天的話來說，是工作命令，或說工作指示，而完整、系統的說法，則是在武當山宮觀基本建成之後，朱棣寫的《玄嶽太和山碑文》。全文如下：

蓋聞大而無跡之謂聖，妙不可測之謂神。是故行乎天地，統乎陰陽，出有入無，恍惚翕張，驂日馭月，鼓風駕霆。倏而為雨，忽而為雲。禦災捍患，驅沴致祥，調運四時，橐籥萬匯，陶鑄群品，以成化工者，若北極玄天上帝真武之神是已。按道書，神本先天始炁五靈元老太陰天一之化，生而神靈，聰以知遠，明以察微。潛以念道，志契太虛，乃入武當山，修真內煉，心一志凝。遂感上清元君，授以無極上道。功滿道備，乘龍飛天，歸根復位，顯名億劫，與天地悠久，日月齊並。武當舊名太和，謂非玄武不足以當之，故名武當。蟠踞八百餘里，高列七十二峰，三十六巖之奇峭，二十四澗之幽邃。峰之最高曰天柱，境之最勝曰紫霄南巖。上出遊氛，下臨絕壑，跨洞天之清虛，凌福地之深窈。紫霄南巖皆有宮，又自南巖北下三十里有龍宮，又四十里抵山趾，有真慶宮，俱為祀神祝釐之

所，元末悉毀於兵燹，荊榛瓦礫，廢而不舉。天啟
我國家隆盛之基，朕皇考太祖皇帝，以一旅定天
下，神陰翊顯佑，靈明赫肆。朕起義兵，靖內難，
神輔左右，風行霆擊，其績甚著。暨即位之初，茂
錫景貺，益加炫燿。至若欅梅再實，歲功屢成，嘉
生駢臻，灼有異征。朕夙夜只念罔以報神之休，仰
唯皇妣劬勞恩深，昊天罔極，以盡其報，唯武當神
之悠棲，肅命臣工即龍宮之東數十里勝地，為創建
玄天玉虛宮，於紫霄南巖宮與聖龍宮，又即天柱之
頂，冶銅為殿，飾以黃金範之像，享祀無極。神宮
仙館，煥然維新。經營之始，至告成之日，神屢顯
像，祥光燭霄，山峰騰輝，草木增色，靈氣聚散，
變化無狀，眾目咸睹，跽拜嗒嗒。欅梅重實，加前
數倍。九地啟祕，金杵躍出，陰陽儲精，元質流
潤，靈異紛紛，莫能殫紀。神之響應有如此者，遂
命道士為提點，主領各宮，飾嚴祀事，昭答神貺。
上資薦揚皇考太祖高皇帝、皇妣孝慈高皇后在天之
靈，下為天下臣庶祈迓繁祉。雖然神之浮游混茫，
變化無方，此感彼應，無往不之，然非此無以達朕
之誠，與夫天下虔敬之心也。況山川衝和之氣融結
於斯，與神相為表裏，神之陟降往來，飄颻揮霍，
顧瞻舊遊，豈不徘徊於斯乎！則是宮觀之建，有不
可無。謹為文刻山中，以彰神功永永無窮焉。

（見《湖廣通志》第八十二卷「藝文」）

這時，朱棣的皇位已經完全鞏固了，所以要將此公示天下，傳之久遠，字裏行間，透露出志得意滿的自信。

小小櫚梅，背後竟有這麼多的故事，那麼，煌煌幾十萬字的《徐霞客遊記》，該隱含多少歷史文化信息，值得我們去探討啊！

再回到徐霞客，說他對此事的態度。徐霞客在日記中是這樣寫：「梅與櫚本山中兩種，相傳玄帝插梅寄櫚，成此異種云。」請注意「相傳」二字，相傳者，傳說而已，不一定是事實。徐霞客如此措辭，可見他對這一說法的懷疑。而對所謂「玄帝仰天誓曰：『吾道若成，花開果結。』後竟如其言」之說，他乾脆棄而不取。徐霞客下筆是審慎的。

至於說到以櫚梅為母親祝壽，正說明尊櫚梅為祥瑞之物，已經成為一種時尚。作為歷史人物，徐霞客當然不可能有今天這樣的清醒認識。而且即使在今天，在平常生活、在人情往來方面，人們也往往尊重習俗來表達感情，更何況是對高堂老母，何況是生性至孝的徐霞客！

關於廬山「竹林幻境」

徐霞客《遊廬山日記》：「循巖（佛手巖，即今仙人洞）側庵右行，崖石兩層，突出深塢，上平下仄，訪仙台遺址也。台後，石上書『竹林寺』三字。竹林為匡廬幻境，可望不可即。台前，風雨中時時聞鐘梵聲，故以此當之。時方雲霧迷漫，即塢中景亦如海上三山，何論竹林？」

其中提到的「竹林幻境」，究竟是怎麼回事呢？

竹林寺，全國可謂多矣，即以筆者所知，當在二十處以上。不過，著名的也只是幾處。

如江蘇鎮江竹林寺，據《南史·宋本紀》載，宋武帝劉裕在發跡前，曾遊京口（即鎮江）竹林寺，獨臥講堂，上面呈現出五色龍花紋。僧人看見後，大為驚訝，便告訴劉裕。劉裕認為這是天子之氣。後來還說，劉裕在竹林寺時，有黃鶴展翅護衛，也是祥瑞之兆。鎮江竹林寺既然與皇帝拉上了關係，名氣當然就大了，後世詩人往往詠唱，王安石的《次韻張子野竹林寺二首》，就是寫鎮江竹林寺的。其一為：「澗水橫斜石路深，水源窮處有叢林。青鴛幾世開蘭若，黃鶴當年瑞卵金。敗壁數峰連粉墨，涼煙一穗起檀沉。十年親友半零落，回首舊遊成古今。」其二為：「京峴城南隱映深，

兩牛鳴地得禪林。風泉隔屋撞哀玉，竹月綠階貼碎金。藻井仰窺塵漠漠，青煙對宿夜沉沉。扁舟過客十年事，一夢北山愁至今。」

再如湖北松滋縣竹林寺，黃庭堅有《鄒松滋寄苦竹泉面蓮子湯三首》，其一說：「松滋縣西竹林寺，苦竹林中甘井泉。巴人漫說蛤蟆焙，試裹春芽來就煎。」與大文人有了關係，當然也會被人重視。

而盧山的竹林寺，則是另一種情況，它之所以有名，是所謂「竹林幻境」。

就筆者識見所及，最早談到盧山「竹林幻境」的是宋朝王庭珪，他在政和七年寫的《遊盧山記》中說：「竹林遺址，山中人傳，數有僧見竹林寶剎於此，轉盼失之，故今號『竹林化寺』。」到元代，李洞在延祐年間寫的《遊盧山記》中說：「入佛手巖，廣不能數楹，下瞰無地，曠覽悠邈，視天池雄麗過之。側出微徑，愈進而愈邃。崖間鐫大隸書曰『竹林寺』，苔蘚綴絡，隱顯翠壁，前控飛崖如幾筵，延袤丈餘，三面皆鬥絕，從旁一松偃蓋下覆，方卧巖上，月在松杪。其下即錦繡谷，謂春時谷中花開猶錦繡也，故云。又謂每風雨聞鐘磬梵唄，寺蓋隱其中云。」明代嘉靖年間，李元陽在《遊雞足山記》中說：「世傳竹林寺在匡盧，余昔遊匡盧，老僧指曰：『此處遇陰雨之日，忽見一寺，金榜曰「竹林寺」。廊下有看經僧，庭中有幡竿，歷歷如白晝。移時乃面石壁，一無所有。』其事大率相類迦葉門。」稍後，桑喬《盧山紀事》說：「佛手巖東北有盤石突出，下臨絕壑，潭色沉沉正黑，僧云

故竹林寺也，有影無形，神聖所居。風雨中，行者往往聞鐘梵聲。又言其後門乃在甘露寺側小石峽中。」總之，竹林寺是有名無實，風雨來時，可以聽見鐘磬聲，但不見寺廟，只是一個幻境。正如查慎行《循佛手崖觀竹林寺石刻至訪仙亭》所說：「竹林疑有無，仙者跡久泯。」

還有一種說法，認為竹林寺就是佛手巖，如明代羅洪先，他在《竹林寺》詩題下自注：「即佛手巖，俗語誤傳可哂。」詩中也說：「本是化城無住處，被誰迷妄到如今。」所謂佛手巖，即今仙人洞。佛手巖在清嘉慶之前，住持都是僧人，後來供奉呂洞賓，成了道觀。

以上諸說，都是指現今仙人洞景區的竹林隱寺。而南宋周必大在《泛舟遊山錄》中說竹林寺在從圓通崇勝寺經石門澗往天池寺的半山腰。清代吳煒的《廬山續志》說：「出天池數里，石壁千仞，下有小洞，舊稱為竹林寺。」這當是周必大所說的竹林寺。民國吳宗慈編的《廬山志》引清同治《德化縣志》說：「竹林寺在天池之南，有名無寺，唯鐘聲燈影可憑，時或見之。」而明代桑喬在《廬山紀事》中則說：「竹林寺，山南北人所言其址各各不同，山南人言在小漢陽峰下。」

與此相聯繫，還有竹林寺後門的不同說法。

徐霞客遊廬山，在觀三疊泉全景時寫道：「乃循山岡，從北東轉，二里出，對崖下瞰，則一級、二級、三級之泉，始依次悉見。其塢中一壁，有洞如門者二，僧輒指為竹林寺門云。頃之，北風自湖口吹上，寒生粟起，急返舊路，至綠水潭。詳觀之，上有洞翕然下墜。僧引入其中曰：『此亦竹林寺

三門之一。」然洞本石罅夾起，內橫通如『十』字，南北通明，西入無底止。」這裏說竹林寺三個門都在三疊泉附近，一在綠水潭處，另兩個在觀三級泉水處之塢中壁上。而王世貞《遊東林天池記》是另一種說法：「又上為披霞亭，又上有坊曰『廬山最高處』，王文成筆也。寺僧指其旁小巖穴曰：『此竹林寺後門。』竹林寺者，世所稱有影無形，時時聞天樂云，聖僧居之耳。」這又是一個門，在天池寺附近。前引桑喬《廬山紀事》則說：竹林寺「後門乃在甘露寺側小石峽中」。竹林寺，其門何其多也！不過，既然竹林寺本身都是有名無實，那麼門在何處，門之多少，也就更不必認真了。

再是關於竹林寺石刻的字體，李洞說是「崖間大隸書曰『竹林寺』」，李夢陽說是「竹林寺刻，非篆非隸」。2012年夏天，在廬山避暑兩月，在仙人洞景區的訪仙亭對面大石上，找到了「竹林寺「三字，字體不是隸書，和篆書更是無涉，而是似隸非隸、似楷非楷。當然，筆者所見，也可能不是李洞、李夢陽等人當年所見之原石刻。

至於原石刻是何人所書，明太祖朱元璋說是周顛，李夢陽也說是周顛手跡，其實，早在元代，黎景高在《紀遊集》中已說是晚唐羅隱所書，黎氏《紀遊集》現在無法看到了，好在清代查慎行在遊記中曾引黎氏所說。這又是一個懸案。

再回到「竹林幻境」。詠廬山竹林寺的詩，為數不少。如劉長卿《送靈徹上人》：「蒼蒼竹林寺，杳杳鐘聲晚。荷笠帶夕陽，青山獨歸還。」朱放《題竹林寺》：「歲月人間促，煙霞此地多。殷勤竹林寺，更得幾回過。」但它們都沒有談

到幻境。這說明劉長卿、朱放所處時代，盧山實實在在有竹林寺，並不是後來所說「有名無寺」，只是還沒有產生「幻境」之說。而幻境之說始於何時，則難於考察了。

到了後來，「竹林幻境」成了一種比喻，說明某種事物有影無形，實際並不存在。在文字上，它多見於曲詞。如《雍熙樂府》所載《醉花陰·趕蘇卿》：「恰便似，竹林寺，有影不見形。」《點絳脣·窮祝壽》：「興廢虛實，事關前定，皆由命，半紙功名，地似竹林寺般無形影。」《端正好·集雜劇名詠情》：「我便似，藍橋驛，實志真誠；他便似，竹林寺，有影無形。受寂寞，似越娘背燈，恨別離，樂昌分鏡。」《粉蝶兒·泣楊妃》：「我與你，便旋添黃串餅，娘娘似竹林寺，不見半分形，到今日，則留下這個影影。」

盧山竹林寺本是幻境，這是當時人們的共識，但偏偏就有人要宣揚它的真實性，將它與現實生活聯繫起來，此人就是明太祖朱元璋。

眾所周知，朱元璋本是放牛娃、小和尚，出身低微，而後來卻做了皇帝。朱元璋為了鞏固政權，便編了一個神話，說有周顛等四人，先知先覺，在他與陳友諒爭奪天下、和後來染病時，曾經多次幫助自己，以此證明自己是真命天子。徐霞客《遊盧山日記》說：「升仙台三面壁立，四旁多喬松，高帝御製周顛仙廟碑在其頂，石亭覆之，制甚古。」周顛仙廟碑就記載了朱元璋編的這個神話。周顛碑高一丈二，闊三尺八，厚七寸，石質堅白細潤。碑正面是朱元璋親自撰寫的《周顛仙人傳》，背面也是朱元璋所撰《祭天眼尊者、周顛仙

人、徐道人、赤腳僧文》及兩首詩，均由當時著名書法家詹希原書丹。據《周顛仙人傳》記載，周顛等人就在天池寺和竹林寺一帶活動，說得那麼確鑿。這樣，虛幻的竹林寺和實在的天池寺就等同了。後來，周顛仙人、天眼尊者、徐道人和赤腳僧還被稱為竹林寺四仙。

作為地理學家和旅遊家的徐霞客，他在考察山水的同時，對歷史傳說也多有涉及。其《遊廬山日記》文字不長，卻多次提到竹林寺，可見他對此很感興趣。特此略作介紹，以饗徐學同仁。

李介立《過靈璧吊虞美人墓》解讀

《過靈璧吊虞美人墓》見《李介立詩鈔》卷一，全詩如下：

　　項王潰圍出，虞姬以死別。

　　人曰兒女態，惓戀難決絕。

　　女子如虞姬，何其反撇脫。

　　吾知烏江刎，定為姬所激。

　　不然過江東，猶是王一國。

　　晨過靈璧郊，英風起路側。

　　停驂閱古碑，吊此貞烈魄。

　　盡洗兒女語，恐辱丈夫節。

　　好奇太史公，竟失其本末。

　　空傳美人草，千載有遺血。

　　虞美人即虞姬，是項羽的侍妾，楚漢相爭項羽失敗後，他先於項羽自刎而死。歷代歌詠虞姬的詩歌很多，基本上是讚歎或惋惜的，但各自角度又不盡相同。

　　如北宋蘇軾《虞姬墓》：「帳下佳人拭淚痕，門前壯士氣如雲。倉皇不負君王意，只有虞姬與鄭君。」認為虞姬忠於項羽，和鄭榮一樣。鄭榮是項羽的部將，項羽死後，鄭榮被俘，劉邦命令項羽舊部全部改名為「籍」，因項羽名籍，劉

邦這樣做是為了檢驗他們是否仍把項羽當作主人而避諱。結果只有鄭榮拒不從命，因而被逐；而其他改名的都封為大夫。

再如南宋范成大《虞姬墓》：「劉項家人總可憐，英雄無計庇嬋娟。戚姬葬處君知否，不及虞姬有墓田。」在歎息英雄項羽無力保護一個弱女子的同時，認為虞姬有墓讓後人憑弔詠唱，還是比劉邦的侍妾戚姬更幸運。還有元代楊維楨《虞美人行》：「拔山將軍氣如虎，神騅如龍躍天下。將軍戰敗歌楚歌，美人一死能自許。倉皇伏劍答危主，不為野雉隨仇虜。江邊碧血吹青雨，化作春芳悲漢土。」野雉指呂后，句意是說虞姬不投降，沒有像呂雉那樣侍從劉邦。全詩也是稱許虞姬的忠貞。清代何溥《虞美人》：「遺恨江東應未消，芳草零落任風飄。八千子弟同歸漢，不負君恩是楚腰。」這是說項羽的八千士兵都投降了，只有虞姬忠於項羽。

《紅樓夢》中林黛玉寫的《五美吟》中的《虞姬》說：「腸斷烏騅夜嘯風，虞兮虞兮對重瞳。黥彭甘受他年醢，飲劍何如楚帳中。」醢，剁成肉醬。黥布和彭越原來都是項羽的部將，後來投降劉邦，被封為王，但最後因叛亂被殺。曹雪芹認為虞姬是死得其所，死得其時，比黥布和彭越強得多。京劇傳統劇目《霸王別姬》，也是演說這一故事：軍帳之內，夜已深沉，虞姬舞罷，歌罷，劍出鞘，血四濺，永別了霸王。

與上述詩作不同，李介立的《過靈璧弔虞美人墓》，獨具慧心，獨具只眼，寫出了一個別樣的虞姬，抒發的是另一種感慨。

第一，在李寄筆下，姬虞在與丈夫「以死別」的時候，沒有一般小兒女那種「惓戀難決絕」的姿態，而是「撇脫」。撇脫者，灑脫也。沒有纏綿，沒有怨尤，沒有悲傷，這既有別於蘇軾筆下的「拭淚痕」，更不是范成大筆下的「可憐」態，而是一個全新的虞姬。據史料記載，在楚漢相爭的最後階段，項羽被劉邦圍在垓下，陷於四面楚歌之中，自料難於突圍，作《垓下歌》：「力撥山兮氣蓋世，時不利兮騅不逝。騅不逝兮可奈何，虞兮虞兮奈若何！」是一副無可奈何的窘態。而虞姬不同，她作歌相和：「漢兵已略地，四面楚歌聲。大王意氣盡，賤妾何聊生。」她「盡洗兒女語，恐辱丈夫節」，較之項羽，虞姬不是無可奈何，而是視死如歸。應該說，李寄筆下的虞姬，更符合歷史的真實。

第二，項羽為什麼在烏江自刎？李寄認為是被虞姬所激，這更是全新的觀點。關於項羽烏江自刎之事，歷代文人聚訟紛紜。按司馬遷《史記》所記，項羽死前，有烏江亭長要撐船渡他過江，說：「江東雖小，地方千里，眾數十萬，亦足王也！願大王急渡。今獨臣有船，漢軍至，無以渡。」項羽回答說：「天之亡我，我何渡為？且籍與江東子弟八千人渡江而西，今無一人還，縱江東父兄憐而王我，我何面目見之？縱彼不言，籍獨不愧於心乎？」這是一種看法，說項羽覺得無顏見江東父老，是愛惜自己的名聲而自刎。王安石《烏江亭》說：「百戰疲勞壯士哀，中原一敗勢難回。江東子弟今雖在，肯為君王捲土來？」這是又一種看法，認為項羽是見大勢已去，無法挽回，因絕望而自殺。附帶說一句，王

安石此詩，明顯不同意杜牧的看法。杜牧《題烏江亭》：「勝敗由來不可期，包羞忍恥是男兒。江東子弟多才俊，捲土重來未可知。」從史料來看，虞姬對前景有清醒的認識，所以她在和歌中說「大王意氣盡」，失敗不可挽回了。這一看法，正是王安石詩的源頭。宋代胡仔在《苕溪漁隱叢話》中說：「項氏以八千人渡江，無一還者，其失溺心為甚，誰肯復附之，其不能捲土重來決矣！」也不同意杜牧的看法。杜牧自己雖然也曾不屑地說過「書生逞意氣，往往好談兵」，其實他自己正是這樣逞意氣的書生。

清代于成龍《過虞姬墓次前人韻》說：「破秦當日衄咸陽，及敗誰嗔困北邙？玉玦無謀定天下，青鋒有意謝君王。八千歌散腸應斷，九里煙銷骨尚香。悔比樊姬差一諫，空令怨血舞紅妝。」樊姬是春秋時楚莊王的夫人，楚莊王即位後，因喜愛狩獵而荒怠政事，樊姬多次勸諫，使楚莊王改正，後來又勸說楚莊王重用賢能的孫叔敖，致使楚國稱霸。于成龍在稱讚虞姬忠於項羽的同時，又批評她未能勸諫項羽。而李寄是另一種看法：「吾知烏江刎，定為姬所激。不然渡江東，猶是王一國。」他認為項羽或許不想自殺，是虞姬率先自刎，用激將法，激勵項羽也自殺，是虞姬成就了「生當作人傑，死亦為鬼雄」的項羽。在李寄的眼中，在李寄的筆下，虞姬不僅是「貞」，更是「烈」，更值得肯定。

第三，在歷代詩文中，虞姬只是附屬於項羽而存在，而在李寄的筆下，虞姬是獨立的，主動的，而且在項羽生命的最後時刻起了主導作用。因此，李寄更加關注虞姬。李寄發

現，太史公司馬遷沒有記下虞姬的來歷和結局，所以在詩中說：「好奇太史公，竟失其本末。」的確，在《史記》中，虞姬出現時，只交必一句「有美人名虞，常倖從」；她作歌相和後，如何死，何時死，也沒有寫。虞姬所作之歌，和在軍中飲劍而亡，是出自野史，而《史記》沒有記載。對司馬遷沒有寫虞姬的最後結局這一情況，歷代文人大多忽視了，只有清代女詩人吳永和提到過，她的《虞姬》詩說：「項王真英雄，姬亦奇女子。惜哉太史公，不紀美人死。」吳永和生活的年代稍晚於李寄，所以說是李寄最早發現這一問題。詩中「空傳美人草，千載有遺血」，是說據傳虞姬死後，貞魂化作虞美人草，血紅色，見人則舞。所謂「空傳」明顯有惋惜之意。

至於司馬遷為什麼沒有記虞姬的本末，清人沈德潛的說法是：「虞姬之死，史筆無暇及此」。沈氏所言，有一定道理，因為虞姬畢竟不是事件的主角。然而李寄卻偏偏關注不是主角的虞姬，這可見他對虞姬命運的重視。在以帝王將相為主角的歷代正史中，在以男權為中心的封建社會，婦女的作用往往被忽略，婦女的命運不為人重視。李寄如此評價虞姬，如此關注虞姬，從一個細微的側面，反映了他的婦女觀、歷史觀。

《過靈璧吊虞美人墓》是《李介立詩鈔》第一卷《聽雨集》最後一首，是清順治十四年（1657），李寄從秦地回歸途中所作。詩後他自己寫了一段話：

甲午六月，余自中州由淮入江，從左公赴江右

任。行次烏江，颶風大作，余等三舟才收港下碇，

余二十艘壞，其一人無恙焉。當是時，楚師瓜代舟

蔽江下，覆溺者眾，余等從櫓上觀見其飄蕩擊撞呼

號顛連之狀，人為之戰栗。其帥舟風截桅為二，上

桅隨風蓬卷去，舟漩轉江面，久之乃定。相傳烏江

古有項王廟，極威靈，過必祈賽，否則風濤不能濟；

有書生賦一詩譏之，神遂絕。此豈王威靈之所致

耶？不然何其暴也！明日間道謁王墓，瞻其遺像，

再拜而退。曾有詩弔其豪烈，今失矣。因附志。

甲午是順治十一年（1654）。也就是說，在寫《過靈璧弔虞美人墓》的前三年，李寄寫有弔項羽的詩，可惜丟失了。不然的話，兩詩比較，一人「豪烈」，一人「貞烈」，當另有一番意趣。

據《李介立詩鈔》中的李寄傳記載，他著有《歷代兵鑒》一書，屬史學論著、軍事論著，只可惜今天無法看到了！讀過該書的清代人曾說：「其《兵鑒》一書，卷帙浩繁，難以摘錄，然亦宇宙間不可少之書也！」好在《李介立詩鈔》附文中，有他的《兵鑒自序》一文。文章一開始就說：「兵非聖人所尚也！聖人有時不得已而用之者，非矜智力以爭勝天下，用之正所以止之也。」這樣的戰爭觀，和今天的觀點，幾乎完全一致。從一斑而想全豹，《歷代兵鑒》全書，該會有多少精采的亮點啊！

有子如此，更令徐霞客先生含笑九泉！

趙翼《題徐霞客遊記》詩的兩種文本
暨葉廷甲與趙翼的交往

　　為行文方便，先說葉廷甲與趙翼的交往。

　　在《徐霞客遊記》的版本史和傳播史上，葉廷甲是一位
的重要人物，是有功之人。嘉慶十一年（1806）冬，葉廷甲
得到了徐霞客族孫徐鎮刊行的《徐霞客遊記》的木板，發現
破損嚴重，於是便借到楊名時的手錄本和陳泓的校本，悉心
校勘，發現「其文之不同者以萬計，其字之舛誤者以千計」，
他秉着「其文不同而義可通者仍其舊，其字之舛誤而文義可
通者不得不亟為改正」的想法，在嘉慶十三年（1808）春，
請匠人到家，「訛者削改，朽者重鑴」，刊印了一本新的《徐
霞客遊記》。與此同時，他還將徐霞客佚詩數十首，和其他
名人題贈之詩，作為《補編》，附刻於書後。他稱讚《徐霞
客遊記》是「千古不易之書」，要將徐霞客的精神面目傳播
宇內。因為有了葉廷甲的這一工作，我們今天得以讀到《徐
霞客遊記》的這一版本。同時，他還將徐霞客的若干逸詩和
其他名人的題贈之作保存了下來。試想，如果當年葉廷甲沒
有這樣做，不僅是《徐霞客遊記》少了一個版本，而且徐霞
客的佚詩和若干名人題贈之作也許就永遠逸失了，那樣的

話，該是多麼大的損失啊！

在刻印《徐霞客遊記》這一版本時，葉廷甲還得到了趙翼的題詩，並將其刻在書的扉頁。趙翼是著名詩人和歷史學家，當時就已經名滿天下。趙翼題詩，當然使得《徐霞客遊記》的名氣更大，傳播更廣。

那麼，葉廷甲與趙翼是什麼關係呢？他是怎樣得到趙翼的題詩呢？

光緒《江陰縣志‧人物》載：「葉廷甲，字保堂，諸生，沉酣典籍，博聞強記，藏書至五萬卷，築靜觀樓庋之，暇即兀兀批閱。其名臣遺老著述未傳者，為之梓行鄉里，有利益事率先為倡。年七十外遍歷江浙名勝，聞四明范氏天一閣儲書甲天下，逾錢塘往訪，遍閱所藏庋而返。卒年七十九。著書數十種，及《保堂詩抄》若干卷。」

這樣一位鄉賢，在當地是知名的，但比起趙翼來，名氣則相差甚遠。趙翼為《徐霞客遊記》題詩時，已是耄耋之年，他自己說是「三半老人」，是半明、半聰、喉半響，比葉廷甲大了三十歲，年齡相差很大。兩人是怎麼認識的呢？

近讀《趙翼詩編年全集》，內有與葉廷甲有關的詩若干首，從中發現了一些線索。最早一首是《偕葉保堂秀才遊楊舍城外顧氏廢園》：「平壤無山水，為園仗樹多。喜茲三畝地，竟有百年柯。矮柏臂旁攫，高藤尾倒拖。稍艾蕪穢去，亦足寄清哦。」詩的內容與葉氏無涉，只是在詩題中說與葉保堂同遊了楊舍城外的顧氏舊園。楊舍在江陰，是葉廷甲的家鄉。趙翼四十七歲就辭官回鄉，開初居於武進，乾隆

四十八年（1783）移居常州。趙翼之所以去江陰，是因為他在楊舍有別業，所謂別業，就是我們今天說的別墅。因此，趙翼當然經常往來於原家和別墅之間。

趙葉二人當是在楊舍結識，結識之緣由，有兩種可能。一是葉廷甲慕名拜訪，因為趙翼學識淵博，名聲很大，作為後學而又好學的葉廷甲前去拜訪，是情理之中的事。二是盧文弨介紹，因為葉廷甲是盧文弨的弟子，而趙翼又與盧文弨有交往，集中有《盧抱經學士以雍正壬子補弟子員，今歲壬子又見諸生遊庠，作重逢入泮詩紀事，敬賀四律》詩。盧氏將自己的學生介紹給朋友，當然也是情理之中的事。

趙葉二人結識後，相攜遊顧氏廢園，於是有了這首遊園詩。不過，從這首詩來看，二人感情還只是一般。到趙翼八十一歲時，趙翼夫人程氏去世，他前往江陰楊舍別業遣悶，所住時間較長，大概從這時開始，葉廷甲與趙翼的交往便多了起來。後來有兩首這樣的同題詩：「劫運人才國祚終，滿朝門戶正交鋒。東林點將罷兼煞（原注：東林點將錄內有天罡、地煞星），南渡浮江馬不龍。圜士清流屍裹席，潢池劇賊堠傳烽。始知生長升平幸，出處儳然一短筇。」、「四鎮調停已劃疆（原注：此首專詠史可法），運移那得救垂亡。生嫌棣萼枝偏暖（原注：公弟可程曾降賊，昔文天祥有弟壁降元，或弔以詩，有「南枝向暖北枝寒」之句），死葬梅花土亦香（原注：葬梅花嶺）。盡瘁孤忠諸葛表，立君大義紫陽綱（原注：見史可法答攝政王書）。終邀御筆褒花袞（原注：高宗純皇帝御製題可法答書後），千載丹心日月光。」這兩

首詩的內容也與葉廷甲無關，而詩題則很長，實際上是一篇小序，且很可說明一些問題，題為：《葉保堂明經多購抄本異書，內有馮夢龍〈甲申紀聞〉、陳濟生〈再生紀略〉、王世德〈崇禎遺錄〉、程源〈孤臣紀哭〉等書，皆明末說部中所記時事，可與明史互相參訂者也。楊舍寓齋無事，藉以遣日，偶有感輒韻之》。詩題說，葉廷甲藏書豐富，趙翼經常借閱。這當是二人交往的進一步深入。

後來，趙翼又有《和保堂甘露詠李德裕之作》，那就不僅是借書，而且相互唱和了，由稱呼「葉保堂秀才」到稱呼「保堂」，稱呼更隨便了，這說明關係進一步密切。最後還有一首《贈保堂》，更能說明問題。詩曰：「百里江城棹溯回，喜逢知己好懷開。舊書容我巾箱借，今雨何人步屐來。便擬結盟鷗伴侶，相攜望海蜃樓台。寓齋稍待荷花放，可少臨流一舉杯。」今雨者，新朋友也。雖然是新朋友，但已經是知己，是知心的朋友，趙翼見到了知心朋友，心情頓時好了起來；而且相約一道去楊舍城樓看海。在此之前，趙翼曾有《登楊舍城樓望海》詩；又約定待他的別墅荷花開放的時候，請葉廷甲再來開懷暢飲（趙氏詩題有「楊舍寓齋平池一畝，跨以石橋，橋左右向有紅白荷花」之句）。

筆者沒有找到葉廷甲的詩文集，無法從葉氏這方面來考察他們之間的關係，但就從趙翼的這幾首詩來看，我們完全可以說，葉廷甲是趙翼晚年的知己，是因書而結緣的忘年交。這樣，趙翼為葉廷甲刻印的《徐霞客遊記》題詩，也就在情理之中了。當然，《徐霞客遊記》的精彩內容和徐霞客的

探索精神，則是趙翼題詩的內在驅動。

不過，趙翼為《徐霞客遊記》所題之詩，有兩種文本。這一情況，似乎還沒有人提到。

一是趙翼的手跡文本。我所見到的趙翼詩手跡，是光緒辛巳年（1881）瘦影山房板《徐霞客遊記》扉頁趙翼詩的影印件。全文如下；

題辭

承示徐霞客遊記，並欲補刻其遺詩，具見表彰前輩盛意，謹賦五古一首奉呈。

豎亥步紘埏，若士遊汗漫。

尻車神為馬，古語本荒幻。

霞客乃好奇，足踏天下半。

肩荷一袱被，手挾一油傘。

非奔走衣食，非馳驅仕宦。

南狎橫海鯨，北追出塞雁。

水愕險灘千，陸跂危巘萬。

曉寒風裂膚，暑雨泥沒骭。

渴掬懸瀑流，飢拾墮樵爨。

身衝魑魅過，膽不犲虎憚。

問渠意何為，曰欲窮壯觀。

將成一家言，親歷異遙盼。

注證酈桑精，經訂嶽瀆誕。

以俟後子雲，南針指一線。

果有葉保堂，曠世起驚歎。

購得舊板完，兼搜逸篇散。

方輿燦列看，一一可覆按。

惜哉醫無閭，作者未識面。

西土梁雍州，亦未度雲棧（原注：遼左及隴蜀，其遊跡未到）。

想當明末造（原注：霞客之遊在崇禎中），遼瀋界久判。

陝蜀莽盜區，更難結鞅絆。

今幸世升平，萬里景清晏。

保堂輿既豪，意氣薄霄漢。

曷勿繼遐蹤，探奇盡禹甸。

歸補圖經全，供我臥遊遍。

嘉慶戊辰春仲，甌北趙翼，時年八十有二

頁面還鈐有「趙翼」、「雲菘」二印。這是徐學同仁熟知並常見的一個文本。

二是趙翼本集文本，見《趙翼詩編年全集》卷四十九。全文如下：

題葉保堂秀才補刻徐霞客遊記

豎亥步紘埏，若士遊汗漫。

尻車神為馬，古語本荒幻。

霞客乃好奇，足踏天下平。

肩荷一袱被，手挾一油傘。

南狎橫海鯨，北追出塞雁。

水愕險灘千，陸跋危巇萬。

曉寒風裂膚，暑汗泥沒骭。

渴掬懸瀑流，飢拾墮樵爨。

身衝魑魅過，膽不豽虎憚。

非奔走衣食，非馳驅仕宦。

問渠意何為，曰欲窮壯觀。

將成一家言，親歷異遙盼。

注證酈桑精，經訂嶽瀆誕。

以俟後子雲，南針指一線。

果有葉保堂，曠世起驚歎。

購得舊板完，兼搜逸篇散。

方輿燦列眉，一一可覆按。

惜哉醫巫閭，作者未識面。

西土梁雍州，亦未度雲棧（原注：遼左及隴蜀，
遊跡未到）。

想當明末造（原注：霞客之遊在崇禎中），遼瀋
界久判。

陝蜀莽盜區，更難結鞅絆。

今幸世升平，萬里景清晏。

保堂興既豪，意氣薄霄漢。

曷弗繼遐蹤，探奇盡禹甸。

歸補圖經全，供我臥遊遍。

兩個文本，有所不同。一是，趙翼手書之詩，標為「題辭」，
沒有另外的題目，只有一篇小序，說明賦詩緣由；而在趙
翼本集中，詩有正式的題目《題葉保堂秀才補刻徐霞客遊

記》，沒有小序。二是，詩句稍有差異。「非奔走衣食，非馳驅仕宦」二句，在手跡中是第九、第十句，而在本集中是第十九、二十句；手跡中「惜哉醫無閭」句，本集中作「惜哉醫巫閭」；手跡中「萬里慶清晏」句，本集中作「萬里景清晏」。

這些不同，今天應該從誰，應該以哪種為准呢？

首先說詩題。竊以為，「題辭」二字不能作為題目，因為它是在特定場合下，即刻於《徐霞客遊記》的扉頁時所用，如果今天出版《徐霞客遊記》，扉頁上印趙翼題詩，當然可以用「題辭」二字；而詩一旦獨立出來，或在有關文章中引用，如果再用「題辭」二字作標題，那就叫人莫名其妙了。在這樣的場合，詩題應為《題葉保堂秀才補刻徐霞客遊記》，或簡作《題徐霞客遊記》。

其次說詩的文句應該從誰。第一、「非奔走衣食，非馳驅仕宦」二句，是用來強調徐霞客的探索精神的，而且文意啟下，手書詩將其從原先的第十九、二十句，調前到第九、第十句，顯然更好。第二、本集中，「萬里景清晏」，是平面的，靜態的，而「萬里慶清晏」，是立體的，動態的，多一層意思，當然勝了一籌。第三、至於「醫無閭」和「醫巫閭」，則是指同一座山，同山而異名。山在遼寧省北鎮縣西，也叫廣寧山，是陰山山脈的分支。現在的廣寧山，沒有什麼名氣，可在歷史上卻是名聲顯赫。據說舜帝封山十二座，醫無閭即為其中之一。唐天寶十年，唐玄宗封醫無閭為廣寧公；元大德二年，元成宗又封它為貞德廣寧王。古代有所謂「五鎮」之說，鎮指一個地區最大最有名的山，五鎮是

五嶽之副，醫無閭山為北鎮，是北嶽恆山之副。歷史上，多名帝王到此祭祀，如乾隆帝，分別在乾隆十九年、四十三年、四十八年寫了《祭北鎮壓醫巫閭山文》。醫無閭山風景奇麗，有古詩說：「吾聞醫無閭山天下奇，插空秀色青崔嵬。上有高標萬丈不可以攀陟，下有飛泉百尺冰崖轉石相喧豗」，是有名的旅遊地，古人以「生不識醫無閭」為人生之遺憾。詩人用「惜哉醫無閭，未識作者面」，是以醫無閭山為代表，說徐霞客沒有去過遼東。在古籍中，漢人多稱該山為「醫無閭」，而北方少數民族則多稱其為「醫巫閭」，所以趙翼要將原先的「醫巫閭」改為「醫無閭」。

　　更重要的是，在本集中，《題葉保堂秀才補刻徐霞客遊記》，是嘉慶丁卯年（1807），趙翼八十一歲時所作；而手書該詩是第二年，為嘉慶戊辰年（1808），趙翼八十二歲時，然後由葉廷甲刻入《徐霞客遊記》。也就是說，手書「題辭」之詩是趙翼的改定稿，尊重作者自己的意見，就當然應該以改定稿為準。

各具特色　獨顯本色

── 徐霞客與諸遊家筆下的廬山三疊泉

　　南宋紹熙二年（1191）之前，廬山三疊泉是不為世人所知的。當年朱熹主政南康（今江西星子），又在廬山白鹿洞講學，曾遍遊廬山各地，可就沒有去過三疊泉，他離開廬山之後，才從友人書信中得知三疊之勝，只好托人繪製三疊泉圖寄給他，作紙上之遊，為此曾不勝感慨。他在《與黃商伯書》中說：「新泉之勝，聞之爽然自失。安得復理杖屨，扶此病軀，一至其下，仰觀俯灌如昔年時。或有善畫者得為使畫以來，甚幸！……自聞此新泉出，恨未能一遊其下，以快心目。濺雷噴雪，發夢寐也。」後來，在《與楊伯起書》中又說：「白鹿舊遊，恍然夢寐。但聞五老峰下新泉，頗為奇勝。計此生無由得至其下，嘗託黃商伯、陳和成摹畫以來，摩挲素墨，徒以慨歎。」朱子如此推崇，影響極大，三疊泉從此名聲大振，凡遊廬山之人，大多會不避艱險，作三疊泉之遊，而記述、描寫和詠唱三疊泉的詩文，也不斷出現，蔚為大觀。以文而論，諸遊家筆下的三疊泉，可以說是各盡其妙，各具特色，而徐霞客的遊覽路線、觀察角度和記述文字，更是獨樹一幟，獨顯本色。

請看元代李洞所記：

乃攜衾褐，躋山巔，觀所謂三疊泉。方二三里
抵新泉，壑已無路，稍進皆鳥道，嶄削，訖不能
前，上摩蒼冥，下俯幽壑，仰見一峰，戴巨磐石，
直立雲表。攀緣側足，如是歷九疊、雲屏，而泉出
其後山窮絕處也。樵豎見止，謂遊者往往觸風雨雲
霧類不得見而返。及至，天宇澄霽，向之磐石，如
出井底，四圍巒嶂欲合，泉若瓊簾，從空懸布，為
三疊而下，透映蒼寒，飛淙濺霧，灑面蒙密，蘧然
以醒，謂天地窮而萬物亦窮也。或云方冬冰堅，泉
脈尚微，其行觸坎，疊必谷轉，久之始下，狀若素
絲千仞，洞貫三大雪球於空中，微陽抱景，煥爛輝
發，蓋谷簾泉瀑布、三峽橋、青玉峽為山南北之
冠，而雲屏三疊又為青玉峽瀑布、谷簾之冠。

廬山的瀑布，山南有谷簾泉、玉簾泉、秀峰瀑布（即青玉
峽瀑布）、三疊泉等；山北有王家坡瀑布（即雙瀑）、黃龍
潭、烏龍潭等。據吳宗慈《廬山志》，最早記遊三疊泉的文
章，是元代李洞的《廬山遊記》。李洞遊廬山是在元延祐二
年（1315）二月，他先遊了太平宮、東林寺、大林寺、園通
寺、開先寺、歸宗寺、白鹿洞等處，第五天才遊三疊泉。他
對三疊泉具體描寫是：「四圍巒嶂欲合，泉若瓊簾，從空懸
布，為三疊而下，透映蒼寒，飛淙濺霧，灑面蒙密，蘧然以
醒，謂天地窮而萬物亦窮也。」李洞把三疊泉與谷簾泉、三
峽橋、青玉峽作比較，認為三疊泉是全廬山瀑布之冠。他不

捨離去，至到月上中天才攀援藤蘿下山。

再看明代王世懋《遊五老、三疊、開先瀑布記》：

> 越十五日為三疊遊……兩崖鐵色，壁立數百千
> 丈，峽水森束轉急，仰視不寒而慄。徑皆蒙茸細
> 草，或滑磴，但容一趾。徑窮則度澗。澗石亂插水
> 中，猱接騰湧，下上僅免濡履，惴顳相屬，幾不自
> 支。前覺有異，眾嘩謂三疊泉也！乃稍定氣徐陟，
> 至則山崖四面陡絕，樵經絕焉。澗逐山止，而三疊
> 泉從山南最高處冉冉盤空而降。初級如雲如絮，噴
> 薄吞吐，流注大盤石上，水石衝激，乃始瀠洄作
> 態，珠迸玉碎。復注二級石上，匯為巨流，懸崖直
> 下龍潭，飄者如雪，斷者如霧，綴者如旒，掛者如
> 簾，散入山足，森然四垂，湧若沸湯，奔若跳鷺，
> 其聲則蘊隆之候，風掀電馳，霆震四擊，轟轟不
> 絕，又如昆陽、巨鹿之戰，萬人鳴鼓，瓦缶相應，
> 真天下第一偉觀也。潭中流，峙一巨石，屹然砥
> 柱，好事者常勒名其上，俯觀目眩。予乃隔潭據一
> 石箕坐，敲石煮松溫酒，浮白酬之。坐去瀑布二十
> 丈許，泉濛濛時灑人面。

王世懋的描寫，具體而形象，比喻貼切，極富文學性。他分
寫三疊，一級是「如雲如絮，噴薄吞吐」；二級是「瀠洄作
態，珠迸玉碎」；而第三疊，「直下龍潭，飄者如雪，斷者如
霧，綴者如旒，掛者如簾」，寫出了瀑佈下落的不同態勢，
又以「風掀電馳，霆震四擊」，「萬人鳴鼓，瓦缶相應」，比

之以昆陽之戰、巨鹿之戰，寫出了瀑布的聲勢。王世懋認為三疊泉是天下第一偉觀，比李洞的評價更高。

明代曹學佺《遊匡廬記》是這樣寫的：

> 余從觀山及鷹嘴巖望之，山似以觀泉，故名觀嘴，取其獨伸於外，而網或蔽之矣。兩者觀泉，亦有長短之辨，若不能盡。即其初疊，已若空中之與平地，水勢長則緩，短則急，石之一級，若一仰盂，如此者三，盂不能受水，徒增其到地速也。風從峽來，以谷應之，與泉共搏，迭為柔剛。氣蒸成雲，谷中易滿。雲出泉流，雲閉泉隱，予甫能觀，頃刻而前後皆闐闐，則見其他隱隱一二寸縷，若魚之鼓腮，欲破浪城而出者，是其竇中初噴起時水也。於是循巖而行，觀水所趨，身傴以僂，足垂得半。

曹學佺記述了三疊泉的三個特點：一是從不同地方看，三疊泉有長短之分；二是泉流長則水勢緩，泉流短則水勢急；三是泉流或隱或現，和水氣蒸發成雲阻擋視線有關。

清代宋之盛《峰瀑一指》則說：

> 至三疊泉，泉為五老峰尻，普陀巖在焉，負巖為寺。而秦中人所廬，高嵌巖胸，望之若壁棟鳰窩，又若露蜂房，作一寸樓台，益歎以為真有道者。就拜，與語連朝昏，不如所聞，興盡。擬從一線天下玉川門，究三疊泉尾，復溯流上，摸算五老峰，補遺憾。會人日雪作，不果。

宋之盛這次遊廬山的目的，是尋訪隱居廬山的秦中人。所謂

「秦中人」，其實是指明朝遺民。可他見到秦中人後，「與語連朝昏，不如所聞」，並非他所期待「有道者」，大失所望，又因下雪而卻步，留下「泉事失之三疊者」的遺憾。

清代黃宗羲在順治十七年（1660）九月十九日入廬山遊開先寺，至十一月十九日離開廬山，歷時兩個整月，其間十月初四至初十在九江，實際遊覽和考察廬山長達五十四天，寫下長文《匡廬遊錄》。黃氏如此記述：

> 甲午，雁山使其侍者導予入三疊泉。倚壁有小徑，出荊棘之下，遇其絕壁，則行澗中，澗水不測，則攀危石而過。登頓怒瀑間，至龍潭，瀑數丈，瀉大壑，外有石如門藏之，較青玉峽，亦伯仲也。潭外有石刻，多剝落。予辨「白鹿洞主趙應慶」數字，不知為何代人。旁有石，類鸚鵡。五里，至泉下，勞悴則十倍矣。初疊十丈，徙倚壁間；二疊如初疊之長，而去壁稍遠；三疊則數百丈，投空而下。然三疊未半，有巖腹逗之，亦頃之始放，亦可謂四疊也。潭中有大石者定，字翔其中。谷風悽然，不能下視。

在黃宗羲的眼中，泉之第三疊，因有巖突出，一疊變為兩疊，那麼，三疊泉就成了四疊泉了。這無疑是一種新奇的說法。

再看清代邵長蘅的《廬山遊記六則》：

> 遊玉簾泉後十日，乃往尋三疊泉。先一日宿觀音閣，晨起，雛僧導行，五里，抵玉川門。玉川門者，峭石撐拄成洞，旁有竇，人傴僂穿竇中如門

焉。門內小庵正瞰鐵壁峰,峰皆斧削,橫亙二三里,如張大屏障,色黑類鐵,因以名。聞春夏山鵑開,景色奇麗。庵後循澗行裏許,抵一潭,石多異狀。泉作三級,下注十餘丈。僧曰:「是三疊泉也。」余意盡,去之,仍憩玉川門。老衲元公詢遊狀,笑曰:「外龍潭耳!泉距此尚五里,然險絕,近罕遊者。」乃賈勇復往。元公操杖從,尋舊徑抵潭,揭澗而北,逾一石齦,不能受趾,腹帖石,翕翕然過。此皆鳥道,榛莽不及頸以下三之一。磴碕而滑,每陟磴,必攀援上,膝幾拄頤,茅脊劌十指,至血濡縷不顧矣。澗闊十餘丈,攓衣履渡,從石上猱接猿騰,湍壯石巉,為之股栗久之。先見下疊,轉絕壁,三疊俱見。至此,則兩壁削峭,青天逼狹如礲,泉從天落,奚止千仞。山志稱初級自崖口懸注,嫋嫋垂練,既激於石,則如雨如霧,噴灑二級石上,然後匯注龍潭,轟轟如萬人鼓。乃三級之半,石又軋之,別似一級,則志未之及也。泉於廬山最奇,最後出,太白、樂天、晦庵諸公未及觀。茲遊,余似有厚幸,然使囊驟信導僧所言,即不之信而不遇,元公導之,遇矣;而或怵於險,泉之奇,迄無由睹也。噫嘻!天下一窺其藩,遽信為是,與夫困於無導與怵險而卻者,蓋什且八九也,斯又重可慨惜也哉

邵長蘅之遊,因為第一位導遊的誤導,險些錯過了三疊泉,

第二位導遊帶他不避險阻，才欣賞到三疊泉的壯觀。由此他得出結論：如果沒有好的導遊，或者害怕艱險而退卻，是不能領略到人間奇景的。

查慎行的日記體長文《廬山紀遊》是這樣記述：

午後，留行李於萬松僧舍，亟欲往觀三疊泉，而此間居僧如麋鹿不肯為向導，仍強眉生同行。道左有澗，出大月山，即三疊泉源。沿澗而行，草樹蒙翳，路窮則涉水，已復登岸，如是不知凡幾，備極嶮巇。而目之所接，愈入愈奇。孤根聳拔，千仞到天。有石踞其頂，昂首垂耳張吻而下飲者，犀牛峰也。巨石當衝，棱角盡殺，滑不留足，散者棋布，豁者門開，龍蛇蜿蜒，雷霆砰擊者，九疊谷也。宛轉如城，側理橫疊，向背異勢，互長爭高，或騰空上走，或奮怒落者，九屏峰也。巉削童赤，鑿成疏欞，如出鬼工者，麻姑崖石橀子也。急流漂沫，懸流垂絲，匯為深淵，渟泓作鏡，照人鬢眉皆碧者，綠水潭也。自綠水潭而下，怪石凌亂，絕壁俯臨，兩岸無路，北崖鬥坡若有人跡，可容半足，側身而上，僅乃得過，老僧不能從矣。上峻嶺約二里，石洞當前，上通一穴，名「一線天」，再上有臥石一方，篆書刻「竹影疑蹤」四大字，計此去大梁津不甚遠，可以俯瞰飛流。忽遇擔柴而至者，詢以三疊泉路，答云：「距此尚遠。」會日已銜山，遂尋舊路，返以告眉生。眉生曰：「自一線天北望三疊泉，不過

半里。」乃知向為樵夫所紿。自歎冒險而來，已至其
旁，竟不得一見。

查慎行從萬松寺出發，意欲遊三疊泉。一路目之所接，愈入
愈奇，孤根聳拔，千仞到天。經犀牛峰、九疊谷、九屏峰、
麻姑崖、綠水潭，到了一線天，本來距三疊泉已經不遠了，
終因誤聽樵夫所言，未能一見。

下面是潘耒《遊廬山記》所記：

　　乃為三疊泉之遊。東北上峻阪，頗艱澀，而山
勢絕奇，麻姑、大鵬、鐵壁諸峰，皆石骨嵯峨，如
屏如城，削立天半，酷似雁蕩、武夷，與廬山他峰
不類。過雙溪亭，見溪流下合上歧，得雨而怒，洶
洶皆作白波。又上至玉川門，削壁對峙，飛湍出其
中，幽險蒼寒，不類人境。覺浪禪師之孫文或，自
蕪湖退院結廬閉關焉，束筏煨鐺，類能遺世者。溪
源即三疊泉。溯溪而進二三里可至。石路崩塞，久
斷人跡，須過溪登山頂，乃得見之。雨後，水暴
漲，狹處猶難渡。取木梯為橋，橫跨溪上，兩人挽
竹為欄，踐波而過。允言年稍長，餘止之勿渡，獨
與陳甥行。小憩凌雲舍，以其僧為導，從鐵壁之
腋，直造其巔。石仄草深，盡銳賈勇，牽攀而上。
既登峰，則彭蠡、小姑、尋陽、大江都在杖底。又
二三里，至懸崖側徑，土名塘塍纖者，乃見瀑布懸
於對面，如百幅冰綃，搖曳空中；又如萬斛明珠，
從天傾瀉。蓋峽束泉湧，噴空而下，都不着壁。小

頓復行，分為三節，一節直垂，二節差曲，三節更
闊而長。以空行故，初無定質，風飄日映，千態萬
姿，絕類雁蕩大龍湫。龍湫一道，而此三疊，似當
勝之。然龍湫下垂到地，而此孤懸山心；龍湫肩輿可
至，而此須攀藤附葛。故遊雁蕩者，必到龍湫，而
遊匡廬者，罕至三疊泉也。唐宋人未知有此泉，故
太白、子瞻都未得見。元明人知有此泉，亦多望崖
而返。余幸得見之，非勇決不及此。還宿巢雲，誇
語允言：「此遊不獨傲他人，並可傲君矣。」

潘耒認為三疊泉和雁蕩山大龍湫相似，不同處是三疊泉有三
疊，勝過大龍湫只有一道，大龍湫一垂至地，而三疊泉孤懸
山心，去大龍湫可以坐轎，而遊三疊泉必須步行攀緣。

　　清代吳闌思在四年之中三次遊盧山，寫下五千多字的
《匡廬紀遊》，去三疊泉是第三次遊盧山時。

五老之陰，眾水會而成溪，長數十里，繞九雲屏
而東注。溪盡絕壁，千丈瀑布迅注，凡三疊，始下
玉川門。由一線天登嶺，折而南，峰回崖曲，三疊
不全見。近麻姑崖，有孤松倚絕壑，抱松擲身，憑
虛下眺，始見匹練三折掛於青壁。玉簾讓其高，黃
崖遜其幽。匡廬瀑布，斯為第一也。

這段文字不長，寫了從兩處看三疊泉的效果，一是由一線天
登嶺，三疊不能全見，而由麻姑崖上攀，抱住松樹，探出身
子，往下眺望，則可看全三疊。潘氏認為，三疊泉在匡廬瀑
布中名列第一，玉簾泉沒有它高，黃崖瀑布不如它幽。

專門記遊三疊泉的有吳名鳳的《遊三疊泉記》：

　　廬山奇秀甲天下，奇在石，尤奇在水，水石之奇兼之者，惟三疊泉。辛巳小春，在南康郡與粵西潘禹門、雲間蔡繡風約為三疊泉之遊……歷數轉乃至玉川門者，三疊泉之谷口也。劉世揚題有「玉川門」三字，今其門已傾矣。仰視，亂石支撐，積壓欲墮，徑被土塞，無路可循。從役匍匐先登，連臂接膝，提攜而上，俯首入石中，凜凜乎如立巖牆，急尋側路出，攀巨石左轉，至平處小憩。東望湖水際天，帆檣數點，令人作滄洲之想。西則兩崖壁削，谷通一線。峙者如立之墉，流者如走穴之蛇，行者如穿珠之蟻，至此又別有洞天矣。初循澗南行，危徑草盤，僅容一趾，每得石則心喜，杖代人扶，草類繩牽，仰企俯就，逐步凝神，彳亍遞至龍潭。石累累如數間室。澗南路窮，更躡石渡澗而北，窄處僅寬半足，盤曲移趾得他石，乃奮躍而前。高石難登，則援之以手或以杖，與先登者力挽之。當泉湧處，急投足過水中石，濡履所不恤也。問僧距瀑遠近，僧言：「此處草深路塞，欲從末由。」潘禹門心怯回輿。予不肯廢於半途，杖策復進，必欲觀瀑泉乃已，行未百步，汗流浹衣，氣喘難禁，不能中止。勉強徐行，頗亦自悔，心怦怦幾不自持。忽見南崖蒼壁中匹練下垂，光明燦爛，不禁躍然大呼曰：「瀑布至矣！此上疊泉之中截也。再進，復睹上截，

而脛酸膝弱，扶杖略停，繡風亦盤跚至，更上數級，見泉水自半天來，斷續奔騰，如玉龍出沒雲霧中，蜿蜒盤折，鱗甲飛動，上自峰頂，下抵深潭，長與山齊，不知幾千百丈也。瀑上下各有三疊。其上由西南峰缺處沟湧下墮，承以大盤石，投之力，斯飛愈疾，如龍怒張，有風鬢霧鬢之態，其勢向東而稍北；繼乃貼石齒齒流，失勢一落，忽垂千丈，其勢迤北而猶東，此上三疊之勝概也。迨流至五老峰背，向北傾入澗谷中，則為下三疊，泉與上三疊亦略相類。初墮崖如駿馬下坡，釜上之氣蓬蓬，萬斛之珠滾；繼又觸石而起，如拍岸之濤，如碎柱之璧，輕塵薄霧，瀰漫崖谷，至下段，則斜拖山足，石齒鄰鄰，如釜中湯沸。跳赴龍潭，濚洄盤旋，氣猶未息，蓋其所從來者遠矣。予既遞觀六疊之奇，復尋逕下入澗底。石黑而津，履滑窘步；仰視晴空，蒙蒙如霏細雨。瀑離石飛騰，生氣迥出，似有力者挽銀河千斛，凌空倒瀉，為之仰面叫絕，已而寒氣森森，砭人肌骨，勢難久立逡巡。陟對面大石上，學跏趺坐，遠睨泉布，俯聽雪濤，拓開萬古，推倒一世，胸襟之暢，口難名言，遂呼繡風而告之曰：「予等今日始得三疊全勝矣！蓋自五老峰巔望之，僅得上三疊；其傾入澗中者，不及窺；自澗底潭側望之，僅得下三疊，其上瀑亦不及見也。今吾列坐此間，一見而獲全瀑之勝，豈非與廬山有宿緣乎？且吾今

日之遊，風稍急，則高不勝寒；雨稍濡，則滑跌堪虞；雲稍蔽，懸流莫辨。茲幸煙消雲霽，天高日晶，五老真面為我獨開，九疊、屏風矗立相對，此天然一幅畫圖也。」昔朱文公欲遊其下，恨未得至，嘗託黃商伯摹寫，摩挲素墨，輒增嘉歎。今吾子固工丹青，盍為匡君一寫真乎？」繡風迺然而笑曰：「是吾心也。」於是朗吟太白《廬山謠》而書空密圈曰：「此真『銀河倒掛三石梁』也矣！」撫掌狂叫，空谷響應，山靈咳笑，欲來親人。乃滿飲巨觥，向瀑灑之，遙請五老，浮一大白，然後珍重惜別而去。

吳名鳳認為：「廬山奇秀甲天下，奇在石，尤奇在水，水石之奇兼之者，惟三疊泉。」他觀賞三疊全景的感受是：「拓開萬古，推倒一世，胸襟之暢，口難名言。」評價極高。吳名鳳的另一發現是，有所謂上三疊和下三疊，「自五老峰巔望之，僅得上三疊；其傾入澗中者，不及窺；自澗底潭側望之，僅得下三疊，其上瀑亦不及見也」。這樣，三疊泉就成了六疊泉了，這無疑是更新奇的說法。其實，他是將泉流上游跌巖起伏的三處小瀑布也算在內，不足為據。

以上諸家，有的早於徐霞客，有的晚於徐霞客。徐霞客遊廬山是明萬曆四十六年（1618）八月，八月十八日到九江，當日遊了西林寺、東林寺。十九日遊石門澗、天池、大林寺、佛手巖，記了竹林隱寺的傳說。二十日遊文殊台，又重遊石門澗，歷覽附近諸峰。本擬再上漢陽峰頂，因天色漸晚，峰頂無處可宿，而來到漢陽峰麓小寺。二十一日，從漢

陽峰麓的慧燈小寺出發，先遊漢陽峰和五老峰，後探三疊泉，到天已昏黑才投宿五老峰麓的方廣寺。

作為文學家，徐霞客這一天的記遊文字非常簡潔，準確。如寫三疊泉上游澗中亂石，「圜者滑足，尖者刺履」，是從足部感覺來寫，是觸覺；寫綠水潭，「怒流傾瀉於上，流者噴雪，停者毓黛」，是從顏色來寫，是視覺，均令人如身臨其境。而其用詞又極富變化，如表示看的意思，用「瞰」、「瞻」、「盼」、「望」、「覽」、「見」、「觀」；表示走的意思，用「躋」、「歷」、「下」、「行」、「渡」、「返」、「溯」。徐霞客在行文中還兩次提到傳說中的竹林隱寺的後門，這既是如實記述導遊僧人介紹，又使得文章搖曳生姿，三疊泉的環境呈現出一縷神祕，更加令人心馳神往。這一切，與諸文章大家相比，毫無遜色之處。

作為地理學家，徐霞客的方位感特別強。這一天的日記只有六百多字，記方位的就有十七處之多，如「南瞰」、「東瞻」、「西盼」、「出其左脅」、「北轉」、「從北東轉」、「西入」，等等。這樣詳細地記述旅遊方位，在一般文章中很難看到。霞客先生的距離感也很強，沿途里程記載非常清楚。當天他從慧燈僧的小寺出發，「二里」，至漢陽峰頂；「下山二里」，循舊路，向五老峰；從漢陽峰到五老峰，「且三十里」；「仍下二里」，至嶺角；「裏許」，入方廣寺。「北行一里」，渡澗。「如是三里」，到綠水潭。「又里許」，到大綠水潭。「二里」，觀三疊全景。精確方位感和準確的距離感，這是徐霞客的天賦地理素質，遠非一般文章家所能比肩。

作為探險家，徐霞客遊三疊泉，走的不是前代遊家所走的路線。在他之前，李洞是從白鹿洞上山，經尋真觀，由下而上探尋三疊泉。而王世懋是從觀山下「依澗而上」，過玉川門，到達三疊泉。徐霞客則是第一位由上往下攀援考察三疊泉的人。這裏先要說明一個問題。現在遊三疊泉的人，一般都是從山北公路或山南公路先到牯嶺，再從牯嶺出發，乘旅遊巴士經五老峰北麓，到原良種場，沿七里沖溪澗，先右後左，向下而行，或坐軌道車，至鷹嘴峰，再下行一千多石階到三疊泉下，從下往上仰觀三疊泉。之所以能這樣走，是因為從1903年牯嶺被德國傳教士李德立發現後，東谷和西谷得到開發，建了大量房屋，成了避暑勝地；共和國成立以後，又先後修通了山北公路和山南公路，牯嶺成為遊覽廬山各風景點的聚散地。而古代則不然，從來沒有從牯嶺出發遊三疊泉的，而且一般都是從山南上山。李洞是如此，王世懋也是如此，晚於徐霞客的曹學佺，是由觀山而上的，黃宗羲、邵長蘅、潘耒和吳名鳳，都是經玉川門而到三疊泉的。

徐霞客探索三疊泉，先是由今天的七里沖循澗而行，這一段路，與今天遊人路線基本相同。當然，今天即使是步行，不坐軌道車，也比當年徐霞客好走多了。不會有當年徐霞客在溪澗中「圓者滑足，尖者刺履」的感覺。而接下來徐霞客走的路線就與今人不同了。他到了「水勢至此將墮」的大綠水潭，見「潭前峭壁亂聳，回互逼立，下瞰無底，但聞轟轟倒峽之聲，心怖目眩，泉不知從何墜去也」，這是從上往下觀泉水去勢，今天已無人這樣觀三疊泉了。接着，他

「西向登峰」，但「四瞰層壁，陰森逼側，泉為所蔽，不得見」，這是從另一個角度看，泉被遮蔽了。於是他「乃循山岡，從北東轉，二里，出對崖下瞰，則一級、二級、三級之泉，始依次悉見」，終於看見了三疊泉的全貌，這是從對面山崖上看三疊泉。如此考察三疊泉，前無古人，徐霞客是第一位。而後來的清代查慎行，探泉之路與霞客基本相同，但他沒有到達「水勢至此將墮」的大綠水潭；只是止於「一線天」，相距半里而沒有看到三疊泉，留下「冒險而來，已至其旁，竟不得一見」的慨歎。

粗檢古人記遊三疊泉之文，徐霞客的確是獨樹一幟、獨顯本色，真無愧為千古一人！

徐霞客江源新說的國家認定

　　人類社會是在人類自身的活動中不斷發展的。它的發展，既需要普通民眾的辛勤勞動，也需要社會精英不斷有所發現，有所發明，有所創造，有所前進。所謂發現，應是對原本已經存在的客觀事物或社會現象的發現。這種發現，有時只是一時的靈感觸發，如牛頓，從樹上落下一隻蘋果而發現萬有引力；更多的時候，它需要由靈感觸發後的長期苦苦探索，如馬克思，是在長期研究後才發現和總結出剩餘價值學說。當然，這一切都有賴於社會精英的智慧，有賴他們的銳利眼光、懷疑精神和探索行動。

　　長江之源的發現也是如此。亙古以來，我們民族的母親河 —— 長江，就一直在中華大地奔騰流淌。但普通民眾在享受長江的灌溉之利和航運之便時，大多對它熟視無睹，了無感悟。古代的文人墨客，也往往只是從長江的滾滾東去而抒發感慨：李白「請君試問東流水，別意與之誰短長」，是抒發對朋友的綿長情誼；杜甫「即從巴峽穿巫峽，便下襄陽向洛陽」是表達動亂之後的急切歸心；那關西大漢，銅琵琶、鐵綽板所唱蘇東坡的「大江東去……」，說豪放也豪放，可惜最後卻歸於「早生華髮」、「人生如夢」的無奈和蒼涼！在

徐霞客的家鄉江陰，也正如徐霞客所說，「生長其地者，望洋擊楫，知其大，不知其遠；溯流窮源，知其遠者，亦以為發源岷山而已」。

而當徐霞客佇立在長江岸邊的時候，那長江後浪推前浪激起的朵朵浪花，觸發的是另一種靈感，激起的是另一種情懷。他別具慧眼，不是感歎大江東去，而是關注大江西來。我住長江尾，那西邊的長江頭，真的是如古人所說、如鄉人所說，是發源於岷山嗎？長江最遠的源頭究竟在哪裏？他產生了強烈的探索願望。古人和家鄉人所說長江發源於岷山，是《禹貢》的記載：「岷山導江」。《禹貢》是《尚書》中的一篇。《尚書》為五經之一，是儒家的經典，經典是不容置疑的。而徐霞客卻偏偏懷疑它，要重新探索。他初考紀籍，提出疑問：「何江源短而河源長也？豈河之大更倍於江乎？」「豈江之大，其所入之水，不及河乎？」他「北歷三秦，南極五嶺，西出石門金沙」，歷盡千辛萬苦，終於考定：長江之源應以金沙江為正源，而岷江只是它的一條支流。據錢謙益《徐霞客傳》記載，徐霞客在探索長江之源後，「還至峨眉山下，託估客附所得奇樹虯根以歸，並以《溯江紀源》一篇寓餘」《溯江紀源》是一篇幾萬字的長文，錢謙益在《徐霞客傳》中「撮其大略」作了簡單介紹。認為徐霞客的論述，「皆訂補桑《經》、酈《注》，及漢、宋諸儒疏解《禹貢》所未及」。

我們現在讀到的附於《徐霞客遊記》中的《江源考》，一般認為就是《溯江紀源》的節錄。即以現存的一千多字的《江源考》來看，徐霞客俯視中華大地，宛如凌空航拍，而且

不是在普通飛機上航拍，而是在衛星上航拍，類似毛澤東所說的「巡天遙看一千河」。其高度，其視野，其磅礴氣勢和對中華大地的熾熱情懷，讀來令人心胸豁然，並頓生敬意。

但是，徐霞客的江源說，遇到了兩大挑戰。

一是胡渭的批駁。胡渭是清初德清人，原名渭生，字朏明，號東樵，精於輿地考證之學，曾參與修纂《大清一統志》。他在所撰《禹貢錐指》卷十四下，專門寫了《附論江源》一文，指斥徐霞客「其不學無識一至於此！」「余謂霞客所言東西南北，茫然無辨，恐未必身歷其地，徒恃其善走，大言以欺人耳！非但不學無識也！」「岷山導江，經有明文，其可以麗水為正源乎！霞客不足道！」簡直是謾罵了。

胡渭是當時研究《禹貢》的權威，《禹貢錐指》是他「生平精力所注」，被譽為「注《禹貢》者數十家，精核典贍，此為冠矣」。胡渭如此詆毀江源新說，而當時徐霞客已長眠地下，顧不得反駁了；就即便霞客健在，一介布衣，面對權威，也根本沒有話語權。

其二，無庸諱言，元末明初的僧人宗泐，也曾說過長江之源不是岷山。宗泐，俗姓周，字季潭，寧海人，是著名的詩僧，任左善世（僧錄司長官，掌全國佛教僧侶之事，類似今天的國家宗教局局長），有《全室集》存世。明洪武十一年（1378），宗泐奉朱元璋之命，帶領三十多人，出使西域求佛經，並撰有《西遊集》，記錄往返見聞。《西遊集》今已不存。據當時人的記載，宗泐在《西遊集》中說：西番抹必力巴山有二水，在東北者為河源，在東南者為犛牛河，江源

也。犛牛河即麗江，一名金沙江。既然宗泐早有這種論說，那徐霞客算不算最早發現長江之源的人呢？

在激烈競爭的運動場上，一項世界紀錄的誕生，需要權威機構和相關人員的認定；在遙遠而浩瀚的太空，發現一個新的星球，得經過嚴密的再觀察、再檢驗。尤其是有爭議的問題，更得有權威的裁定。徐霞客的長江之源的新說，既是歷史舊帳，又是現實問題，它還關係到國家的最大河流，當然更不能例外。它需要權威的認定、官方的認定、國家的認定。

最近粗檢康熙帝《御製文集》，讀到多篇談江源的文章。文獻證明，正是這位雄才大略而又嚴謹審慎的康熙皇帝，一言九鼎，實現了徐霞客江源說的官方認定、國家認定。

康熙談江源之文，一是《聖祖仁皇帝御製文集》卷二十六《雜著》中的一則：

> 雍州西北之地古稱沙漠，向來人跡罕通，是以紀載所傳多未詳確，今皆奉車書往來，故知之獨詳。大約甘肅之西，從長城外至四川松潘，止十餘日可達。導江雖始於岷山，其實江源尚在茂州之西，至岷山始大耳。黃河自積石北流為河套之地，至延安府入陝西境，其地亦不甚遠，今阿爾多斯固山之地即是也。

康熙雖然說了導江始於岷山，但指出「其實江源尚在茂州之西，至岷山始大耳」。茂州，是現在的四川茂縣。所謂「至岷山始大耳」，也就是徐霞客說的「乃泛濫中國之始」。這一

則文字在康熙《御製文集》第一集，是康熙二十二年以前所撰。他說「江源尚在茂州之西，至岷山始大耳」，這或許是讀過徐霞客《溯江紀源》後的認同，也可能是尚未讀徐文，而與徐霞客所見相同。

另一篇是《聖祖仁皇帝御製文第四集》卷十五《敕諭》中的《諭大學士九卿等》：

> 朕於地理從幼留心，凡古今山川名號，無論邊徼遐荒，必詳考圖籍，廣詢方言，務得其正。故遣使臣至崑崙西番諸處，凡大江、黃河、黑水、金沙、瀾滄諸水發源之地，皆目擊詳求，載入輿圖。今大兵得藏，邊外諸番悉心歸化，三藏阿里之地，俱入版圖。其山川名號，番漢異同，當於此時考證明核，庶可傳信於後。大概中國諸大水，皆發於東南大幹內外，其源委可得而縷析也。黃河之源出西寧外枯爾坤山之東，眾泉流出，沮洳渙散，不可勝數，望之燦如列星，蒙古名敖敦他拉，西番名蘇羅木，譯言星宿海也，是為河源。匯為查靈、鄂靈二湖。東南行，折北，復東行，由歸德堡積石關入蘭州。岷江之源出於黃河之西巴顏哈拉嶺七七勒哈納，番名岷捏撮。《漢書》所謂岷山在西徼外，江水所出是也。而《禹貢》「導江」之處，在今四川黃勝關外乃褚山。古人謂江源與河源相近。《禹貢》「岷山導江」，乃引其流，非源也。斯言實有可據。其水自黃勝關流入，至灌縣分數十岐，至新津

縣復合為一，東南流至敘州府金沙江入之。金沙江
之源自達賴喇嘛東北烏捏烏蘇流出，烏捏烏蘇譯言
乳牛山也。其水名母魯烏蘇，東南流入喀木地，又
東南流，逕中甸，入雲南塔城關，名金沙江，至麗
江府，亦名麗江。至永北府，會打衝河，東流，逕
武定府入四川界。至敘州府合岷江，流逕夔州府，
入湖廣境。由荊州府至武昌府，與漢江合。漢江源
出陝西寧羌州北嶓塚山，名漾水。東流至南鄭縣，
為漢水。入湖廣界，東南流至漢陽縣漢口，合岷
江。此諸水在東南大幹之內，故源發於西番，委入
於中國也。瀾滄江有二源。一源於喀木之格爾幾雜
噶兒山，名雜褚河。一源於喀木之濟魯肯他拉，名
敖母褚河。二水會於叉木多廟之南，名拉克褚河，
流入雲南境，為瀾滄江，南流至車裏宣撫司，名九
龍江，流入緬國。瀾滄之西為哈拉烏蘇，即《禹
貢》之黑水，今雲南所謂潞江也。其水自達賴喇嘛東
北哈拉腦兒流出，東南入喀木界，又東南流入怒彝
界，為怒江，入雲南大塘隘，名潞江。南流逕永昌
府潞江安撫司境，入緬國。潞江之西為龍川江。龍
川江之源從喀木所屬春多嶺流出，南流入雲南大塘
隘，西流為龍川江，至漢龍關入緬國。此諸水在東
南大幹之外，故皆流入南海也。又云南邊境有檳榔
江者，其源發自阿里之岡底斯東打母朱喀巴珀山，
譯言馬口也。有泉流出，為牙母藏布江，從南折東

流逕藏危地，過日噶公噶兒城傍，合噶爾詔母倫江，又南流逕公佈部落地，入雲南古勇州，為檳榔江。出鐵壁關，入緬國。而岡底斯之南，有山名郎千喀巴珀，譯言象口也。有泉流出，入馬品母達賴腦兒，又流入郎噶腦兒。兩湖之水西流至桑納地。岡底斯之北有山名僧格喀巴珀，譯言獅子口也。有泉流出，西行亦至桑納地。二水合而南行，又折東行，至那克拉蘇母多地，與岡底斯西馬珀家喀巴珀山所出之水會。馬珀家喀巴珀者，譯言孔雀口也。其水南行至那克蘇母多地，會東行之水，東南流至厄納忒克國，為岡噶母倫江，即佛法所謂恆河也。《佛國記》載，魏法顯順恆河入南海，至山東之渤海入口，應即此水矣。《梵書》言，四大水出於阿耨達山下，有阿耨達池。以今考之，意即岡底斯，是唐古特稱岡底斯者，猶言眾山水之根，與釋典之言相合。岡底斯之前有二湖連接，土人相傳為西王母瑤池，意即阿耨達池也。又《梵書》言普陀山有三，一在厄納忒克之正南海中，山上有石天宮觀自在菩薩遊舍，是乃真普陀。一在浙江之定海縣海中，為善財第二十八參觀音菩薩說法處。一在土伯特，今番名布達拉山也，亦為觀音化現之地。釋氏之書本自西域，故於彼地山川頗可引為據也。《禹貢》「導黑水至於三危」，舊注以三危為山名，而不能知其所在。朕今始考其實三危者，猶中國之三省也。打箭

爐之西南，達賴喇嘛所屬拉里城之東南為喀木地，
達賴喇嘛所屬為危地，班禪胡土克圖所屬為藏地，
合三地為三危耳。哈拉烏蘇由其地入海，故曰「導
黑水」，至於三危入於南海也。至於諸番名號，雖與
史傳不同，而亦有可據者。今之土伯特，即唐之突
厥。唐太宗時以公主下降，公主供佛像於廟。今番
人名招招者，譯言如來也。其地猶有唐時中國載去
佛像。明成化中，烏斯藏大寶法王來朝，辭歸時以
半駕鹵簿送之，遣內監護行，內監至四川邊境即不
能前進而返，留其儀仗於佛廟，至今往來之人，多
有見之，此載於《明實錄》者。爾等將山川地名詳細
改正具奏。康熙五十九年十一月十八日。

這一道諭旨，在《聖祖實錄》康熙五十九年也全文實錄。在
此之前的康熙四十四年（1705），康熙南巡時，胡渭將其《禹
貢錐指》進呈御覽，被康熙召赴行在，並賜給「耆年篤學」
匾額。康熙在胡渭進呈的《禹貢錐指》中，當然讀到了胡渭
對徐霞客的批駁。也就是說，至少在這個時候，康熙讀到
了，至少是知道了徐霞客的《溯江紀源》。而究竟是僅僅知
道徐霞客的《溯江紀源》，還是實際讀了《溯江紀源》呢？

我傾向認為康熙此時已經讀過《溯江紀源》。理由如下：
一是徐霞客的《溯江紀源》一文，在陳函輝的《徐霞客墓志
銘》中已經提到，後由錢謙益在《徐霞客傳》中「撮其大略」
披露。錢氏為著名文人，江源新說是一件大事，地方官員會
主動向康熙報告，並進呈《溯江紀源》全文。與此同時，康

熙在全國各地都有他的一些親信做耳目，大事小事都要求他
們報告，如曹雪芹的祖父曹寅，當時任江陵織造，密折向康
熙報告地方上的事情，就是任務之一。江源新說這樣一件大
事，即使行政官員不報告，各地的耳目也會向他報告，向他
進呈徐霞客的文章。二是康熙自幼關心地理，又熟讀儒家經
典，當然知道「岷山導江」之說，徐霞客挑戰《禹貢》所說
「岷山導江」，提出江源新說，當會引起他的注意，並找《溯
江紀源》來一讀。三是即使原先沒有讀過，而在康熙四十四
年他得到胡渭的《禹貢錐指》後，了解到徐、胡二人在江源
問題上的嚴重分歧，當然感興趣，會向下索要《溯江紀源》
的全文。四是現在他要為江源之事要下諭旨了，處事嚴謹的
康熙，不會滿足於胡渭書中對《溯江紀源》的簡單介紹，更
會主動向下索要《溯江紀源》全文。

　　康熙這一道敕諭是頒給大學士和九卿的。敕諭是皇帝對
下的公文，大學士和九卿是內閣長官。康熙行文謹慎，所以
在諭旨中沒有提到徐、胡二人。當時胡渭還在世，他沒有在
公文中批駁當年他曾賜匾的胡渭，大概是怕產生其他後果；
而文中雖然也沒有提到徐霞客之名，但諭旨中說：「《禹貢》
『岷山導江』，乃引其流，非源也」，斯言實有可據」，明確
地採納徐霞客的觀點。

　　第三篇是康熙《御製文第四集》卷三十一《雜著‧康熙
幾暇格物編》中的《江源》：

　　　中國水之大而流長者唯河與江，其源皆出西番
　　界。河之源自元史發明之後，人因得知其大略。江

之源則從未有能確指其地者。酈道元《水經注》頗言
其端委，而於發源之處則云，以今所聞殆未濫觴。
道元亦闕疑而弗敢定也。今三藏之地俱歸版籍，山
川原委皆可案圖以稽，乃知所謂岷山導江者，江水
泛濫中國之始。禹從此水而導之，江之源實不在是
也。江源發於科爾坤山之東南，有三泉流出（一自匝
巴顏哈拉嶺流出，名七七拉噶納；一自麻穆巴顏哈
拉嶺流出，名麻穆七七拉噶納；一自巴顏吐呼母巴
顏哈拉嶺流出，名古科克巴哈七七拉噶納）。合而東
南流，土人名岷捏撮。岷捏撮者，譯言岷江也，是
為岷江之源。南流至岷納克地，名鴉龍江。又南流
至占對宣撫司，會打沖河，入於金沙江。東流逕雲
南境，至四川敘州府，與川江合，是真江源根據。
後人但見打沖河之入金沙、金沙之入川江，而又
據《禹貢》「東別為陀」之文，謂川江為岷江，溯流
以窮源，謂江源必在黃勝關外，不知鴉龍江之上流
實為江源也。故導江之江，有蜀江、離江、錦江、
都江之稱，隨地隨時異名，而不得專岷江之目者，
非其源也。宋范成大、陸游嘗言之。范成大《吳船
錄》曰，江源自西戎由岷山澗壑中出而合於都江。
今書所云止自中國言耳。陸游《入蜀記》曰，嘗登
岷山，欲窮江源而不可得。蓋自蜀郡之西大山廣谷
西南走蠻箐中皆岷山也。則江所從來遠矣。二說皆
知黃勝關流入之江非江源，而不能定其所在。後人

反據《禹貢》文，以辨其非。《漢書‧地理志》謂岷山在湔氐道西徼外，江水所出。言雖無弊，特不知所謂徼外者，今科爾坤山之東南耶，抑即黃勝關外地也。《元史》云江水出蜀西南徼外，東至於岷山。而《禹》「導」之可謂得其方矣，而不能明悉。如記河源者，蓋河自都實奉使後始得其源。大江浚發之地，從無人至者。元世祖南征即從葱嶺而南直達天竺、緬甸，由雲貴，逕湖廣以返，路在江源之外，故不得其詳也。然亦有至其地而究未能辨之者，明之宗泐是也。宗泐使西域歸云：西番抹必力赤巴山有二水，在東北者為河源，在東南者為犛牛河，江源也。犛牛河即麗江，一名金沙江者。宗泐但見是水之先合於金沙江，而後合於川江，不知金沙江別源於西番之乳牛山，去江源西千餘里，乃謂岷江即金沙，誤矣。數家之說，猶近於影響，其餘荒唐散漫更無可采。《隋‧經籍志》有《尋江源》一卷，其書不傳，見地記有引之者，其說云岷江發源於臨洮木塔山。臨洮，今洮州衛，洮河橫亘於南，江豈能越洮河而南下耶？即有其書，必多舛錯，亦不足觀已。唯明徐弘祖有《溯江紀源》一篇，頗切於形理。弘祖曰：河入中國，歷省五而入海，江入中國，亦歷省五（原文如此——作者注）而入海，計其吐納，江倍於河，按其發源，河自崑崙之北，江自崑崙之南（按崑崙即科爾坤之訛，非真崑崙也）。非江

源短而河源長也。又云北龍夾河之北，南龍抱江之
南，中龍中界之，北龍只南向半支入中國，唯南龍
磅　半宇內，其脈亦發於崑崙，與金沙江相並南下
環滇池以達五嶺。龍長則源脈亦長，江之所以大於
河也。至李膺《益州記》云，羊膊嶺水分為二派，一
東南流為大江，一西南流為大渡河。元金履祥釋《禹
貢》從之。夫大渡河源發於四川大邑縣之霧中山，至
嘉定州合川江，其去岷江真源，東西相隔千餘里，去
《禹》「導江」之處，南北亦相懸五百餘里（《禹貢》「導
江」之處，在今黃勝關外乃褚山），而云俱發於羊膊
嶺。何其謬耶？此皆未得其真，惑於載籍以意懸揣而
失之也。學者孰從而徵之，故詳記江源，並論列諸家
之說於篇。

此文專門論述江源，對考察江源的歷史作了全面的回顧、梳
理和評論，是一篇總結性的文章。康熙指出，江之源「從未
有能確指其地者」。他認為：酈道元對江源雖「頗言其端委，
而於發源之處，則云以今所聞未濫觴。道元亦闕疑而弗敢
定」；范成大、陸游二人，雖「知黃勝關流入之江非江源，而
不能定其所在」；至於《元史》說「江水出蜀西南徼外，東至
於岷山而禹導之，可謂得其方矣。而不能明悉」；而《漢書》，
「言雖無弊，特不知所謂徼外者，今科爾坤山之東南耶，抑
即黃勝關外地也」；並指出，元世祖南征，「路在江源之外，
故不得其詳」；至於《隋書·經籍志》中所著錄的《尋江源》
一卷，雖不傳，但據地記所引，推定其書，「必多舛錯，亦

不足觀已」。而對於那位宗泐，康熙則寫了較長一段，說宗泐是「至其地而未能辨之者」，「宗泐使西域歸云，西番抹必力赤巴山有二水，在東北者為河源，在東南者為犛牛河，江源也，犛牛河即麗江，一名金沙江者。宗泐但見是水之先合於金沙江而後合於川江，不知金沙江別源於西番之乳牛山，去江源西千餘里，乃謂岷江即金沙，誤矣」。康熙明確指出了宗泐的錯誤，否定宗泐是發現江源之人。對徐霞客，康熙則再一次作了明確的肯定：「唯明徐宏祖有《溯江紀源》一篇，頗切於形理。」

後來，我又讀到乾隆帝的《御製詩集》，第三集卷九十三中有《四瀆·江》詩：「誰從天漢覓源頭，石遺支機自有由。入徼濫觴始西發，分疆委帶永東流。九星璿政象昭宿，首瀆禋宗秩視侯。術妙夏珪能縮地，即教萬里一圖收。」詩後按語說：

> 按《禹貢》有「岷山導江」之文，厥後桑《經》、酈《注》，及漢、宋諸儒並云：江出岷山，其源不越益州之境。此皆囿於內地見聞所及，非探本之論。唯胡渭著《禹貢錐指》引明《徐宏祖傳》，稱其平生好遠遊，出玉門關，至崑崙山，去中夏三萬餘里，嘗作《溯江紀源》一篇，以「岷山導江，特泛濫中國之始」，按其發源，則河自崑崙之北，江亦自崑崙之南，非江源短而河源長也。其說實得之目擊。渭乃以其所經里數吹毛索瘢，殊為過當。夫崑崙即今所謂剛底斯，為群山祖脈，其水四方分流。然則大江之雄長

四瀆，不徒恃源於西蜀之眉州，義復何疑？但謂江源
出天漢，則史家不無穿鑿之說耳！

當年康熙沒有在公文中點胡渭之名，處理慎審得當。現在幾
十年過去了，乾隆不必計慮什麼，便直截了當地點名批評胡
渭，說他是「吹毛求瘢，殊為過當」。詩的首句「誰從天漢
覓源頭」是問句。按語作了回答了：是徐霞客覓得了長江的
源頭。

宗泐是明太祖朱元璋派遣的使者，官居正六品，胡渭曾
獲康熙召見，並賜予匾額，而徐霞客只是一介布衣，但是，
宗、胡二人在江源問題上帶給徐霞客的麻煩，都被康熙、乾
隆祖孫二人明確否定了，欽定徐霞客為發現江源之人。當
然，起主導作用的還是康熙。

康熙「於地理從幼留心，凡古今山川名號，無論邊徼
遐荒，必詳考圖籍，廣詢方言，務得其正」。這主要是案
頭方面的功夫。與此同時，康熙還「遣使臣至崑崙西番諸
處，凡大江、黃河、黑水、金沙、瀾滄諸水發源之地，皆
目擊詳求」，同時又對沿江各地的番漢異名一一標明。這
是認真的實地考察和驗證（據清人《江源記》說，康熙派
遣考察江源等地的使臣是大臣桑格。關於《江源記》，將
另文介紹）。

皇帝派遣大臣考察，事關重大，是一種國家行為。封建
帝王，「朕即國家」。康熙，作為國家的最高統治者，如此
「詳考圖籍」，「論列諸家之說」，並派遣使臣遠赴邊陲，進行
實地考察，是為了將準確的長江之源「載入輿圖」，這就是

乾隆詩中所說「卻教萬里一圖收」。所謂「載入輿圖」，就是
將徐霞客的江源新說繪入國家地圖，即以國家的名義，予以
肯定。

　　徐霞客卒於明崇禎十四年（1641），八十年後，他的江
源新說，終於得到了國家的明確認定。

范仲淹與鄱陽湖

范仲淹（公元 989—1052），字希文，蘇州吳縣（今江蘇蘇州）人，北宋著名的政治家和軍事家，還是文學家和書法家。死後諡「文正」，有《范文正集》。

作為政治家，他是「慶曆新政」的主要倡導者，提出的十項改革意見，即明黜陟、抑僥倖、精貢舉、擇長官、均公田、厚農桑、修武備、推恩信、重命令、減徭役，都是攸關國家興盛衰敗的大事。

作為軍事家，他在西北領兵，積極防禦西夏入侵的過程中，知己知彼，運籌帷幄，被敵方稱為「胸中自有數萬甲兵」，軍營中傳唱的歌謠則說：「軍中有一范，西賊聞之驚破膽。」

作為文學家，反映邊地風光和征戰勞苦的詩詞，蒼涼悲壯；而那篇《岳陽樓記》，更是家習戶誦，流傳千古。

作為書法家，他書寫的韓愈《伯夷頌》，被人稱為「筆意精嚴，動合法度，有晉人之遺風」、「筆意精妙，清古入神，雖鍾王顏柳不過也」、「筆法森嚴，直可與黃庭樂毅等書相頡頏」、「首陽高節退之頌之，吏部文章文正書之，時稱三絕」。

一

這樣一位著名的歷史人物，和鄱陽湖有什麼關係呢？

據《宋史·范仲淹傳》記載，宋景祐三年（1036）八月，范仲淹被貶到饒州（即鄱陽，今波陽）任知州，到景祐五年正月調潤州（今江蘇鎮江），在鄱陽任上一年五個月。這一年多的時間，給鄱陽湖地區的人民留下了深深的記憶。稍晚於范仲淹的陳貽範，在《范文正公鄱陽遺事錄》中說：

> 鄱陽，《禹貢》揚州之域，春秋時為楚東境，後屬吳，《史記》言昭王十二年吳伐楚取番，蓋其事也。秦並天下，曰番陽縣，屬九江。漢更為鄱陽縣，繫豫章。後漢建安十五年吳大帝時，張昭等議，以豫章土廣人夥，請分置廬陵、番陽二郡。初治部故城，後徙。吳芮即今之所治也。梁天監中，置吳州。陳廢為郡。隋平陳，罷郡為饒州。大業仍為郡。唐武德四年平江左，乃復置州。則饒之為州，殆四五百年矣。推諸牧守，無慮近千人。然摭於廳壁記，自開寶八年偽唐歸朝，有鐵林軍主張仁忠權知焉，迄元祐壬申，朝奉大夫鄒軒，凡六十有八人。而比閱州圖經序，賢牧內史者，止吳周魴，晉虞溥，隋梁文謙、柳莊，梁陸襄，唐馬植、李復七人焉。求之州圖間，有周虞梁柳陸馬李七公，與顏魯公並文正公畫像。以千百歲而守者近千人，而其著於圖記繪像者，陸虞二內史、梁周二太守、柳儀同馬常侍、李刺史、顏范

二公九人云……而公之德尤不泯。饒人為之立祠班春
堂、天慶觀、州學之講堂，凡三所。由景祐距此僅六十
餘載，香火不絕，牲宰日盛。較以千人間，流澤之遠，
惠愛之被，獨公一人而已矣。然公之遺風餘美，實浹於
物，每於民之去思，又豈止夫祠堂而已乎！

這裏有幾組數字，值得注意。一是，陳貽範編《范文正公鄱
陽遺事錄》時，距范仲淹在鄱陽主政只有六十多年，而鄱陽
湖地區的老百姓已經為他建了三座祠堂。二是，鄱陽最初是
建縣，後來改郡，隋朝才叫州，到陳貽範生活的年代，已有
一千多年，主政官員不下千人，而被老百姓繪像紀念的只有
九人。三是，在這九人中，又以范仲淹最為突出。這充分說
明，范仲淹在鄱陽湖地區人民的心中，影響是多麼深廣。

那麼，范仲淹究竟在鄱陽做了什麼呢？

范仲淹來鄱陽時已經四十七歲，他從自己的人生歷程
中，充分體會到培養人才的重要，所以首先抓辦學。他一到
鄱陽，就指定城外督軍台北面一塊地面作為學宮地基，並風
趣地說：「附近的東湖是硯盤，妙果寺前的寶塔是文筆，而
督軍台是大印，在這裏建學宮，二十年後一定出狀元。」這
一說法帶有明顯的風水色彩，當然不足為信，但它對莘莘學
子，卻是莫大的鼓舞。二十多年後，饒州府學果然走出了第
一位狀元彭汝礪，他入仕後，以國事為重，不捲入黨派紛
爭，很有作為。又據清同治十一年《饒州府志》記載，當時
唐代的饒州府學已經不可考了，而北宋初年范仲淹創辦的學
宮則一直興旺發達。當時的饒州，下轄鄱陽、餘干、浮梁、

樂平、德興、安仁（今餘江）六縣，和永平監（在今波陽東，監是宋朝的特別行政區劃名），各縣也都建有縣學。

范仲淹建饒州府學是景祐三年，在此之前，從唐代科舉開始算起的 418 年中，饒州的進士只有 59 人；而在此之後，到元代，235 年間就出了進士 1043 人。景祐以後，饒州人才輩出。如「四洪」，即洪皓和他的三個兒子。洪皓學識淵博，出使金國，為維護國家利益，被扣十五年，歷盡艱辛；洪皓長子洪适（音 kuo），據金石以證史傳訛誤，考核精準；次子洪遵，為官清正，關心民瘼，政績斐然；三子洪邁，著述豐富，《容齋隨筆》至今盛行。如馬廷鸞馬端臨父子，馬廷鸞曾任參知政事兼知樞密院事，進右丞相兼樞密使，名重天下，大有作為，「留有餘不盡之財以還百姓」是他的座右銘；馬端臨是著名史學家，以二十多年的精力著《文獻通考》348卷，影響深遠。如姜夔，一生未仕，是著名詞人和音樂家，因嫻通音律，每自創詞牌，自製新曲，在中國詩詞史上有特殊地位。如趙汝愚，本為殿試第一，因按宋朝慣例，他已有官職，又是趙氏宗室，不能取為狀元，便降成第二名，曾任知樞密院事，拜右丞相，一生敢於直言，為民請命，舉賢抑佞，興利除弊，造福百姓。另一位榜眼王剛中，因才兼文武，以龍圖閣待制知成都府，身先士卒，打敗金兵，興修水利，造福百姓，等等。這一位又一位饒州先賢，都沾溉着范仲淹大辦教育的遺澤。

《饒州府志》記載，都陽城內有不少古蹟與范仲淹有關。如范公松，在舊州治內，是當年范仲淹種植的；如范公柏，

在舊州學內，也是他親手種植的。另一古蹟「蜀錦亭」，在慶朔堂右邊。這裏本來沒有亭，因為范仲淹在這裏種了兩株海棠，後來的郡守鄒柯，仰慕范仲淹的為人，在此建一亭，取名蜀錦。植樹，用過去的話來說是「前人種樹，後人乘涼」，用現在的話來說，這是一種環保意識，有利於生態平衡和關係到持續發展。

饒州轄縣樂平縣城有范文正祠，是明代萬曆十三年知縣鍾化民修建的。為什麼在這裏建祠呢？

這裏原先叫范家池，是當年范仲淹視察到此，見城內沒有消防設施，為預防火災，鑿成儲水的。樂平老百姓感激他關心民生，便將這消防用的水池叫范家池。水池建成後，樂平便很少發生火災，這一方面是水池起了作用，而更重要的是，在范仲淹的倡導下，老百姓的防火防災意識增強了。五百多年後，鍾化民則進一步建祠紀念，緬懷這位關注民生的好官。

鄱陽還有一處古蹟魯公亭，在薦福山上，有唐代大書法家歐陽詢書寫的薦福寺碑，稍後的太守顏真卿，在碑上蓋了一亭，所以叫魯公亭。范仲淹任太守時，有一書生，詩寫得很好，但家境貧寒，生活困難。怎麼辦呢？因為當時歐陽詢的書法很值錢，范仲淹便為他準備了紙墨，讓他拓下歐陽詢的薦福寺碑文出售，以便解決生計問題。這件事還記載在稍晚的僧人惠洪所撰《冷齋夜話》中：

> 范文正公鎮鄱陽，有書生獻詩，甚工，文正禮之。書生自言天下之至寒餓者無在其右。時盛行歐

陽率更（歐陽詢）書，薦福寺碑墨本值千錢。文正為具紙墨，打千本使售京師。紙墨已具，一夕雷擊碎其碑。故時人為之語曰：「有客打碑來薦福，無人騎驢上揚州。」東坡作窮措大詩曰：「一夕雷轟薦福碑。」只可歎天公不作美，薦福碑被雷擊塌了。但是，范仲淹為一位窮書生考慮，那麼細緻，那麼妥當，這種重視人才，並給予人道關懷的精神，至今還令人感動。

范仲淹對鄱陽地區的更大影響，是在社會風氣方面。從饒州府學走出的狀元彭汝勵說：「范文正守此，其為政務名教，敦尚風義。州人仰慕，咸傾向之，遂成風俗。」一般來說，良好社會風氣的形成，需要較長的時間。范仲淹在鄱陽只有一年多時間，就倡導了這樣好的風氣，足見他主政「敦尚風義」影響之大、之廣、之深，其中也包括他個人的人格魅力。同治十一年《饒州府志》所引舊志總論，把當時饒州的社會風氣，說得更詳細具體：

> 按饒自范公守土，敦尚節義，至今流風遺俗猶有存者。七邑分境而治，水土所衍，中亦微別。大都鄱陽樸重而矜氣節，餘干醇篤近古，樂平剛直勇於義，浮梁好儒而雅，德興敦尚名理，安仁質直不崇文飾，萬年自鄱餘而析者頗仍其舊，自貴溪而析者原志載安土重遷。文教日興，此俱風教之善者也。至若賢者防其塞，健者柔其氣，利者去其巧，鄙者文之禮樂，鎮樸還醇，偕之大道，則守土君子綱之紀之，及生斯土之君子倡之導之之責耳。

鄱陽湖地區純樸而剛正的民風，和良好的社會風氣，是從范仲淹時代流傳下來的。而要發揚光大這種優良風氣，並改善其中某些不足，則是後來的主政官員和有識之士的責任。

《范文正集》卷四有《懷慶朔堂》詩：

慶朔堂前花自栽，便移官去未曾開。

年年憶着成離恨，只托清風管勾來。

慶朔堂在饒州舊州治內，是范仲淹主持建造的。這首詩是他離開後寫的，他人離開了，但與鄱陽還保持着聯繫，所以知道慶朔堂前的花沒有開。這說明他眷念這片土地，記掛這裏的百姓。而且，這種感情，不是偶爾才有，而是年年如此，不是淡薄的，而是非常強烈，以至成了一種離恨。《饒州府志》還載有和詩多首，如陳希亮《和范公希文懷慶朔堂》：

弱柳奇花遞間栽，紅芳綠翠對時開。

主人當日孤真賞，魂夢還應屢到來。

再如魏兼《和范公希文懷慶朔堂》：

使君去後堪思處，慶朔堂前獨到來。

桃李無言爭不怨，滿園紅白為誰開？

一方面是范仲淹思念饒州百姓；另一方面是饒州百姓世世代代懷念這位賢太守。試想想，這是一種多麼和諧，而令人感動、令人嚮往的官民關係啊！

二

現在，人們大都知道「先天下之憂而憂，後天下之樂而

樂」這句名言，並由此而知道《岳陽樓記》，由此而知道范仲淹。人們在讀《岳陽樓記》的過程中，心靈得到淨化，人格得到提升，但卻沒有人知道《岳陽樓記》和鄱陽的關係，沒有人知道《岳陽樓記》是在鄱陽湖畔孕育而成的。

為什麼說《岳陽樓記》是在鄱陽湖畔孕育的呢？

讀《岳陽樓記》，給人印象最深的，無非是如下兩個方面：一是它用簡潔凝煉而又色彩鮮明的駢體句，把洞庭湖朝夕陰晴變化的景象，描繪得淋漓盡致，使我們仿佛親臨其境，感同身受。二是它由人們因不同景色引發不同心情生發開來，進而稱誦古仁人「不以物喜，不以己悲」，「進亦憂，退亦憂「，「先天下之憂而憂，後天下之樂而樂」的高尚情懷，令我們崇敬和嚮往。這兩個方面，都和鄱陽有關，和鄱陽湖有關。

先說第一方面。就文學創作的一般規律來說，作者描繪事物，必須有他自己的生活經驗作為基礎。范仲淹把洞庭湖的景色描繪得那麼惟妙惟肖，是不是曾親身經歷，有切身體驗呢？

長期以來，絕大多數學者認為，范仲淹沒有登過岳陽樓，沒有遊過洞庭湖。古代官員，尤其是由科舉正途出身的官員，很少有人專程旅遊。他們登第前，往往是寒窗苦讀，入仕後，當地的名勝古蹟，可以遊覽，從此地調赴另一地，也可以順路遊覽，而其他地方，一般就很難去了。不比今天的官員，全國各地會發來不同的會議邀請，還可以選定目標去考察，都是合法的公費旅遊。最近讀《范文正集》，翻檢

樓鑰編的《范文正公年譜》，范仲淹仕宦所歷，沒有機會去岳陽，他的詩文也沒有這方面的記錄。雖然有學者考證，范仲淹兩歲時父親去世，母親改嫁，後曾隨繼父去過岳陽，登過岳陽樓，但此說並未得到學術界的普遍認可。退一步說，即便此說成立，那也只是范仲淹孩提時代的一段短暫而模糊的經歷，還不足以給他後來寫《岳陽樓記》留下深刻印象。

范仲淹寫《岳陽樓記》是慶曆六年（1046），在鄧州知府任上。當時他的好朋友滕子京在岳陽主政，重修岳陽樓竣工，請他寫文章記這件事，並附寄一幅《洞庭晚秋圖》供他作文時參考。范仲淹沒有去過岳陽，沒有登過岳陽樓，沒有遊過洞庭湖，給他清晰印象的，是他曾一年多時間生活在那裏，朝夕相對，爾後又魂牽夢繞的鄱陽湖。

洞庭湖和鄱陽湖，面積都很大，基本上處於相同緯度，地理環境又相似，因季節和天氣不同而造成的不同景象也基本相同。請看古人筆下的鄱陽湖：「長波萬頃闊，大舸一帆輕。靜唱村漁樂，斜飛渚雁驚」（趙閱道《經鄱陽湖》）、「一帆風力如飛疾，千里湖光似掌平」（蔡戡《過鄱陽湖適遇便風喜而有作》），這不就是《岳陽樓記》中「春和景明，波瀾不驚，上下天光，一碧萬頃」，以及「漁歌互答，此樂何極」的景象嗎？而「未抵鄱陽湖，無風浪掀船。脫身其早歸，無污鼉蛟涎」（趙蕃《古意》）、「卸帆月欲墮，泊岸風轉急。驚沙傳鐵箭，飛霰散瓊粒」（黎廷芳《夜泊彭蠡風大作》）、「世傳揚瀾並左蠡，無風白浪如山起」（李綱《彭蠡》），這不正是《岳陽樓記》中「陰風怒號，濁浪排空」、「商旅不行，檣

傾楫摧」的另一種寫法嗎？

明朝張嶽的《贈鄭子榮還曲江序》有一段描繪鄱陽湖瞬息變化的景色：「夫彭蠡風濤，晦明變化，頃刻殊狀，使人心掉神栗；及俄而就定，波平如掌，一駛千里，豈不足以快所適哉！」這與《岳陽樓記》所寫之洞庭湖景色，也極為相似。鄱陽湖，正是描寫洞庭湖的最好參照。范仲淹在鄱陽湖畔生活了一年多時間，朝夕相對，有切身感受，所以能把洞庭湖的景色描寫得那那麼惟妙惟肖。

再說第二方面。在鄱陽的一年多時間，是范仲淹的人生低谷。據史載，景祐二年，范仲淹任天章閣待制，從地方到了京城，對政事議論頗多，且言語激烈。當權的宰相呂夷簡，便讓人放出風來，說待制是侍臣，不應該多嘴多舌。對此，范仲淹不予理會。於是呂夷簡又另生一計，任命范仲淹為開封府知府，想讓知府任上的繁雜事務，糾纏范仲淹沒有時間去議論朝政。俗話說，事多則難免有失。呂夷簡的算盤是，如果范仲淹稍有過失，便可以抓住機會，罷范仲淹的官。可范仲淹在開封府任上，辦事公道而且決斷，京城開封治理得井井有條，老百姓中傳誦着「朝庭無憂有范君，京城無事有希文」的歌謠，呂夷簡沒有鑽到空子。

第二年，范仲淹上書論建都之事，呂夷簡譏諷他「迂闊，務名無實」。范仲淹接連寫了幾篇文章，還是批評朝政，批評呂夷簡結黨拉派，還進一步以歷史為例，說漢成帝時因偏信張禹，結果造成王莽之亂。呂夷簡大怒，乘機進讒，在宋仁宗面前告范仲淹是「越職言事，薦引朋黨，離

間君臣」。范仲淹沒有妥協，並寫文章有力反駁。在封建社會，這樣做的結果可想而知，范仲淹被貶到了遠離京城的饒州，為他說話的人也紛紛被貶，被稱為「朋黨」。范仲淹來到鄱陽，是實實在在的官場貶退，實實在在處江湖之遠。

范仲淹在饒州有《鄱陽酬泉州曹使君見寄》，提到兩位古人：

> 王章死於漢，韓愈逐諸唐。
>
> 獄中與嶺外，妻子不得將。
>
> 義士撫捲起，皆血一沾裳。
>
> 胡弗學揭厲，胡弗隨低昂。
>
> 干時宴安人，滅然已不揚。
>
> 匹夫虎敢鬥，女子熊能當。
>
> 況彼二長者，烏肯巧如簧？

漢代王章，成帝時為京兆尹。他本是大司馬王鳳舉薦的，而當他認為王鳳有過失時，還是進行彈劾，最後被害而死。唐代韓愈，在任刑部侍郎時，因諫阻唐憲宗奉迎佛骨，貶為潮州刺史。他二人均因剛直敢言而遭禍。范仲淹在《岳陽樓記》中說「嘗求古仁人之心」，王章和韓愈，正是這樣的古代仁人。《鄱陽酬泉州曹使君見寄》下面接着說：「我愛古人節，皎皎明如霜。今日貶江徼，多慚韓與王。」對於自己敢言被貶毫不後悔。

范仲淹離開鄱陽赴鎮江任時，特地取道彭澤，拜謁狄仁傑祠。狄仁傑是唐朝大臣，官至地官侍郎同鳳閣鸞台平章事，宰相之職，後來追封為梁國公，後人稱為狄梁公。狄仁

傑任大理丞，一年時間就決斷疑案一萬七千件，無一人不
服；為江南巡檢使，拆毀淫祠一千七百多所。武則天在位
時，狄仁傑進諫造浮屠大像，尤其是在武則天打算立武三思
為太子時，狄仁傑反覆陳述利害關係，說服武氏改變想法，
召回唐中宗，避免了很可能發生的國家大亂。狄仁傑一生，
以不畏權勢著稱，而所至之處，老百姓一片愛戴之聲。狄仁
傑曾被貶為彭澤縣令，老百姓感懷他的德政，建祠紀念他。
范仲淹對狄仁傑非常尊敬，也是他所關注的古人，來到彭
澤，便寫下了《唐狄梁公廟碑》，全面評價狄仁傑的歷史功
績。文章一開始就說：

> 天地閉孰將辟焉？日月蝕孰將廓焉？大廈仆孰將
> 起焉？神器墜孰將舉焉？嚴嚴乎克當其任者，惟梁公
> 之偉歟！

這既是稱頌狄仁傑，也是表達他自己的人生理想和人格追
求。狄仁傑也是《岳陽樓記》中說的古代仁人。范仲淹來到
鄱陽湖畔，也是被貶。兩人都是「居廟堂之高則憂其民，處
江湖之遠則憂其君」，志向一致，心靈相通。

正是在鄱陽，范仲淹處於人生的低谷之中，積極地探討
古代仁人志士的思想和行為，自己的思想得到又一次昇華，
「不以物喜，不以己悲」，「進亦憂，退亦憂」，以天下為己
任。這就鑄定了《岳陽樓記》的思想高度。

基於上述兩個方面，所以說鄱陽湖孕育了《岳陽樓記》。

離開鄱陽後，范仲淹宦歷江蘇鎮江和浙江紹興；後來在
陝西和甘肅，儒將領兵，保衛了西北的安寧；慶曆三年調京

城，任參知政事，是宰相之職，力排眾議，倡導「慶曆新政」。可惜的是，不久新政就夭折了，他又一次被貶，到了鄧州。然而，陝甘地區的凜冽北風和漫天黃沙，更有那京城看得見和看不見的政治漩渦，和由此而來的官場起伏，都沒有改變他以天下為己任的抱負。當滕子京請他為岳陽樓作記時，他雖然沒有去過岳陽，但並未推辭，而是憑藉多年前對鄱陽湖的觀察和體驗，以及在鄱陽時堅定確立的進退觀、憂樂觀、價值觀，寫出了這篇永載史冊的《岳陽樓記》。

三

上千年前，范仲淹把他的盛業大德，把他的大愛深愛，留在了贛鄱大地，獻給了贛鄱人民。今天，鄱陽湖生態經濟區建設，已上升為國家戰略。今天的鄱陽湖地區，比當年的饒州，區域更遼闊，人口更眾多。毫無疑問，這將是鄱陽湖地區發展的重要時期。我們重新提起范仲淹，重溫他的故事，有什麼意義呢？

古代地方官員，一般是每屆任期三年，范仲淹在饒州任上只有一年五個月，未到任期的一半時間，而其關注民生的政績，令饒州人民世代緬懷，還孕育了那篇膾炙人口的《岳陽樓記》，滋養和激勵着一代又一代的志士仁人。如果縱觀他的一生，史書說他「才兼文武」，「出將則安邊卻敵，入相則尊主庇民」，留給後人的精神財富更是多方面的。這裏姑且不說那些軍國大事，也不全面論述范仲淹的道德文章，

只是從一些具體的事例，看他給後人有什麼啟示。

如前所述，范仲淹曾激烈批評呂夷簡主持的朝政，揭露呂夷簡結黨拉派，他之所以貶到鄱陽正是呂夷簡所為，這在一般人看來，二人似乎是死對頭。康定二年，范仲淹被任命為陝西經略安撫副使，入朝謝恩，宋仁宗要他與呂夷簡捐棄前嫌。范仲淹說，過去的言論，完全是為國家大事，並非對呂夷簡有怨恨。事實也的確如此。慶曆四年，范仲淹主動要求罷參知政事，任陝西河東宣撫使，赴西北邊境。這時呂夷簡已告老回家，沒有什麼權力了。范仲淹經過鄭州，特地去看望呂夷簡，兩人交談整日，並保持書信聯繫。不久，呂夷簡去世，范仲淹作《祭呂相公文》，充分肯定呂夷簡的功業。對加害過自己的人尚且如此，這是何等寬廣的胸懷！

范仲淹生活儉樸，沒有客人來，進餐就不會有兩個葷菜，一生如此。兒子純仁結婚時，傳言說，嫁妝中有用綾羅做的蚊帳和窗簾，范仲淹聽了很不高興地說：「珍貴的羅綺怎麼能用來做帷幔呢？我家素來儉樸，不能壞了家規！」他在杭州任知府時，已經有了辭官退下來的想法，子弟們便提出在洛陽建園林府第，作為他養老之處。范仲淹說：「人如果有道義之樂，身體都可以不考慮，何況住房！我年過六十，來日不多，擔心的是職位高不容易退下來，不擔心退下來沒有房子住。洛陽豪華園林很多，我可以去遊一遊，哪裏一定要自己擁有才快樂呢？」出於對范仲淹的崇敬，曾有人想買下綠野堂送給他。綠野堂是著名園林，在洛陽市南郊，曾是唐朝大臣裴度的別墅。范仲淹嚴辭謝絕了。這是怎樣的憂樂觀！

范仲淹多年為官，並曾居於高位，宋朝的官俸又高，而他的物質生活卻極普通，甚至可以說比較寒酸，那他的收入到哪裏去了呢？

《宋史》本傳和《范文正公年譜》記有幾件事。一是以自己的收入解決求教學生的吃飯問題，有的學生甚至換了他的衣服穿走，他也不在意。秀才孫明復，母老家貧，多次向他借錢，范仲淹不是借給，而是贈予。二是他在西北禦敵有功，朝廷賜給黃金百兩，可他自己一點不留，全部分給屬下將領。三是范仲淹入仕幾年後，便將俸祿節餘之錢，在老家蘇州買田四十多頃，所得租米，賙濟貧苦族人。這一片田地稱為「義莊」。四是晚年時，子弟們提出建豪華別墅時，范仲淹不但沒有答應，而是又一次叮囑他們：「官俸剩餘部分，用來接濟貧苦百姓。」他的收入就是這樣安排的，這又是怎樣的財富觀！

自古至今，官員都希望自己步步高升，官越做越大。如果是廉政、勤政，那倒尚在情理之中；至於那些等而下者，多方鑽營，攀權門，行賄賂，以求儘快升遷，就人所不齒了。

而我們查《范文正公年譜》，讀《范文正集》，看到的是卻另一種情況：宋仁宗給他升官的時候，他卻認為自己能力不夠，或政績不夠、功勞不夠，屢屢推辭。他這樣做，並不是故作姿態，沽名釣譽。慶曆二年，仁宗任命他為樞密直學士、右諫議大夫，范仲淹說自己軍出無功，推辭不受。當時，已經任命文彥博經略涇原，仁宗想讓范仲淹與文彥博對調，范仲淹說，涇原地位更重要，自己能力不夠，願意與韓

琦同去，自己當韓的副手。慶曆三年，因安定西北有功，由樞密直學士升為樞密副使，他坦然接受了，而當接着又要任他為參知政事時，他堅決推辭。其理由是，參知政事是執政官，不應該由諫官升任，自己有右諫議大夫之銜，不能如此升遷，並表示願意與韓琦一道去西北邊疆，被命為為陝西宣撫使。

這樣對待官場升遷，古今能有幾人！

范仲淹的一生，既波瀾壯闊，又淡泊寧靜，其功業波瀾壯闊，而其內心則淡泊寧靜。范仲淹留給後人很多啟示，其中最重要的，應是明朝無名氏所撰《范文正公遺跡》中所說：

> 文正公之勛德被於海宇，凡平生所至之地，後人皆為立名號、建祠宇，以示不忘，迄今三百餘年，敬慕猶昔，是豈人力之所至哉！於此見窮天地，亙萬古，斯民好善之心猶一日，第患在上者不能以善政感發之耳！是故勢力非所以服人，貴富不足以傳久，唯盛德大業可以服人心而垂後世。

說得多麼好啊！勢力不能服人，貴富不能傳久，只有高尚的道德，和為老百姓辦的實事好事，才能永駐人心，留傳久運！范仲淹平生所至之地，後人都為他立名號，建祠宇。請注意，是後人這樣做，不是范仲淹在任的時候他暗示別人去做，而是在他離任之後，在他去世之後，後人出於對他的崇敬和懷念，主動去做。俗話說，民心是杆秤。政績不能靠自己標榜，也不是由拍馬小人所能吹成的，而是要經得起歷史的檢驗，由後人評說的。貪官有時也注重「政績」，那是為

了掩蓋自己的劣跡，並欺騙上司，而廉吏的政績，是為了造福百姓。這一切，老百姓都看得清清楚楚，明明白白。

鄱陽湖地區的父母官們，不，鄱陽湖地區的公僕們，人民期限待你們，把自己全身心的愛，獻給鄱陽湖地區的人民；人民期待你們，以自己的聰明才智，創造出最好的成績，留在富裕、和諧、秀美的贛鄱大地。

范仲淹的另一篇著名文章《桐廬郡嚴先生祠堂記》，最後一句是：「雲山蒼蒼，江水泱泱，先生之風，山高水長。」雋永而富於詩意。歷史是無情的，歷史更是有情的。歷史期待着，若干年後，老百姓在談到今天在鄱陽湖地區的主政官員時，談到你的廉政、你的勤政、你的善政、你的德政時，也會無限深情地說：「雲山蒼蒼，湖水泱泱，先生之風，山高水長！」

卷末感言

　　檢視平生治學檔案，雜而不專，蔓而不壯，未免慚怍。不過，它畢竟是自己的讀書心得，也有自己的行文特色，而雜和蔓，還可說明自己的學術視野，所以還是聊以自慰，且自賞。這大概就是世俗所說「文章是自己的好」，其實並不好，是因為付出了心血，而自我感覺好。還是說「敝帚自珍」更準確。然而，自慰也罷，自珍也罷，自賞也罷，在歷史的長河中，它只能是鴻爪雪泥，經受不起歲月的風濤。一位哲人說過，「時間可以毀滅一切。」這應該是真理。

　　至於說在精力旺盛，最好做學問的時候，花了不少時間去寫一些大眾書稿，又在外兼職二十年，的確對專業之精深有較大影響。但所出力的書刊發行量較大，我為更多的人服務過，所以並不後悔；況且在當時生活拮据的情況下，增加了收入，改善了

生活，也不必後悔。而兩度主持學報，首尾共十三年，付出良多，這是本職工作，在其位，當然得謀其政，所以也不後悔。過去編輯同人往往說自己的工作是「為人作嫁」，大多有自嘲的味道。其實，把姑娘打扮得漂漂亮亮的嫁出去，是善舉，是喜事，是美差。有這樣的心態，當編輯，看着別人的手稿，經過自己的努力而變成鉛印，公諸於世，其過程是挺享受的。

幾十年間，有過本科教學、研究生教學，為文涉及古代詩歌、古代小說、古籍整理、傳記寫作、旅遊文化等多個領域，主持過學報，主持過研究所，主持過全省高校的古籍整理，學術經歷算是豐富。現年已耄耋，我自知學養不厚，素質不敏，又未能潛心專注於學術，而學術生命能有今天這樣的長度和寬度，於心足矣。我感謝上蒼！

不過，耄耋之年，我仍然在期待和回顧中前行。

所謂回顧，不僅回望治學之路，還必然回首平生。從童年到暮年，從故鄉到他鄉；父母、親人，師長、朋友；大大小小的風波，這樣那樣的事件，一一湧上心頭。那曾經有過

的雲淡風輕（與一般人相似的雲淡風輕），那曾經承受的驚濤駭浪（一般人不可能遭遇的驚濤駭浪），生命的經歷，比學術經歷還更為豐富，更為多彩，有兩次，還可以説是人生之「獨享」。這實在是人生的一份幸運！當年那樣的場合都走過來了，生命中還會有什麼憂慮？還會有什麼畏懼！偶念及此，不由回頭一笑！而三尺之上有神明，自是人間之正道。我感謝上蒼！

所謂期待，不是期待再有什麼學業的長進，而是期待對於生命的真正了悟。古人所説「哀吾生之須臾，羨長江之無窮」，的確很不可取。「羨」，當然難免，而「哀」，則大可不必。生命自有其不可抗拒的規律。有誰能躲過陽光偏斜？有誰能拒絕暮冬來臨！還是蘇東坡回答得好：「天地之間，物各有主，苟非吾之所有，雖一毫而莫取。唯江上之清風，與山間之明月，耳得之而為聲，目遇之而成色，取之無禁，用之不竭。是造物者之無盡藏也。」我清醒地知道，在生理上，八十老翁，且身染惡疾，當然是來日不多；但在心理上，我老覺得今天的太陽和昨天不一樣，每天都是新鮮的，內心依然有詩和遠方。

無視毀譽，不患得失，直面病痛，參透生死。讓我們都學習蘇東坡罷，隨遇而安，隨遇而樂，去盡情地享受高科技，享受大自然。

□ 責任編輯：王春永
□ 裝幀設計：鄭喆儀
□ 排　版：黎　浪
□ 印　務：林佳年

鴻爪雪泥

□
著者
萬　萍

□
出版
開明書店
香港北角英皇道 499 號北角工業大廈一樓 B
電話：(852) 2137 2338　傳真：(852) 2713 8202
電子郵件：info@chunghwabook.com.hk
網址：http://www.chunghwabook.com.hk

□
發行
香港聯合書刊物流有限公司
香港新界荃灣德士古道 220-248 號
荃灣工業中心 16 樓
電話：(852) 2150 2100　傳真：(852) 2407 3062
電子郵件：info@suplogistics.com.hk

□
印刷
美雅印刷製本有限公司
香港觀塘榮業街 6 號海濱工業大廈 4 樓 A 室

□
版次
2021 年 9 月初版
© 2021 開明書店

□
規格
16 開（220 mm×140 mm）

□
ISBN：978-962-459-228-3